KB177701

DONGSUH MYSTERY BOOKS 43

THE MEMORIES OF SHERLOCK HOLMES

셜록 홈즈의 회상

아더 코난 도일/조용만·조민영 옮김

동서문화사

옮긴이 조용만(趙容萬)
경성제대 영문과를 졸업하고 고려대에서 문학박사 학위를 받다. 코리아타임스 논설위원·서울대사대·동국대 영문학 강의. 고려대 영문과 교수를 지내다. 지은책 《문학개론》《평전 : 육당 최남선》, 소설집 《고향에 돌아와도》《영결식》《구인회 만들 무렵》, 수필집 《방의 숙명》《청빈의 서》, 옮긴책 오웰 《동물농장》 몸 《인간의 굴레》 등이 있다.

옮긴이 조민영(趙敏英)
경기여고를 졸업하고 이화여대 영문과를 졸업하다.
옮긴책 코난 도일 셜록홈즈 시리즈가 있다.

DONGSUH MYSTERY BOOKS 43
셜록 홈즈의 회상
아더 코난 도일 지음/조용만·조민영 옮김
초판 발행/1977년 12월 1일
중판 발행/2003년 1월 1일
발행인 고정일/발행처 동서문화사
창업 1956. 12. 12. 등록 16-345(윤)
서울강남구신사동540-22 ☎546-0331~6 (FAX) 545-0331
www.epascal.co.kr

*

편찬·필름·제작 일체 「동판」 자본으로 이루어짐에 따라
출판권 소유권자 「동판」에서 제조출판판매 세무일체를 전담합니다.
사업자등록번호 211-90-02201
ISBN 89-497-0124-3 04840
ISBN 89-497-0081-6 (세트)

셜록 홈즈의 회상
차례

은성호 사건

"왓슨, 나는 가야만 할 것 같네."

어느 날 아침 함께 식탁에 앉았을 때 홈즈가 말했다.

"가다니, 어디로 말인가?"

"다트무어-킹즈 파이랜드에 말이네."

나는 놀라지 않았다. 놀라기는커녕 온 잉글랜드가 소문으로 떠들썩하고 있는 이 괴상한 사건에 그가 아직 뛰어들고 있지 않은 것이 나로서는 더 이상했다. 꼬박 하루 동안이나 나의 친구는 목을 늘어뜨리고 미간을 찌푸린 채 방 안을 왔다갔다하며, 가장 독한 흑담배만 파이프에 연신 갈아 채울 뿐 내가 무슨 이야기를 하든 도무지 귀를 기울이지 않았다. 온갖 신문이 간행되기가 바쁘게 배달되었지만 잠깐 훑어보고는 방 한구석에 내던져 버렸다. 그러나 그가 말없이 있어도 무엇을 생각하고 있는지 나는 잘 알고 있었다.

지금 그의 추리력에 도전할 만한 사건은 하나밖에 없을 테니까. 그것은 웨섹스 컵 경마의 유력한 우승 후보로 알려진 말의 기묘한 실종과 그 조교사가 참살된 사건이었다. 그러므로 그가 사건 현장에 가겠다는 말을 별안간 꺼낸 일은, 내가 예상하고 있었던 일이자 바랐던 일이기도 했다.

"방해만 안 된다면 나도 가고 싶은데."

"자네가 와 준다면야 매우 고맙지. 이 사건은 아주 특이한 구석이 있는 것 같으니까, 자네가 공연히 시간 낭비하는 일은 없을 걸세. 지금 파딩턴 역에 가면 기차를 잡을 수 있을 거야. 자세한 것은 차 안에서 이야기하세. 미안하지만 자네의 그 성능 좋은 쌍안경을 가지고 가 주지 않겠나."

1시간 남짓 후, 나는 엑서터(잉글랜드 서남부 데번셔의 수도)를 향해 달리는 일등차의 한구석에 앉아 있었다. 윤곽이 뚜렷하고 진지한 얼굴이 귀덮개가 달린 여행 모자를 써서 더욱 인상적인 셜록 홈즈는 파딩턴에서 사들인 신문들을 모조리 훑어보고 있었다. 레딩을 훨씬 지났을 때야, 겨우 마지막 한 장을 좌석 밑에 밀어 넣고 나에게 시가 케이스를 내밀었다.

"순조롭게 달리고 있는 모양이군." 창밖을 내다보다가 시계를 보면서 홈즈는 말했다. "지금 시속 86킬로미터야."

"40미터 표지를 보지 못했는데."

"나 역시 보지 못했지. 하지만 이 선로의 전봇대는 55미터마다 서 있기 때문에 계산은 지극히 간단하네. 여보게, 존 스트레이커 살해와 은성호 실종 사건에 대해서는 이미 조사했을 테지."

"〈텔레그래프〉지와 〈크로니클〉지의 기사는 보았네만."

"이 사건은 새로운 증거가 필요한 것이 아니라 기존의 정보를 세세하게 분류하는 데 추리력이 필요한 경우라네. 굉장히 특이하고 완벽한데다 수많은 사람들의 이익과도 직결되어 있어서 온갖 추측과 억측과 가설이 난무하고 있지. 이론가나 신문 기자들이 내놓은 여러 추측에서 오직 사실만을, 그것도 어느 누구도 부정할 수 없는 진실의 뼈대만 추려내기란 좀처럼 쉬운 일이 아니겠지. 그렇지만 이런 든든한 기반 위에서 여러 가지 추론을 끌어내고 사건의 열쇠가 될 만한 특별한 점을 찾는 게 우리들의 일이 아니겠나? 화요일 저녁에 나는, 말 주인인 로스 대령과 그레고리 경감 두 사람 모두로부터 사건을 의뢰하겠다는 전보를 받았다네."

"화요일 저녁이라고?" 나는 소리쳤다. "벌써 목요일 아침이야. 왜 어제쯤 가보지 않았나?"

"내가 잘못 짚어서 그래, 왓슨. 자네의 회상록으로만 나를 알고 있는 사람은 믿을 수 없겠지만 이런 일은 의외로 꽤 있잖은가? 영국 최고의 명마가, 더욱이 다트무어 북부처럼 인구가 적은 곳에서 이토록 오랫동안 발견되지 않는다는 건 좀처럼 생각할 수 없는 일이거든. 그래서 어제는 말이 발견되었다, 존 스트레이커를 죽인 것은 그 말도둑이었다 하고 보도되기를 이제나저제나 하고 기다리고 있었지. 그런데 또 하루가 지나고 오늘 아침이 되어도 피츠로이 심프슨인가 하는 젊은 사나이가 붙잡혔을 뿐, 일이 진척되지 않고 있는 듯싶기에 내가 나설 때가 왔다고 생각한 것일세. 그렇지만 어제 하루 동안 공연히 허송세월만 보냈다고는 생각지 않네."

"그럼, 줄거리가 잡혔단 말이지."

"적어도 사건의 주요한 사실만은 파악했지. 그것을 자네에게 들려주겠네. 문제를 명백히 하려면 남에게 이야기해 보는 게 제일이거든. 그리고 우리들이 출발해야 할 상황을 자네한테 알려 두지 않고서는 자네가 돕고 싶어도 도울 수가 없을 테지."

나는 좌석의 쿠션에 등을 기댄 채 시가를 피웠고, 홈즈는 몸을 내밀고 길쭉한 집게손가락으로 요점을 말할 때마다 왼쪽 손바닥을 쿡쿡 찔러 가며 우리들의 여행의 원인이 된 사건을 대충 이야기하기 시작했다.

"은성호는 아이소노미 계의 말로, 유명한 조상 못지않은 빛나는 기록을 가지고 있지. 지금 다섯 살이지만 경기에 나갈 때마다 영락없이 상금을 탔으니까 로스 대령은 아주 운이 좋은 마주였어. 이번 사건이 일어나기까지 웨섹스 컵 레이스의 우승 후보로서 도박의 시세는 3대 1이었지. 그런데도 불구하고 은성호는 경마계 제일가는 인기를 차지해 온 말로 한 번도 예상을 뒤엎은 일이 없었기 때문에 약간 배당이 적더라도 많은 돈이 '그'에게 쭉 걸렸던 셈일세. 그러므로 다음 화요일의 레이스에 은성이 나갈 수 없게 하는 일은 보나마나 많은 사람들에게 중대한 이해 관계가 걸려 있을 걸세.

물론 이 사실을 대령의 조교 마구간이 있는 킹즈 파이랜드에서는 모두 잘 알고 있었네. 이 명마를 보호하기 위하여 온갖 조치가 취해졌지. 조교사인 존 스트레이커는 기수 출신으로 체중이 지나치게 많이 나가기 전까지 로스 대령의 기수 노릇을 해온 사나이인데 기수로서 5년, 조교사로서 7년이나 대령에게 종사했으며, 언제나 열심히 정직하게 일해 왔어. 마구간은 말이라고 해야 전부 네 필뿐인 조그만 것이었지. 스트레이커 밑에는 젊은 사람이 세 명 있을 뿐이었어. 그 중 한 사람이 매일 밤 마구간에서 불침번을 서고 나머지 두 사람은 마구간의 2층에서 잠을 잤지. 셋 다 유순한 사람들이었어. 존 스트레이커는 결혼을 했기 때문에 마구간에서 200미터쯤 떨어진 작은 집에 살고 있었네. 아이는 없고 하녀를 한 사람 두고서 편안하게 살고 있었지. 이 부근은 굉장히 쓸쓸한 곳이지만 북쪽으로 한 800미터쯤 가면 타비스톡의 어느 한 토건업자가 다트무어의 맑은 공기가 필요한 환자나 그 밖의 사람들을 상대로 지은 별장촌이 있다네. 그리고 타비스톡은 서쪽으로 약 3킬로미터 남짓 떨어진 곳에 있는 마을이라네. 이것도 타비스톡만큼 떨어진 거리에 있는데, 황무지 반대쪽으로 킹즈 파이랜드보다 규모가 더 큰 케이플턴 조교장이 있고 백워터 경이 소유하고 있고 사일러스 브라운이 관리하고 있지. 그 밖엔 어느 쪽이나 전부 완전한 황야로 방랑하는 집시가 약간 살고 있을 뿐이네. 이것이 월요일 밤 사건이 일어났을 때의 대체적인 상황일세.

그날 밤 여느 때와 마찬가지로 말을 운동시키고 물을 준 다음 9시에 마구간의 문단속을 했지. 세 명의 젊은이 중 두 사람은 조교사의 집까지 걸어가서 부엌에서 저녁을 먹었고, 네드 헌터만 마구간을 지키기 위해 남아 있었네. 9시 조금 지나서 하녀인 에디스 백스터가 저녁 식사로서 양고기로 카레이 요리를 만들어 마구간에 가져왔네. 마실 것은 없었어. 왜냐하면 마구간에 수도가 있었기 때문인데, 당번인 마부는 물 외엔 아무것도 마셔서는 안되는 규칙이 있었어. 굉장히 컴컴한 밤이었고 넓은 황야를 가로질러 가야 했으므로 하녀는 등불을 손에 들고 있었네.

에디스 백스터가 마구간에 20여 미터쯤 다가가자 어둠 속에서 한 사나이가 모습을 드러내며 멈추라고 말을 했네. 동그란 모양의 노란 불빛 속으로 걸어 들어오는 것을 보니까 쥐색 스코치 천의 옷에 나사 모자를 쓴 신사였지. 각반을 차고 손잡이가 혹처럼 두두룩하고 굵은 지팡이를 가지고 있었지. 그런데 에디스가 강한 인상을 받은 것은 얼굴빛이 극도로 창백했다는 점과 그 거동이 신경질적이라는 점이었네. 나이는 30이 조금 넘어 보였다네.

'여기가 어딥니까?' 사나이가 물었지. '이 황야에서 한뎃잠을 잘 뻔했는데 마침 당신의 등불을 보게 되었소.'

'여기는 킹즈 파이랜드 마구간 바로 옆입니다' 하고 에디스는 말했네.

'이런, 일이 어렵게 풀리는군! 그 녀석 운이 좋은걸.' 사나이는 외쳤어. '마부가 매일 밤 혼자서 숙직하는가 보지. 당신은 저녁 식사를 가져가는 참이구려. 그런데 당신, 새 옷 한 벌 값이 생길 만한 이야기가 있는데, 거드름을 피우며 싫다고 하지는 않겠지요?'

사나이는 조끼 주머니에서 겹겹이 접은 흰 종이를 꺼냈네. '이것을 오늘 밤 안으로 마부에게 전해 주기만 하면, 당신은 최고급 드레스를 살 수 있게 될 거요.'

하녀는 사나이의 태도가 진지한 것이 무서워서 그 옆을 빠져나가 언제나 식사를 디밀어 넣어주는 창문으로 달려갔지. 창문은 벌써 열려 있고 헌터는 안쪽의 작은 테이블 앞에 앉아 있었네. 에디스가 방금 있었던 일을 얘기하는데 낯선 사나이가 다시 또 모습을 나타냈다네.

'좋은 밤이군요.' 창 너머로 기웃거리면서 사나이는 말했네. '당신에게 좀 하고 싶은 이야기가 있어서…….' 사나이가 말했을 때, 손에 쥐고 있는 작은 종이 꾸러미의 끝이 언뜻 보였다고 하녀는 나중에 증언했네.

'무슨 일로 오셨지요?'

'당신의 호주머니에도 얼마쯤 들어갈 만한 용건인데' 하고 상대는 대답했지. '여기에는 웨섹스 컵 쟁탈전에 나갈 말이 두 필 있소—은성과 밤색 말 말이오. 그 확실한 예상을 좀 가르쳐 주지 않겠소? 손해가 가지는 않게 할 테니. 중량 핸디를 붙인 레이스에서, 밤색 말은 1킬로미터에서 은성에게 90미터쯤 유리하기 때문에 말 주인은 모두 밤색 말에 걸었다고 하는데, 사실인가요?'

'그러고 보니 당신은 건달 염탐꾼이로군!' 마부는 외쳤네. '킹즈 파이랜드에선 염탐꾼을 어떻게 취급하는지 보여 주지.' 그는 벌떡 일어나더니 마구간으로 개를 풀어 놓으러 달려갔다네. 하녀는 집 쪽으로 뛰기 시작했지만, 뛰면서 돌아다보았더니 사나이가 창문으로 몸을 반쯤 디밀고 있었다고 했네. 그렇지만 1분 뒤 헌터가 개를 데리고 뛰어나왔을 때 벌써 사나이는 없어졌는데, 건물 주위를 다 찾아보았지만 도무지 흔적도 없었지."

"잠깐!" 나는 질문을 했다. "마부는 개를 데리고 뛰어나왔을 때 문에 쇠를 채우지 않았었나?"

"훌륭해, 왓슨. 정말 훌륭한 질문일세!" 나의 친구는 중얼거리듯이 말했다. "그 집의 중요성을 뼈저릴 만큼 느꼈기 때문에 어제 다트무어에 특별 전신으로 문의했었지. 그런데 마부는 나올 때 쇠를 채웠다는 거야. 그리고 창문도 사람이 들어갈 만큼 크지는 않았다는군.

헌터는 동료가 돌아오기를 기다려 조교사한테 일의 자초지종을 보고하러 보냈네. 스트레이커는 그걸 듣고서 흥분했지만, 이 일이 무엇을 의미하는지는 몰랐던 모양이네. 그러나 막연히 불안을 느꼈던 모양으로, 스트레이커의 아내가 밤 1시에 문득 잠이 깨서 보니까 옷을 입고 있더라는 거야. 아내가 물었더니, 아무래도 말 때문에 걱정이 돼서 잠이 오지 않아 말이 무사한가 확인하러 마구간에 가 봐야겠다고 했다는군. 비가 창문을 때리는 소리도 들리고 해서 집에 있어 달라고 아내는 부탁했지만, 아무리 애원을 해도 들어 주지 않고 큼직한 비옷을 걸치고 나가 버렸다네.

스트레이커의 아내는 이튿날 아침 7시에 잠이 깼지만, 남편은 아직 돌아와 있지 않았지. 급히 옷을 입고 하녀를 불러서 마구간을 찾아갔네. 문이 활짝 열려 있었는데, 안에서는 헌터가 의자에 웅크린 채 혼수 상태에 빠져 있고 은성호의 마구간은 텅 비었을 뿐 아니라 조교사의 모습도 보이지 않았지.

스트레이커의 아내는 마구 창고인 2층의 여물 써는 방에서 자고 있던 두 젊은이를 흔들어 깨웠네. 둘다 잠만 들면 정신없이 곯아떨어지는 편이라 밤새 아무것도 듣지 못했다고 했네. 헌터는 뭔가 강한 약품으로 마취된 게 틀림없었어. 깨워 봐야 조리있는 말을 들을 수가 없겠기에 약기운이 떨어질 때까지 그냥 재워 두기로 하고, 두 마부와 두 여자는 스트레이커와 은성을 찾으러 뛰어나갔지. 그들은 아직도 조교사가 무슨 까닭이 있어서 아침 일찍부터 말을 운동시키기 위해서 데리고 나갔으리라고 희망을 걸고 있었는데, 마구간 곁에 있는 황야를 훤히 내려다 볼 수 있는 언덕에 올라가 봐도 은성호는 흔적도 보이지 않을 뿐 아니라, 심상치 않은 일이 벌어졌음을 알리는 듯한 무엇인가가 느껴졌다네.

마구간에서 400미터 가량 떨어진 바늘금작화의 덤불에 스트레이커의 비옷이 걸려 너풀거리고 있었네. 그 바로 앞에 푼주 모양으로 움푹하게 꺼진 데가 있었는데 그 밑바닥에서 불운한 조교사의 시체가 발견되었다네. 머리는 무거운 흉기로 맞았는지 박살이 나 있고 허벅지에도 상처가 있었는데, 아주 예리한 흉기를 썼던 모양으로 길게 베어져 있었지. 그러나 스트레이커가 가해자들에게 몹시 저항했던 것만은 확실하네. 오른손에는 칼자루까지 피가 묻은 작은 나이프를 쥐고 있고 왼손에는 빨간 색과 검은 색으로 된 비단 넥타이를 움켜쥐고 있었는데, 이것은 전날 밤 마구간에 온 낯선 사나이가 매고 있었던 거라고 하녀가 증언했지.

혼수에서 깨어난 헌터도 넥타이의 소유자에 대해 똑같은 말로 확실하게 증언했네. 그리고 그 사나이가 창 밖에 서 있는 동안 양고기 카레이 요리에 약을 섞어 자기를 잠들게 한 게 틀림없다고 강력히 주장했지.

실종한 말은 움푹한 죽음의 진흙구덩이에 숱한 발자국이 나 있는 걸로 보아 거기서 격투를 벌였음을 말해 주었네. 그러나 모습은 보이지 않고 그날 아침 이후 행방불명이 되었다네. 막대한 상금이 걸려 있어 다트무어의 집시들이 연신 눈을 두리번거리고 있지만 지금 현재로선 아무것도 알려진 게 없어. 최후로 헌터가 먹다 남긴 저녁 식사를 분석해 보았더니 아편 분말이 꽤 많이 섞여 있음이 판명되었는데 같은 날 밤 같은 음식을 먹은 조교사의 집 사람들은 아무런 이상이 없었네.

이것이 모든 억측을 없애고 되도록 과장을 가하지 않고서 말한 사건의 골자일세. 이번에는 경찰이 이 사건을 어떻게 다루고 있는지 그 요점을 간단히 말하겠네.

이 사건을 담당한 그레고리 경감은 매우 유능한 경관인데, 상상력만 좀 더 갖춘다면 이 직업에서 굉장히 출세할 수 있는 사람이지. 현장에 도착하자마자 혐의가 있는 그 사나이를 발견하여 구속했어. 부근에서는 널리 알려져 있는 사나이라서 찾아내는 데 별로 어려움은 없었지. 피츠로이 심프슨이라는 태생도 좋고 교육도 받은 어엿한 사나이인데, 지금은 경마로 재산을 날려 버리고 런던의 스포츠 클럽에서 소규모이긴 하지만 품위 있는 물주 노릇을 하며 살고 있지. 그의 도박 장부를 조사해 보았더니 은성호와 맞선 말에 5천 파운드나 걸고 있었네.

체포되자 그는 킹즈 파이랜드에 있는 두 필의 말과 케이플턴 마구간에서 사일러스 브라운이 관리하고 있는 제2의 인기마 데스버라에 관해 정보를 얻으려고 다트무어에 갔다 온 것이라고 스스로 자청해서 말했네. 전날 밤 앞서 말한 것 같은 행동에 대해서는 부정하려 하지 않았지만 무슨 악의가 있어서 그런 것이 아니고 단지 직접 정보를 얻고 싶었을 뿐이라고 했다네. 넥타이를 들이댔더니 얼굴빛이 싹 바뀌며, 그것이 피해자의 손에 있었던 이유에 관해선 한 마디의 변명도 하지 못했네. 옷이 젖어 있는 걸 보면 전날 밤 폭풍우가 쳤는데도 야외에 있었다는 말이 되지. 게다가 그의 지팡이는 끝이 둥그스름한 야자나무로 만들어져 있는데 납이 들어 있어서 묵직하기 때문에 여러 번 두들겨 패면 조교사를 죽일 만한 끔찍한 상처도 낼 수 있겠지.

그런데 더욱 놀라운 일은 그에게는 아무런 상처가 없다는 점이야. 스트레이커의 나이프 상태로 미루어 그를 습격한 사람들 가운데 적어도 한 명은 부상을 당해야 할 텐데 말일세. 대충 이런 사건이라네. 왓슨, 무슨 단서가 될 만한 생각을 말해주면 크게 도움이 되겠네만……."

그 독특하고 명쾌한 투로 말하는 홈즈의 이야기에 나는 아주 열심히 귀를 기울였다. 사실은 대충 알고 있었지만, 어느 것이 비교적 중대한 건지, 그 같은 사실들이 서로 어떻게 관련되어 있는지는 잘 몰랐다.

"이런 일은 있을 수 없을까" 하고 나는 한 가지 견해를 내놓았다.

"스트레이커의 허벅다리 상처는 머리를 얻어맞고 몸부림을 치다가 자기 손으로 찔렀을 수 있다는?"

"충분히 있을 수 있지. 그것이 진상일지도 모르네." 홈즈는 말했다. "그렇다면 심프슨을 범인으로 볼 수 있는 유력한 증거가 하나 없어진 셈이야."

"그러나저러나" 나는 말했다. "경찰은 대체 어떤 가상을 세우고 있는지 도무지 모르겠군."

"우리들이 어떠한 가상을 세우든지 경찰의 생각과 몹시 어긋날 것은 뻔하네." 친구는 대답했다. "경찰의 가상은 이럴 테지. 피츠로이 심프슨은 마부에게 약을 먹이고 어떻게 해서 손에 넣은 결쇠로 마구간 문을 열고 명백히 유괴할 목적으로 말을 끌어냈다, 고삐가 없어진 건 심프슨이 말에 매었기 때문일 것이 분명하다, 그리고 문을 열어놓은 채 말을 황야 쪽으로 몰고 가는 도중 조교사를 만났거나 또는 따라잡혔다, 물론 거기서 격투가 벌어지게 되어 심프슨은 굵은 단장으로 조교사의 머리를 때려 골이 터져 나오게 했다, 스트레이커가 호신용 나이프를 휘둘렀지만 조그만 상처 하나 받지 않았다, 그리고 말도둑인 심프슨이 말을 어딘가 은밀한 장소로 끌고 갔거나, 아니면 격투하는 사이 말이 달아나서 지금쯤 황야의 어딘가를 헤매고 있을지도 모른다, 경찰은 사건을 이런 식으로 보고 있겠지. 이것은 아무래도 납득이 가는 해석이라고는 할 수가 없네. 하지만 다른 해석은 더 믿기가 어려워. 어쨌든 현장에 도착하는 대로 조사에 들어갈 작정이지만, 그때까지는 이 상태에서 어떻게 첫걸음을 내디뎌야 할지 도무지 아무런 생각이 나질 않네."

타비스톡의 작은 마을에 닿자 벌써 저녁때가 되었다. 이곳은 광막한 다트무어 지방의 한 가운데, 방패의 중앙 돌기처럼 오도카니 존재하는 작은 마을이었다. 두 신사가 역에 마중 나와 있었다. 한 사람은 키가 크고 살갗이 흰데 사자 같은 머리털과 턱수염을 가졌으며 기묘하게 사람을 쏘는 듯한 밝고 파란 눈을 가지고 있었다. 또 한 사람은 작은 몸집에 동작이 민첩하고 프록코트에 각반을 두른 단정한 복장이었는데, 손질이 잘 된 짧은 턱수염을 길렀으며 모노클(한쪽 눈에만 대고 보는 안경)을 끼고 있었다. 키가 큰 사람은 요즘 잉글랜드 경찰계에 그 이름을 드날리기 시작한 그레고리 경감이었고, 다른 한 사람은 경마계에서 유명한 로스 대령이었다.

"홈즈 씨, 당신의 출장을 맞게 되어 기쁘기 이를 데 없습니다." 대령은 말했다. "여기 계신 경감님께서 할 수 있는 최대한의 방법은 다 써 주셨지요. 저는 죽은 스트레이커의 원수도 갚고 말도 되찾기 위하여선 가능한 일이라면 모든 수단을 다 동원하고 싶습니다."

"그 뒤 뭔가 새로운 발견이라도 있었습니까?" 홈즈가 물었다.

"유감이지만, 거의 진척이 없습니다." 경감이 말했다. "밖에 마차가 준비되어 있습니다. 물론 어두워지기 전에 현장을 보고 싶으실 테니까 이야기는 마차 안에서 드리기로 하겠습니다."

1분 뒤, 우리는 푹신푹신한 사륜마차에 자리를 잡고 데번셔 지방의 색다르고 고풍스러운 거리를 달리고 있었다. 그레고리 경감은 사건으로 머리가 꽉 차 있는 모양으로 연신 말을 이어 나갔으며 홈즈는 그것에 때때로 질문이나 감탄사를 던지곤 하였다. 로스 대령은 팔짱을 끼고 모자를 눈언저리까지 눌러쓰고서 몸을 뒤로 젖히고 있었고, 나는 두 탐정들의 대화를 흥미롭게 듣고 있었다. 그레고리는 자기의 견해를 늘어놓고 있었으나 그것은 거의 전부 기차 안에서 홈즈가 예상했던 것이었다.

"피츠로이 심프슨은 모든 상황이 매우 불리한 셈이지요." 경감은 말했다. "저는 그가 범인이라고 믿고 있습니다. 하지만 증거는 전부 다 상황 증거이기 때문에 새로운 사실이 나타나기만 하면 언제라도 뒤집혀질 거라는 것도 시인합니다."

"스트레이커의 나이프에 대한 생각은?"

"쓰러질 때 자기가 상처를 낸 것이라고 봅니다."

"왓슨도 오는 도중에 그러한 견해를 말했었는데, 그렇다고 하면 심프슨에게 불리한 증거가 되는 셈이겠군요."

"그렇습니다. 심프슨은 나이프도 가지고 있지 않거니와 상처 하나 없어요. 그를 불리하게 만드는 증거는 유력합니다. 은성의 실종은 그에게 굉장한 이익을 가져다 줄 뿐만 아니라, 마부에게 약을 먹인 혐의가 있는 데다가 큰 비가 내리는 동안 집 밖에 있었던 일도 의심할 데 없고, 흉기로서는 굵은 단장을 가지고 있었으며, 그의 넥타이가 사망자의 손에 쥐어져 있었습니다. 이만큼 증거가 갖추어지면 배심원을 납득시키는 데 있어 그야말로 충분하다고 생각합니다."

홈즈는 고개를 갸웃하며 "능란한 변호사의 손에 걸리면 그만한 증거는 금방 박살이 나고 말지요" 하고 말했다. "심프슨은 어째서 마구간에서 말을 끌어내지 않으면 안 되었지요? 말을 해치는 게 목적이었다면 마구간 안에서라도 할 수 있지 않았을까요. 그의 소지품 중에서 결쇠는 발견되었나요? 아편 분말을 판 사람은 어디의 어떤 약제사입니까? 무엇보다도 먼저 이 고장 지리가 어두운 심프슨이 말을, 그것도 그렇듯 유명한 말을 어디에 숨길 수 있을까요? 심프슨은 하녀를 통해 마부에게 건네주려 했던 종이 쪽지에 대해서 뭐라고 말하고 있습니까?"

"10파운드짜리 지폐라고 말하고 있습니다. 지갑 속에서 한 장이 발견되었습니다. 하지만 당신이 내세운 이론은 그다지 유력한 것이 못됩니다. 심프슨은 이 고장 지리에 어두운 자가 아니니까요. 여름철에 두 번 타비스톡에 머무른 적이 있습니다. 아편은 아마 런던에서 가져왔겠지요. 결쇠는 써먹었으니까 버렸으리라고도 생각됩니다. 말은 황야의 우묵한 곳이나 폐갱(廢坑)의 바닥에 누워 있을지도 모릅니다."

"넥타이에 대해서는 뭐라고 변명하고 있습니까?"

"자기 것은 틀림없지만 잃어버린 거라고 말하고 있습니다. 그러나 심프슨이 말을 마구간에서 끌어냈다고 여겨지는 새로운 사실이 하나 나타났습니다."

홈즈는 귀를 곤두세웠다.

"월요일 밤 범행이 벌어진 곳에서 1마일도 채 떨어지지 않은 장소에서 집시 무리가 야영을 한 흔적을 발견했습니다. 집시는 화요일에 그곳을 떠났던 겁니다. 따라서 심프슨과 집시들이 미리 약속을 한 거라면, 스트레이커에게 따라잡혔을 쯤엔 말을 집시들에게 건넸을 테니, 말은 지금 집시들의 손아귀에 있다고 생각되지 않습니까?"

"확실히 불가능한 일은 아니지요."

"지금 집시들의 행방을 좇아 황야를 수색중입니다. 그리고 타비스톡을 중심으로 15킬로미터의 원을 그려서 그 안의 마구간이란 마구간, 오두막집이란 오두막집을 빠짐없이 조사했습니다."

"바로 근처에 또 하나 조교 마구간이 있다고 했던가요?"

"그렇습니다. 이것도 그냥 보아 넘겨서는 안 되는 것 가운데 하나입니다. 거기에 있는 데스버라라는 말은 둘째가는 인기마이므로, 소유주는 은성의 실종과 이해 관계가 있는 셈입니다. 조교사인 사일러스 브라운은 이번 레이스에 거액의 돈을 걸고 있다는 소문이 있는데다가, 죽은 스트레이커와 사이도 좋지 않았습니다. 하지만 마구간을 조사해 보았으나 그자를 사건에 결부시킬 만한 증거는 발견되지 않았습니다."

"심프슨과 관련될 만한 것도 없었습니까?"

"전혀 없습니다."

홈즈는 좌석에 등을 기대었고, 이야기는 그걸로 끝났다. 몇 분 뒤 마차는 도로에 면하여 서 있는 추녀가 있는 아담한 붉은 벽돌 건물의 별장 같은 집 앞에 멈춰섰다. 조금 떨어진 조교장 저편에 잿빛 지붕을 한 별채——마구간이 보였다. 어느 쪽을 향해도 말라 죽은 양치류로 덮인 청동색의 황야가 밋밋한 기복을 이루면서 지평선까지 뻗어 있고, 눈을 가로막는 것이라고는 타비스톡 교회의 뾰족탑과 서쪽으로 케이플턴 마구간 건물이 떼 지어져 있는 것밖에 없었다. 모두 마차에서 뛰어내렸지만, 홈즈만은 눈을 하늘로 똑바로 뜬 채 좌석에 등을 기대고 사색에 빠져 있는 눈치였다. 내가 그의 팔을 잡자 그제야 번쩍 정신이 드는지 마차에서 내렸다.

"이거 실례했습니다." 그는 어처구니없어하는 듯 로스 대령의 얼굴을 보며 말했다. "한낮의 꿈을 꾸고 있던 참이라……."

홈즈의 눈이 일종의 광채를 띠고 태도에 억누른 흥분이 엿보여서, 그의 성벽을 잘 알고 있는 나는 그가 무언가 단서를 얻은 것이라고 확신했지만 어떠한 점에 단서를 얻었는지는 짐작도 할 수 없었다.

"홈즈 씨, 곧 범행 현장으로 가시겠지요?" 그레고리가 말했다.

"아닙니다, 잠깐 여기서 두서너 가지 물어보고 싶은 것이 있습니다. 스트레이커의 시체는 이곳에 운반해 놓았겠지요?"

"네, 2층에 안치되어 있습니다. 내일 검시가 있기 때문에."

"스트레이커는 오랫동안 댁에서 일해 왔지요, 로스 대령?"

"네, 언제나 열심히 일해 주었습니다."

"경감님, 스트레이커의 시체 주머니에 무엇이 들어 있었는지 조사하였으리라고 생각합니다만……."

"보시고 싶다면 물건들을 그가 거처하던 방에 모아 놓았으니까 보십시오."

"꼭 보고 싶군요."

모두가 현관의 홀을 지나 중앙의 테이블을 둘러싸고 앉자, 경감은 네모진 작은 양철 상자의 자물쇠를 따고 여러 가지 물건을 우리들 앞에 늘어놓았다. 밀초 성냥 한 갑, 2인치 가량 되는 수지(獸脂) 초, A·D·P 표가 새겨진 브라이어(장미과에 속하는 낙엽관목. 그 뿌리로 파이프를 만듦) 파이프, 길게 썬 담배를 반 온스 가량 담은 물개가죽 담배쌈지, 금사슬이 달린 금시계, 소브린(1파운드) 금화 다섯 닢, 알루미늄 필통, 몇 장의 쪽지, 그리고 '런던 와이스 회사'라는 상표가 박힌 아주 볼이 좁고 날카로우며 잘 휘지 않는 날이 달린 상아 손잡이 나이프.

"몹시 색다른 나이프군." 홈즈는 나이프를 집어들고 차분히 조사하면서 말했다. "핏자국이 묻어 있는 것을 보니 죽은 자가 쥐고 있었던 거라고 생각되는데, 왓슨, 이 나이프는 아무래도 자네의 분야인 것 같네."

"이것은 의사들이 백내장 메스라고 부르는 걸세."

"그럴 거라고 생각했네. 극히 복잡한 수술을 위해 만들어진 아주 정교한 칼날이야. 난폭한 일을 하러 나간 사나이가 이런 것을 가지고 있었다는 건 이상한걸. 접어서 주머니에 넣을 수 있는 것도 아닌데."

"칼날에 대는 코르크의 원판이 시체 곁에 떨어져 있었습니다." 경감이 말했다. "아내의 이야기로는 나이프는 며칠 전부터 화장대 위에 있었는데, 스트레이커가 방을 나설 때 가지고 나갔다고 합니다. 무기로서는 확실히 빈약하지만, 그때 신변에 있었던 것 중에는 이것이 가장 좋다고 생각했지요."

"그럴지도 모르지요. 이 쪽지는 무엇입니까?"

"3장은 건초 상인의 계산서로서 지불이 끝난 걸로 되어 있습니다. 하나는 로스 대령으로부터의 지시 편지입니다. 나머지 한 장은 런던 본드 거리에 있는 마담 레슈리에의 양장점에서 윌리엄 다비셔 앞으로 발행한 37파운드 15실링의 계산서입니다. 스트레이커 부인의 이야기로는 다비셔란 남편의 친구인데, 이곳에도 때때로 다비셔 앞으로 편지가 왔었다고 합니다."

"다비셔 부인은 꽤 사치스러운 여자인 것 같군." 홈즈는 계산서에 눈을 떨구며 말했다. "옷 한 벌에 22기니(1기니는 21실링)라니, 엄청난 값이야. 이제 여기서는 조사할 것도 없을 것 같으니 범죄 현장으로 가 봅시다."

다들 거실에서 나가자, 복도에서 기다리고 있던 부인이 한 걸음 앞으로 나오며 경감의 팔을 붙잡았다. 파리한 얼굴이 초조해 보였고 사건으로 인한 공포가 역력했다.

"저…… 붙잡혔나요?" 부인은 헐떡이듯이 말했다.

"아뇨, 아직 못 잡았습니다, 부인. 그러나 런던에서 이 홈즈 씨가 도와 주러 오셨으므로, 다들 힘껏 해볼 작정입니다."

"언젠가 플리머스(영국 데번 주의 항구 도시. 1620년 필그림 파더스는 이곳을 출발하여 미국으로 향함)에서 원유회 때 뵌 걸로 압니다만, 부인" 하고 홈즈가 말했다.

"아니오, 아마 착각이시겠지요."

"아, 그렇습니까? 아니, 확실히 뵈었다고 생각되는데, 비둘기색 비단 옷에 타조의 털 장식을 달고 계셨지요."

"전 그런 옷을 입은 일이 없어요." 부인이 대답했다.

"그렇다면 제 착각이 틀림없군요" 하고 홈즈는 말했다. 그리고 실례를 사과하고 난 다음 경감을 따라서 밖으로 나갔다. 황야를 조금 가자 시체가 발견된 저지대에 이르렀다. 저지대의 가장자리에는 스트레이커의 외투가 걸려 있었다고 하는 바늘금작화 덤불이 있었다.

"그날 밤은 바람이 없었군요." 홈즈가 말했다.

"바람은 없었지만 비가 억수같이 쏟아졌었지요."

"그러면 외투는 바람에 날려 바늘금작화 위로 날려간 것이 아니라 누군가가 갖다 놓은 셈이군요."

"그렇습니다. 관목 위에 얹혀 있었어요."

"그거 참, 재미있는 일인데. 땅이 몹시 짓밟혀 있습니다. 월요일 밤 이후로 여러 사람이 걸어 다녔습니까?"

"여기다가 거적을 하나 깔고 모두들 그 위로 다니기로 했었지요."

"그거 참, 잘하셨습니다."

"이 가방 속에다 스트레이커가 신고 있던 구두 한 짝과 피츠로이 심프슨의 것을 한 짝 그리고 은성호의 발굽쇠를 하나 가져왔습니다."

"허! 그거 정말 잘하셨습니다, 경감님."

홈즈는 가방을 받더니 저지대로 내려가서 거적을 그곳 복판으로 당겨 내렸다. 그리고 그 위에다 배를 깔고 두 손으로 턱을 괴고서 눈앞의 짓밟힌 진흙을 주의 깊게 살폈다.

"아니!" 그는 갑자기 외쳤다. "이게 뭐지?"

그것은 온통 진흙 범벅이 된, 언뜻 보면 작은 나무 조각 같은 반쯤 타다 남은 밀초 성냥개비였다.

"어째서 나는 그걸 못 봤을까." 경감은 당혹하는 눈치였다.

"진흙에 파묻혀 있어 보이지 않았던 거지요. 나는 이것을 찾아내려고 마음먹었기 때문에 눈에 띈 것입니다."

"네! 처음부터 찾아낼 생각을 하셨다고요?"

"예, 있을 거라고 생각했지요." 홈즈는 가방에서 구두를 꺼내 진흙 위 발자국에 하나하나 맞춰 보았다. 그리고 움푹한 곳의 가장자리로 기어 올라와서 양치류며 관목 사이를 기어다녔다.

"이제 아무런 흔적도 없을 텐데요." 경감이 말했다. "백 미터 사방의 지면은 제가 꼼꼼이 조사했으니까요."

"예," 홈즈는 일어나면서 말했다. "당신이 그렇게 말씀하시니 더 이상 수색하는 실례는 않기로 하지요. 그 대신 내일 왔을 때 부근 일대를 잘 알 수 있도록 날이 저물기 전에 황야를 조금 산책해 보고 싶습니다. 그리고 이 말굽쇠는 행운의 부적으로 주머니에 넣어 두겠습니다."

로스 대령은 나의 친구의 차분하게 이잡듯이 훑어나가는 조사 방식에 약간 짜증스러운 눈치를 보이며 시계를 꺼내어 보았다. "당신은 저와 함께 가 주셨으면 좋겠군요, 경감님" 하고 대령은 말했다. "의논드리고 싶은 일이 여러 가지 있습니다만, 그 중에서도 은성의 이름을 이번 출전표에서 빼는 것이 사람들에 대한 의무가 아닐까 하는 생각이 들어요."

"그럴 필요는 절대로 없습니다." 홈즈가 끼어들며 단호히 잘라 말했다. "제가 보증할 테니 그대로 놔 두셔도 괜찮습니다."

대령은 한 번 허리를 굽히고 말했다. "그 말씀을 듣고 보니 매우 기쁩니다. 스트레이커의 집에서 기다리고 있을 테니 산책이 끝나는 대로 들러 주십시오. 함께 마차로 타비스톡에 가십시다."

대령은 경감과 더불어 가 버렸고 홈즈와 나는 황야를 천천히 걸어갔다. 태양은 케이플턴 마구간 저편으로 지고 있었다. 완만하게 비탈을 이룬 눈앞의 평원은 금빛으로 물들었고, 군데군데 말라 죽은 양치류며 가시나무가 저녁 햇빛을 받아 선명하고 붉은 기운이 감도는 갈색으로 불타고 있었다. 그러나 깊은 사색에 잠겨 있는 나의 친구에게는 이 찬란한 광경도 부질없는 것에 지나지 않았다.

"취할 길은 이렇네, 왓슨." 마침내 그는 입을 열었다. "누가 존 스트레이커를 죽였느냐 하는 문제는 잠시 접어 두고, 말이 어떻게 되었는가를 전적으로 생각해 보기로 하세. 그런데 말은 흉행이 벌어지는 동안 혹은 뒤에 달아난 걸로 한다면, 대체 어디로 갔을까? 말은 군거성이 강한 동물이네. 스스로의 걸음에 내맡기면 본능에 이끌려 킹즈 파이랜드에 돌아가거나 그 어느 쪽이겠지. 무엇 때문에 이 황야를 헤매고 있겠는가. 그렇다면 지금까지 누군가의 눈에 띄었을 게 틀림없어. 그리고 집시가 그 말을 유괴할 까닭이 있을까. 집시들은 경찰에게 시달림을 받는 것을 싫어하기 때문에, 무언가 사건이 벌어졌다는 소문을 들으면 반드시 그곳을 떠나고 말지. 이런 명마는 팔려고 해봤자 팔 수도 없네. 말을 데리고 간다는 건 위험을 동반할 뿐이지. 아무런 이익도 되지 않아."

"그럼, 말은 어디에 있지?"

"지금 말한 대로 킹즈 파이랜드로 돌아갔거나 케이플턴으로 갔을 테지. 그런데 킹즈 파이랜드에는 없으니까 케이플턴에 있다는 것이 되네. 이걸 우선 앞으로 행동하는 데 가정으로 삼고서, 그걸로 일이 어떻게 되어 가는가 보기로 하세. 이 근처는 경감도 말했듯이 황야 중에서도 땅이 아주 단단하고 메말라 있네. 그리고 케이플턴 쪽으로 갈수록 낮아져서, 저기 저곳만 하더라도 꽤 멀리까지 움푹한 것이 보이잖나. 월요일 밤엔 저 움푹한 곳이 질퍽질퍽했을 게 틀림없어. 만일 우리의 가정이 옳다고 한다면 말은 저기를 지나간 게 분명하니까 반드시 말굽 자국이 남아 있어야만 하네."

이야기를 하는 사이에도 우리는 줄곧 걷고 있었는데, 2, 3분 만에 문제의 움푹한 곳에 이르렀다.

홈즈의 요구대로 나는 저지대의 가장자리 오른쪽으로 내려갔고 홈즈는 왼쪽으로 갔는데, 50발짝도 가기 전에 홈즈의 외침 소리가 들려왔다. 뒤돌아보니 홈즈가 오라는 손짓을 하고 있었다. 말굽 자국이 그의 앞 물렁물렁한 땅에 선명하게 찍혀 있었다. 홈즈가 주머니의 말굽쇠를 꺼내어 맞추어 보았다. 딱 들어맞았다.

"이만하면 상상력의 가치를 알았겠지." 홈즈가 말했다. "그레고리에게는 이 능력이 부족한 걸세. 우리는 우선 무엇이 생겼는가를 상상하고 그 가정을 바탕으로 행동하여 결국 가정이 옳았다는 것을 확인한 셈이야. 자, 나가세."

축축한 저지대를 지나고 메말라서 단단한 풀밭을 400미터쯤 걸었다. 또 다시 땅의 비탈진 곳이 있었고 다시금 말발굽의 자국을 찾아냈다. 그리고 800미터 가량 아무것도 보이지 않았지만 케이플턴에 상당히 가까운 곳에서 또 그것을 발견했다. 맨 먼저 발견한 건 홈즈였는데, 얼굴에 자랑스러운 빛을 띠고 손가락질해 보였다. 말굽 자국과 나란히 남자의 발자국이 나 있었던 것이다.

"이제까지는 말굽자국뿐이었는데!" 나는 외쳤다.

"그렇지, 지금까지는 말굽자국뿐이었어. 아니, 이건 뭐지?"

사람과 말의 발자국이 별안간 방향을 바꾸어 킹즈 파이랜드 쪽으로 향하고 있었다. 홈즈가 휘파람을 불었다. 우리 두 사람은 그대로 발자국을 따라 걷기 시작했다. 그의 눈은 발자국만 따라가고 있었다. 문득 옆쪽으로 눈길을 보낸 나는 놀랍게도 약간 떨어진 곳에 같은 발자국이 또다시 케이플턴 쪽으로 향하고 있음을 발견했다.

"잘했네, 왓슨! 덕분에 헛걸음을 하지 않아도 되게 됐어. 그 발자국을 따라서 가기로 하세."

별로 걸을 필요는 없었다. 발자국은 케이플턴 마구간의 문으로 통하는 아스팔트 도로 앞에서 끊겨 있었다. 마구간에 다가가자 마부가 하나 뛰어나왔다.

"여기는 일 없는 자가 오는 곳이 아니오" 하고 마부는 말했다.

"아니, 좀 물어 볼 일이 있어서……." 홈즈는 엄지손가락과 집게손가락을 조끼 주머니에 찌르면서 말했다. "주인이신 사일러스 브라운 씨를 만나려고 하는데, 내일 아침 5시에 찾아뵈면 너무 이를까?"

"괜찮습니다, 나리. 반드시 만날 수 있습니다. 주인님은 언제나 제일 먼저 일어나시니까요. 아, 주인님이 나오시는군요, 나리. 직접 물어 보시는 게 좋을 거예요. 아니, 안됩니다! 당신에게 돈을 받았다는 게 주인에게 알려지기라도 하는 날엔 내 모가지가 달아나죠. 또 볼 일이 있으시다면 나중에……."

셜록 홈즈가 주머니에서 꺼낸 반 크라운짜리 은화를 집어넣자, 사납게 생긴 나이 지긋해 보이는 남자가 사냥용 채찍을 휘두르며 문에서 성큼성큼 걸어 나왔다.

"왜 그래, 도슨?" 그는 외쳤다. "잔소리는 집어 치워! 일이나 하는 거야, 일을! 그런데 당신들은 무슨 볼일이 있어 오셨소?"

"주인장, 10분쯤 이야기를 하고 싶은데요."

홈즈는 무척 부드러운 목소리로 말했다.

"일 없는 자들과 상대할 틈은 없소. 여기는 낯모르는 자가 오는 곳이 아니란 말이오. 돌아가시오, 돌아가지 않으면 개를 풀어 놓겠소.”

홈즈는 몸을 앞으로 꾸부리고 조교사 브라운의 귀에다 뭐라고 속삭였다. 그러자 그는 움찔하며 관자놀이까지 시뻘개졌다.

“거짓말이오!” 그는 고함을 질렀다. “터무니없는 거짓말이오!”

“좋아! 그렇다면 여기서 큰 목소리를 내어 가며 의논할까, 아니면 당신의 객실에 들어가서 의논을 할까?”

“아니, 괜찮으신다면 들어와 주십시오.”

홈즈는 히죽 웃으며 “왓슨, 2, 3분만 기다리게” 하고 말했다.

“자, 브라운 씨. 당신의 뜻에 따르지요.”

그들이 나오기까지 20분은 좋이 걸렸다. 홈즈와 조교사가 나올 무렵에는 황야 여기저기 붉은 빛이 완전히 사라져 잿빛이 물들고 있었다. 이 짧은 시간 동안의 사일러스 브라운의 변모란, 나는 그런 것을 일찍이 본 일이 없다. 얼굴은 잿빛으로 변했고 이마에는 구슬땀이 맺혔으며, 와들와들 떨리는 손 안에서 사냥 채찍은 마치 바람 속의 작은 나뭇가지와 같았다. 교만하고 난폭한 조금 전의 태도는 어디로 갔는지, 주인 앞에 선 개처럼 홈즈의 곁에서 얌전히 굴고 있었다.

“지시대로 하겠습니다. 꼭 하겠어요” 하고 조교사는 말했다.

“조금도 차질이 없도록 해주시오.” 홈즈는 브라운을 훑어보면서 말했다. 브라운은 상대의 눈에서 위협을 느끼며 벌벌 떨었다.

“네, 네. 결코 차질이 없도록 하겠습니다. 반드시 출전시키겠습니다. 그리고 그것은 처음에 바꾸어 둘까요, 아니면…….”

홈즈는 잠깐 생각하고 있다가 별안간 웃기 시작했다.

“아니, 그럴 것은 없소. 그것에 대해서는 나중에 편지로 알리지요. 이제는 잔재주를 부려서는 안 돼요. 그러다가는…….”

“아아뇨, 믿어 주십쇼.”

“그날은 당신의 것처럼 소중히 다루어 주지 않으면 곤란하오.”

"글쎄, 염려 마시라니까요."

"좋소, 믿어 보지요. 그럼, 내일 편지를 보낼 테니까."

홈즈는 상대가 떨리는 손으로 악수를 청하는 것도 모른 척하고서 홱 몸을 돌렸다. 우리는 킹즈 파이랜드로 발걸음을 옮겼다.

"저 사일러스 브라운이라는 놈처럼 교만하고 겁 많고 음흉하고 못된 것만 골고루 갖고 있는 자는 생전 처음 보았네."

홈즈는 돌아가는 길에 말했다.

"그럼, 그 말을 갖고 있단 말이지?"

"처음에는 이러쿵저러쿵하며 속이려고 해서 그날 아침 그 녀석의 행동을 정확하게 말해 주었더니, 이 친구 내가 보고 있었던 줄 알았지 뭔가. 자네는 우리가 본 발자국 가운데 기묘하게 네모진 발부리의 자국이 있었다는 것도, 그 녀석의 구두가 바로 그것에 들어맞는 형이었다는 것도 물론 알아차렸을 테지? 그리고 또 남의 밑에서 고용살이하고 있는 자가 이렇듯 엄청난 짓을 감히 할 수 없다는 건 말할 나위도 없네. 그래서 나는 다음의 이야기를 해 주었어.

그가 늘 하던 습관대로 제일 먼저 일어나 보았더니 황야에서 낯선 말이 어른거리는 게 보였다. 그래서 나가 보았더니 그 말의 이마가 새하얀 걸로 봐서——은성호라는 이름은 이마의 흰 무늬에서 비롯된 것이지만——자기가 돈을 걸고 있는 말의 유일한 강적이 손아귀 속에 들어왔음을 알고 깜짝 놀랐다, 그리고 처음에는 킹즈 파이랜드에 데리고 갈 작정이었지만, 별안간 나쁜 생각이 떠올라 경기가 끝날 때까지 숨겨 둘 수가 있으리라 마음먹고, 케이플턴으로 데리고 가서 숨겼다는 것도 이야기해 주었네. 이렇듯 내가 자세한 점까지 일일이 족집게로 집어내듯 말하자 마침내 두 손을 들고, 어떻게 하면 처벌을 받지 않게 될 수 있을까 하는 것밖에 생각지 않게 되었지."

"하지만 그 마구간도 조사는 받았을 게 아닌가?"

"아냐, 말의 취급도 그 녀석만큼 구렁이가 되면 어떤 방법이든지 있게 마련이야."

"하지만 자네는 브라운의 손에 그 말을 놔 두고 걱정도 되지 않나? 그 말에게 상처를 입히는 일이 어느 면으로 봐도 브라운에게 이익이 될 게 아닌가."

"걱정할 것 없네. 브라운은 그 말을 보물처럼 소중히 건사할 테니. 죄를 경감시켜 달라고 하기 위해서는 말을 무사히 돌려주는 것밖에 방법이 없다는 걸 잘 알고 있네."

"내가 로스 대령에게서 받은 느낌으로 봐선, 아무래도 너그러운 조치를 취할 것 같지는 않던데."

"이건 로스 대령이 결정할 일이 아니라네. 나는 내 방식대로 할 생각이니까 얼마만큼 얘기해 줄지도 내가 정해야겠지. 공무원이 아니니까 이런 건 편하군. 왓슨, 자네가 눈치를 챘는지 모르겠는데, 대령이 나를 대하는 태도는 조금 거만했던 것 같아. 그래서 좀 놀려 줄 생각이네. 말에 대해서는 대령에게 아무 말도 말아 주기 바라네."

"알았네, 자네의 허락이 없는 한 잠자코 있겠어."

"물론. 이런 일은 누가 존 스트레이커를 죽였는가 하는 문제에 비하면 아주 지극히 사소한 일이지만 말이야."

"그럼, 이번에는 그쪽에 전념할 작정이겠군."

"아니, 천만에. 우리들은 이제 밤 열차로 런던에 돌아가는 거야."

친구의 이 말에 나는 깜짝 놀라 자빠질 정도였다. 데번셔에 온 지 2, 3시간밖에 되지도 않았거니와, 첫 시작부터 이만큼 빛나는 성공을 거둔 수사를 중단하고 만다는 것은 뭐니 뭐니 해도 나로서는 이해가 가지 않았다. 그래서 여러 가지로 물어 봤지만, 더 이상 한 마디도 알아내지 못한 채 스트레이커의 집에 다다라 버렸다. 대령과 경감은 객실에서 기다리고 있었다.

"왓슨과 저는 오늘 밤 급행 열차로 런던에 돌아가겠습니다" 하고 홈즈가 말했다. "덕분에 다트무어의 희한한 공기를 잠시 호흡할 수 있었습니다."

경감은 눈을 크게 뜨고 놀랐으며, 대령은 입술을 일그러뜨리고 냉소하였다.

"스트레이커의 살해범이 잡히지 않는다고 단념하신 게로군요."

대령이 말했다.

홈즈는 어깨를 움츠렸다. "엄청난 곤란이 가로놓여져 있는 것만은 확실합니다" 하고 그가 말했다. "어쨌든 화요일의 레이스에 당신 말이 출전하는 것은 틀림이 없으니까, 부디 기수나 준비하십시오. 저는 존 스트레이커 씨의 사진이나 한 장 빌려 가겠습니다."

경감은 주머니의 봉투에서 사진 한 장을 꺼내어 홈즈에게 건넸다.

"그레고리 경감님, 경감께서는 내가 필요하다고 생각하는 것을 언제나 앞질러 준비해 주시니 정말 고맙소. 잠시 여러분에게 기다릴 것을 부탁드리고 하녀에게 두서너 가지 질문을 하고 올까 합니다."

"런던 같은 곳에서 일부러 탐정을 불렀건만 아무래도 기대가 어그러졌는걸." 홈즈가 방을 나가자 로스 대령은 노골적으로 말했다. "저 친구가 오고 나서 진척된 것이 하나도 없지 않은가."

"적어도 당신 말이 레이스에 나가는 일만은 그가 해결했잖소" 하고 나는 말했다.

"하긴 그것만은 해결했지." 대령은 어깨를 으쓱하며 말했다. "하지만 그것보다는 빨리 말을 손에 넣었으면 하오."

내가 친구를 위하여 막 변명하려고 할 때 그가 돌아왔다.

"여러분, 할 일은 모두 끝났습니다. 그러니 타비스톡으로 돌아들가

실까요?"

우리들이 마차에 올라타는 동안, 마부가 문짝을 잡고 있었다. 홈즈는 갑자기 머리에 어떤 생각이 번뜩였던 모양으로, 몸을 앞으로 내밀고서 마부의 소매를 잡아당겼다.

"말 터 울타리 안에 양들도 조금 있군" 하고 그는 말했다. "누가 돌보지?"

"제가 합지요."

"요즘 양에게 무언가 이상한 일 없었나?"

"네, 대수로운 일은 아니지만 양 세 마리가 절름발이가 되었습죠."

홈즈는 크게 만족한 눈치로 킬킬 웃으면서 두 손을 비벼댔다.

"광맥을 찾아냈어, 왓슨. 광맥을 찾아냈네." 나의 팔을 움켜잡으면서 홈즈는 말했다. "그레고리 경감님, 양들의 기묘한 돌림병에 아주 조심하십시오. 자, 떠나기로 하세, 마부!"

여전히 로스 대령은 내 친구의 능력을 깔보고 있는 태도였지만, 경감의 얼굴에는 뭔가를 깨닫는 빛이 역력했다.

"당신은 그것을 중대한 걸로 보십니까?"

"아주 중대한 걸로 보지요."

"그렇다면 제가 주의해야 할 다른 것은 없나요?"

"그날 밤 개의 이상한 행동이겠죠."

"개는 그날 밤 아무 짓도 하지 않았습니다."

"그것이 이상한 행동이라는 거지요" 하고 셜록 홈즈는 말했다.

그로부터 4일 뒤 홈즈와 나는 웨섹스 컵 레이스를 보기 위해 윈체스터를 향하여 또다시 기차에 올랐다. 약속대로 로스 대령이 정거장 앞에서 기다리고 있었다. 우리는 대령의 네 마리 말이 끄는 마차로 시 변두리의 경마장으로 향했다. 대령은 어두운 얼굴빛이었고 태도는 아주 서먹서먹했다.

"저의 말은 도무지 볼 수가 없는데요." 대령이 말했다.

"보시기만 하면 물론 금방 아시겠죠?" 홈즈가 물었다.

대령은 시무룩한 얼굴로 "20년이나 경마를 해 왔습니다만, 지금과 같은 질문을 받기는 처음입니다" 하고 말했다. "그 흰 이마와 오른쪽 앞다리의 반점을 보면 어린 아이라도 은성임을 알 수 있지요."

"내기는 어떤 상태입니까."

"글쎄, 그 점이 아무래도 이상합니다. 어제라면 15대 1이라도 되었을 테지만 점점 형편이 나빠져서 지금은 3대 1이라도 어렵지 않을까요."

"으음! 무언가 알고 있는 녀석이 있는 게 분명하군."

마차가 구내에 들어가 큰 스탠드 가까이에서 멎었을 때, 나는 출마표를 올려다봤다. 거기에는 다음과 같이 씌어 있었다.

웨섹스 컵 레이스

각 말 50소브린, 1착에는 부상으로 1천 소브린, 4, 5살된 말 출전. 2착 3백 파운드. 3착 2백 파운드. 새 코스(2.6킬로미터)

1 히스 뉴턴 씨의 니그로 호(빨간 모자, 황갈색 옷)

2 워들로 대령의 권투가호(분홍 모자, 청흑색 옷)

3 백워터 경의 데스버라 호(노란 모자, 노란 소매)

4 로스 대령의 은성호(검은 모자, 빨간 옷)

5 발모럴 공작의 아이리스 호(황흑색의 줄무늬)

6 싱글포드 경 라스파호(자주색 모자, 검은 소매)

"우리는 또 다른 말의 출전도 취소한 채 당신 말씀에만 온 기대를 걸고 있습니다." 대령이 말했다. "뭐라고? 아니, 대체 무슨 소리야? 은성이 우승 후보라고?"

"5대 4로 은성!" 관중들이 울부짖었다. "5대 4로 은성. 15대 5로 데스버라, 은성이 빠지면 5대 4!"

"전부 6필이 달립니다."

"전부 6필이라고? 그럼, 우리 말도 달리게 된 걸까?" 대령은 크게 흥분해서 소리쳤다. "그런데 왜 은성은 보이지 않지? 우리 색깔을 한 기수도 지나가지 않잖아?"

"아직 다섯 필이 지나갔을 뿐입니다. 이번 것이 틀림없을 겁니다."

내가 이렇게 말하고 있을 때 늠름한 밤색 말이 계량소에서 나오고 있었다. 그 말은 등에 로스 대령의 색깔로 유명한 검은 모자와 빨간 옷의 기수를 태우고 우리들 앞을 천천히 달려 지나갔다.

"저것은 내 말이 아니다!" 하고 대령이 외쳤다. "이마에 흰 별이 없잖소, 홈즈 씨? 당신은 대체 무슨 짓을 했습니까?"

"아무튼 저 말이 어떻게 달리는지 보기로 합시다." 나의 친구는 조금도 떠들지 않고 그렇게 말하고는 나의 쌍안경을 집어들고 잠시 뚫어지게 바라보고 있었다. "멋지다! 훌륭한 스타트야!" 그는 갑자기 외쳤다. "저 봐, 왔다. 코너를 돌아오고 있어!"

대령의 마차 위에서는 말이 직전 코스로 들어서고 있는 광경이 아주 잘 내다보였다. 여섯 마리의 머리는 한 장의 양탄자로 가릴 수 있을 만큼 붙어 있었지만, 도중에 케이플턴의 노란색이 선두에 나섰다. 그러나 우리들 앞에 이를 무렵에는 데스버라의 힘이 빠지며 속력이 줄어들었고, 대령의 말이 성큼 앞으로 나서며 넉넉하게 6두신의 차이로 결승점의 팻말을 지났다. 발모럴 공작의 아이리스가 훨씬 뒤떨어져 3착이었다.

"어쨌든 나의 승리는 승리다!" 대령은 한 손으로 눈 위를 쓰다듬으며 숨가쁘게 말했다.

"그러나 솔직히 말해서 뭐가 뭔지 도무지 모르겠소, 홈즈 씨. 이제는 웬만큼 하시고 가르쳐 주셔도 좋잖습니까."

"말씀 드리고말고요, 대령. 전부 말씀드리겠습니다. 모두들 저리로 가서 말을 봅시다. 봐요, 저기 있습니다." 마주와 그 동행만이 출입할 수 있는 계량소로 들어가면서 홈즈는 말을 이었다. "이 말의 얼굴과 발을 알코올로 씻어 주기만 하면 본디 은성이라는 것을 알게 될 겁니다."

"아니, 아니, 이거 놀랐는걸."

"어떤 사기꾼의 손에 들어가 있던 것을 찾아내어, 내 멋대로이긴 하나 돌려온 그대로의 모습으로 출전시켰던 것입니다."

"이거 정말 놀라운 솜씬데요. 말은 아주 상태가 좋은 모양입니다. 지금까지 한 번도 본 적이 없는 좋은 상태입니다. 당신의 능력을 의심했으니 뭐라고 사과의 말씀을 드려야 좋을지 모르겠군요. 이렇듯 소중한 말을 되찾아 주셨으니, 이제는 스트레이커의 살해범만 잡아 주신다면 이보다 더 고마운 일은 없겠습니다."

"그것도 잡아 놓았지요." 홈즈는 시치미를 떼고 말했다. 대령도 나도 깜짝 놀라서 그의 얼굴을 말끄러미 쳐다봤다.

"잡았다니! 그럼, 어디에 있지요?"

"여기에 있지요."

"여기에? 어디에 말입니까?"

"지금 바로 저와 함께 있어요."

대령은 발끈하여 "홈즈 씨, 당신의 은혜를 입었다는 것은 충분히 인정하고 있어요"라고 말했다. "그러나 그 말은 농담이 아니라면 모욕으로밖에 들리지 않습니다."

셜록 홈즈는 웃었다. "절대로 당신을 범죄에 결부시킨 것은 아닙니다, 대령. 진범은 바로 당신 뒤에 서 있습니다!"

홈즈는 앞으로 나오며 서러브래드 종인 명마의 매끈한 목에 손을 댔다.

"말이!" 대령과 나는 동시에 외쳤다.

"그렇지요, 말입니다. 이 말의 죄를 가볍게 하기 위해 말씀드립니다만, 순전히 정당방위였습니다. 그리고 존 스트레이커는 당신의 신임에 전혀 어울리지 않는 사나이였습니다. 그런데 벨이 울리기 시작한 모양이군요. 저는 다음번 레이스에서 조금 따야 되겠습니다. 자세한 설명은 나중에 한숨 돌리고 나서 들려 드리기로 하지요."

그날 밤 우리는 침대차의 한구석에 자리를 잡고 런던으로 돌아가고 있었다. 나와 마찬가지로 로스 대령도 이 여행을 극히 짧게 느꼈을 것이다. 왜냐하면 나의 친구가 그 월요일 밤 다트무어의 마구간에서 생긴 사건, 그가 그것을 해결해 나간 줄거리를 차근차근 들려주었기 때문이다.

"사실" 하고 그는 시작했다. "신문 보도를 근거로 제가 세운 가설은 전부 잘못돼 있었습니다. 신문 기사에도 제대로 암시는 되어 있었습니다만, 여러 가지 다른 사항 때문에 그 참된 의미가 가려져 있었던 겁니다. 저는 피츠로이 심프슨이 진범이라고 확신하고서 데번셔에 갔었습니다. 물론 그에 대한 증거가 완전하다고는 생각하지 않았습니다.

제가 양고기 카레이 요리가 갖는 극히 중요한 의미에 생각이 미쳤던 것은, 스트레이커의 집 앞에 도착하여 마차 안에 있었을 때입니다. 그때 제가 멍청하게 여러분들이 다 내려간 뒤에도 혼자 앉아 있던 일을 기억하고 계시겠죠. 그런 명료한 단서를 어째서 예사로 보아 넘겼을까 하고 스스로 새삼스레 놀라고 있던 참이었지요."

"그렇게 말씀하셔도, 솔직히 말해서 저로서는 아직도 뭐가 뭔지 모르겠는데요" 하고 대령이 말했다.

"그것이 제 추리 사슬의 첫째 고리가 되었던 겁니다. 아편 분말은 결코 맛을 느낄 수 없는 게 아닙니다. 맛이 고약하지는 않지만, 아편이라는 걸 금방 알 수가 있지요. 보통 요리에 섞이면 당장 알아차려 다들 먹다 맙니다. 카레이야말로 바로 이 맛을 없애는 수단이었던 거지요. 전혀 남인 피츠로이 심프슨이 그날 밤 조교사의 한 가족이 카레이 요리를 먹도록 만든다는 것은 아무리 생각해 본들 있을 수 없거니와, 그렇다고 해서 때마침 아편의 맛을 없애는 요리가 나온 방에 알맞게 아편 분말을 갖고 심프슨이 와 있었다고 생각하는 것도 너무나 괴상한 일이라고밖에 할 수 없는 겁니다. 그러한 일은 있을 수 없지요.

그러므로 심프슨은 이 사건에서부터 제외시켰습니다. 그렇게 되면 우리의 관심은 주로 그날 밤의 요리로 양고기 카레이 요리를 택할 수가 있었던 단 두 사람, 즉 스트레이커 부부에게로 향해집니다. 똑같은 것을 먹은 다른 사람에게는 이상이 없었던만큼, 아편은 음식이 마구간지기를 위해 나누어지고 나서 넣어졌던 것입니다. 그럼, 하녀에게 눈치 채이지 않도록 그 접시에 접근할 수 있었던 것은 두 사람 중 어느 쪽이었을까요?

이 문제를 풀기 전에 저는 개가 소란을 떨지 않았다는 사실의 중대성에 생각이 미쳤습니다. 하나의 올바른 추리는 다시 몇 개의 추리를 반드시 더 암시하는 법인 것입니다. 심프슨의 일로 저는 마구간에 개를 두고 있음을 알았습니다만, 누군지 들어와서 말을 끌어냈건만 이 개는 짖지를 않았다, 적어도 2층에 있는 두 마부가 잠을 깰 만큼은 짖지 않았던 거지요. 분명히 밤중의 방문자는 개가 잘 알고 있는 인물이었던 겁니다.

그래서 저는 존 스트레이커가 한밤중에 마구간에 가서 은성을 끌어낸 것이라고 거의 확신하기에 이르렀습니다. 대체 무슨 목적이었을까? 옳지 못한 목적이었던 것만은 말할 나위도 없습니다. 그렇지 않다면 무엇 때문에 자기 마부에게 약을 먹였겠습니까. 그래도 아직 왜라는 문제에 부딪쳤을 땐 저도 당혹했습니다. 조교사가 도박 업자를 통하여 자기 말이 아닌 다른 말에다 걸고, 그리고서 자기 말이 이기지 못하도록 공작을 하여 큰 돈을 버는 예는 얼마든지 있는 일입니다. 기수에게 일부러 고삐를 당기게 하는 일도 있지요. 좀 더 확실하고 복잡한 방법을 취하는 수도 있습니다. 이번 경우는 과연 어떤 수법이었을까? 저는 스트레이커의 주머니에서 나온 물건들로 결론을 얻을 수 있으리라고 생각했습니다.

과연 생각한 대로였습니다. 죽은 스트레이커의 손에 있었던 이상한 나이프를 잊고 계시지 않겠지만, 그것은 아무리 보아도 보통 사람이 무기로써 고를 나이프는 아닙니다. 왓슨이 말했던 대로 외과에서도 가장 정밀한 수술에 사용하는 나이프입니다. 그것은 그날 밤, 그야말로 정밀한 수술을 실시하기 위해 준비되었던 겁니다. 말의 뒷다리 무릎의 힘줄에 작은 상처를 내고, 그것도 피하에 상처를 내어 아무런 흔적도 남기지 않는 일이 가능하다는 것은, 대령, 당신의 경마에 대한 넓은 경험이라면 물론 아실 수 있으리라고 생각합니다. 이와 같은 상처를 입은 말은 가벼운 절름발이 증세를 나타내지만, 조교 중 근육이 뒤틀렸든가 아니면 가벼운 류머티즘에라도 걸린 것으로 알지, 부정이 행해졌다고는 결코 생각하지 못합니다."

"으음, 악당 같으니! 괘씸한 놈!" 대령이 외쳤다.

"그걸로서 존 스트레이커가 왜 말을 황야로 끌어내고 싶어했는가는 설명이 됩니다. 말과 같이 혈기왕성한 동물은 나이프 끝으로 살짝 건드리기만 해도 소란을 피울 테니 아무리 잠에 곯아떨어진 사람이라도 깨워 놓고 말 겁니다. 반드시 집 밖의 넓은 장소에서 해야만 했던 거지요."

"나는 장님이었어!" 대령은 외쳤다. "그래서 초와 성냥을 갖고 있었군."

"물론 그렇습니다. 그런데 그의 소지품을 조사해 보고 저는 범행의 방법을 발견했을 뿐 아니라 다행히도 그 동기를 알 수가 있었습니다. 대령, 당신은 세상살이에 익숙한 분이기 때문에 아시겠지만, 사람은 보통 남의 계산서를 주머니에 넣고 다니지는 않지요. 대개는 자기의 계산서를 처리하는 것만으로도 벅찰 것입니다. 저는 즉각 스트레이커가 이중 생활을 하고 있고, 딴 살림을 차리고 있다는 단정을 내렸습니다. 계산서의 내용을 보고 부인이, 그것도 사치스러운 부인이 관련되어 있다는 걸 알 수 있었습니다. 당신이 고용인에게 아무리 후한 급료를 준다고 하여도 그들이 자기 아내에게 20기니짜리 나들이옷을 사 줄 수 있는 신분이라고는 생각되지 않습니다. 아내에게 그 얘기는 하지 않고 옷에 대해서 넌지시 물어 보았더니 그것이 그녀한테 배달된 게 아니라는 것이 확인되었으므로, 그 양장점의 주소를 수첩에 적고 스트레이커의 사진을 가지고서 그 가게에 가면 수수께끼의 인물 다비셔의 정체가 밝혀지리라고 생각했습니다.

그 다음은 아주 간단합니다. 스트레이커는 말을 끌어내어 등불을 켜더라도 사람 눈에 띄지 않도록 움푹한 곳으로 내려갔습니다. 그보다 앞서 심프슨이 달아나는 도중 넥타이를 떨어뜨린 것을 말씀드리겠습니다. 스트레이커는 무언가 생각이 있어——아마 말의 발을 묶는 데라도 사용할 작정이었겠지요——그것을 주웠습니다. 움푹한 곳에 들어가자 곧 스트레이커는 말의 뒤로 돌아가 성냥불을 그어 댔는데, 말은 별안간 불빛이 번뜩이자 놀랐고 동시에 동물의 이상한 본능으로서 자기 몸에 뭔가 좋지 않은 일이 가해지고 있음을 느껴 뒷발을 차올렸는데, 말굽쇠가 스트레이커의 이마에 정통으로 맞았던 겁니다. 스트레이커는 비가 오고 있었지만 세밀한 작업을 하기 위해 외투를 벗고 있었으므로, 쓰러지는 바람에 쥐고 있던 나이프로 제 허벅다리를 베었던 것입니다. 이걸로 분명해졌겠지요?"

"놀랍군!" 대령은 외쳤다. "참으로 놀라워. 마치 그 장소에 있었던 것 같아!"

"저의 최후의 단정은 솔직히 말해서 대담하기 짝이 없는 것이었습니다. 스트레이커와 같이 약삭빠른 사나이가 조금의 연습도 없이 이 미묘한 힘줄의 수술에 착수할 리가 없다는 생각이 떠올랐던 거지요. 그럼, 무엇을 연습물로 사용할 수 있었을까요. 제 눈길이 양에게 머물렀습니다. 그래서 마부에게 물어 보았더니 저의 추정이 옳았던 것을 알았고 스스로도 놀랐던 겁니다."

"덕분에 모든 것이 뚜렷해졌습니다, 홈즈 씨."

"런던에 돌아가 양장점에 가 보았더니, 스트레이커는 다비셔라는 값비싼 옷을 갖고 싶어하는 사치스러운 아내를 가진 그 가게의 큰 단골임을 알았습니다. 이 여자가 스트레이커를 빚으로 쪼들리게 만들어서 이 파렴치한 음모를 저지르게 만들었다는 것은 더 말할 필요도 없습니다."

"모두 잘 알았습니다만, 아직 한 가지 모르는 게 남아 있습니다." 대령이 말했다.

"말은 어디에 있었습니까?"

"말 말입니까? 말은 엉뚱하게 달아나서 근처에 있는 어떤 사람이 돌보고 있었지요. 그 점에 대해서는 너그럽게 보아 주셔야 합니다. 아, 이곳은 클라팜의 차를 갈아타는 역인 것 같군요. 이제 빅토리아 역까지는 10분도 걸리지 않을 겁니다. 대령, 저의 집에 가서 시가라도 피우시지 않겠습니까. 이밖에 또 묻고 싶으신 일이 있다면 무엇이든 기꺼이 대답해 드리겠습니다."

누런 얼굴

내 친구 셜록 홈즈가 좀처럼 보기 힘든 범상치 않은 재능을 가진 덕분에 나는 수많은 활약담을 들었고 때로는 이야기 속에 직접 등장하기도 했다. 이 사건들을 바탕으로 나는 현재 단편 시리즈를 발표하고 있는데 아무래도 실패한 얘기보다는 홈즈의 성공담을 주로 다루게 된다. 이것은 내가 특별히 그의 명성을 드높이고자 하는 의도에서 비롯된 것이 아니라, 도저히 손댈 길이 없는 어려움에 부딪칠수록 홈즈의 활동력과 풍부한 재능들이 위력을 발휘하기 때문이다. 또한 그의 실패담을 기록하지 않는 이유는, 그가 실패할 정도의 사건이라면 그 누가 손댄다 한들 미궁 속으로 빠질 뿐 해결되지 않을 것을 알기 때문이다. 그런데 이따금 홈즈가 실패해도 사건의 진상이 밝혀지는 경우도 생기는데 이와 같은 사건을 대여섯 가지 나는 노트에 적어 두었다. 그 중에서 '두 번째 얼룩' 사건과 이제부터 이야기하고자 하는 것 두 가지가 가장 흥미로운 사건이다.

셜록 홈즈는 운동을 하지 않는 사람이었다. 그런데 홈즈만큼 운동을 잘 할 수 있는 사람도 드물었다. 중량급에서는 내가 본 적 없는 뛰어난 권투 선수의 한 사람이라는 건 의심할 여지도 없었다. 하지만 그는 목적이 없는 육체 운동은 정력 낭비라고 하며, 무언가 직업상의 목적이 아닌 이상 몸을 움직이는 일은 별로 하지 않았다. 그러면서도 절대로 피로를 몰랐다. 그런 상황 아래에서 자기를 훈련하고 있었다는 건 희한한 일이었다. 식사도 대개가 아주 부실했으며 일상적으로 먹는 것도 준엄할 만큼 간소했다. 때때로 코카인을 내복하지만 그밖에 이렇다 할 악습은 없고, 그 코카인도 사건이 적고 신문 역시 도무지 흥미가 없을 때 심심풀이로 복용할 뿐이었다.

이른봄의 어느 날, 한가로웠던 그는 나하고 함께 하이드 파크에 산책을 나갔다. 하이드 파크의 느릅나무에는 파란 새싹이 움트기 시작했고 끈적끈적하고 창날 끝 같은 호두나무의 싹도 다섯 개의 잎사귀로 피어나고 있었다. 서로 잘 아는 사이에 흔히 있는 일이지만, 거의 입을 다문 채 우리 두 사람은 두 시간 동안이나 여기저기를 걸어다녔다. 우리가 베이커 거리에 돌아온 것은 그럭저럭 5시가 되었을 때였다.

"죄송합니다만" 하고 문을 열면서 하인이 말했다. "조금 전에 찾아오신 분이 있었습니다."

홈즈는 나무라듯이 내쪽을 보며 "이제 오후의 산책은 질렸어!" 하고 말했다.

"그럼, 벌써 돌아갔겠군."

"네."

"안으로 들어오시라고 하지 않았나?"

"아니오, 들어오시게 했습니다."

"얼마쯤 기다리고 있었지?"

"30분쯤입니다. 아주 성급한 분이라서 여기 계시는 동안 내내 왔다 갔다하지 않으면 발을 구르든가 하고 계셨습니다. 저는 방 밖에서 기다리고 있었기 때문에 잘 들렸습니다. 그러다가 복도로 나오시더니 그분은 이렇게 말하는 것이었어요. '그 친구는 이제 안 돌아오나'라고요. 바로 그런 말투였어요. '조금만 더 기다리고 계시면 돌아오십니다' 하고 말씀드렸더니 '그럼, 밖에서 기다리기로 하지. 아무래도 답답해서 말이야. 곧 돌아오겠네'라고 말씀하시고서 느닷없이 나가 버렸습니다. 뭐라고 말씀드려도 붙잡지는 못했을 겁니다."

"좋아, 좋아. 잘했네" 하고 방으로 들어가며 홈즈가 말했다. "하지만 아깝게 되었어, 왓슨. 나는 몹시 사건을 기다리고 있었네. 그 사람이 조바심을 내고 있었던 걸로 보면, 아마 대사건인 듯 싶어. 아니! 테이블 위에 있는 건 자네 파이프가 아니잖나! 아마 그 사람이 잊고 갔을 거야. 굉장히 오래된 브라이어군. 담배 장수들이 말하는 꽤나 긴 호박(琥珀) 물부리가 달려 있어. 런던에는 진짜 호박 물부리가 얼마쯤 있을까. 화석의 곤충이 들어 있기 때문에 식별이 된다는 사람도 있지만, 가짜 호박에 가짜 곤충을 집어넣어도 제법 장사는 되지. 그런데 꽤나 소중히 여기는 파이프를 잊은 걸 보니, 아마 걱정이 되어 견딜 수 없었던 모양이야."

"소중히 여긴다는 걸 어떻게 알 수 있나?" 하고 나는 물었다.

"뭐, 이 파이프의 원래 값은 7실링 6펜스쯤 하겠지. 보게나, 두 번씩이나 수선을 하였네. 물부리를 끼는 나무 부분과 호박 있는 데를 한 번씩 말일세. 보게, 이렇듯 은고리로 수선을 했는데, 두 번 다 수선비 쪽이 원래의 값보다도 더 들었을 게 분명해. 같은 금액으로 새 것을 사기보다는 수선하는 편을 좋아한다면, 꽤나 소중히 여기고 있다는 증거가 아닌가."

"그밖에도 뭐가 있나?" 하고 나는 물었다. 까닭인즉 홈즈가 그 파이프를 손 안에서 빙빙 돌리면서 언제나처럼 곰곰이 생각하고 있었기 때문이다.

그는 파이프를 눈앞에 들어올리고 골격에 대해서 강의를 하는 교수처럼 길쭉한 가운뎃손가락으로 그것을 톡톡 두들겼다. "파이프란 때로는 매우 흥미로운 데가 있는 것일세"라고 그는 말했다. "회중시계와 구두끈을 제외하면, 파이프만큼 소유자의 개성을 잘 나타내는 것은 없을 걸세. 하기야 이건 별로 두드러진 면도 중요한 특징도 보이지는 않지만 말이야. 이 파이프의 소유자가 건장한 체격을 한 사람으로서 왼손잡이이고 잇속이 고르며, 성격은 대범하고 돈에 쪼들리는 일이 없는 사나이라는 것만은 명백하네."

홈즈는 아주 대수롭지 않다는 듯 이런 말을 하고서는, 자기의 추리를 알겠냐는 듯이 내 쪽을 흘끔 보는 것이었다.

"7실링짜리 파이프로 담배를 피우니까 부자라는 건가?"

"이것은 1온스 8펜스짜리 그로스베너 혼합 담배일세." 담뱃재를 손바닥에 조금 털어내며 홈즈는 대답했다. "이것의 반값으로도 어지간한 것은 피울 수 있으니까 돈에는 걱정이 없는 사람이라는 걸세."

"그래, 다른 점은?"

"이 사람은 램프나 가스 불로 파이프를 붙이는 버릇이 있네. 이것 보게나, 한쪽만 이렇게 까맣지 않은가. 성냥으로는 이렇게 될 리가 없어. 성냥불을 파이프의 옆구리로 가져가는 사람이 있겠는가? 그런데 램프로 파이프에 불을 붙이면 대롱이 검게 그을리는 건 정한 이치이지. 게다가 그을려 있는 건 오른쪽이야. 그래서 이 사람은 왼손잡이라고 추정하는 것일세. 램프에 파이프를 가져가 보게. 오른손잡이라면 왼쪽을 램프에 가져가는 것이 자연스럽다는 걸 알 걸세. 한 번쯤은 반대로도 할 수 있겠지만, 늘 그럴 수는 없는 일이지. 이 파이프는 언제나 왼손으로 가지고 있네. 그리고 이자는 호박의 물부리를 물고 있네. 호박을 물어 자국을 내자면 건장한 정력가로서 잇속이 고른 사람이 아니면 안 되지. 그런데 그자가 계단을 올라오는 것 같군. 파이프의 연구 따위보다 재미있는 일이 걸릴 것 같네."

얼마 안 있어 문이 열리고 키가 큰 젊은 사나이가 방으로 들어왔다. 수수한 빛깔의 고급스러운 짙은 잿빛 옷을 입고, 차양이 넓은 갈색 중절모자를 손에 들고 있었다. 내가 볼 때 서른 살 가량이라고 생각되었지만 실제로는 그것보다 더 나이 들어 보였다.

"죄송합니다." 사나이는 쭈뼛거리며 말했다. "노크를 했어야 하는 건데. 노크해야 옳았을 텐데 실례했습니다. 실은 조금 걱정거리가 있어서, 양해해 주십시오."

사나이는 반쯤 실신한 사람처럼 이마를 쓰다듬고는 앉는다기보다는 쓰러지듯 의자에 앉았다.

"요 이틀 밤쯤 잠을 자지 못하셨군요?" 홈즈는 싹싹하고 다정스레 말했다. "불면이라는 것은 일이나 노는 것보다는 신경에 부담을 주는 것이니까요. 그런데 어떤 용건이십니까?"

"조언을 좀 얻을까 하고요. 저는 어찌해야 좋을지 모르겠습니다. 저의 생애는 엉망진창이 되고 만 것만 같습니다."

"나를 탐정으로 의뢰하고 싶다는 거로군요."

"그것뿐이 아닙니다. 사려와 분별이 있는 분으로서, 세상 사정에 통하는 분으로서 당신의 의견을 좀 들려 주셨으면 하고요. 앞으로 어떻게 하면 좋을지 그걸 알고 싶습니다. 가르쳐 주실 것을 간절히 바라고 있습니다."

작은 목소리로 날카롭게 경련을 일으키듯 격렬한 말투로 이야기했지만 말소리만 들어도 애처롭게 느껴졌으며, 말하는 동안에도 내내 의지의 힘으로 성벽을 채찍질하고 있는 것만 같았다.

"아주 미묘한 일입니다" 하고 그는 말했다. "사람이란 대개 자기 가정의 말썽을 남에게 말하기를 싫어하는 법이지요. 그런데 제 아내의 행동을 초면인 두 분과 의논을 해야 하다니! 꼭 의논을 드리지 않으면 안 된다고 생각하니 끔찍합니다. 하지만 어찌해야 좋을지 알 수가 없어 이렇게 조언을 구하러 왔습니다."

"그랜트 먼로 씨……" 하고 홈즈는 말을 꺼냈다.

손님은 의자에서 벌떡 일어났다. "뭐라구요?" 하고 그는 외쳤다.

"저의 이름을 알고 계시나요?"

"남에게 이름을 알리고 싶지 않다면" 하고 싱긋 웃으며 홈즈는 말했다. "모자 안에 이름을 새겨넣지 마시든가, 이야기하는 상대방 쪽으로 모자의 운두를 돌리시는 게 좋겠지요. 지금부터 말씀드릴 참이었습니다만, 이 친구와 나는 이 방에서 수많은 기묘한 비밀을 들어 왔으며 다행히도 고민하는 많은 분들에게 평화를 가져다 줄 수가 있었습니다. 우리는 당신에게도 똑같은 도움을 드릴 수 있으리라고 믿습니다. 시간은 귀중한 것이니까 더 이상 우물쭈물하지 마시고 사건의 내용부터 들려주십시오."

손님은 말하기 거북하여 견딜 수 없다는 듯이 또다시 이마를 쓰다듬어 보였다. 동작과 표정 하나하나에서 내가 짐작할 수 있었던 것은 말수가 적고 융통성이 없는 사람으로서, 약간의 자존심을 가졌고 상처를 드러내 보이기보다는 넌지시 숨겨 두는 성질이라는 것이다.

사나이는 갑자기, 맞잡은 손을 심하게 휘두르면서 이제는 될 대로 되라고 결심한 사람처럼 이야기하기 시작했다.

"사실은 이렇습니다, 홈즈 씨. 저는 결혼을 했는데 지금 3년째 됩니다. 3년 동안 아내와 저는 남 못지않게 서로 사랑했고 행복하게 살아 왔습니다. 저희들 부부는 사고 방식에 있어서도, 말이나 행동에 있어서도 무엇 하나 어긋나는 일이 없었습니다. 그런데 지난 주 월요일부터 두 사람 사이에 별안간 장벽이 생기고 말았지요. 아내의 생활이나 사고 방식에는 마치 길거리에서 만난 여자처럼 저로서는 도무지 이해할 수 없는 점이 있다는 걸 알게 되었습니다. 두 사람의 마음은 따로따로 떨어지고 말았습니다. 저는 어째서 그렇게 되었는지, 그걸 알고 싶은 것입니다.

그런데 이야기를 들어 주시기 전에 명심해 주셔야 할 일이 하나 있습니다. 홈즈 씨, 에피는 저를 사랑하고 있습니다. 이 점만은 오해가 없으시길 바랍니다. 그녀는 그야말로 진심을 다하여 저를 사랑하고 있으며 지금도 예전과 다를 바가 없습니다. 저는 그걸 잘 압니다. 끊임없이 느껴집니다. 그 일에 대해서 논의하고 싶지는 않습니다. 여자가 남자를 사랑하고 있을 때에는, 그것이 저절로 남자에게 느껴지는 법입니다. 하지만 저희들 사이에 무언가 비밀이 있다면, 그 비밀이 풀릴 때까지는 원래의 두 사람으로 돌아갈 수 없습니다."

"그러니까 사실을 들려 주십시오, 먼로 씨"

홈즈는 조급하게 말했다.

"에피의 신상에 관해 알고 있는 일을 말씀드리지요. 제가 처음 아내를 만났을 때, 그녀는 미망인이었습니다. 하긴 무척 나이가 젊어서 겨우 25살이었지요. 그 무렵의 이름은 히브론 부인이라고 했습니다. 어렸을 때 미국으로 건너가 아틀랜타 시에서 살다가 거기서 히브론과 결혼했었는데, 남자는 상당히 잘 나가는 변호사였습니다. 두 사람 사이에는 아이가 태어났습니다만, 그 고장에 악성 황열(黃熱)이 돌아 남편도 아이도 그 병으로 죽었습니다. 저는 남편의 사망 증명서를 보았습니다. 그 바람에 그녀는 미국에 싫증이 나서 이곳으로 돌아와 미들섹스 주의 피너에서 결혼을 하지 않고 있는 이모와 함께 살았습니다. 죽은 남편은 그녀가 어렵지 않게 살 만한 유산을 남겼습니다. 4천 5백 파운드라는 돈이 있었는데, 이것은 그가 잘 투자해 두었기 때문에 평균 7퍼센트의 이자가 붙고 있었다는 것도 말씀해 두는 것이 좋겠지요. 제가 그녀를 만난 것은 피너에 온 지 아직 6개월밖에 되지 않았을 때인데, 우린 서로 사랑하게 되어 2, 3주일 뒤에 결혼했습니다.

저는 홉(뽕나무과에 속하는 다년생의 만초. 그 과실은 건위제, 맥주의 향미제로 쓰임) 장수인데 7, 8백 파운드의 수입이 들어오므로, 저희들은 편하게 살 수 있었습니다. 그래서 노베리에다가 일 년에 80파운드를 내고 아담한 별장을 세 얻었습니다. 이 조촐한 거처는 런던과 가까운데도 시골티가 났습니다. 집 바로 위쪽에는 한 채의 여관과 두 채의 여염집이 있고 바로 맞은쪽 밭 너머에는 별장 한 채가 오뚝 서 있을 뿐, 이밖에는 역으로 반쯤 갈 때까지 집이라곤 없습니다. 때가 되면 저는 장사 때문에 런던에 나가야 했습니다만, 여름에는 일이 없었기 때문에 이 시골집에서 아내와 저는 원하던 대로 즐거운 생활을 보낼 수 있었습니다. 이 고약한 사건이 생기기까지는 우리들 사이에 어두운 그림자란 조금도 없었습니다.

이야기가 더 진척되기 전에 또 하나 말해 두고 싶은 일이 있습니다. 저희들이 결혼했을 때 아내는 자기의 전재산을 저에게 주었습니다. 저로서는 그다지 내키지 않은 일이었습니다. 왜냐하면 만일 제가 하는 일이 실패로 돌아가는 날에는 번거롭게 된다는 것을 알고 있었기 때문이지요. 하지만 아내가 기어이 그렇게 하겠다기에 일단 그렇게 하기로 했습니다. 그런데 6주일쯤 전에 아내가 나한테 와서 말하는 게 아니겠어요.

'잭, 당신이 제 돈을 받으실 때, 언제든지 돈이 필요한 일이 생기면 말하라고 하셨지요?'

'암, 그랬지. 그것은 당신 돈이니까' 하고 저는 말했습니다.

'그럼, 100파운드만 주세요' 하고 그녀는 말하는 거였어요.

이 말을 듣고 저는 좀 놀랐습니다. 아내가 원하는 것은 새 드레스나 뭐 그런 것일 거라고 생각했기 때문이지요.

'대체 무엇에 쓰려고 그러오?' 하고 저는 물어 보았습니다.

'어머, 당신은 저의 은행이 될 뿐이라고 말씀하시지 않았어요? 은행은 그런 걸 묻지 않는 법이에요' 하고 그녀는 농담처럼 말하는 거예요.

'물론 꼭 필요하다면야 돈은 주겠지만 말이야.'

'그래요, 꼭 필요해서 그래요.'

'그런데 무엇에 쓰는지는 왜 말하지 않지?'

'언젠가 이야기하겠어요. 하지만 지금은 안돼요, 잭.'

그래서 저는 그대로 참지 않으면 안 되었습니다. 그리하여 우리들 사이에 비밀이 생긴 것은 그때가 처음이었습니다. 아내에게 수표를 주고 나서 저는 더 이상 그 일을 생각하지 않기로 했습니다. 이 일은 나중에 생긴 일과 아무런 관계도 없을는지 모르겠습니다만, 역시 이야기해 두는 편이 좋을 것 같아서 말씀드리는 겁니다.

아까도 말씀드린 것처럼, 저희들 집에서 그리 멀지 않은 곳에 별장이 있습니다. 두 집 사이에 있는 것은 밭뿐이지만, 그 집에 가자면 큰길을 한참 가다가 샛길로 들어가야 합니다. 별장 바로 맞은쪽에 알맞게 큰 스코틀랜드 전나무숲이 있어서, 저는 그 부근을 즐겨 산책하곤 했었지요. 나무란 언제든지 친한 친구가 되어 주는 것이니까요. 별장은 요 8개월 동안 죽 비어 있었습니다만, 저는 그걸 무척 아깝게 여겼지요. 왜냐하면 그 별장은 인동덩굴이 덮인 고풍스런 포치가 있고 산뜻한 2층 구조로 되어 있거든요. 저는 몇 번인가 그 집 앞에 멈춰 서서 살기 좋은 집이 되련만 하고 생각해 보았습니다.

그런데 지난 주 월요일 저녁때였습니다만, 그 부근을 거닐다가 빈 짐마차가 샛길에서 큰길 쪽으로 오는 것과 마주치지 않았겠습니까. 보니까 별장의 포치 옆 잔디밭에 양탄자니 살림살이 같은 것이 쌓여 있더군요. 드디어 별장에 세들어 살 사람이 나타났다는 걸 첫눈에 알았습니다. 저는 그 앞을 지나쳤다가 할 일 없는 사람처럼 발길을 멈추고는 산더미 같은 짐에 눈길을 보내며 이웃에 이사 온 것은 어떤 사람일까 하고 생각했습니다. 그런데 갑자기 2층의 창문에서 하나의 얼굴이 이쪽을 응시하고 있다는 걸 깨달았습니다.

그 얼굴에 어떠한 특징이 있었는지는 모릅니다, 홈즈 씨. 그러나 등골에 오싹 소름이 끼치는 듯한 느낌이었습니다. 저는 조금 떨어져 있었으므로 얼굴생김은 알 수 없었습니다만, 그 얼굴에는 무언가 부자연스럽고 사람과는 동떨어진 데가 있었습니다. 그러한 인상을 받았으므로 저는 재빨리 앞으로 나가 이쪽을 응시하고 있는 사람을 좀더 가까이에서 보려고 했습니다. 그런데 제가 앞으로 나가자 얼굴은 별안간 보이지 않게 되고 말았습니다. 그것은 나무나도 급작스러운 일이었기 때문에 마치 방 안의 어둠에 끌려 들어가고 만 것처럼 생각되었습니다.

저는 5분쯤 그곳에 서서 그 일을 생각하며 받은 인상을 분석하려고 했습니다. 그 얼굴이 남자인지 여자인지조차 알 수가 없었습니다. 그렇지만 얼굴색만은 저의 마음에 선명하게 남아 있었습니다. 꼭 송장같이 누런 빛인데 몸서리가 날 만큼 부자연스럽고 꼿꼿하게 경직된 느낌을 주었지요. 이대로 잠자코 있을 수 없다는 생각에 저는 별장에 새로 온 사람을 좀더 보아 두리라고 결심했습니다. 다가가서 문을 노크했더니 곧 쌀쌀맞고 사람을 얼씬도 못하게 만드는 생김새의 키가 크고 깡마른 여자가 문을 열었습니다.

'무슨 일이시지요?' 하고 북국 사투리로 여자는 물었습니다.

'저는 저 건너에 살고 있는 이웃 사람입니다' 하고 저희 집 쪽을 턱으로 가리키면서 말했습니다. '방금 이사오신 모양인데, 뭐 좀

도와 드릴 일이라도 있으면 도와드릴까 해서요…….'

'네, 도움이 필요할 때에는 부탁드리러 가겠어요.' 이렇게 말하고서 그 여자는 눈앞에서 문을 쾅 닫고 말았습니다. 무례한 거절 방식에 짜증이 나기에 저는 홱 돌아서자 곧 집으로 갔습니다. 다른 일을 생각하려 해도 밤새도록 창가의 도깨비 같은 얼굴과 여자의 무례한 태도가 제 머리에서 떠나지를 않았습니다. 아내는 신경이 과민하기 때문에 창가의 도깨비 같은 얼굴에 대해서는 한 마디도 해 주지 않았습니다. 그런데 저는 잠자기 전에, '그 별장에 사람이 들었어' 라고 아내에게 말을 해버렸습니다. 이상하게도 아내는 그 말에 대해서 아무런 대답을 하지 않았습니다.

저는 평소 잠만 들면 곯아떨어지는 편이라서 밤중에 아무리 소동이 벌어져도 잠을 깨지 않는다고 집사람한테 놀림거리가 되고 있었지요. 그런데 그날 밤은 방금 말씀드린 그 모험 때문에 조금 흥분했었는지, 여느 때보다는 잠이 깊이 들지 않았습니다. 꿈결 속에 무언가 방안에서 움직이고 있는 것이 어렴풋이 느껴졌는데, 차츰 정신이 들어서 보니 아내가 옷을 입고 살며시 망토를 걸치고 모자를 쓰고 있음을 알았습니다. 이런 시각에 외출 차림을 하는 데 놀라 그것을 책망하려고 투덜대다가, 저는 잠이 덜 깬 눈으로 촛불에 비친 아내의 얼굴을 보고 너무나 놀란 나머지 말도 할 수 없게 되고 말았습니다. 아내는 제가 그제까지 한 번도 본 적 없는 표정을 짓고 있었습니다. 도저히 그런 얼굴은 될 수 없으리라고 생각될 정도였습니다. 새파랗게 질린 얼굴을 하고 숨결을 거칠게 몰아쉬면서 망토의 단추를 끼더군요. 그러면서도 연신 침대 쪽을 보며 제가 잠을 깨지나 않을까 하고 살피고 있지 않겠어요. 이윽고 제가 잠들어 있는 줄로만 생각하고 아내는 살그머니 소리도 없이 방을 나갔습니다. 잠시 있으려니까 날카롭게 삐거덕 하는 소리가 들려왔는데, 그런 소리가 나는 것은 현관문의 돌쩌귀 말고는 없습니다. 저는 일어나 앉아 침대의 난간을 주먹으로 쳐서 제가 정말로 잠이 깨어 있다는 것을 확인해 보았습니다. 그리고 베개 밑에서 회중시계를 꺼냈습니다. 오전 3시였습니다. 대체 아내는 새벽 3시에 시골 길에서 무엇을 하고 있는 것일까?

저는 20분 가량 이것저것 생각하며 어떻게든 납득이 될만한 설명을 찾아내려 애쓰고 있었습니다. 하지만 생각하면 할수록 더욱 더 이상한 일로 생각되고 납득이 가지 않는 것이었습니다. 제가 여전히 속을 태우고 있으려니까 또다시 문 닫히는 소리가 들리더니 계단을 올라오는 아내의 발소리가 귀에 들려왔습니다.

'도대체 이 밤중에 어디를 갔다 오는 거요, 에피?' 그녀가 방으로 들어오자마자 저는 물었습니다.

제가 입을 연 순간 아내는 흠칫하며 놀라는 소리를 냈는데, 그 놀란 목소리며 놀라는 폼이 다른 무엇보다도 제 마음을 어지럽히고 말았습니다. 왜냐하면 그 거동에는 뭐라고 말할 수 없이 꺼림칙한 것이 있었기 때문입니다. 아내는 언제나 숨기는 것이 없는 솔직한 성격의 여자였으므로, 제 방에 살그머니 들어온 것도 그렇거니와 제가 묻는 소리에 비명을 지르며 겁을 먹고 있는 것을 보았을 때에 저로서는 몸서리가 쳐질 뿐이었습니다.

'잠이 깨셨었군요, 잭?' 아내는 신경질적으로 웃으며 외쳤습니다. '어떤 일이 있어도 당신은 잠이 깨지 않는다고 생각했었어요.'

'어디에 갔었지?' 저는 더욱 엄한 투로 물었습니다.

'깜짝 놀라셔도 무리는 아니에요.' 아내는 이렇게 말은 했지만, 망토의 단추를 푸는 손가락이 와들와들 떨리고 있는 게 똑똑히 보였습니다. '글쎄, 이런 일은 지금까지 한 적이 없는 걸요, 뭐. 사실을 말하면, 전 숨이 막힐 듯이 답답해서 신선한 공기를 마시고 싶었던 거예요. 밖에 나가지 않았다면 정신을 잃고 말았을지도 몰라요. 2, 3분 현관 앞에 서 있었더니 이제 괜찮아졌어요.'

이와 같은 변명을 하고 있는 동안 아내는 내내 한 번도 저에게 눈길을 보내지 않았습니다. 목소리도 여느 때의 톤과는 전혀 다른 것이었습니다. 말하고 있는 일이 거짓말이라는 게 분명했습니다. 저는 아무 대답도 하지 않고 벽 쪽으로 얼굴을 돌렸습니다만, 마음은 고민과 온갖 의혹으로 가득했습니다. 아내가 나에게 숨기고 있는 것은 무엇일까. 대체 어디에 가 있었던 것일까. 그것을 알기까지는 마음이 가라앉지 않을 것 같았습니다만, 거짓말이라도 일단 그렇게 말을 했으므로 또다시 되물을 생각은 하지 않았던 것입니다. 그날 밤은 새벽녘까지 이리저리 뒤척거리며 아무렇지도 않다고 생각을 거듭했습니다만, 모든 게 정말 믿겨지지가 않았습니다.

이튿날은 시티(런던의 금융 산업의 중심지)에 가기로 되어 있었는데, 마음이 너무 산란하여 사업에 대해선 생각할 경황도 없었습니다. 아내도 저와 같은 모양으로 제 눈치를 살피는 듯한 시선으로 봐서, 아내가 한 말을 제가 믿지 않는다는 것을 알아차리고 어떻게 하면 좋을까 궁리에 잠겨 있음을 알았습니다. 아침 식사 중 저희들은 한 마디도 말을 나누지 않았으며, 식사가 끝나자 곧 신선한 아침 공기 속에서 이 일을 생각하기 위해 저는 산책에 나섰습니다.

수정궁(水晶宮)까지 산책길을 연장시켜 정원에서 1시간쯤 있다가 1시경에 노베리로 돌아갔습니다. 마침 그 별장 앞을 지나게 되었으므로 창가를 바라보며 전날 저를 노려보고 있던 이상한 얼굴이 또 보이지나 않을까 잠시 동안 서 있었습니다. 제가 그곳에 그렇게 서 있는데 갑자기 문이 열리더니 아내가 나오는 거였어요! 그때의 제 놀라움을 상상해 보십시오, 홈즈 씨.

저는 아내의 모습을 보고 깜짝 놀라 말도 할 수 없었습니다만,

저희들의 눈이 마주쳤을 때 아내의 얼굴에 나타난 놀라움에 비하면 저의 놀라움은 아무것도 아니었습니다. 한순간 아내는 다시금 집안에 돌아가고 싶은 눈치였지만, 잠시 있다가 숨겨 보았자 헛일임을 알고 성큼성큼 걸어서 다가왔는데, 그 파랗게 질린 얼굴이며 겁먹은 눈초리를 입가의 미소로 얼버무릴 수는 없었습니다.

'어머, 잭! 새로 이사오신 분에게 도와 드릴 일이라도 없을까 하고 찾아왔던 거예요. 어째서 그런 얼굴로 저를 바라보는 거지요, 잭? 마음에 드시지 않는 일이라도 있으세요?'

'그렇고말고, 어젯밤에 온 곳이 여기로군.'

'그게 무슨 말이지요?'

'여기에 왔었겠지. 나는 다 알고 있어. 그런 시각에 찾아오다니, 여기 사는 사람들이 누구야?'

'여기 온 것은 이번이 처음이에요.'

'거짓말이라는 걸 다 알고 있는데 어떻게 그런 뻔뻔스러운 소리를 할 수 있지? 당신이 지껄일 때에는 목소리까지 달라지고 말아. 내가 당신한테 뭐든 숨긴 일이 있었소? 이 별장에 들어가 문제를 철저하게 알아보아야겠어.'

'안돼요, 안돼요. 잭, 제발 부탁이에요!' 하고 마음의 혼란을 억누르지 못하고 아내는 헐떡이면서 말했습니다. 이윽고 제가 문에 다가갔더니 제 소매를 잡고 발작적인 기세로 저를 끌어당기는 것이었어요.

'제발 그러지 말아요, 잭. 언젠가는 전부 이야기할 것을 맹세하겠어요. 하지만 당신이 이 별장에 들어가시면 불행한 일밖에 되지 않아요' 하고 아내는 외쳤습니다. 제가 그래도 그녀를 뿌리치며 가려고 하자, 저에게 매달리며 미칠 듯이 애원하는 것이었어요. '저를 믿어 줘요, 잭! 이번만은 저를 믿어요. 믿어 주셔도 후회할 일은 없을 거예요. 알고 계실 테지만 당신을 위해서 하는 일이 아니라면, 전 당신 몰래 하는 그런 짓은 하지 않아요. 우리의 생애는 모두 이 일에 걸려 있는 거예요. 당신이 저와 함께 돌아가 주신다면 만사가 잘 될 거예요. 억지로 이 별장에 들어가신다면 우리는 이제 끝장이에요.'

그 태도는 너무도 진지하고 결사적인 데가 있었으므로, 저는 아내의 말에 찔끔하여 문 앞에서 결심을 정하지 못하고 있었습니다.

'조건부로 믿기로 하지, 한 가지만 조건을 달고서 말이오.' 마침내 저는 말했습니다. '이런 비밀은 이걸로 끝을 내야 해. 당신은 멋대로 비밀을 지켜도 좋지만, 밤에 어딘가 나가거나 나에게 알리지 않는 그런 일은 이제 않는다고 약속해 줘. 이제부터는 그런 짓을 않겠다고 약속하면 지나간 일은 기꺼이 잊겠소.'

'꼭 믿어 주시리라고 생각했어요' 하고 그녀는 한숨 돌리며 외쳤습니다. '당신이 말씀하신 것처럼 하겠어요. 돌아갑시다. 자, 집으로 돌아가요!' 저의 소매를 움켜잡은 채 아내는 별장에서 저를 끌어내려고 했습니다. 돌아가면서 문득 뒤돌아보았더니 2층 창문에서 그 흐리터분하고 누런 색깔의 얼굴이 저희를 응시하고 있잖겠어요. 그 도깨비와 저의 아내 사이에 어떤 관계가 있는 것일까요. 또 전날에 본 그 무례하기 짝이 없는 여자와 아내는 어떤 연관이 있는 것일까요. 아주 이상한 수수께끼였습니다만, 그것이 풀리기까지는 도저히 안심할 수가 없습니다. 그리고 이틀 동안 저는 집에 있었는데, 아내는 약속을 잘 지켜주었습니다. 제가 아는 한 그녀는 집에서 한 걸음도 밖에 나가지 않았으니까요. 하지만 3일째 되는 날, 나와 그토록 굳게 약속했으면서도, 아내라는 책임과 의무로도 붙잡아 둘 수 없는 어떤 비밀스런 힘이 아내를 움직인다는 분명한 증거를 보게 되었습니다.

저는 그날 시내에 나갔었는데, 언제나 타는 3시 36분의 기차가 아니라 2시 40분 기차로 돌아왔습니다. 집에 들어가니 하녀가 놀란 얼굴을 하고 현관으로 뛰어나왔습니다. '아줌마는 어디에 계시지?' 하고 저는 물었습니다.

'산책 나가셨어요'라고 하녀는 대답했습니다.

제 마음은 그 말을 듣자 의심으로 가득해졌습니다. 2층으로 뛰어올라가 아내가 없음을 확인했습니다. 확인하면서 2층의 창문에서 문득 밖을 내다보았더니 방금 제 말에 대답을 한 하녀가 별장 쪽으로 밭을 가로질러서 달려가는 게 보이지 않겠어요. 그래서 저는 모든 것을 알았습니다. 아내는 별장에 가 있으며, 제가 돌아오면 부르러 오라고 부탁해 두었던 겁니다. 저는 화가 치밀어 견딜 수가 없어 밑으로 뛰어 내려가, 이 문제를 깨끗이 후련하게 결판을 내리라 작정하고 밭 속을 뛰어갔습니다. 아내와 하녀가 서둘러 샛길로 돌아오는 것이 보였습니다만, 저는 걸음을 멈추고 말을 걸지도 않았습니다. 저 별장에는 저의 생활에 그림자를 드리우는 비밀이 있는 겁니다. 어떠한 일이 될지라도 단연코 비밀을 캐내고야 말리라고 맹세했습니다. 별장에 닿자 저는 노크도 않고서 손잡이를 돌려 복도에 뛰어들었습니다.

아래층은 쥐죽은 듯이 조용하기만 했습니다. 부엌에는 불에 올려놓은 주전자가 딸깍딸깍 끓고 있고 커다란 검은 고양이가 바구니 속에 웅크리고 있을 뿐, 전에 본 여자의 모습은 없었습니다. 저는 다른 방에 뛰어들어가 보았지만 거기에도 사람은 없었습니다. 그래서 2층에 뛰어올라갔는데, 그곳의 두 방도 모두 휑뎅그렁하니 아무도 없지 않겠어요. 온 집 안에 아무도 없는 거예요. 방의 가구라든가 그림 따위는 극히 흔해 빠지고 속된 것이었는데, 제가 그 창문에서 이상한 얼굴을 본 방만은 별도로 그곳의 장식은 아늑하고 고상했는데 맨틀피스에 아내의 전신 사진이 얹혀져 있었습니다. 제 마음 속엔 의혹이 불길처럼 활활 타올랐습니다. 그 사진은 불과 석 달 전에 제가 권하여 찍은 것이었으니까요.

별장에는 전혀 아무도 없다는 것이 확인될 때까지 저는 갈팡질팡하고 있었습니다. 사람이 없다는 걸 알고 별장을 나왔습니다만 그렇게 짓눌리듯 답답한 심정은 처음 겪었습니다. 집에 들어가니 아내가 현관으로 나왔습니다만, 너무나 기가 차고 화가 나서 말을 할 기분도 나지 않아 그녀를 본체만체하고 서재로 들어가 버렸습니다. 하지만 제가 문을 닫기 전에 아내는 안으로 들어왔습니다.

'약속을 어겨서 미안해요, 잭. 하지만 사정을 전부 알게 되면 꼭 용서해 주시리라고 믿어요.'

'그렇다면 모든 걸 이야기해요.'

'그것이 글쎄 도저히 이야기할 수가 없어요, 잭.'

'저 별장에 누가 살고 있는지, 당신이 그 사진을 준 것이 누구인지 나에게 이야기하기 전에는 우리들 사이에 신뢰 같은 것이 있을 수 없소!' 저는 이렇게 말하고서 아내를 뿌리치고 집을 나왔습니다. 그것이 어제의 일입니다, 홈즈 씨. 그러고 나서는 아내와 만나지도 않았습니다. 이 괴상한 사건에 대해서 그 이상은 아무것도 모릅니다. 저희들 사이에 어두운 그림자가 드리워진 것은 이번 일이 처음이지요. 이 같은 타격을 받고 보니 저는 이제부터 어떻게 해야 좋을지 분간을 못하겠습니다. 오늘 아침에 갑자기 당신 생각이 나기에 이렇게 허둥지둥 달려와서 숨김없이 말씀드리는 것입니다. 아직도 분명치 않은 점이 있다면 무엇이든지 물어 봐 주십시오. 그러나 우선 어떻게 하면 좋은지 그것부터 빨리 가르쳐 주십시오. 이런 불행은 도저히 견딜 수가 없어서 그럽니다."

홈즈와 나는 대단히 흥미를 갖고서 이 예사롭지 않은 이야기에 귀를 기울였지만, 그는 극도로 흥분한 나머지 메다꽂는 듯한 말투로 띄엄띄엄 이야기하는 것이었다. 홈즈는 턱을 괴고 생각에 잠긴 채 잠시 동안 잠자코 있었다.

"당신이 창가에서 본 얼굴을 남자라고 단언할 수 있습니까?" 하고 그는 곰곰이 생각한 끝에 물었다.

"얼마쯤 거리를 두고 보았기 때문에 분명히 그렇다고는 할 수 없습니다."

"어쨌든 그것을 보았을 때 아주 좋지 않은 인상을 받으신 모양이지요?"

"얼굴색이 부자연스럽고 생김새가 이상하게도 뻣뻣한 느낌이 들었습니다. 제가 다가가자 휙 사라져 버리더군요."

"부인이 100파운드가 필요하다고 하고 나서 얼마나 지났을 때입니까."

"그럭저럭 두 달이 되어 갑니다."

"부인의 전남편 사진을 보신 적이 있습니까?"

"아뇨, 없습니다. 죽은 직후에 아틀랜타에 큰 화재가 일어나 서류고 뭐고 전부 불타고 말았지요."

"사망 진단서는 가지고 있지 않았습니까? 당신은 그것을 보았다고 하지 않았나요?"

"네, 보았습니다. 화재 후 사본을 떼어 두었던 거지요."

"미국에서 부인을 알고 있던 사람과 만난 적이 있습니까?"

"아뇨, 없습니다."

"부인께서는 또 미국에 가고 싶다는 말씀을 하신 적은 있습니까?"

"없는데요."

"미국에서 편지를 받으신 일은?"

"제가 아는 한 그것도 없습니다."

"고맙습니다. 그런데 이 문제를 좀 생각해 보고 싶군요. 그 별장에 앞으로 사람이 안 보인다면 꽤 까다로운 일이 되겠군요. 만일 이것과 반대로——나는 아무래도 이게 진상인 듯 싶은데, 그 집 사람들이 어제 당신이 오는 것을 통지받고 당신이 들어가기 전에 달아나 버렸다고 한다면, 지금쯤은 벌써 돌아와 있을 테니 해결은 쉽사리 나겠지요. 그래서 부탁드리겠는데, 노베리에 돌아가셔서 다시 한번 별장의 창문을 조사해 주십시오. 사람이 살고 있다고 믿어지거든 억지로 들어가지는 마시고 우리에게 전보를 쳐 주십시오. 30분 이내에 그리로 가서, 사건의 진상을 곧 밝혀 드리겠습니다."

"하지만 집이 아직 비어 있다면?"

"그 경우에는 내일 이쪽에서 찾아가 의논을 드리겠습니다. 그럼, 안녕히 가십시오. 특별히 말해 두지만, 뚜렷한 이유도 없는데 너무 걱정해서는 안 됩니다."

홈즈는 그랜트 먼로를 문까지 배웅하고 나서 돌아오더니 말했다.

"이것은 꽤 까다로운 사건이야, 왓슨. 자네는 어떻게 생각하나?"

"기분 나쁜 이야기였어"라고 나는 대답했다.

"그럴 테지. 내 눈에 잘못이 없다면 공갈이 얽혀 있네."

"그래, 공갈의 장본인은 누구이지?"

"그것은 그 별장의 하나뿐인 아늑한 방에 있으며, 그녀의 사진을 맨틀피스에 장식해 둔 녀석일 것이 뻔하지. 확실히 왓슨, 창가의 그 흙빛 얼굴에는 뭔가 수상쩍은 데가 있어. 어떤 일이 있더라도 그것만은 틀림없어."

"어떤 추론이 있나?"

"있지. 가정적인 것이지만 말야. 그러나 그것이 아니라고 한다면 나는 두손 들고 말 거야. 그 별장에 있는 건 여자의 전남편이야."

"어째서 그렇게 생각하나?"

"그렇지가 않다면 두 번째 남편을 그 집에 들이지 않으려고 미친 사람처럼 떠들어대는 이유를 알 수가 없지 않은가. 내가 본 바로는, 아마도 진상은 이런 것일 거야. 이 여자는 미국에서 결혼했다. 그런데 남편은 뭔가 저주스러운 성질을 나타내기 시작했다. 아니, 그보다도 오히려 이렇게 말하는 편이 좋을지 몰라. 고약한 병에 걸려 문둥이나 천치가 되었다. 그녀는 마침내 남편으로부터 도망쳐서 영국으로 돌아와 이름을 바꾸고 생각대로 새로운 인생을 시작했다. 두 번째 결혼을 하여 3년이나 되었으니 이제 자기 위치는 안전하다고 믿었다. 그런데 느닷없이 전 남편이——또는 그 병자와 함께 살게 된 불행한 여자일 수도 있고——그녀가 어디 사는지 알게 되었다. 그들은 편지를 보내 모든 것을 폭로하겠다고 협박한다. 아내는 남편에게 100파운드를 얻어서 그들을 달랬지만 그들은 결국 찾아왔고, 남편이 지나가는 말로 별장에 누가 새로 이사왔다고 했을 때 아내는 자기를 협박하는 자라는 것을 눈치채게 된다. 아내는 남편이 잠들기를 기다렸다 달려가서, 자기의 생활을 훼방 놓지 말아 달라고 설득한다. 그것이 잘 되지 않으므로 이튿날 아침에도 찾아간다. 그래서 아까 들었던 것처럼 막 나오려고 하는데 남편과 얼굴이 마주쳤던 것이다. 그리하여 별장에는 이제 가지 않겠다고 약속했던 것인데, 이틀 뒤에 그 무서운 이웃 사람을 쫓아 버리고 싶다는 심정에 지고 말아 아마 저쪽에서 요구한 사진을 가지고 가서 다시 한 번 교섭한다. 이 교섭을 벌이는 사이 하녀가 달려와서 남편이 돌아왔다고 알린다. 그것을 듣자 아내는 남편이 곧 별장으로 달려올 것을 알고 협박자들을 재촉하여 뒷문으로 나가 집 옆에 있는 전나무 숲 속으로 달아나게 한다. 이런 상황이므로 남편이 가 보았을 땐 집에는 아무도 없다. 하지만 오늘 밤 그자가 별장을 정찰했는데도 역시 아무도 없다고 하면 나는 정말 놀랄 수밖에 없네. 내

추론을 어떻게 생각하나?"
"억측에 지나지 않아."
"하지만 적어도 이것에 모든 사실이 포함되어 있네. 이것에 포함되지 않은 새로운 사실을 알게 되더라도 고쳐 생각할 틈은 충분히 있어. 지금 현재로서는 노베리의 그자로부터 전보가 오기까지는 아무것도 손을 쓸 수가 없어."

하지만 오래 기다릴 것도 없었다. 전보가 배달된 것은 막 차를 마시고 났을 때였다.

별장에는 아직도 사람이 살고 있음. 창가에 그 얼굴이 또 보였음. 7시 기차로 와주기 바람. 도착까지는 손을 대지 않겠음.

기차에서 내려 보니 그는 플랫폼에서 기다리고 있었다. 역의 램프 불빛 아래 그의 얼굴빛은 몹시 창백했으며, 흥분으로 떨고 있었다.

"아직 있습니다, 홈즈 씨." 그는 홈즈의 소매에 손을 얹으며 말했다. "이곳에 올 때도 불이 켜져 있었습니다. 어서 속 시원히 해결하고 싶군요."

"그래, 당신의 계획은?" 우리들이 어두운 가로수 길을 걷기 시작하자 홈즈가 물었다.

"저는 안으로 뛰어들어가서 거기 있는 것이 누구인지, 이 눈으로 보고 규명할 작정입니다. 두 분께서는 증인이 되어 주십시오."
"수수께끼를 풀지 않는 편이 좋다고 부인께서 말씀하고 계신데, 기어이 그렇게 하실 결심입니까?"
"네, 저의 마음은 결정됐습니다."
"그렇군요. 그렇다면 올바른 판단을 내리신 걸로 믿겠습니다. 뚜렷하지 않은 의혹보다는 어떤 일이라도 진실 쪽이 낫습니다. 곧 가는 편이 좋겠죠. 물론 법률적으로는 지금부터 하는 일이 변명할 여지가 없이 불법 행위이긴 하지만, 감히 할 만한 가치는 있겠지요."

몹시 어두운 밤이었다. 본길로부터 양쪽에 생울타리가 있는 깊은 수레바퀴 자국이 나 있는 비좁은 샛길로 들어섰을 무렵에는 이슬비가 내리기 시작했다. 하지만 그랜트 먼로 씨는 초조한 듯 앞장서 나갔으므로 우리들은 넘어질 뻔해 가면서 열심히 뒤를 쫓았다.

"저것이 저의 집 불빛입니다." 나무 사이에 아른거리는 불빛을 손가락질하며 그는 작은 목소리로 말했다. "그리고 이것이 지금부터 들어갈 별장입니다."

먼로가 그렇게 말하고 있는 사이 우리들이 샛길을 꼬부라지자, 바로 곁에 건물이 보였다. 캄캄한 전경에 한 가닥의 노란 선이 드리워져 있는 것을 보니 문이 제대로 닫혀 있지 않은 모양이고, 2층의 창문 하나만이 환하게 불이 켜져 있었다. 올려다본 순간 블라인드 너머로 검은 그림자가 움직이는 게 보였다.

"그 도깨비가 있습니다!" 그랜트 먼로는 외쳤다. "누군가 있는 게 당신들에게도 보이겠지요? 자, 뒤따라 주세요. 곧 모든 일을 알게 되는 겁니다."

우리들은 문으로 다가갔다. 그때 갑자기 어둠 속에서 한 여자가 나타나 새어나오는 램프 불빛 속에 섰다. 짙은 어둠이라 나에게는 얼굴이 보이지 않았지만 두 팔을 벌리며 애원하는 태도를 보였다.

"제발 소원이니 그만둬요, 잭!" 여자는 외쳤다. "오늘 밤에 오시리라는 예감이 들었어요. 네, 여보. 생각을 돌려주세요. 다시 한 번 저를 믿어줘요. 그렇게 하면 후회할 일도 없어요."

"이제 이 이상은 믿을 수 없소, 에피!" 하고 그는 매섭게 말했다. "놓아 줘! 무슨 일이 있어도 들어가는 거야. 친구들과 함께 이 문제를 속 시원히 해치우겠어."

먼로가 아내를 옆으로 밀어젖혔으므로 우리들도 그 뒤를 따랐다. 그가 문을 홱 열자마자 한 중년 여자가 그의 앞으로 뛰어나와 들어오지 못하게 막으려고 했지만, 그는 여자를 밀어젖혔다. 우리는 곧 계단을 뛰어올라갔다. 그랜트 먼로는 불이 켜진 위쪽의 방으로 뛰어들었다. 우리들도 뒤따라 들어갔다.

방은 아늑했고 훌륭한 가구도 놓여져 있었으며 테이블 위에 두 자루, 맨틀피스에도 두 자루 촛불이 켜져 있었다. 방 한구석에는 책상 위에 엎드린 소녀인 듯싶은 모습이 보였다. 우리들이 들어가자 얼굴을 외면했지만, 빨간 옷을 입고 긴 흰 장갑을 끼고 있다는 걸 알았다. 소녀가 문득 돌아보았을 때, 나는 놀라움과 공포의 외마디 소리를 질렀다. 이쪽으로 향해진 얼굴은 이상하기 짝이 없는 흙빛으로, 얼굴 생김새에는 표정이라고는 전혀 없었다. 그러나 그 수수께끼는 곧 풀렸다. 홈즈가 웃으면서 아이의 귀 뒤로 손을 가져가자, 얼굴에서 가면이 벗겨지고 새까만 흑인 소녀가 반짝반짝 빛나는 새하얀 이를 드러내며 우리들의 놀란 얼굴을 보고 재미있어하고 있는 것이었다. 나는 소녀가 재미있어하는 것에 휘말려들어 푸 하며 웃음을 터뜨리고 말았지만, 그랜트 먼로는 자기의 목을 움켜쥔 채 지그시 바라보고 있었다.

"아니! 이게 어찌된 일이지?" 하고 먼로는 외쳤다.

"그 까닭을 말씀드리지요" 하고 방에 들어온 부인은 자랑스러운 듯이 침착한 얼굴로 말했다. "말씀드리지 않으려고 마음먹고 있었지만 아무래도 그럴 수 없게 되고 말았어요. 지금부터 우리는 최선을 다하지 않으면 안됩니다. 저의 남편은 아틀랜타에서 죽었지만 아이는 살아남아 있었습니다."

"당신 아이가!"

아내는 가슴에서 커다란 은 로켓을 꺼내며 말했다. "이걸 여는 것을 못 보셨겠지요?"

"열리는 것이라고는 생각도 못했었지."

아내가 용수철에 손을 대자 표면이 조개껍질처럼 열렸다. 안에는 한 남자의 사진이 들어 있었다. 사진의 인물은 이목구비가 뚜렷한 미남으로 총명해 보였으나, 얼굴 생김새에는 의심할 데 없는 아프리카인의 피가 흐르고 있었다.

"이 사람은 아틀랜타의 존 히브론입니다. 이 세상에서 이보다 더 훌륭한 이는 없었습니다. 저는 이 사람과 결혼하기 위해 백인종과의 인연을 끊었습니다만, 이 사람이 살아 있는 동안 단 한 순간이라도 그것을 뉘우친 적은 없었습니다. 다만 하나뿐인 딸이 저를 닮지 않고 아버지를 닮은 것은 불행이었습니다. 그러한 결혼에는 흔히 있는 일입니다만, 제 딸 루시의 피부 색깔은 아버지보다 훨씬 더 검습니다. 하지만 검든 희든 이 아이는 저의 귀여운 친딸로, 너무나 소중한 아이입니다."

그 말에 소녀는 달려와 부인의 옷에 매달렸다.

"제가 이 아이를 미국에 두고 왔던 것은 몸이 약했으므로 환경이 바뀌면 건강에 나쁘다고 생각했기 때문입니다. 그래서 전에 저희들의 하녀였던 충실한 스코틀랜드 태생의 여자에게 맡겼습니다. 저는 이 아이를 버려야겠다고 생각한 적은 단 한 번도 없습니다. 하지만 잭, 이상한 인연으로 당신과 알게 되고 당신을 사랑하게 되고 나서부터 당신에게 아이의 일을 말하는 게 무서워졌습니다. 하느님, 용서해 주십시오. 저는 당신에게 버림받을 것이 겁이 나서 이야기할 용기가 없었던 거예요. 당신과 아이를 놓고 어느 한쪽을 선택해야 했을 때, 저는 마음이 약해서 그만 귀여운 친딸을 떨쳐 버리고 말았습니다. 저는 3년 동안 당신에게 아이가 있음을 비밀로 해 두었습니다만, 유모로부터 소식을 들어 아이가 무사하다는 걸 알고 있었습니다. 하지만 마침내 다시 한 번 내 자식의 얼굴을 보고 싶다는, 어쩔 수 없는 소망이 끓어 올랐습니다. 싸워도 보았습니다만 소용이 없었습니다. 위험하다는 걸 잘 알고 있었지만 단 2, 3주일 동안이라도 좋으니 아이를 불러오기로 결심했습니다. 유모에게 100파운드의 돈을 보내 주고 이 별장에 대해 여러 가지 지시를 했습니다. 겉으로 보기에는 저하고 아무런 관계가 없는 이웃 사람처럼 올 수 있게 말입니다. 저는 신경을 써서 창가에서 이 아이의 모습을 본 사람들이 이웃에 검둥이 아이가 있다는 소문을 퍼뜨리는 일이 없도록 낮에는 아이를 집 안에 가둬 두고 얼굴이나 손을 숨겨 두도록 일렀습니다. 이렇게 조심스럽게 하지 않았더라면 일이 좀더 잘 되었을지도 모르지만, 당신한테 이 사실이 알려지지나 않을까 걱정이 되어 정신이 반쯤 돌아 있었던 거예요.

별장에 사람이 들었다고 먼저 가르쳐 주신 것은 당신이었습니다. 저는 아침까지 기다리는 편이 좋았겠지만 흥분해 버려 잠이 오지 않았습니다. 그래서 끝내 당신이 좀처럼 잠을 깨는 일이 없다는 걸 알고 있었으므로 밤에 살며시 빠져 나왔습니다. 하지만 당신이 보고 계셨으므로, 저의 괴로움은 시작되었습니다. 이튿날 저의 비밀은 당신에게 들키고 말았습니다만, 고맙게도 당신은 그 비밀을 당장 캐내려고 하지 않으셨습니다. 그러나 그로부터 3일 뒤 당신이 현관으로 뛰어들어 오셨을 때, 유모와 아이는 가까스로 뒷문을 통해 달아났습니다. 그리고 오늘밤, 마침내 당신은 모든 걸 알고 말았습니다. 부디 말씀해 주세요. 저희들——아이와 저 말입니다만, 어떻게 하면 좋을까요?"

여자는 두 손으로 아이를 부여잡고 대답을 기다렸다.

그랜트 먼로가 침묵을 깨기까지의 2분간은 길었다. 그가 준 대답은 생각해 보는 것만으로도 기분이 좋은 것이었다. 그는 소녀를 안아 올려 입을 맞추더니 소녀를 안은 채 한 손을 아내 쪽으로 내밀고는 문 쪽으로 돌아섰다.

"집에 돌아가 좀더 편한 자세로 의논합시다. 나는 그다지 좋은 사람이 아니오, 에피. 그러나 당신이 생각하고 있는 것보다는 좋은 사나이일 거요."

홈즈와 나는 그들의 뒤를 따라 샛길로 나갔다. 샛길에 나서자 홈즈는 나의 소매를 잡아끌며 말했다. "우리들은 노베리보다도 런던 쪽에 볼 일이 있을 것 같은데."

홈즈는 이 사건에 관해 더 이상 아무 말도 하지 않았지만, 그날 밤 늦게 촛불을 가지고 침실로 갈 때 말했다.

"왓슨, 내가 내 힘을 너무 믿거나 사건에 대해서 정당한 노력을 하지 않는 것이 눈에 띄거든, 내 귓가에 대고 '노베리'라고 속삭여 주게나. 그렇게 해준다면 대단히 고맙겠어."

증권 중개인

나는 결혼을 하고 곧 파딩턴 지구에 개업권을 사들였다. 나에게 권리를 판 늙은 의사 파쿠어는 한때 일반 개업의로서 꽤나 번창했었는데, 나이도 나이인데다가 지병인 무도병(舞蹈病 ; 얼굴·손·발·혀 등이 마음대로 되지 아니하고 심하게 움직여서 늘 불안한 상태에 빠지는 신경병)이 있어서 지금은 환자 수가 꽤 줄어들었다. 세상 사람들이 그리 생각하는 것도 탓할 것은 못되지만 남의 병을 고칠 의사가 제 병도 못 고치고 있다면 의사로서의 능력을 의심받게 마련이다. 이런 연유로 해서 방금 말한 의사의 건강이 쇠약해짐에 따라 환자가 점점 줄어들어 마침내 내가 권리를 샀을 무렵에는 연수입이 천 2백 파운드에서 천 3백 파운드 남짓이었다. 그렇지만 나는 젊었고 자신이 있었기 때문에 2, 3년 지나면 영업이 지난날 못지않게 번창할 것이라고 확신하고 있었다.

개업하여 석 달 동안, 나는 일에 몰두해 있었으므로 친구인 셜록 홈즈와는 거의 만나지 않았다. 왜냐하면 나는 나대로 바빠서 베이커 거리를 찾아갈 틈이 없었고, 홈즈는 홈즈대로 직무상의 볼일이 없는 한은 아무데도 가지를 않기 때문이었다.

그런데 6월의 어느 날 아침, 아침 식사를 끝내고 〈영국 의학 회보〉를 읽고 있는 참이었다. 초인종 소리가 들리더니 옛 친구 홈즈의 날카롭고 약간 째지는 듯한 목소리가 들려왔다. 나는 무척 놀랐다.

"여, 왓슨." 큰 걸음으로 방 안에 들어서면서 그는 말했다. "오랜만인걸. 부인께서는 '4명의 서명'에 충격을 좀 받으셨겠지만, 이제는 완전히 괜찮아지셨겠지?"

"고마워, 우린 둘 다 아주 건강하네."

나는 힘을 주어 악수하면서 말했다.

"그리고 또" 그는 흔들의자에 앉으며 말했다. "의사 일에 열중하느라고 우리들의 추리 문제에 자네가 언제나 보여 주던 흥미를 잃어버린 건 아니겠지, 왓슨?"

"천만의 말씀. 바로 어젯밤에도 나는 헌 노트를 조사하며 과거의 일들을 분류하고 있었다네."

"설마 콜렉션이 그걸로 끝이라는 생각은 않을 테지."

"무슨 소리야. 그런 경험을 더할 수만 있다면 더 이상 바랄 나위가 없지."

"그래, 그렇다면 오늘은 어떤가?"

"아, 좋아. 자네만 좋다면."

"버밍엄까지 가는 걸세."

"좋고 말고, 자네가 원한다면."

"환자들의 진찰은 어떻게 하지?"

"이웃집 의사가 외출할 때는 내가 대신 봐 주고 있으니까, 그쪽도 신세를 갚아 주겠지."

"하하, 거 참 편리하게 되었군!" 홈즈는 의자에 몸을 기댄 채 눈을 반쯤 감고 눈꺼풀 아래에서 날카롭게 나를 쳐다보며 말했다. "자네는 요즘 건강 상태가 좋지 않았군그래. 여름철 감기는 약간 괴로운 법이라네."

"실은 지난 주일에 사흘 가량 몹시 오한이 들어 집에 틀어박혀 있었다네. 하지만 이제는 완전히 나은 것 같아."

"그럴 테지. 상당히 원기가 있어 보이네."

"그런데 자네는 어떻게 내가 병난 걸 알았지?"

"여보게, 자네는 나의 방식을 알고 있잖나."

"그렇다면 추리로 알았단 말인가?"

"그렇다네."

"어떤 점에서?"

"자네의 슬리퍼를 보고 알았지."

나는 내가 신고 있는 에나멜 가죽 슬리퍼에 눈길을 보내며 "대체 어떻게……" 하고 말을 꺼내기 시작했는데, 홈즈는 나의 물음이 끝나기도 전에 대답을 시작했다.

"자네의 슬리퍼는 새 것이야. 그것은 산 지 3주일밖에 되지 않았어. 지금 내 쪽을 향하고 있는 밑바닥에는 조금 그을린 데가 있네. 나는 잠시 동안 그것이 젖어서 말리다가 태웠구나 하는 생각을 했는데, 신발 거죽 근처에 상인들이 가격 암호로 쓴 조그맣고 동그란 봉합지가 붙어 있어. 젖었다면 이것은 물론 떨어져 있을 게 아닌가. 그러므로 자네는 난로 앞에 두 다리를 벌리고 있었던 것이 되는데, 건강한 사람이라면 아무리 비가 잦은 6월이라 해도 그런 짓은 하지 않을 걸세."

홈즈의 다른 추리와 마찬가지로 이것도 설명을 듣고 나니 간단하기 이를 데 없는 것이었다. 그 심정을 나의 얼굴 표정에서 읽어 내자, 그는 씁쓸한 미소를 지었다.

"나는 설명을 하고나면, 아무래도 속셈을 가르쳐 주고 만 것 같은 느낌이 드네. 원인은 말하지 말고 결과만 알리는 편이 인상적일 거야. 그럼, 버밍엄에 가 주겠단 말이지?"

"가고말고. 어떤 사건인데."

"기차 안에서 말하겠네. 사건의 의뢰자가 지금 집 밖의 사륜 영업마차 속에서 기다리고 있네. 곧 갈 수 있겠나?"

"곧 갈 수 있어." 나는 이웃집 의사 앞으로 몇 자 적고 2층으로 뛰어올라가서 아내에게 까닭을 말하고 나서는 현관에서 기다리고 있는 홈즈한테로 갔다.

"옆집도 의사인가?" 그는 놋쇠 간판을 보고 고개를 끄덕이며 말했다.

"응, 나처럼 개업권을 산 거지."

"오래 전부터 있던 병원인가?"

"이 병원하고 거의 같아. 양쪽 다 건물이 지어졌을 때부터 시작된 거라네."

"그렇다면 자네는 좋은 쪽을 맡았군."

"그런 것 같은데, 어떻게 알지?"

"현관 계단을 보면 알 수 있네. 자네 쪽이 7센티미터 가량 더 닳았어. 그런데 소개하지. 마차에 계신 이 분이 사건의 의뢰자인 홀 파이크로프트 씨일세. 마부, 빨리 가주게. 기차 시간이 다 되었으니까."

내가 마주보고 앉은 신사는 체격이 늠름하고 혈색이 좋은 젊은이로서 솔직하고 성실해 보이는 얼굴에 곱슬곱슬하고 노란 코밑수염을 기르고 있었다. 무척 반들거리는 실크햇을 쓰고 고상하게 수수한 검은 양복을 입은 품은 그의 인품——훌륭하기 이를 데 없는 청년 실업가로서 순수한 런던 토박이라고 불리는 계층, 즉 정예 의용병 연대를 나라에 바치고 많은 경기 선수며 운동가를 배출하는 점에 있어서는 이 나라의 어떠한 집단보다도 뛰어난 그 계층의 출신임을 나타내고 있었다. 불그스름한 둥근 얼굴은 아주 쾌활해 보였지만, 양끝을 오므린 입가에는 약간 우습게 보일 정도로 곤혹스런 표정을 짓고 있었다. 하지만 1등차에 올라 버밍엄으로 기차가 떠나기까지 그를 셜록 홈즈에게로 달려오게 한 고뇌가 무엇인지, 나는 들을 수가 없었다.

"여기서부터 에누리 없이 70분 걸리지요." 홈즈는 말했다. "홀 파이크로프트 씨, 내 친구에게 당신의 흥미로운 경험을 나한테 말씀하신것처럼, 아니 되도록이면 좀더 자세히 들려 주셨으면 합니다. 사건의 진행 상황을 다시 한 번 듣는 것은 나에게도 유익합니다. 왓슨, 과연 이 사건에 중대한 사실이 들어 있을지 없을지는 모르겠지만, 나나 자네가 좋아할 만한 색다르고 진기한 특징이 갖춰져 있는 것만은 틀림없는 것 같네. 그럼 홀 파이크로프트 씨, 이제는 끼어들지 않을 테니까 말씀하십시오."

젊은 신사 파이크로프트 씨는 내 쪽을 보며 눈을 깜박거리더니 다음과 같이 말하기 시작했다.

"이 이야기에서 가장 난처한 것은 제가 저 자신을 완전히 멍청이로 만들고 있는 점입니다. 물론 수수께끼는 꼭 풀리겠지만, 저로서는 달리 방도가 없었다고 생각합니다. 하지만 크리브(Crib——카드 놀이에서 선(先)이 가지는 패)를 잃고서 대신 아무것도 얻지 못한다고 한다면, 누구나 얼간이 같은 놈이라고 생각하지요. 왓슨 선생, 저는 이야기는 잘하지 못하지만 사정은 다음과 같습니다.

저는 드레이파즈 가든의 콕슨 우드하우스 회사에 근무하고 있었는데, 아마 잊어버리지 않으셨으리라고 믿습니다만, 가게는 금년 초봄에 베네수엘라 공채 덕분에 호된 타격을 받고 전락하고 말았습니다. 마침내 도산하게 되자 콕슨 노인은 5년이나 근무하고 있던 저에게 근사한 추천장을 써 주긴 했습니다만, 어쨌든 우리들 27명은 모두 직장을 잃고 말았던 것입니다. 저는 여기저기 알아보기는 했습니다만, 같은 처지의 친구가 워낙 많아서 오랫 동안 어려운 생활이 계속되었습니다. 콕슨에서는 주급 3파운드를 받고 있었으므로 60파운드 저금을 해 놓았습니다만, 그것도 곧 다 써 버리고 마침내 옴짝달싹못하게 되고 말았습니다. 모집 광고에 응모하려고 해도 우표는커녕 그것을 붙일 봉투마저 없는 꼬락서니였습니다. 사무실의 계단을 오르내리느라 구두는 닳아빠지고, 직장은 언제쯤 잡게 될 것인지 까마득한 신세였습니다.

그러다가 마침내 모슨 윌리엄스 회사에 결원이 있음을 알아냈습니다. 롬버드 거리에 있는 큰 증권 거래점이지요. 시의 동중부(東中部)의 일은 잘 모르실 테지만, 그것은 대체로 런던 제1의 자산이 있는 가게지요. 응모 신청은 편지에 한한다는 것이었습니다. 저는 추천장과 원서를 보냈습니다만, 채용되리라고는 꿈에도 생각지 않고 있었습니다. 그런데 회답이 온 것입니다. 다음 월요일에 출두하면 신체에 결함이 없는 한 곧 근무할 수 있다는 것이었습니다. 어째서 일이 이렇게 되었는지 아무도 모릅니다. 지배인이 많은 편지 더미에 손을 집어넣고서 닥치는 대로 뽑아낸다고 말하는 사람도 있었습니다만, 어쨌든 저의 순번이 돌아왔던 셈이었습니다. 그렇게 기쁠 수가 없었습니다. 급료는 콕슨보다도 1파운드 많았지만 일은 거의 비슷했지요.

그럼, 이제부터 이야기의 기묘한 부분으로 들어갑니다. 저는 햄스테트 못미처서 하숙을 하고 있었습니다. 포터즈 테라스 17번지가 주소입니다. 그런데 저는 채용이 내정된 그날 밤 의자에 앉아 담배를 피우고 있었습니다. 그때 하숙집 아주머니가 '경리사 아더 피너'라고 인쇄된 명함을 가지고 들어왔습니다. 전 그런 이름을 몰랐고 저에게 어떤 볼일이 있는지 상상도 할 수 없었지만, 들어오라고 말했습니다. 그는 성큼성큼 들어왔습니다. 몸집도 키도 중간 정도에, 머리도 눈도 검고 턱수염 역시 검은 사람인데, 코가 조금 유대인 같았습니다. 행동이 시원스럽고 말하는 것도 쾌활한 것이 시간의 가치를 알고 있는 사람이라는 느낌이 들게 했습니다.

'홀 파이크로프트 씨이시죠'라고 그는 말했습니다.

'그렇습니다.' 저는 대답하고서 그에게 의자를 권했습니다.

'얼마 전까지 콕슨 우드하우스 회사에 근무하고 계셨지요?'

'네.'

'그래, 이번에는 모슨 회사에 나가시게 되었다고요?'

'네, 그렇습니다.'

'실은 당신의 뛰어난 경리 솜씨에 대해 소문을 들어왔습니다. 콕슨의 지배인이었던 파커를 잊어버리지는 않으셨겠죠? 파커가 아무리 칭찬해도 모자랄 정도라고 말하더군요.'

이 말을 듣고서 물론 기뻤습니다. 저는 회사에서는 언제고 꽤나 약삭빠르게 일을 해왔습니다만, 시티(중심가)에서 이런 식으로 평판이 나 있을 줄은 꿈에도 생각지 않고 있었습니다.

'기억력이 좋다면서요'라고 그는 말했습니다.

'뭐, 대단치는 않습니다만' 하고 저는 겸손하게 대답했습니다.

'실직하고 계신 동안 쭉 시황을 보셨습니까?'

'네, 매일 아침 증권 시세표를 꼭 보았습니다.'

'허, 그것이야말로 참된 근면이지요! 성공에의 길입니다! 한번 시험해 봐도 좋겠습니까? 음, 그렇다면 에어셔는 얼마쯤입니까?'

'105파운드에서부터 105파운드 4분의 1입니다'

'뉴질랜드의 정리 공채는?'

'104파운드입니다.'

'그럼, 브리티시 브로큰 힐즈는?'

'7파운드에서부터 7파운드 6실링.'

'훌륭해!' 하고 두 손을 쳐들며 그는 외쳤습니다. '정말이지 소문 그대로군요. 이봐요, 젊은 친구. 모슨 회사의 직원으로선 너무 아깝습니다!'

별안간 그런 말을 듣자 나도 놀랐습니다. 그래서 말했습니다.

'하지만 다른 사람들은 당신만큼 저를 높이 평가하고 있지 않습니다, 피너 씨. 저는 무척 고생해서 이 직장을 얻었기 때문에 기꺼이 갈 작정입니다.'

'어리석은 소리. 당신은 좀더 높은 것을 바라야 합니다. 실력을 충분히 발휘할 자리가 못 된단 말입니다. 그래서 우리 회사 쪽을 이야기하는 겁니다. 내가 제안하는 것도 당신의 재능에 비한다면 충분하다고는 할 수 없지만, 그래도 모슨에 비한다면 하늘과 땅 차이입니다. 그런데 모슨에는 언제부터 나가게 됩니까?'

'월요일부터입니다.'

'하하하! 한밑천 걸어도 좋지만, 당신은 모슨에는 결코 안 가게 될 겁니다!'

'모슨에는 가지 않는다구요?'

'그렇소. 그때쯤이면 당신은 이미 영불(英佛) 철물 주식회사의 지배인이 되는 겁니다. 이 회사는 프랑스의 각 도시와 시골에 백 34개의 지점을 가지고 있습니다. 브뤼셀이나 상 테모에 있는 것을 계산하지 않더라도 말이오.'

이것에는 저도 숨이 막혔습니다. '들어 본 적이 없는 회사로군요' 라고 말했습니다.

'아마 못 들었을 겁니다. 아주 은밀하게 하고 있으니까요. 자본은 일체 비밀리에 출자돼 있는데 일반에게 공개하기에는 돈벌이가 지나치게 좋으니까요. 내 형인 해리 피너가 발기인입니다만, 주식 분담액에 따라 전무 이사로서 이사회에 참가하고 있습니다. 내가 이쪽 사정에 통하고 있다는 것을 알고서, 별로 돈은 내놓지 못하지만 적당한 사람——젊고 활동적인 사람으로 정력이 넘치는 인물을 찾아달라고 의뢰해 왔더군요. 파커로부터 당신 이야기를 듣고 이렇게 오늘 밤 당신을 찾아온 겁니다. 처음에는 겨우 5백 파운드밖에 드릴 수 없습니다만…….'

'연봉이 500파운드라구요!'

'처음에는 그것뿐이지만 당신의 대리점이 취급한 거래에 대해 직권으로 1퍼센트를 받을 수가 있지요. 이것이 급료보다 많다는 것은 내가 보증하리다.'

'하지만 저는 철물에 대해서는 전혀 모릅니다.'

'쯧쯧, 당신은 숫자에 밝잖소.'

저는 머리가 멍해져서 의자에 가만히 앉아 있을 수가 없을 정도였습니다. 그러나 별안간 차가운 의혹에 사로잡혔습니다.

'솔직하게 말씀드려서 모슨의 급료는 불과 200파운드밖에 안 되지만, 그곳이라면 믿을 수가 있습니다. 그렇지만 사실 당신 회사에 대해서는 저는 전혀 모르기 때문에…….'

'하하, 과연 계산이 빠른 분이로군!' 그는 홀딱 반해서 기쁜 듯이 외쳤습니다. '당신과 같은 인물이야말로 꼭 우리 회사에 와 주셔야겠소! 당신이라면 의논하지 않고도 채용할 수가 있어요. 염려 없습니다. 자, 이것은 100파운드짜리 수표인데, 우리 회사에서 일해 주시겠다면 급료의 선불로써 받아 주십시오.'

'고맙습니다. 그럼, 언제부터 일에 착수하게 됩니까?'

'내일 1시 버밍엄으로 가도록 하십시오. 형한테 가지고 갈 소개장은 여기 있습니다. 형은 코포레이션 거리 126B에 있습니다. 거기는 회사의 임시 사무실로 되어 있지요. 물론 형이 당신의 채용을 확실하게 인정해야만 되겠지만, 우리 두 사람만의 약속으로도 충분합니다.'

'정말로 뭐라고 감사드려야 좋을지 모르겠습니다.'

'원, 천만의 말씀을. 당신은 당연히 받아야 할 것을 받았을 뿐입니다. 그리고 한두 가지 자질구레한 일이——극히 형식적인 것이지만——있습니다. 당신과 계약해 두지 않으면 안 되는 일인데……. 거기 당신 곁에 종이 쪽지가 있군요. 거기에 이렇게 써 주십시오. '연봉 최저 500파운드로써 본인은 영불 철물 주식회사의 지배인으로 근무할 것을 승인함'이라고 말입니다.'

말한 대로 제가 쓰자 그는 그 종이 쪽지를 주머니에 넣었습니다.

'또 한 가지 자질구레한 일이 있군요. 모슨 쪽은 어떻게 하실 작정입니까?'

저는 기쁜 나머지 모슨의 일은 완전히 잊고 있었습니다.

'채용을 사절한다는 편지를 쓰겠습니다.'

'아니, 쓰지 않는 게 좋겠군요. 왜냐하면 나는 모슨의 지배인과 싸움을 했어요. 그곳에 가서 당신에 대하여 문의를 해보았을 뿐인데, 지배인이 몹시 화를 내며 당신은 그 청년을 속여서 회사를 그만두게 하려고 그러는 거요 하며 나를 책망하지 않겠소! 그래서 나도 화를 냈지요. 홧김에 '좋은 인물을 고용하려면 급료를 많이 내놓으시오'라고 말했더니 그는 너의 회사의 비싼 월급보다 싸더라도 우리 회사에 올 거라고 말하지 않겠어요. 그래 5파운드 걸어도 좋다, 그가 우리 회사의 제의를 한번 듣는다면 그 다음은 이미 당신네 회사 따윈 거들떠보지도 않을 거라고, 나도 쏘아 주었지요. 그랬더니 그 쪽에서 이렇게 말하더군요. 우리 회사에선 그를 시궁창에서 건져 주었으니까 그리 간단하게 그만두지는 않을 거라고 말

입니다.'

'얼마나 무례한 놈인가!' 저는 외쳤습니다. '아직 서로 만난 적도 없는데, 어쨌든 그놈의 일 따위 고려할 것도 없습니다. 쓰지 않는 게 좋으시다면, 쓰지 않겠습니다.'

'좋소, 그럼 약속합니다!' 그는 의자에서 일어나며 말했습니다. '형에게 당신같이 훌륭한 인물을 소개할 수 있어서, 나도 기쁘기 이를 데 없습니다. 이것은 100파운드의 전도금과 소개장입니다. 장소를 적어 놓으십시오. 코포레이션 거리 126B. 그리고 내일 1시가 약속한 시간이니까 잊지 마시도록. 그럼, 편히 쉬십시오. 당신에게 행운이 찾아오기를.'

생각나는 것은 전부 말씀드렸는데 그 사람과 나눈 대화는 대체로 지금 말씀드린 대로입니다. 이런 엄청난 행운에 제가 얼마나 기뻐했는지 상상하고도 남음이 있으리라고 생각합니다, 왓슨 선생. 저는 행운을 기뻐하며 한밤중까지 앉아 있었습니다. 이튿날 기차로 버밍엄을 향해 출발했습니다. 꽤 여유있게 약속 시간에 도착한 저는 뉴 거리 호텔에 짐을 갖다 놓고 가르쳐 준 장소로 향했습니다.

약속한 시간까지는 아직도 15분쯤 남았었지만, 상관없다고 생각했습니다. 126B는 두 개의 큰 상점 사이의 통로로, 거기를 지나가면 돌아서 올라가는 돌계단이 있고 그 위에 회사라든가 의사나 변호사 같은 사람에게 사무실로 빌려 주는 방이 많이 있었지요. 사무실의 이름은 벽 아래쪽에 씌어져 있었는데 영불 철물 주식회사라는 이름은 없었습니다. 보기 좋게 속아 넘어간 게 아닐까 생각하면서 잠시 어물어물하고 있으려니까 어떤 남자가 다가와서 말을 걸었습니다. 전날밤에 만난 사람과 무척 닮았으며 목소리도 모습도 똑같은 것 같았습니다만, 그 사람은 수염을 깨끗이 밀었고 머리털 색깔도 조금 밝은 듯 싶었습니다.

'홀 파이크로프트 씨입니까?'

'그렇습니다.'

'기다리고 있었습니다만, 좀 이른 것 같군요. 아침에 동생한테서 편지를 받았지요. 아주 칭찬이 대단하더군요.'

'댁의 사무실을 찾고 있던 참입니다.'

'아직 간판을 내걸지 않았소. 이 임시 사무실을 구한 것이 바로 지난 주일이라서요. 자, 위로 올라가서 의논합시다.'

제가 그의 뒤를 따라 몹시 높은 계단의 꼭대기까지 올라가자, 지붕 바로 밑에 먼지투성이의 작은 빈 방이 두 개 있었는데 양탄자도 깔려 있지 않거니와 커튼도 쳐 있지 않은 방이었습니다. 그는 그곳으로 저를 안내했습니다. 지금까지 늘 보아 오던 번들번들한 책상과 죽 늘어 앉은 사원들을 저는 상상하고 있었기 때문에, 가구다운 가구라야 한 권의 장부와 휴지통 하나와 함께 놓여져 있는 소나무 의자 두 개와 조그마한 테이블 하나뿐이라서, 솔직히 어이없기만 했습니다.

'실망해서는 안됩니다.' 저의 낙담한 얼굴을 본 그 사람은 말했습니다. '파이크로프트 씨. 로마는 하루아침에 이루어진 것이 아닙니다. 아직 사무실을 꾸미지는 않았지만, 배후에는 돈이 듬뿍 있으니까 말이오. 자, 앉아서 편지나 보여 주시오.'

제가 편지를 건네자, 그는 매우 주의 깊게 읽었습니다.

'당신은 내 동생 아더에게 무척 호감을 준 모양이군요. 동생은 그래 봬도 사람을 아주 잘 본다는 걸 나도 알고 있지요. 녀석은 걸핏하면 런던을 들고 나오고 나는 버밍엄을 들고 나오지만, 이번만은 녀석의 충고에 따르기로 하겠소. 그러니 채용이 결정된 걸로 아십시오.'

'제가 할 일은 무엇입니까?'하고 저는 물었습니다.

'앞으로 파리의 창고를 관리해 주어야 하는데, 그것은 프랑스에 있는 134군데의 대리점에 영국의 도기를 보내주는 임무지요. 1주일 뒤면 물품 구입이 끝나니, 그때까지 버밍엄에 있으면서 일해 주시오.'

'어떤 일을 하는 겁니까?'

그는 대답도 않고, 서랍에서 겉장이 붉은 커다란 책 한 권을 꺼냈습니다.

'이것은 파리의 인명록인데, 이름 뒤에 직업이 적혀 있소. 숙소에 가지고 돌아가서 철물상의 주소 성명만 뽑아서 전부 써 주시오. 그것이 있으면 아주 편리하니까요.'

'직업별로 된 인명부가 있지 않습니까?' 하고 저는 넌지시 말했습니다.

'신용할 만한 것이 못 됩니다. 그리고 방식이 우리들의 것과는 다릅니다. 월요일 12시까지 내가 볼 수 있도록 부지런히 해주시오. 그럼 이만, 파이크로프트 씨. 열심히 머리를 써서 해준다면 회사 쪽에서도 그냥 있지는 않을 것입니다.'

저는 두꺼운 인명록을 옆구리에 끼고 무어라 설명하기 어려운 복잡한 심정으로 호텔로 돌아왔습니다. 정식 직원도 되었고 호주머니에는 100파운드나 되는 돈도 들어 있었지만 사무실 분위기며 벽에 이름표도 없었던 점, 그리고 이 일을 해 본 사람이라면 고개를 갸웃거릴 일도 있어서 고용주의 태도에 나쁜 인상을 받았던 거지요. 그러나 어떠한 일이 될지라도 돈은 받은 것이다, 그렇게 생각하고 저는 지그시 마음을 가라앉히고 일을 시작했습니다. 일요일도 쉬지 않고 부지런히 일하지 않으면 안 되었습니다만, 월요일이 되었는데도 H까지밖에 하지 못했습니다. 고용주한테 갔더니 처음과 다름없이 아무것도 없는 방에 있었는데, 수요일까지 해가지고 다시 오라는 것이었습니다. 수요일이 되어도 아직 일이 끝나지 않았으므로, 금요일——즉 어제입니다만——까지 쉬지 않고 일했습니다. 가까스로 완성되어 그것을 가지고 해리 피너 씨한테 갔습니다.

'정말, 수고가 많았소. 그 일의 어려움은 나도 잘 알고 있어요. 이것으로서 한시름 덜었소.'

'좀 시간이 오래 걸렸습니다.' 제가 말했습니다.

'그런데 이번에는 가구상의 리스트를 만들어 주어야겠소. 가구상도 도기를 파니까 말이오.'

'좋습니다.'

'그러면 내일 밤 7시에 와서 얼마쯤 일이 되어 가고 있는지 알려주시오. 너무 무리해서는 안되오. 일이 끝나고 나서 데이의 뮤직홀에서 2시간쯤 밤 시간을 보내는 것도 나쁘지는 않을 거요.' 그렇게 말하면서 웃었는데, 그의 왼쪽 앞니 옆 이빨이 볼품사납게 금이 씌어진 것을 보고 섬찟했습니다."

셜록 홈즈는 즐거운 듯이 두 손바닥을 비벼댔지만, 나는 놀라서 사건 의뢰자의 얼굴을 응시할 뿐이었다.

"왓슨 선생, 당신이 깜짝 놀라시는 것도 당연합니다만, 실은 이렇습니다. 제가 런던에서 그의 동생과 이야기를 하고 있을 때 제가 모슨에는 가지 않겠다고 하자 그도 웃었는데, 그때 그의 이빨이 그것과 똑같은 모양으로 해 박은 것을 저는 보았던 것입니다. 두 번 다 금이 번쩍이는 바람에 눈에 띄었던 거예요. 목소리도 모습도 같은데, 달라져 있는 점이라고 해야 면도라든가 가발의 사용법으로 바꿀 수 있는 것뿐이라는 걸 생각해 보니 이것은 같은 사람이라고 의심하지 않을 수 없었습니다. 형제가 아무리 닮는다 하지만 금니 해 박은 것까지 같을 수는 없지 않겠습니까? 아무튼 그는 가볍게 고개를 끄덕이면서 저를 배웅했으므로 저는 거리로 나왔습니다만,

제정신이 아니었습니다. 호텔에 돌아가 세면기에 물을 담아 머리를 식히고 나서 이것저것 생각해 보았습니다. 어째서 그는 저를 런던에서부터 버밍엄에 보냈을까, 어째서 그는 앞질러 버밍엄에 와 있었을까, 또 어째서 자기가 자기에게 보내는 편지를 썼던 것일까? 어느 것이나 저로서는 벅찬 문제라서 도무지 영문을 알 수가 없었습니다. 그때 별안간 머리에 떠오른 것이, 저로서는 도무지 짐작도 되지 않는 일이라도 셜록 홈즈 씨라면 아주 간단하게 해결할 수 있으리라는 생각이었습니다. 시간이 빠듯했지만 밤차로 런던에 돌아와, 오늘 아침 홈즈 씨를 만나 뵙고 버밍엄으로 모실 수가 있었던 셈입니다."

증권 중개인은 그 놀랄 만한 경험담을 이야기하고 나더니, 잠깐 말을 끊었다. 이윽고 홈즈는 혜성년(彗星年) 양조의 맛좋은 포도주를 한 모금 음미하는 감식가처럼 기쁜 듯이, 그러나 비판적인 얼굴로 쿠션에 기대며 내 쪽을 흘긋 보았다.

"멋있는 이야기가 아닌가, 왓슨? 나를 즐겁게 해주는 점이 여러 가지 있네. 자네도 나하고 동감이라고 생각하지만 영불 철물 주식회사의 임시 사무실에서 아더 피너 씨, 아니 해리 피너 씨와 회견하는 일은 꽤 재미있는 일이 될 것 같네."

"그렇지만 어떻게 해야 만나볼 수 있지?"

"아, 그것은 문제없습니다" 하고 홀 파이크로프트는 힘차게 말했다. "두 분은 직장을 구하고 있는 제 친구라고 소개하겠습니다. 그렇게 하면 제가 당신들을 전무 이사한테 모시고 가더라도 조금도 이상할 것이 없습니다."

"됐어, 됐어!" 홈즈는 말했다. "그 신사를 만나서 그가 꾸민 장난을 꿰뚫어볼 수 있는지 어떤지를 확인해 보고 싶은걸. 그런데 말이오, 당신을 기어이 고용하겠다는 의도는 무엇일까? 당신한테 어떤

장점이 있어서 그러는 것일까요? 아니면 무언가……." 그는 손톱을 깨물며 멍하니 창 밖을 바라보기 시작했다. 그때부터 뉴 거리에 도착할 때까지 그는 거의 아무 말도 하지 않았다.

그날 밤 7시쯤 우리 세 사람은 코포레이션 거리의 회사 사무실 쪽으로 걸어갔다.

"시간 전에 가 봐야 헛일입니다." 사건 의뢰자 파이크로프트가 말했다. "저와 만나기 위해서만 오는 것 같아요. 약속된 시각까지 사무실에는 아무도 없으니까요."

"아마도 무언가 꿍꿍이속이 있는 것 같은데." 홈즈가 말했다.

"봐요, 말한 대로이죠! 저기, 우리들 앞에 가는 게 그 사람이에요!" 증권 회사의 직원은 외쳤다.

그는 도로의 반대쪽을 바쁜 걸음으로 걸어가는 금발에 몸집이 작은 한 사나이를 손가락질했다. 그 사나이는 새로 나온 석간을 외쳐대며 팔고 있는 소년을 보더니 뛰어서 영업 마차며 합승 마차 사이를 누비고 지나가 한 장 샀다. 그리고 신문을 쥔 채 한 출입구 안으로 사라져 버렸다.

"아, 저기 가는군요!" 홀 파이크로프트는 외쳤다. "저것이 회사 사무실입니다. 같이 가십시다. 되도록 잘 교섭해 볼 테니."

그의 뒤를 따라 5층으로 올라가자, 우리는 반쯤 열린 문 앞에 이르렀다. 우리들의 의뢰인은 그 문을 두들겼다. 안에서 "들어오십시오"라는 목소리가 들렸으므로, 우리는 홀 파이크로프트의 설명대로 휑뎅그렁하고 비품이라고는 거의 없는 방으로 들어갔다. 하나뿐인 테이블 앞에 아까 거리에서 본 사나이가 신문을 펼치고 앉아 있었다. 얼굴을 들어 우리를 보았을 때 그처럼 비통한, 아니 무언가 비통을 초월한 것――한평생을 통해 좀처럼 만나는 일이 없는 공포――그런 공포의 빛을 띤 얼굴은 본 적이 없었다고 나는 생각했다. 이마는 땀으로 번들거렸으며 볼은 물고기의 배처럼 핏기를 잃어 창백했는데, 이글거리는 눈을 미친 사람처럼 크게 뜨고 있었다. 파이크로프트를 보고도 누구인지 모르는 것만 같았다. 그리고 파이크로프트의 얼굴에 떠오른 놀라움의 표정으로 봐서 그의 고용주는 여느 때는 이렇지 않았다는 것을 알 수 있었다.

"기분이 좋지 않으신 것 같군요, 피너 씨."

파이크로프트가 말을 걸었다.

"네, 웬지 기분이 좋지 않군요." 피너는 원기를 회복하려는 노력을 역력히 보이며, 입을 열기 전에 메마른 입술을 핥으면서 말했다. "그런데 당신은 대체 어떤 사람들을 데리고 온 거요?"

"이쪽은 바몬 시에 있는 해리스 씨이고 이쪽은 이 시에 있는 프라이스 씨입니다." 파이크로프트는 막힘없이 말했다. "두 사람 모두 제 친구인데, 경험이 풍부한 신사입니다만 잠시 실직중이라서 회사에서 고용해 주셨으면 하고 이렇게 찾아뵈러 온 것입니다."

"좋아요! 좋아요!" 피너 씨는 송장과 같은 미소를 떠올리며 외쳤다. "아, 어떻게든지 꼭 힘을 써 줄 수 있을 겁니다. 그런데 당신의 전문은, 해리스 씨?"

"회계입니다" 하고 홈즈는 대답했다.

"그래요, 그런 사람도 필요하지요. 그리고 프라이스 씨는?"

"사무입니다" 하고 나는 대답했다.

"아마 확실히 채용될 겁니다. 정해지는 대로 알려 드리겠소. 그럼, 이만 돌아가 주시오. 부탁이니까 저좀 혼자 있게 해주시오!"

이 마지막 말은 마치 지금까지 억눌러 온 것 같은 자제의 실이 별안간 뚝 끊어지고 만 것처럼 그의 입에서 튀어나왔다. 홈즈와 나는 얼굴을 마주보았다. 그러자 홀 파이크로프트는 테이블 쪽으로 한 걸음 다가섰다.

"피너 씨, 제가 무언가 지시를 받으러 이곳에 온다는 걸 당신은 잊고 계시는군요."

"아참, 그렇군요, 파이크로프트 씨." 피너는 전보다 침착한 어조로 말했다. "여기서 잠깐 기다려요. 친구분들도 같이 기다려 주실 수 있겠죠? 3분만 참아 주시오, 곧 돌아올 테니까." 그는 정중한 태도로 일어나서 우리들에게 고개를 숙여 보이더니 방 안쪽에 있는 문으로 나가 손을 뒤로 돌려 문을 닫아 버렸다.

"어찌 된 거지? 우리들을 떼내 버리고 달아날 속셈일까?"

홈즈가 작은 목소리로 말했다.

"그런 일은 없어요."

"어째서?"

"저 문은 안쪽의 방으로 통하는 겁니다."

"출구는 없나요?"

"없습니다."

"가구는 비치돼 있습니까?"

"어제는 텅 비어 있었습니다."

"그럼, 대체 무엇을 하고 있는 것일까. 어딘지 납득이 가지 않는 데가 있어. 90퍼센트 두려움 때문에 돌아버린 사나이가 있다고 한다면, 그것은 이 피너를 두고 한 말일 거야. 어째서 그토록 떨고 있었던 것일까?"

"우리를 탐정이라고 생각했을 거야." 나는 말했다.

"그렇겠군요." 파이크로프트가 말했다.

홈즈는 고개를 젓고 말했다.

"그자는 우리를 보고 파랗게 질렸던 게 아니야. 우리가 방에 들어오기 전부터 창백했었어. 이것은 틀림없이……."

그때 방 안쪽에서 쿵쾅거리는 날카로운 소리가 들려 그의 말은 중단되었다.

"자기 방문을 두들겨서 어쩌겠다는 거지?"

파이크로프트가 외쳤다.

다시금 전보다도 크게 두들기는 소리가 들려왔다. 우리들은 마른 침을 삼키고 닫힌 문 쪽을 지켜보았다. 홈즈 쪽으로 눈을 돌렸더니 얼굴이 긴장돼 있는 게 보였다. 그는 몹시 흥분해서 몸을 앞으로 내밀고 있었다. 이윽고 별안간 낮게 목구멍을 울리는 듯한 희미한 목소리와 힘차게 목조물을 두들기는 소리가 들렸다. 홈즈는 미친 듯이 뛰어가서 문에 몸을 부딪쳤다. 문은 안에서 잠겨 있었다. 그를 따라 우리도 힘껏 몸을 부딪쳤다. 돌쩌귀 하나가 뚝 부러지고 다음에 또 하나가 부러지며 문짝이 소리를 내면서 쓰러졌다. 그것을 밟고서 넘어가니 바로 안쪽의 방이었다.

방은 텅 비어 있었다.

그러나 우리들이 막막해하고 있었던 것은 극히 짧은 순간이었다. 한구석에 우리들이 나온 방의 바로 가까이에 또 하나의 문이 있었다. 홈즈는 거기로 뛰어가서 그걸 열었다. 윗도리와 조끼가 바닥에 나뒹굴고 있었다. 영불 철물 주식회사 전무 이사는 문짝 뒤의 갈고랑에 바지 멜빵을 걸어서 거기에 목을 감고 매달려 있었다. 무릎을 구부리고 목은 몸뚱이에 기분 나쁜 각도를 이루고서 늘어져 있었으며, 발뒤꿈치가 바닥에 닿아서 울리는 소리가 우리들의 대화를 중단시켰다. 나는 곧 그의 허리를 싸안아 들어올렸다. 홈즈와 파이크로프트는 흙빛이 된 살 속에 파고들어 있는 고무 밴드를 벗겼다. 그리고 그를 별실로 날라 갔으나, 잿빛 얼굴에 자주빛이 된 입술이 숨을 쉴 적마다 부풀었다 오므라들었다 하고 있어 5분 전의 그와는 전혀 다른 무서운 모습을 하고 있었다.

"어떤가, 왓슨." 홈즈가 물었다.

홈즈는 몸을 앞으로 내밀고 그를 살폈다. 맥박은 약하고 끊어졌다 이어졌다 했지만, 호흡은 차차 길어져서 눈꺼풀이 파르르 떨리더니 가느다랗게 흰자위가 보였다.

"아슬아슬한 순간이었지만 이제 살아날 걸세. 창문을 열고 물주전자를 집어 주게나."

나는 그의 칼라를 풀고 얼굴에 물을 뿜어 주고서 길고 자연스러운 호흡을 할 수 있을 때까지 두 팔을 올렸다내렸다하여 인공 호흡을 시도했다.

"이제 시간 문제일세." 나는 그의 곁을 떠나면서 말했다.

홈즈는 두 손을 바지 주머니에 깊이 찌르고 턱을 밑으로 내리고 테이블 옆에 서 있었다.

"이제 이렇게 되었으니 경찰을 부르는 게 좋겠군." 홈즈는 말했다. "그러나 솔직히 경찰이 오면 이대로 두고 그들을 시험해 보고 싶은 느낌도 드네."

"저로서는 아무래도 수수께끼입니다."

파이크로프트느 머리를 긁적거리면서 외쳤다.

"무슨 목적이 있어 저를 멀리 여기까지 데려와서, 게다가……."

"하하, 그것은 분명한 거지요. 문제는 마지막으로 갑자기 감행한 이 자살 소동이오."

홈즈는 안타깝다는 듯이 말했다.

"그럼, 그밖에는 전부 아셨습니까."

"알 수 있다고 생각합니다. 자네에게는 어떤가, 왓슨?"

나는 어깨를 움츠렸다.

"유감이지만, 아무래도 이해할 수 없다는 말밖에 못하겠네."

"그런가? 우선 일어난 사건을 잘 생각해 보면, 결론은 하나밖에 없어."

"어떤 식으로 생각하면 좋은가."

"모든 일은 두 가지 점에 걸려 있네. 우선 이 파이크로프트 씨에게 그 엉터리 회사에 들어갔다는 승인서를 쓰게 한 일이야. 이것에는 곡절이 있을 것 같다고 생각되지 않나?"

"글쎄, 요점을 모르겠는걸."

"그럼, 어째서 그런 짓을 시켰지? 사무적인 일로 쓰게 한 건 아니야. 이러한 결정은 구두 약속이 보통이고, 파이크로프트 씨의 경우만을 예외로 할 이유는 조금도 없네. 모르겠습니까, 파이크로프트 씨? 그들은 당신의 필적 견본을 손에 넣고 싶어했으며, 그렇게 밖에는 방법이 없었다는 것을?"

"그래, 어째서 저의 필적이 필요했을까요?"

"그 점이지요. 어째서일까, 그 질문에 대답할 수 있다면 문제는 어느 정도 푼 것이 됩니다. 어째서일까? 딱 들어맞는 이유는 하나밖에 없습니다. 당신의 필적을 흉내내고 싶은 자가 있다, 그자는 먼저 그 견본을 손에 넣지 않으면 안된다, 여기서 두 번째 이유에 옮기면 양자가 서로 수수께끼를 풀어 주고 있다는 걸 알 수 있습니다. 그 두 번째 이유라고 하는 건, 피너가 당신한테는 모슨 회사를 그만두지 못하게 해 놓고 회사 지배인에게는 월요일 아침에 홀 파이크로프트 라는 사나이가 사무실로 찾아갈 거라고 믿게 하고 싶었다는 점입니다."

그러나 파이크로프트가 외쳤다.

"맞았어! 나는 얼마나 멍청이였던가!"

"자, 이걸로 필적에 대한 것은 아셨지요. 가령 당신 대신 당신이 모집에 응했을 때의 필적과 전혀 다른 글씨를 쓰는 인간이 모슨에 나타났다고 한다면 물론 탄로가 나고 말지만, 월요일까지 필적을 흉내내는 연습을 해 두면 안심하고 근무할 수 있는 셈이지요. 사무실에서 당신의 얼굴을 본 사람은 없다고 생각되니까요."
"누구 한 사람 저를 아는 자는 없습니다."
홀 파이크로프트는 감탄하듯이 말했다.
"그대로잖소. 물론 가장 중요한 일은 당신이 그것을 깊이 생각하지 못하도록 하는 일과, 그리고 당신의 가짜가 모슨에서 일하고 있다는 것을 가르쳐 줄 만한 인간이 당신에게 접근하지 못하도록 하는 일입니다. 그러므로 상당한 액수의 급료를 선불하고 충분한 일거리를 주어서 중부 지방으로 쫓아 보내어 런던에는 얼씬 못하도록 했던 거요. 당신이 런던에 나타나면 계획이 들통나고 말기 때문입니다. 이것은 명백히 알 수 있는 일입니다."
"하지만 그는 어떻게 친형 행세를 할 필요가 있었을까요?"
"뭐, 그것도 뻔한 일입니다. 이 사건은 분명 두 사람밖에 관련되어 있지 않습니다. 한 명은 피너이고 또 다른 한 명은 당신 대신 모슨에서 일하고 있는 남자입니다. 피너는 당신과 고용 계약을 체결하는 역을 맡았는데 그러다 보니 고용주 노릇을 할 사람이 더 필요하다는 걸 느꼈지요. 그렇지만 자기가 세운 각본대로라면 제3자를 더 끌어들이고 싶지 않았으니 아무래도 마음이 내키지 않았죠. 그래서 되도록 교묘하게 변장하여, 당신이 눈치챈 닮은 점은 형제라는 핑계로 속일 수가 있으리라고 생각했던 거지요. 당신이 운좋게도 금이빨을 발견하지 못했다면 아마도 그런 의혹은 일어나지 않았겠지요."
홀 파이크로프트는 굳게 움켜쥔 주먹을 공중에서 휘둘렀다. "아아! 내가 이렇듯 어리석은 장단에 넘어가 있는 동안, 또 하나의 홀 파이크로프트는 모슨에서 무엇을 하고 있었을까? 어떻게 하면 좋지요, 홈즈 씨? 어찌하면 좋은지 가르쳐 주십시오."
"모슨에 전보를 쳐야겠군요."

"토요일은 12시에 끝납니다."

"상관없소. 수위나 안내인이 있을 테니까……."

"그렇겠군요. 값비싼 유가 증권을 보관하고 있으므로 일년 내내 수위를 배치하고 있습니다. 그런 말을 시티에서 들은 기억이 있습니다."

"좋소. 곧 전보를 쳐서 이상이 있나 없나, 당신의 이름으로 일하고 있는 직원이 있나 없나 확인하기로 합시다. 여기까지는 명백한데, 분명치 않은 것은 악당의 하나가 우리들을 보자마자 방으로 뛰어 들어가 목을 맨 이유입니다."

"신문!" 뒤에서 쉬어 빠진 목소리가 들렸다. 목을 맸던 사내가 일어난 것이다. 얼굴색은 죽은 사람처럼 창백했지만 눈빛은 정상으로 돌아왔고, 목 둘레에 남아 있는 굵은 피멍을 들여다보며 걱정스레 문지르고 있었다.

"신문! 그렇구나!" 하고 홈즈는 발작적으로 흥분하여 소리쳤다. "얼마나 바보였을까! 여기에 오는 일만 생각하느라고 신문 같은 건 생각도 못했군. 확실히 비밀은 신문에 있어." 그는 테이블 위에 꾸깃꾸깃한 신문을 폈다. 그러자 갑자기 승리를 뽐내는 듯한 외침이 입에서 튀어나왔다.

"이것을 보게나, 왓슨 군. 〈이브닝 스탠더드〉의 아침 신문이야. 여기에 나와 있군. 표제를 보게——'시티의 범죄. 모슨 윌리엄즈 회사의 살인 사건. 대규모 강도 미수. 범인은 체포.' 이보게, 왓슨, 우리들은 모두 마찬가지로 듣고 싶어 견딜 수가 없으니 큰 소리로 읽어 주지 않겠나."

지면을 차지하고 있는 장소로 보아 그것은 런던의 중대 사건인 듯싶었다. 그 기사는 다음과 같이 씌어 있었다.

오늘 오후 시티에 흉악한 살인 강도 미수 사건이 발생하여 피해자 한 명을 내고 범인은 체포되었다. 유명한 금융 회사인 모슨 윌리엄즈 회사는 전부터 총액 100만 파운드를 웃도는 유가 증권을 보관하고 있었는데, 지배인은 보관물이 위기에 빠졌을 경우 자기의 어깨에 가해져 올 책임을 강하게 느끼고 최신식 금고를 사용했으며, 건물 안에 주야를 막론하고 무장 감시원을 배치하고 있었다. 지난 주일 회사는 홀 파이크로프트라는 새로운 직원을 고용했는데, 이 사나이는 유명한 위조 강도 상습 범죄자인 베딩턴이라고 추측된다. 베딩턴은 형과 더불어 5년 동안의 복역을 마치고 최근 출소한 바 있다. 아직 판명되지 않은 어떤 수단에 의해, 그는 가짜 이름을 사용하여 직원으로 들어오는 데 성공했으며, 온갖 자물쇠의 본을 뜨고 금고실이며 금고의 위치에 관한 상세한 지식을 얻기 위하여 그 지위를 이용했다.

모슨 상회의 관례로써 토요일은 반공일이다. 시 경찰의 튜슨 형사 반장은 그 때문에 1시 20분 지나서 고풍스러운 여행 트렁크를 들고 한 신사가 계단을 내려오는 것을 보자 수상쩍게 여겨 사나이를 미행했는데, 폴록 경관의 협력 아래 필사적인 저항을 무릅쓰고 사나이를 체포하는 데 성공했다. 취조해 본 결과 대담하기 이를 데 없는 강도 행위가 감행되었음이 곧 판명되었고, 트렁크 속에서는 10만 파운드 가까운 미국 철도 채권을 비롯하여 상당한 액수에 이르는 광산 및 그 밖의 회사 증권이 발견되었다. 상회 내부를 조사한 결과 불행히도 감시원의 시체가 상체를 잔뜩 꾸부린 자세로 가장 큰 금고 속에 들어 있는 게 발견되었는데, 튜슨 형사 반장의 기민한 움직임이 아니었다면 이것은 월요일까지 발견되지 않았을 것이다. 피해자의 두개골은 등 뒤에서 보일러용 큰 쇠막대기로 얻어맞아 박살이 나 있었다. 베딩턴은 잊은 물건을 찾는 척 가장하고 방에 들어가 감시원을 살해한 다음, 재빨리 금고를 뒤져 강탈품을 가지고 도망치려 했던 것이 명백하다. 항상 베딩턴의 공범자로서 활동하는 형의 행방을 당국은 열심히 수사중이지만, 현재 확인할 수 있는 범위 안에서는 이 살인 강도에 끼어들지 않은 듯싶다.

"그럼, 그 점은 경찰의 수고를 덜어 줄 수가 있겠군." 창가에 웅크린 초라한 모습을 쳐다보며 홈즈는 말했다. "인간의 본성이라는 건 이상한 혼합물이라네. 아무리 악당이나 살인자라도 자기 형제의 목숨이 위태롭다는 걸 알면 자살을 기도할 만큼 애정을 불태우는 일도 있으니까 말일세. 하지만 우리 마음대로 일을 처리할 수야 없지. 왓슨과 내가 지키고 있을 테니, 파이크로프트 씨, 밖에 나가서 경찰을 불러 주지 않겠습니까?"

글로리아 스콧 호

"여기에 서류가 있다네."

어느 겨울 밤, 우리가 벽난로 양옆에 앉아 있을 때 친구 셜록 홈즈가 말을 꺼냈다.

"한 번 볼 만한 가치는 있다고 생각하네, 왓슨. 이것은 글로리아 스콧 호 사건이라는 예사 것과는 다른 서류인데, 이 편지가 바로 치안 판사 트레버를 공포심으로 죽게 만들었다는 그걸세."

서랍에서 조금 변색된 원통형 물건을 꺼낸 그는 끈을 풀고 반쪽짜리 잿빛 종이에 휘갈겨 쓴 짧은 편지를 나에게 건넸다.

The supply of game for Lodon is going steadily up. Head—keeper Hudson, we believe, has been now told to receive all orders for fly paper, and for preservation of your hen pheasant's life. (런던행 닭고기의 공급은 착실히 상승중입니다. 사냥터 주임 허드슨은 이미 파리잡이 끈끈이의 주문에 응했고, 아울러 귀하의 암꿩의 생명을 보존하라는 명령을 받게끔 통지되었으리라고 생각합니다.)

이 수수께끼 같은 편지를 읽고 문득 얼굴을 들자, 홈즈는 나의 표정을 보고서 킬킬 웃고 있었다.

"약간 어리둥절하는 빛이군" 하고 그는 말했다.

"이런 편지가 어째서 공포를 불러일으켰는지 나로서는 이해가 안 가는군. 아주 같잖은 편지 같은데."

"글쎄말이야. 사실 이 편지를 읽은 사람은 원기 왕성한 훌륭한 노인이었는데, 마치 권총 개머리라도 들이댄 것처럼 완전히 맥을 못 추었다네."

"재미있는 이야기로군. 그런데 아까 자네가 이 사건을 특별히 연구해 볼 만한 가치가 있을 거라고 말한 것은 무슨 이유지?"

"이 사건은 내가 처음으로 손댄 것이기 때문이네."

나는 무엇이 동기가 되어 범죄 수사에 마음을 돌리게끔 되었는지 친구한테서 알아내려고 몇 번이나 애쓴 일이 있었지만, 그때까지 뭐든 털어놓아 줄 것 같은 마음의 기척을 포착할 수가 없었다. 홈즈는 팔걸이의자에서 몸을 내밀고 무릎에 서류를 펼쳤다. 이윽고 그는 파이프에 불을 붙이고 잠시 동안 담배를 피우면서 서류를 들춰 보고 있었다.

"내가 자네한테 빅터 트레버의 이야기를 한 적이 있었던가?" 하고 그는 물었다. "그는 내가 대학에 다니던 2년 동안에 만든 유일한 친구였었네. 나는 그다지 붙임성이 없는 축이었지. 언제나 멍하니 방안을 돌아다니거나 내 버릇인 그 시시한 사고법을 생각해 내든가 하는 게 취미라서 말일세. 그래서 같은 학년의 친구들과는 별로 사귀지를 않았던 거야. 펜싱과 권투 말고는 운동 경기에 그다지 관심도 없었고, 게다가 연구하는 방향도 다른 친구들과는 전혀 달랐기 때문에 조금도 접촉할 일이 없었네. 트레버만이 나와 유일하게 아는 사이였는데, 그것도 어느 날 아침 예배당에 가는 도중 그의 불테리어(불도그와 테리어와의 잡종 개)가 내 복사뼈를 무는 바람에 알게 된 것이라네.

우정을 맺는 데는 산문적인 방법이긴 했지만 효과적이었다네. 덕분에 10일쯤 눕게 되었으나, 트레버는 곧잘 병문안을 와 주곤 했었지. 처음에는 별로 서로 말이 없었지만 이윽고 방문 시간이 길어지고, 학기가 끝나기 전에 우리 둘은 친구가 되었지. 그는 의기 왕성한 열혈한이라 활기와 정력이 넘쳐 아무리 보아도 나하고는 정반대였지만, 서로에게 몇 가지 공통점이 있다는 것을 알고, 그리고 그 역시 나와 마찬가지로 친구가 없다는 걸 알고 나서부터는 우리 사이엔 더욱 굳은 유대감이 생겼네. 그가 노퍽 주 도니소프의 아버지 저택에 오지 않겠냐고 하길래 긴 방학 동안 한 달이나 그의 시골에서 신세를 지기도 했었네.

트레버 노인은 의심할 데 없이 상당한 재산가였는데 치안 판사라는 직위를 가진 지주였었네. 도니소프라는 고장은 노퍽의 호소(湖沼) 지방에 있는데, 랭그미어 호수의 바로 북쪽에 있는 작은 마을이라네. 저택은 넓고 고풍스러웠으며 들보로 떡갈나무 재목을 쓴 벽돌 건물이야. 아름다운 참피나무의 가로수길이 이어져 있지. 늪지대에는 희한한 들오리의 사냥을 할 수 있고 낚시질도 즐길 수 있는데다, 전 지주로부터 물려받은 거라고 생각되는 작지만 내용이 잘 갖추어진 도서실도 있고, 요리사도 나쁘지 않아. 이런 곳에서 한 달을 유쾌히 보낼 수 없는 사람이라면 어지간히 꽤 까다로운 자라고 하지 않을 수 없을 걸세.

아버지인 트레버는 홀아비로서 나의 친구는 그의 외아들이었네. 딸이 하나 있었다고 하는데 버밍엄에 가 있는 동안 디프테리아에 걸려 죽어 버렸다고 하더군. 그의 아버지는 몹시 나의 흥미를 끌었다네.

별로 교양은 없었지만 육체적으로도 정신적으로도 야성적인 힘을 꽤나 가지고 있었지. 책에 대해서는 거의 몰랐지만 여기저기 여행을 다녔기 때문에 세상일에 대해 잘 알고 있으며, 배운 일은 뭐든지 기억하고 있었네. 풍채는 땅딸막하고 건강한 사나이라고 할 수 있는데 거의 잿빛 가까운 머리칼은 더부룩하고, 비바람에 단련된 듯한 갈색 얼굴과 사나울 만큼 날카롭고 푸른 눈을 가지고 있었지. 하지만 그는 그 고장에서 친절하고 자비롭다는 평판이 나 있고 법원에서는 늘 너그러운 판결을 내린다고 알려져 있었네.

그곳에 간 지 얼마 안 된 어느 날 밤, 우리들이 식후의 포도주를 마시며 앉아 있으려니까 아들인 트레버가 나의 이른바 관찰과 추리의 습관에 관해 이야기를 시작했지. 나는 그 무렵 그것들이 나의 인생에서 어떠한 역할을 맡게 될 것인지 조금도 모르고 있었지만, 이미 그것들이 체계화되고는 있었네. 그러자 노인은, 내가 일찍이 보여 준 한두 가지의 시시한 추리를 아들이 과장하여 이야기하고 있는 줄 생각했던 모양이야.

'그럼, 홈즈.' 그는 유쾌하다는 듯이 웃으며 말하더군. '나는 내가 훌륭한 '봉(鳳)'이라고 생각하는데, 이 나에게서 무언가 끌어낼 수 있겠는가?'

'별로 아는 게 없습니다만' 나는 대답했지. '당신은 요 12개월 가량 남에게서 습격을 받지 않을까 겁을 먹고 계셨다고 생각하는데요.'

그러자 노인의 입가에서 웃음이 사라지고 몹시 놀라며 나의 얼굴을 지그시 쏘아보는 것이었어.

'음, 그렇기는 하네만' 하고 아들 쪽을 보더군. '빅터, 너도 알겠지만 밀렵자 녀석들을 몰아냈을 때 놈들은 찔러 죽이겠다고 협박을 해왔어. 그리고, 에드워드 호비 경이 실제로 습격을 받기도 했고 말이다. 그리고 나서부터는 언제나 나는 호위를 딸리게 하고 있지. 자네

가 그것을 어떻게 알았는지 나로선 모르겠지만……. '

'당신은 매우 훌륭한 지팡이를 가지고 계십니다. 거기에 새긴 이름을 보고 맞추신 지 1년도 되지 않았음을 알았습니다. 그 지팡이를 강력한 무기로 만드시려고 머리 부분에 구멍을 뚫고 납을 녹여 넣는 데는 꽤나 힘을 들인 것 같군요. 그래서 저는 위험을 겁낼 필요가 없다면 그런 일은 하지 않으셨을 거라고 생각했던 겁니다.'

'그밖에도 뭐가 있나?'라고 그는 싱긋 웃으며 묻더군.

'젊었을 적에는 권투를 좀 하셨군요.'

'또 맞췄군. 어떻게 그것을 알았지? 내 코가 약간 비뚤어져 있나?'

'아닙니다. 양쪽 귀 때문입니다. 권투 선수처럼 기묘하게 납작하고 엷군요.'

'그밖에 또 뭐가 있나?'

'손바닥에 박힌 못을 보니 채굴 일을 많이 하셨군요.'

'금광으로 재산을 모았으니까.'

'뉴질랜드에 가신 일이 있군요.'

'그것도 맞네.'

'일본에 가신 일도.'

'맞았네.'

'머리글자가 JA라는 사람과 몹시 친했는데, 나중엔 그 사람의 일을 깨끗이 잊으려고 하셨습니다.'

트레버 씨는 천천히 일어나서 커다랗고 푸른 눈으로 미친 사람처럼 이상하게 나를 지그시 쏘아보았는데, 이윽고 테이블 보 위에 흩어져 있는 호두 껍질 속에 얼굴을 파묻고 완전히 정신을 잃고 마는 게 아닌가.

아들도 나도 얼마나 놀랐는지 자네도 상상이 될 거야, 왓슨. 하지만 그렇게 오래 까무러쳐 있지는 않았네. 칼라를 풀어 주고 핑거볼의 물을 얼굴에 뿌려 주었더니, 한두 번 숨을 크게 쉬고 일어나 앉았으니까 말야.

'아아, 이거 원!' 하고 억지로 웃는 얼굴을 보이며 그는 말했지.

'놀라게 만들었군. 튼튼해 보여도 나는 심장이 약하다네. 나를 죽게 만드는 데는 어려울 게 없지. 홈즈, 자네가 어떻게 그런 추리를 해내는지 나로서는 모르겠네만, 전문적인 탐정이든 소설 속의 탐정이든 자네에 비한다면 어린아이나 다름없어. 자네는 그걸로 입신하는 게 좋겠네. 세상을 얼마쯤 알고 있는 내가 하는 말이니까 믿어도 좋을 걸세.'

그는 나의 재능을 과분하리만치 칭찬해 주었고 또한 적극적으로 권해 주었기에——자네라면 믿어 주겠지?——그저 취미삼아 하던 일이 비로소 직업도 되겠다고 깨닫게 된걸세. 하긴 그때는 노인의 갑작스러운 병으로 다른 일 같은 건 생각할 틈이 없었지만 말이야.

'무언가 마음에 거슬리는 일이라도 말씀드렸나요?'

'아무튼 자네가 한 말은 확실히 나의 급소를 찌르고 있네. 미안하지만 어떻게 알았고, 또 얼마만큼 알고 있나?' 이번에는 노인의 말투가 반쯤 농담 비슷했지만, 눈 속에는 아직도 공포의 빛이 남아 있었네.

'아주 간단합니다. 보트에 물고기를 올리려고 팔을 걷어붙이셨을 때에, 팔꿈치의 구부러지는 곳에 JA라는 문신이 새겨져 있는 것을 보았던 겁니다. 글씨는 아직도 읽을 수가 있었지만 희미해져 있는 점과, 그 둘레의 피부에 얼룩이 생겨 있는 점으로 봐서 그것을 지우려고 애쓰신 것이 분명했습니다. 그래서 그 머리글자는, 본디 당신과 친했던 사람이었지만 나중엔 잊고 싶었던 사람의 이름이라는 것을 알았지요.'

'정말 날카로운 눈이구먼!' 하고 그는 한숨 돌리며 외쳤네. '지적한 대로일세. 하지만 그 이야기는 이제 그만두세. 유령 중에서도 옛날 애인의 유령이 가장 좋지 않아. 당구실에 가서 조용히 시가라도 피울까.'

그날부터 정중히 대접해 주기는 했으나 나에 대한 트레버 씨의 태도엔 언제나 어딘지 의혹의 빛이 엿보이더군. 아들마저 그것을 입에 올리는 것이었네. '자네가 아버지를 너무 놀라게 해주었기 때문에, 아버지는 과연 자네가 무엇을 알고 있으며 무엇을 모르고 있는지 몰라서 그 일로 한시도 마음이 편할 때가 없다네.' 트레버 씨는 확실히 그와 같은 거동은 보이지 않으려고 했지만, 머리에 강하게 늘어붙어 있었기 때문에 동작 하나하나에 나타나곤 하는 것이었어. 그래, 마침내 내가 노인을 불안하게 하고 있다는 것을 알았으므로 더 이상 머무르지 않고 떠나기로 마음먹었네. 그런데 내가 돌아가려는 전날에 사건이 하나 일어났는데, 그것이 그 뒤에 가서 중대한 일이 되었던 걸세.

우리 세 사람이 잔디밭에 정원용 의자를 내놓고 일광욕을 하며 호소 지방의 풍경을 바라보고 있으려니까, 하녀가 나와서 나리님을 뵙고 싶다는 사람이 현관에 와 있다고 알리더군.

'어떤 사람이더냐'라고 주인은 물었네.

'이름을 말씀하지 않아요.'

'그럼, 무슨 볼일이지?'

'나리께선 알고 계실 테니 잠깐 이야기를 하고 싶다고 하셨어요.'

'이리로 안내해라.'

곧이어 말라비틀어진 것 같은 작은 사나이가 굽실거려 가며 비틀거리는 걸음으로 나타났네. 소매에 지저분하게 타르가 묻어 있는 앞을 풀어헤친 재킷, 빨강과 검정으로 된 바둑판 무늬의 셔츠, 인도산 무명 바지에 다 떨어진 구두를 신고 있었지. 얼굴은 야위어서 검붉고 교활해 보였는데 쉴 새 없이 미소를 띠고 있었고, 웃으면 고르지 못한 누런 이빨이 보였으며, 주름살이 잡힌 손은 뱃사람 특유의 버릇대로 반쯤 주먹을 쥐고 있었어. 그가 꾸부정한 모습으로 잔디밭을 걸어왔을 때 나는 트레버 씨가 목구멍 속에서 딸꾹질 같은 소리를 내는 걸 들었는데, 그는 의자에서 벌떡 일어나더니 집 안으로 뛰어 들어갔다네. 그리고서 곧 돌아왔지만 옆을 지나갈 때 브랜디 냄새를 물씬 풍기고 있었지.

'그래, 무슨 일로 왔지?'

뱃사람은 눈을 가늘게 뜨고 얼굴에는 여전히 헤픈 미소를 머금은 채 노인 쪽을 보고 있었어.

'나를 몰라보나?' 하고 그는 묻더군.

'아니, 허드슨이 아닌가!' 하고 트레버 씨는 놀라면서 말했네.

'아무렴, 허드슨이고말고. 헤어진 지 30년이 넘었으니 말야. 자네는 이렇듯 여기서 어엿하게 살고 있지만, 나는 아직껏 하찮은 뱃놈 신세지.'

'흠, 이제 두고 보면 알겠지만 말야. 내가 옛날 일을 잊어버린 건 아닐세'라고 트레버 씨는 외치더니 뱃사람 쪽으로 걸어가서 나직한 목소리로 뭐라고 말하더군. 그리고 이내 큰 목소리로 말했어. '부엌에 가면 먹을 것과 마실 것이 있네. 자네 일자리는 꼭 마련해 주지.'

'미안한데.' 뱃사람은 앞머리에 손을 가져가면서 말하더군. '8노트(1시간에 1,852미터를 달리는 속도)짜리 부정기 화물선을 2년 동안 탔는데 말이야, 임시 고용이라 요즘 쉬게 되었지 뭔가. 베도즈나 자네한테 가면 좀 마음 놓고 쉴 수 있으리라고 생각했네.'

'아니! 자넨 베도즈의 주소를 알고 있나?'

'뭐, 옛날 친구의 주소라면 모두 알고 있지.' 사나이는 기분 나쁜 웃음을 떠올리며 말하더니, 하녀의 뒤를 따라서 꾸부정한 자세로 부엌 쪽으로 걸어갔네. 트레버 씨는 그 사나이는 자기가 금광에 들어가기 전에 같은 배에서 일하던 동료였었다는 의미의 말을 나직하게 하고는, 우리들을 잔디밭에 남겨 둔 채 집 안으로 들어가 버렸네. 1시간쯤 지나고 나서 집에 들어가 보았더니 사나이는 엉망으로 취하여 식당의 소파에 큰대자로 누워 있었네. 일어난 일 전부가 나의 마음에 몹시 거슬렸으므로, 다음날 도니소프를 떠나는 일이 조금도 아쉬운 느낌이 들지 않았어. 내가 있으면, 틀림없이 친구의 곤혹의 원인이 되리라고 느껴지기도 했지.

이와 같은 일이 생긴 것은 긴 방학이 시작된 지 한 달째 되던 무렵이었어. 난 런던의 하숙으로 돌아와 유기 화학의 두서너 가지 실험으로 몇 주일을 보냈네. 그런데 가을도 깊어지고 방학 역시 거의 끝나가는 어느 날 나는 빅터로부터 전보를 받았는데, 그것은 '다시 도니소프에 와 주지 않겠는가, 자네의 충고와 도움을 크게 필요로 하고 있네'라는 내용이었어. 물론 나는 만사를 제치고 다시금 북부를 향해 출발했지.

그는 이륜마차로 역까지 마중나와 주었는데, 첫눈에 그가 지난 두 달 동안 얼마나 괴로워했나를 알았네. 바싹 마르고 수척했으며, 그의 특색이었던 높은 톤의 목소리와 쾌활한 태도는 어디론가 사라져버렸더군.

'아버지가 위독하다네.' 이것이 그의 입에서 맨 먼저 나온 말이었어.

'믿어지지 않네! 어떻게 된 일인가.'

'뇌졸중이야. 정신적 충격이지. 죽 생사의 고비에 있네. 내가 돌아가도 임종을 지켜볼 수 있을는지…….'

왓슨, 자네도 생각되겠지만, 나는 이 뜻하지 않은 일에 몸서리를 쳤네.

'원인이 뭔가?'

'응, 그 점일세. 어서 타기나 하게. 가면서 이야기하지. 자네가 돌아가기 전날 찾아온 사나이를 기억하고 있을 테지?'

'그럼.'

'그날 집에 들인 사나이가 어떤 자인지, 자네는 알겠나?'

'모르겠어.'

'악마라네, 홈즈!' 그는 외쳤다네.

나는 깜짝 놀라서 그의 얼굴을 물끄러미 쳐다보았지.

'그렇지, 악마 그것이었어. 그 뒤부터 평화로운 적은 1시간도 없었네. 단 1시간. 아버지는 그날 밤부터 원기를 잃고, 지금은 생명력이 짓눌리어 쥐어짜지고 마음을 완전히 박살당한 꼴이지. 모두 그 저주할 허드슨 때문이야.'

'그렇다면 그자는 어떤 힘을 가지고 있나?'

'아아, 그것을 알면 나는 뭐든지 내놓으련만. 다정하고 자애가 넘치는 선량한 아버지! 어째서 그 따위 악당의 독사 같은 이빨에 걸렸을까. 하지만 자네가 와 주어서 고맙네, 홈즈. 나는 자네의 판단력과 사려를 크게 신뢰하이. 어떻게 하면 가장 좋을지 가르쳐 줄거라 믿네.'

마차는 평탄하고 희끔한 시골길을 질주했고 앞쪽에는 한없이 펼쳐진 호수 지대가 저녁 해의 붉은 빛을 받아 빛나고 있었지. 왼편 숲 위에 지주의 집 목표물이 되는 높은 굴뚝이며 깃대가 벌써 보이고 있었다네.

'아버지는 그자를 정원사로 고용했던 걸세'라고 친구는 말했지. '그리고 그걸로서는 부족하다고 하므로 집사로 승격시켜 주었지. 그렇게 되자 이미 집안은 그의 멋대로 되었으며, 여기저기 건들거리고 다니면서 하고 싶은 짓을 다했어. 하녀들은 그의 술버릇과 상스러운 말투에 불평이 많았네. 그래서 아버지는 모두의 급료를 올려 줘 수난의 보상을 해주었지. 사나이는 보트를 띄우고 아버지의 제일 좋은 총을 들고 나가 간단한 사냥 모임 같은 것을 열기도 했었지. 그것도 곁눈질을 하며 조소하는 듯 무례한 얼굴 표정으로 말이야. 아마 나같은 또래라면 벌써 몇 번은 때려눕혔을 걸세. 여보게, 홈즈. 그동안 나는 강력히 자신을 억눌러 왔는데 말일세. 지금 생각해 보니 좀더 대담하게 대해 줄 걸 그랬다는 생각이 드네.

사태는 더한층 악화되어 가 이 짐승 같은 허드슨은 더욱 더 교만을 떨었네. 급기야 어느 날 내가 있는 곳에서 아버지에 대하여 무례한 말대꾸를 했기 때문에 나는 놈의 어깨를 움켜잡고 방바닥에 팽개쳐 버렸네. 놈은 얼굴빛이 새파래져서 쫓기듯이 나갔지만, 그 독살스러운 두 눈에는 입으로 말하는 것보다 더욱 심한 협박을 느끼게 하는 것이 있었지. 그 뒤 아버지와 녀석 사이에 어떤 일이 있었는지 모르지만, 다음날 아버지는 나한테 와서 허드슨에게 사과해 주지 않겠느냐고 말하는 게 아닌가? 나는 자네도 상상할 수 있겠지만 거절하고, 어째서 그 따위 망나니가 아버지와 집안 식구에 대해서 멋대로 행동하는 걸 가만두느냐고 아버지에게 물었네.

'아, 그것은 말이다' 하고 아버지는 말했지. '네가 여러 말하는 것은 당연하지만, 넌 내 입장을 모른다. 하지만 언젠가는 가르쳐 주마, 빅터. 어떠한 일이 될지라도 네가 이해하게끔 해주겠다! 너는 이 가엾은 늙은 아버지를 악인으로 알고 있지는 않겠지.' 그러고 나서 아버지는 충격을 받았는지 하루 종일 서재에 틀어박혀 있었는데, 창문으로 기웃거려 보니까 무언가 바삐 글을 쓰고 있는 모양이었다네.

그날 밤 허드슨이 집을 나간다고 말했기 때문에 우리들은 무거운 짐을 내려놓은 듯한 느낌이었지. 우리들이 저녁 식사 뒤 테이블을 떠나지 않고 있으려니까 놈이 식당으로 들어와서 술이 설취한 사나이의 탁한 목소리로 그런 의사를 발표하는 게 아닌가.

'노퍽은 이제 지긋지긋해' 하고 놈은 말했어. '이제부터 햄프셔의 베도즈한테 갈 테야. 그도 자네처럼 환영해 줄 테니까.'

'기분이 상해서 나가는 건 아니겠지, 허드슨?' 하고 아버지는 피가 거꾸로 흐를 것만 같은 한심스러운 말을 하는 것이었어.

'아직 사과를 받지 않았어,' 허드슨은 내 쪽을 보면서 시무룩하게 말했지.

'빅터, 너는 이 사람에게 난폭한 짓을 한 것을 시인하겠지?' 내 쪽을 돌아보며 아버지가 말했네.

'아뇨, 오히려 나는 상상도 할 수 없을 만큼 참아왔다고 생각합니다'라고 나는 대답했네.

'오, 그래. 그렇단 말이지, 나중에 알게 될 거야.' 놈은 내쏘듯이 그렇게 말하고 꾸부정한 자세로 방을 나가 30분 뒤에 집을 떠나 버렸는데, 아버지는 보기에도 딱할 만큼 벌벌 떨고 있었네. 그 뒤부터 밤마다 아버지가 방 안을 서성거리는 소리가 들리더군. 그리고 막 아버지가 기운을 되찾으려고 할 때, 드디어 일격을 당한 셈이네.'

'그래, 어떤 식으로?' 하고 나는 열심히 물었지.

'아주 이상한 방식으로야. 어젯밤에 포딩 브리지의 소인이 찍힌 편지가 아버지 앞으로 배달되었네. 아버지는 편지를 읽더니 두 손으로 머리를 때리며 방 안을 뛰어다니며 빙글빙글 돌기 시작했는데, 마치 미친 사람 같았어. 뇌졸중 증세가 왔음을 알았지. 곧 포덤 의사가 와 주어서 자리에 뉘었지만 마비가 확대되어 의식을 회복하는 징후는 조금도 보이지 않았다네. 아무래도 오래 살지는 못할 것 같은 생각이 드는군.'

'오싹 소름이 끼치네, 트레버! 그럼, 그렇게 무서운 결과를 불러

일으킨 그 편지에는 어떠한 것이 쓰여 있었나?'

'무서운 내용 따위는 아무것도 없었어. 그 점이 설명하기 어려운 것이야. 편지는 도무지 뚱딴지 같은 것일세.'

'아아, 하느님. 역시 염려했던 대로인가!'

그렇게 말하고 있는 사이 마차는 가로수 길의 모퉁이를 돌았으므로, 어스레한 빛을 통하여 집의 덧문이란 덧문은 모두 닫혀 있음을 알았지. 슬픔으로 얼굴을 일그러뜨린 빅터와 둘이서 현관으로 뛰어들어 갔더니 검은 옷차림의 신사가 나왔네.

'언제쯤이었습니까, 선생님?' 하고 트레버는 물었다네.

'거의 나가신 바로 직후였습니다.'

'의식을 회복하셨던가요?'

'임종 전에 잠깐…….'

'무언가 저에게 남긴 말씀은 없습니까?'

'일본식 장롱 안 서랍에 서류가 있다는 것뿐이었습니다.'

트레버는 의사와 함께 아버지가 임종한 방으로 올라갔지만, 나는 서재에 남아 사건의 전부를 머릿속에서 몇 번이고 되풀이해 생각하며 지금껏 느껴보지 못한 어두운 심정이 되어 있었네. 이 트레버라는 사나이의 과거는 어떠한 것일까. 권투가, 여행가, 금광 채굴자. 그럼, 어째서 그 따위 흉악하게 생긴 뱃사람의 뜻대로 움직였던 것일까. 또 반쯤 사라진 팔의 문신을 지적받고 기절한거나, 포딩 브리지에서 온 편지를 보고 무서운 나머지 죽어 버린 것은 대체 어떠한 까닭인가. 이윽고 나는 포딩 브리지가 햄프셔에 있고, 뱃사람이 찾아간, 아니 아마도 공갈하러 간 저 베도즈 씨도 그 햄프셔에 살고 있다고 한 이야기를 생각해 냈네. 그렇다면 편지는 뱃사람인 허드슨으로부터 전에 트레버가 저질렀던 나쁜 짓을 폭로하겠다고 위협해 온 것이거나 아니면 베도즈로부터 옛 친구에게 언제 비밀이 폭로될지 모른다고 경고해 온 것이나 둘 중 하나지.

거기까지는 명백한 것 같았네. 하지만 그렇다면 빅터의 말처럼 어째서 편지가 도무지 뚱딴지 같은 것이라고 할 수 있을까. 아마 그는 잘못 해석을 한 모양이다. 그렇다면 그 편지는 무언가 하나의 일을 의미하고 있는 것처럼 보이되, 실은 다른 것을 의미하는 교묘한 암호로 쓰여 있을 게 분명했네. 그 편지를 보지 않으면 안 된다. 거기에 숨겨진 의미가 있으면, 그것을 끌어낼 자신은 있다. 1시간 가량 어둠 속에서 그런 생각을 하고 있으려니까 이윽고 울어서 눈이 퉁퉁 부은 하녀가 램프를 갖다 주었는데, 바로 뒤따라 트레버가 들어왔네. 얼굴빛은 창백하지만 차분한 태도였고, 지금 나의 무릎 위에 있는 이 서류를 손에 들고 있었지. 그는 나를 마주보고 앉자 램프를 테이블의 가장자리로 끌어당기더니, 보다시피 잿빛 종이에 휘갈겨 쓴 짧은 편지를 나에게 건네 주었네.

The supply of game for London is going steadily up. Head—keeper Hudson, we believe, has been now told to receive all orders for fly paper and for preservation of your hen pheasant's life(런던행 닭고기의 공급은 착실히 상승중입니다. 사냥터 주임 허드슨은 이미 파리잡이 끈끈이의 주문에 응했고, 아울러 귀하의 암꿩의 생명을 보존하라는 명령을 받게끔 통지되었으리라고 생각합니다.)

처음에 이 편지를 읽었을 때, 나는 바로 지금의 자네 못지않게 어안이 벙벙한 얼굴 표정이었던 모양이야. 그래서 나는 그것을 다시 차근차근 읽어 내려갔던 거야. 역시 내가 생각하고 있었던 대로, 이 기묘한 문장 속에는 틀림없이 무언가 다른 의미가 숨겨져 있는 게 분명했어. 아니면 또 '파리잡이 끈끈이'라든가 '암꿩'과 같은 말에 미리부터 의미가 정해져 있었는지 모르지. 그런 말의 의미는 멋대로 붙여진 것이므로 아무리 해도 풀 수가 없네. 그러나 나는 이 편지가 그런 예라고는 생각하고 싶지 않았지. '허드슨'이라는 단어가 있는 것을 보면, 편지의 주제는 나의 추측대로라는 것을 알 수가 있고 발신인이 뱃사람이 아니고 베도즈라는 것도 알 수 있지. 거꾸로 읽어 보았지만 "Life pheasant's hen." (생명, 꿩의 암놈)이라는 짝지음으로서는 잘 되지를 않더군.

그래서 단어를 하나씩 걸러 보았지만 "The of for" (그것, 의, 위해) 역시 "supply game London" (공급, 닭고기, 런던)이 되어 잘 이해될 것 같지도 않았어. 하지만 이윽고 순간적으로 수수께끼를 푸는 열쇠가 손에 들어왔네. 처음의 단어로부터 세 번째인 단어마다 읽자, 트레버 노인이 공포에 사로잡힌 것도 무리가 아닌 편지가 되었네.

그래서 내가 빅터에게 읽어 들려 준 그 경고장은 짧고 뚜렷한 것이 되었지.

The game is up. Hudson has told all(모든 일이 물거품으로 돌아감. 허드슨은 모든 걸 폭로했다.)

빅터 트레버는 떨리는 손에 얼굴을 파묻었어. '그것이 틀림없을 거야. 이것은 죽음보다도 나쁜 일일세. 게다가 치욕이니까 말야. 하지만 이 '사냥터 주임'이니 '암꿩'이니 하는 건 무슨 의미일까.'

'내용으로서는 의미가 없지만, 누가 발신자인지 알 방법이 달리 없었을 경우에는 크게 의미가 있었을 걸세. 이 편지는 'The……. game……. is…….'와 같은 식으로 사이를 건너뛰며 썼다는 것을 알 테지. 그래서 나중에 이르러서 서로 약속한 암호 방식에 의거하여 사이에 두 단어씩 써넣어 갔던 것일세. 그러자면 먼저 마음에 떠오른 단어를 쓰는 게 자연스러운 일로서, 사냥에 관한 단어가 많다는 것은 편지를 쓴 사람이 열렬한 사냥꾼이거나 사육에 흥미를 가진 사람이라는 걸 알 수 있네. 이 베도즈라는 사나이에 관해 자네는 무언가 알고 있는 일이 있나?'

'응, 그러고 보니 매년 가을이 되면 아버지가 그의 사냥터에 사냥 초대를 받던 일이 생각나네.'

'그렇다면 이 편지는 그에게서 온 것이 틀림없겠군. 남은 문제는 뱃사람인 허드슨이 어떤 비밀을 쥐고 있고, 그것을 이 두 사람의 부유한, 그것도 남들로부터 존경받고 있는 사람들의 머리 위에서 휘두르고 있었느냐 하는 점일세.'

'아아, 홈즈. 그것은 죄악과 치욕의 비밀이라고 생각돼!'라고 빅터는 외쳤네. '하지만 자네에게는 아무것도 숨기지 않겠네. 이것은 아버지가 허드슨으로부터 위험이 닥쳐온 것을 깨닫고 쓴 고백서라네. 아버지가 의사에게 말했듯이 일본식 장롱 속에 있었던 거야. 자아, 받아서 읽어 주게나. 나로서는 읽을 만한 힘도 용기도 없네.'

빅터가 건네 준 서류라는 게 이것일세, 왓슨. 그날 밤 고풍스런 서재에서 그에게 읽어 주었던 것처럼 자네에게도 들려주겠네. 보다시피 겉장에는 이렇게 씌어져 있어. '삼장 범선(돛대가 셋인 범선) 글로리아 스콧 호의 항해 기록. 1855년 10월 8일 팔마스 항구를 출범하고서부터 11월 6일 북위 15도 29분, 서경 25도 14분에서 침몰하기에 이르기까지.' 편지 형식으로서 내용은 이러하네.

사랑하는 아들에게——몸 가까이 닥치는 치욕 때문에 아버지의 만년이 암흑에 싸여지려 하는 지금, 아버지는 성심성의를 다하여 여기에 기록한다. 내가 애끓는 듯한 슬픔을 금치 못하는 것은 법을 겁내서도 아니고 이 주(州)에 있어서의 지위를 잃기 때문도 아니며, 또 나를 아는 사람들에 의해 전락(轉落)하는 모습을 보이게 되기 때문도 아니고, 네가——아버지를 사랑하고, 또 생각컨대 업신여기며 모욕할 이유가 없는 까닭에 아버지를 존경하는——아버지 때문에 혹시 기를 펴지 못하게 될까 두렵기 때문이다. 하지만 나의 머리 위에 영원히 드리워져 있는 타격이 안개처럼 흩어지는 일 없이 떨어져 왔을 경우에는, 나의 소행에 대한 죄과를 직접 알 수가 있게끔 이 글을 읽어 주기를 바란다. 이와 반대로 만일 만사가 순조롭게 진행되는 날에는(전능하신 신이여, 그렇게 되게 하여 주시옵소서!), 그리고 우연히 이 글이 파기 소각되지 않고서 너의 손안에 들어가는 일이 있다면, 네가 성스럽다고 여기는 것에 걸고, 너의 사랑하는 돌아가신 어머니의 추억에 걸고, 나아가서는 우리들 두 사람 사이에 맺어진 애정에 걸고서 네가 이것을 불 속에 던져 다시는 이 글에 대한 것을 생각하지 않도록 아버지는 간절히 부탁하는 바이다.

그러므로 네가 불행히도 이 대목 어딘가를 읽다 나갈 즈음에는, 아버지는 이미 악한 짓이 발각되어 구류되어 있거나 또는 그것보다도 아마——너도 알고 있다시피 나는 심장이 튼튼하지 못하므로——영원히 입을 다물고 죽음의 자리에 있으리라. 어쨌든 은폐의 시기는 지났다. 이제부터 아버지가 말하는 한 마디 한 마디는 모두 진실로서, 그것을 맹세하는 것은 자비를 비는 마음과 다름이 없다.

내 아들아, 나의 이름은 트레버가 아니다. 젊었을 무렵에는 제임스 아미티지라는 이름이었지. 이것을 알면, 몇 주일 전 너의 학우가 나의 비밀을 알아낸 것 같은 말을 입에 올렸을 때, 나의 충격이 얼마만큼 큰 것이었는지 이해할 수 있을 게다. 아미티지라는 이름으로 나는 런던의 은행에 들어갔고, 아미티지라는 이름으로 나는 국법에 저촉되어 유형에 처해졌던 것이다. 아들아, 아버지를 너무 탓하지 말아 다오. 그것은 도박 빚 때문에 일어난 일로, 아버지는 그 빚을 갚지 않으면 안 되게 되어 회계 검사 전에 채워 놓을 수 있다는 확신 아래 은행돈을 갖고서 그것을 충당했던 것인데, 극히 불운한 꼴을 당하고 말았던 것이다. 믿고 있었던 돈은 들어오지 않고, 갑작스러운 회계 감사 결과 나의 횡령은 폭로나고 말았지. 문제는 너그럽게 처리되었어야만 할지도 모르지만, 30년 전의 법률은 오늘날보다도 준엄하게 시행되어 23살의 생일날, 오스트레일리아 행인 삼장 범선 글로리아 스콧 호의 중간 갑판에 다른 37명의 죄수와 더불어 중죄범이 되어 쇠사슬에 매이게 되었지.

때는 크림 전쟁이 한창인 1855년의 일로서, 재래의 수인선(囚人船)은 주로 흑해에서 수송선으로 사용되고 있었다. 그 때문에 정부는 죄수 호송에는 가장 부적당한 소형선을 사용하지 않으면 안 되었지. 글로리아 스콧 호는 중국 차 무역에 쓰이고 있던 배로서, 구식인데다 배의 앞머리가 무겁고 선체가 넓었으며, 신형 쾌속선에는 어렵지 않게 따라잡혀 뒤떨어지는 것이었어. 톤수는 5백 톤인데 38명의 죄수 말고도 선원 26명, 호송병 18명, 선장 1명, 운전사 3명, 의사, 목사 각각 1명, 간수 4명을 태우고 팔마스를 출범했을 때에는 모두 합해서 백 명 가까운 인원이 타고 있었지.

독방과 독방의 칸막이는 보통 수인선의 경우처럼 두꺼운 떡갈나무 목재로 되어 있지 않고 매우 얇고 약한 것이었지. 배 위 뒤쪽 옆에 있는 독방의 죄수는 일행이 부두에 끌려왔을 때 나의 관심을 끈 사나이였다. 명랑한 얼굴에 수염이 없는 청년이었는데, 코는 길쭉하고 턱과 코가 무척 가까웠었지. 씩씩하게 머리를 높이 쳐들고 뽐내는 듯한 걸음걸이에 특히 남달리 큰 키가 돋보였어. 우리들 가운데 누구도 그의 어깨에 미치는 이가 없었으며 확실히 2미터는 되어 보였지. 모두가 슬픔과 피로에 지쳐 있었는데 그 가운데 정력과 호기가 넘치는 얼굴을 보는 것은 신기할 정도의 일이었지. 그 얼굴을 보면, 나는 눈보라 속에 화톳불을 발견한 듯한 느낌이 들었어. 그러니만큼 그 사나이가 옆의 독방에 있음을 알았을 때 나는 크게 기뻐했으며, 한밤중 귓가에 속삭임이 들려와 그가 우리들 사이에 있는 널빤지에 구멍을 뚫었다는 걸 알았을 때의 나의 기쁨은 이루 말할 수가 없었지.

'이봐, 형제! 자네는 이름이 뭐지, 도대체 어째서 이런 신세가 되었나?' 하고 그 사나이는 말했어.

나는 사나이의 물음에 대답하고, 이번에는 내 쪽에서 이름을 물었지.

'나는 잭 프렌더가스트라고 하는데, 나와 사귀고 있는 동안에는 이 이름이 고마운 것이 될 게야.'

나는 그가 저지른 사건의 소문을 생각해 냈어. 그것은 내가 체포되기 조금 전, 온 나라를 떠들썩하게 했던 것이었지. 그는 집안도 좋고 재능도 풍부했었지만, 아무리 해도 고쳐지지 않는 나쁜 버릇이 있어 교묘한 사기 수법으로 런던의 큰 상점에서 거액의 돈을 사취한 것이었어.

'아니! 자네는 내 사건을 알고 있었군.' 그는 자랑스럽다는 듯 말했어.

'잘 알고 있습니다.'

'그렇다면 그 사건에 무언가 기묘한 데가 있다는 것도 알고 있나?'

'기묘하다니, 뭐가 말입니까?'

'나는 이럭저럭 25만 파운드를 해먹었지.'

'소문은 그랬지요.'

'그런데 한 푼도 회수하지 못했어.'

'그랬습니다.'

'그럼, 그 돈이 어떻게 되었으리라고 생각하나?' 그는 물었어.

'도무지 모르겠는데요' 하고 나는 대답했지.

'바로 이 손 안에 있는 거야'라고 그는 말했네. '나는 내 것이라고 할 수 있는 돈을 자네 머리털 수효보다도 더 많이 가지고 있지. 이봐, 돈이 있겠다, 그 사용법과 늘리는 법만 알게 된다면 뭐든지 할 수가 있는 거야! 그런데 그런 사나이가 쥐에게 파먹히고 바퀴투성이인데다 곰팡내 나는 헌 관과 같은 중국 연안 무역선의 악취가 코를 찌르는 선창에 앉아 바지 궁둥이를 닳아빠지게 하는 일이 있을 수 있다고 생각하나. 어림도 없는 일이지! 그런 사나이라면 제 몸뚱이 처리쯤은 넉넉히 할 수 있을뿐더러, 또 남의 일까지 걱정해 줄 수 있다 이 말이야. 내기를 한대도 틀림없어! 그에게 꼭 매달리는 거야. 그가 너를 살려 내 주는 일이라면, 성서에 입을 맞추며 맹세해도 좋다.'

그가 하는 말은 대충 이런 내용이었는데, 나는 처음엔 별로 대수롭지도 않게 생각했지. 그런데 그는 얼마쯤 있다가 나를 떠보더니 엄하게 선서를 시키고는 배를 탈취하려는 음모가 있음을 알려 줬어. 12명의 죄수들이 배에 타기 전부터 은밀히 꾀하고 있었던 것으로 주모자는 프렌더가스트고 원동력이 된 것은 그의 돈이었어.

'나에게는 단짝이 있어'라고 그는 말했지. '좀처럼 볼 수 없는 좋은 녀석인데, 총신(銃身)과 개머리처럼 신용할 수 있는 사이지. 그 녀석은 현금을 가지고 있는데, 지금 그 녀석이 어디 있다고 생각하나? 글쎄, 이 배의 목사로 둔갑해 있단 말이야——목사로! 검은 옷을 입고 신분 증명서도 제대로 갖추고, 배 밑부터 돛대까지 고스란히 매수할 수 있을 정도로 많은 돈을 궤짝에 담아 가지고 배에 타고 있는 거야. 선원들이야 그 녀석 시키는 대로 하지. 현금으로 적당히 몫돈을 줘서 싸게 매수해 버렸거든. 그것도 선원들이 배를 탈 계약도 하기 전에 말이야. 간수 2명과 2등 항해사 머서도 매수해두었고. 필요해지면 선장이라도 손아귀에 틀어쥘걸.'

'그래, 우리들은 무엇을 하는 겁니까?'

'무엇을 한다고 생각하나? 군인들의 옷을 옷가게에선 볼 수 없을 만큼 벌겋게 물들여 주는 거야.'

'하지만 무장을 하고 있지 않습니까?'

'이쪽도 무장을 한다, 알겠나. 이쪽은 누구에게나 권총이 두 자루씩 돌아가도록 되어 있어. 게다가 승조원을 한편에 끌어들이고도 배를 빼앗을 수 없다면 우리는 모두 차라리 기숙 여학교에나 들어가는 게 좋을 거야. 오늘 밤 왼쪽 방 녀석에게 수작을 붙여 믿을 수 있는지 어떤지 시험해 봐.'

시킨 대로 해보았더니 옆의 사나이도 나하고 비슷한 처지의 젊은이인데, 죄명은 문서 위조라는 것을 알았어. 이름은 에반스라고 했지만 나중에는 나처럼 이름을 바꾸었으며, 지금은 남부 잉글랜드에서 부자가 되어 살고 있지. 그는 살아날 수단은 그 길밖에 없다면서 선뜻 음모에 참가했어. 이리하여 배가 비스케이 만을 지나가기 전에 비밀 계획에 끼이지 않은 죄수는 두 사람밖에 없었지. 한 사람은 의지가 약해 믿을 수가 없었으므로 참가시키지 않았던 것이고, 한 사람은 황달병을 앓고 있어 쓸모가 없었기 때문이었어.

처음부터 우리들이 배를 점령하는 일을 방해하는 것은 아무것도 없었어. 승조원은 특별히 목적이 있어 선발된 악당의 일원이었지. 가짜 목사는 팜플렛이 잔뜩 채워져 있는 검은 가방을 들고서 교회를 위해 우리들의 독방에 들어왔지. 그가 드나든 지 3일째에는 침대 다리 쪽에 줄 하나, 권총 두 자루, 화약 1파운드, 그리고 총알

20발이 숨겨지게 되었지.

간수 두 명은 프렌더가스트의 앞잡이였고 2등 운전사는 그의 오른팔이었지. 선장, 운전사 2명, 마틴 중위와 18명의 병사, 의사만이 우리의 적이었어. 물론 정세는 안전했지만 우리들은 경계를 게을리 하지 않았고 밤중에 급습하기로 결정했어. 그러나 사태는 예기했던 것보다 빨리 찾아왔는데, 그것은 다음과 같지.

출범하고 나서 3주일쯤 지난 어느 날 밤, 병이 난 죄수를 진찰하러 내려온 의사가 환자의 침대에 손을 넣었다가 권총 비슷한 것이 있음을 눈치챘지. 그때 의사가 소리를 지르지 않았다면 계획은 실패로 끝날 수도 있었겠지만 소심한 사람이었으므로 놀라 소리를 지르며 새파랗게 질린 얼굴을 하였기 때문에 환자인 죄수는 이내 무슨 일이 생겼는가를 깨닫고 의사를 붙잡았지. 의사는 고함을 질러대며 구원을 청하지도 못한 채 재갈이 물리고 침대에 묶였어. 그는 갑판으로 통하는 문의 자물쇠를 따 놓고 있었으므로, 우리들은 거기서부터 갑판으로 밀어닥쳤단다. 곧 보초병 둘이 사살되고 무슨 일인가 싶어 뛰어온 하사도 쓰러뜨려졌지. 객실 입구에도 병사가 둘 있었지만, 총에는 총알이 장전돼 있지 않았던 모양으로 한 방도 쏘지 못한 채 총검을 끼우려는 사이 사살되었어. 그리고 우리는 선장실로 뛰어들었는데 문을 연 순간 안에서 폭음이 들렸지. 선장은 테이블에 압핀으로 고정시킨 대서양의 지도에 머리를 박고서 쓰러져 있었고, 곁에는 아직도 연기가 사라지지 않은 피스톨을 들고 목사가 서 있었지. 2명의 운전사는 승조원의 손에 붙잡히고 모든 일이 순조로워 보였단다.

객실은 선장실 옆에 있고 우리들은 거기에 집합했으며, 긴 의자에 털썩 주저앉아서 이야기의 꽃을 피웠어. 자유의 몸이 되었다는 생각에 미칠 듯이 기뻤기 때문이었지. 방의 둘레에는 벽장이 있고 가짜 목사인 윌리엄은 그 하나를 때려 부숴 다갈색의 셰리 주를 한 다스쯤 꺼냈단다. 병목을 깨뜨려서 컵에 술을 따르고 막 쭉 들이키려 하였을 때, 홀연 아무런 전조도 없이 귓가에 총소리가 울리고 객실은 자욱한 연기로 테이블의 건너편조차도 보이지 않게 되었지. 이윽고 연기가 사라지자 그 자리는 아수라장이 된 듯한 느낌이었어. 윌슨과 다른 8명의 동료가 바닥 위에 서로 겹쳐진 채 버둥거렸고, 테이블에는 선혈과 다갈색의 셰리 주가 흐르고 있었어. 그 광경은 생각만 해도 정신이 아찔할 정도였지.

우리들은 이 광경에 완전히 질겁을 하고 말았으므로 프렌더가스트가 없었다면 일을 포기하고 말았을 거라고 생각한다. 그는 사나운 황소처럼 짖어대며 살아남은 전원을 거느리고서 문을 향해 돌진했지. 객실에서 뛰어나가 보았더니 선미루(船尾樓) 갑판에 중위와 10명의 부하가 있었어. 객실 테이블 바로 위쪽인 회전식 조명창이 아주 조금 열려져 있더구나. 그들은 그 틈으로 우리에게 발포했던 거야. 우리가 그들에게 총알을 잴 틈을 주지 않고 덤벼들자, 그들도 용감하게 응전했지만 우리들 쪽이 우세하여 5분쯤 지나자 끝장이 나 버렸지. 신이여! 그 배와 같은 수라장이 또 있을까요. 프렌더가스트는 정말 미쳐 날뛰는 악귀처럼 적을 마치 어린애처럼 집어올려 살아 있는 자든 죽어 있는 자든 상관 않고 바닷속에 던졌지. 중상을 입은 한 중사가 상처를 입었는데도 불구하고 놀랄 만큼 오랫동안 헤엄치고 있었지만, 마침내 누군지 가엾게 여기어 그 머리를 쏘아서 죽였지. 전투가 끝나자 적은 간수와 운전사와 의사 외에는 한 사람도 남아 있지 않았어.

그렇건만 우리는 적의 처치를 둘러싸고 일대 투쟁이 일어났단다. 우리들 중에는 자유를 되찾은 일은 기뻐하지만 살인에 관해서는 마음에 가책을 느끼는 자가 있었어. 총을 가진 병사를 쓰러뜨리는 일과 사람이 살해되는 것을 냉랭하게 방관하고 있는 일과는 전혀 문제가 다르지. 그래서 우리들 8명, 수인 5명과 승조원 3명은 살인이 벌어지는 것을 보고 싶지 않다고 말했어.

그런데 프렌더가스트와 그 일당은 우리들의 주장에 조금도 동요되지 않더구나. 몸의 안전을 꾀하려면 일을 철저하게 해치울 필요가 있으며, 뒷날 증언대에 설 염려가 있는 자는 살려 두어서는 안 된다는 것이었어. 그리하여 우리들도 하마터면 그 포로들과 운명을 함께 할 뻔했지만, 마지막으로 원한다면 보트를 내려서 떠나가도 좋다는 허락이 내렸지. 우리들은 이미 살육에는 진저리가 나 있었고 더욱이 거기 이르기 이전에 무서운 투쟁도 있음을 알고 있었으므로, 기꺼이 이 제안에 응했지. 그래서 우리들 8명은 저마다 수부복 한 벌, 물 한통, 소금에 절인 쇠고기와 비스킷 한 통씩, 나침반 1개를 받았어. 프렌더가스트는 우리들에게 바다 지도를 던져 주었고, 북위 15도 서경 25도의 해상에서 조난한 배의 승조원이라고 말하도록 일렀단다.

내 아들아, 나는 이제부터 나의 이야기의 가장 놀랍고 이상한 부분을 이야기한다. 폭동이 벌어지는 동안 수부들은 전장 아래 돛의 가로대를 거꾸로 해 두었는데, 보트가 배에서부터 떠날 때 그것을 수평 직각이 되도록 고쳤지. 때마침 북동쪽에서 선들바람도 불어와, 글로리아 스콧 호는 조용히 보트로부터 멀어져 갔단다. 우리의 보트는 길고 완만한 큰 파도에 흔들리며 떠내려가고 있었지. 일행 중 가장 교양이 있는 에반스와 나는 고물의 빈 장소에 앉아 현재의 위치를 조사하면서 어느 연안을 향할 것인가 계획을 짜고 있었지. 베르데 곶은 북방 약 8백 킬로미터, 아프리카 해안은 동방 약1천 2백 킬로미터에 있었기 때문이야. 바람이 북쪽에서 불어왔으므로 영국령 시에라리온(아프리카 서안에 있는 영연방 내의 통치령)이 가장 알맞다 생각하고 보트를 그 방향으로 돌렸단다. 글로리아 스콧 호는 그때 보트의 오른쪽 뒤편 멀리 있었지. 그런데 우리들이 뒤돌아본 순간, 갑자기 배에서 뭉게뭉게 검은 연기가 치솟아 수평선 위에 요사스러운 나무처럼 우뚝 서 있었어. 몇 초 지나자 천둥과 같은 굉음이 귀청을 찔렀지. 이윽고 검은 구름이 엷어지자 글로리아 스콧 호의 모습은 그림자도 형체도 보이지 않았어. 우리들은 곧 보트의 방향을 뺑 돌려서 아직 수면에 떠도는 엷은 연기에 의해 참사의 정경을 말해 주는 현장을 향해 힘껏 저어 갔지.

보트가 현장에 도달하는 데는 오랜 시간이 걸렸지. 너무 더디게 가 아무도 구할 수 없는 게 아닐까 하고 걱정을 했어. 파도 사이에 아른아른 떠도는 박살이 난 보트며 숱한 나무의 틀이라든가 둥근 재목의 파편 등에 의해 배가 침몰한 장소는 알았지만, 사람이 있는 낌새는 없었지. 그래서 단념하고 노를 저어 떠나려고 하자 구원을 청하는 목소리가 들렸어. 돌아보니 조금 떨어진 곳에 한 사나이가 배의 파편에 몸을 뻗치고 매달려 있더구나. 보트에 끌어올려 보았더니 사나이는 허드슨이라는 젊은 수부라는 것을 알았지. 그는 온몸에 심한 화상을 입고 지칠 대로 지쳐 있었으므로 다음 날 아침까지는 일의 자초지종을 이야기하지도 못했단다.

짐작해 본 바로는, 우리들의 보트가 배를 떠나자 프렌더가스트와 그 일당이 살아남은 5명의 포로 살해를 착수했던 모양이다. 간수 둘은 사살되어 바닷속에 던져지고 3등 운전사도 같은 운명이었어. 그러고 나서 프렌더가스트는 가운데 갑판으로 내려가 몸소 손을 가해 불행한 의사의 목을 베었지. 나머지는 1등 운전사 단 하나가 되었지만, 그는 용감하고 늠름한 사나이였어. 프렌더가스트가 피투성이 나이프를 손에 쥐고 다가오는 것을 보자 미리부터 간신히 고생고생하며 느슨하게 해 두었던 결박을 풀고 갑판을 뛰어 내려가 뒤쪽 선창으로 뛰어들었지.

피스톨을 손에 들고서 12명 가량의 죄수가 그를 찾으러 내려갔더니, 그는 배에 100통 가량 실은 화약통의 뚜껑을 열고 그 옆에 성냥을 가지고 앉아서 만일 손을 대면 어느 놈이고 모두 날려 버리겠다면서 설치고 있었단다. 한순간 대폭발이 일어났지만, 허드슨이 생각하기에는 운전사가 화약에 불을 붙였기 때문이 아니고 죄수 가운데 누군가가 쏜 총알이 화약에 맞았으리라는 것이었어. 어쨌든 그것이 글로리아 스콧 호의 마지막이었고 배를 탈취한 악당 한패의 최후이기도 하다.

사랑하는 아들아, 간단히 말하면 내가 관계한 가공할 만한 사건의 이야기는 이상과 같은 것이었다. 다음날 우리들은 오스트레일리아 행인 이장 범선 핫스퍼 호에 구조를 받았는데, 그 배의 선장에게 우리들이 침몰한 여객선에서 살아남은 사람이라는 걸 믿게 하기란 그다지 어렵지 않았어. 해군성도 호송선 글로리아 스콧 호는 항해중 행방불명이 된 것이라고 인정했고, 글로리아 스콧 호의 운명의 진실을 이야기하는 말은 끝내 들리는 일이 없었지. 핫스퍼 호는 순조로운 항해를 계속한 뒤 우리를 시드니 항구에 상륙시켜 주었지. 시드니에서 에반스와 나는 이름을 바꾸어 금광 지구에 갔으며, 온갖 나라에서 모여든 자들과 섞여 본디 신분을 쉽사리 감출 수가 있었던 것이다.

그 밖의 일에 관해서는 이야기할 필요가 없을 거다. 우리들은 성공했고, 여기저기로 이동하여 한밑천 잡은 식민지 개척자로서 영국으로 돌아가 시골에 땅을 샀지. 우리들은 20년 남짓 평화롭고 유익한 생활을 보내 왔다. 그리하여 과거가 영원히 매장되기를 바랐지. 그러므로 찾아왔던 수부를 보고 즉각 그 조난시 살려 준 사나이임을 알았을 때 나의 가슴속이 어떠했었는지 상상해 주기 바란다. 그는 우리들의 행방을 끝까지 수소문해 찾아냈고 우리들의 두려움을 밥으로 삼고자 작정하고 있었던 것이다. 내가 그하고 다투지 않으려고 얼마나 애를 썼는지, 너는 지금에 이르러서야 이해할 수 있을 테지. 그가 나의 집을 떠나면서 언제라도 무서운 일을 폭로하겠다는 듯이 또 한 사람의 먹이를 찾아간 지금, 너는 이 아버지의 가슴을 채우는 공포에 조금쯤은 동정해 줄 수 있을는지…….

아래에는 읽을 수 없을 만큼 떨린 필적으로 다음과 같이 씌어 있었네. '베도즈는 암호로 허드슨이 모든 걸 폭로시켰다고 써 보냈다. 신이여, 우리들의 영혼을 불쌍히 여겨주시옵소서.'

이상이 그날 밤 아들 트레버에게 내가 읽어 준 이야기일세. 그 상황에서는 아주 드라마틱한 것이었지. 왓슨, 트레버는 그 사건으로 비탄에 잠겨 있다가 인도의 테라이 다원(茶園)에 갔는데, 잘은 모르지만 꽤나 성공하고 있다는 소문이야. 수부와 베도즈에 관해서는 그 경계의 편지가 온 다음부터 전혀 소식이 없었네. 두 사람 모두 아주 모습을 감추고 말았던 거야. 경찰에 보호 의뢰가 제출되지 않았던 것을 보면, 베도즈는 협박을 진짜로 받아들였는지도 몰라. 허드슨이 그 근방에 잠복하고 있는 것을 흘긋 본 자가 있다고 하므로, 경찰에서는 그가 베도즈를 해치우고, 그리고 나서 도망친 것이라고 믿고 있다네. 내 생각으로는 진상은 전혀 반대라고 여겨지네. 베도즈는 자포자기가 될 만큼 궁지에 몰려 과거의 죄상이 폭로된 줄로만 알고서 허드슨에게 복수를 하고, 긁어모을 수 있는 돈을 몽땅 가지고서 나라 밖으로 달아났다고 하는 편이 아무래도 진상에 더 가깝다고 생각되네. 이상이 이 사건의 자초지종이라네. 왓슨, 자네의 콜렉션에 도움되는 거라면 좋을 대로 이용해도 좋아."

머스그레이브 집안 의식서

내 친구 셜록 홈즈의 성격으로서 곧잘 강하게 느껴지는 점은, 사고방식이 무릇 인간으로서 매우 정연하고 체계적이라는 것이다. 또한 복장이 차분하고 단정함에도 불구하고 개인적인 버릇이라는 면에서는 그만큼 같이 있는 사람의 마음을 이상하게 해 버릴 만큼 절도가 없는 사나이도 드물다는 점이다. 하기야 그 점에 관해서 말하면, 나만 하더라도 예의바른 사나이는 아니다. 천성적으로 야무진 데라곤 없는 기질에다가 덧붙여 아프가니스탄에서 난폭하게 지낸 나날 덕분에, 나는 의사로서는 부적당할 정도로 깔끔하지 못한 인간이 되어 버렸다.

그러나 나의 경우에는 한도가 있다. 석탄 그릇에 시가를 간직하든가, 페르시아 제 슬리퍼 코에 담배를 감추어 둔다든가 답장을 내지 않고 있는 편지를 목조로 된 맨틀피스 한가운데에 재크나이프로 꽂아 두든가 하는 사나이를 보면, 나 자신 스스로 깔끔하다고 뽐내어 보고도 싶어지는 것이다. 권총 쏘는 연습은 분명히 야외의 오락이라고 하는 게 나의 평소부터의 지론이므로, 이상야릇한 기분이 된 홈즈가 팔걸이의자에 걸터앉아 발사를 손쉽게 하는 장치가 붙어 있는 권총과 100발짜리 복서탄(에드워드 모리에 복서 대령이 만든 탄약의 일종)으로 맞은편 벽에 여왕의 VR이라는 애국적인 사인을 만들어 보았지만 이런다고 방의 분위기와 모양새가 특별히 나아질 것도 없다는 생각만 더 들었을 뿐이다.

우리들의 방은 언제나 약품이라든가 범죄의 증거품 따위로 가득차서, 그것들은 종종 엉뚱한 곳에 섞여 들어갔다가 버터 접시나 또는 가장 바람직하지 않은 장소에서 불쑥불쑥 튀어나오곤 했었다. 특히 그의 서류는 가장 골칫거리였다. 그는 서류, 특히 이미 끝난 사건에 관한 서류들을 정리하는 일을 아주 싫어했다. 그러므로 그 정리 정돈에 정력을 쏟는 일은 매년에 겨우 한두 번에 지나지 않았다. 그 까닭인즉 이 두서없는 회고록의 어디인가에서도 내가 지적했던 것처럼, 그는 그의 이름이 지금껏 떠들썩하니 칭찬되는 희한한 사건을 열정적인 정력을 폭발시켜 해결한 직후에는 으레 반동적으로 김이 빠진 상태가 되고 말아서, 그럴 때면 얼마 동안은 그저 뒹굴며 바이올린을 켜든가 책을 읽으며 소파에서 식탁에 가는 일 외에는 거의 꼼짝도 않는 것이었다. 이리하여 매달매달 그의 서류더미는 자꾸만 쌓여 가고, 나중에는 방의 네 구석이 홈즈가 아니고서는 태워 버릴 수도 치울 수도 없는 기록의 뭉치로 가득해지고 만다.

어느 겨울 밤 둘이서 난롯가에 앉아 있을 때, 나는 큰마음을 먹고 이제 비망록에 발췌한 것을 붙이는 작업도 끝났으니까 2, 3시간 가량 방을 좀 살기 편하게 치우면 어떻겠느냐고 말해 보았다. 그는 나의 요구가 아주 당연하므로 거절할 수도 없는지 서글픈 얼굴로서 침실로 들어가더니, 이윽고 커다란 양철 상자를 하나 끌고 나왔다. 그것을 방 한복판에 놓고 그 앞에 걸상을 내놓고는 웅크리듯이 앉아 상자의 뚜껑을 열었다. 안을 들여다보니 빨간 테이프로 따로따로 묶은 서류 뭉치가 3분의 1쯤 차 있었다.

"이 안에는 제법 사건이 있다네, 왓슨" 하고 홈즈는 장난기어린 눈으로 나를 바라보면서 말했다. "자네가 만일 이 상자에 있는 사건을 전부 알고 있다면, 이 속에 다른 것을 채워 넣기보다는 이 중에서 조금 꺼내 달라고 할걸."

"그렇다면 이것은 자네가 젊었을 적의 기록인가?" 하고 나는 물었다. "나도 그 무렵의 사건을 노트해 두고 싶다고 늘 생각했었네."

"그렇다네. 이것은 모두 나의 전기 작가인 자네가 내 이름을 높여 주기 이전 것이고 모두 성공한 것뿐이라고는 말할 수 없네, 왓슨. 그러나 개중에는 상당히 재미있는 사건도 있지. 이것은 타르턴 살인 사건의 기록, 이것은 포도주 상인 뱀베리 사건, 이것은 러시아 노부인의 모험, 이것은 알루미늄 목발의 괴사건, 그리고 안짱다리 리콜레티와 그 천박한 아내의 사건 모두가 들어 있지. 그리고 이것은…… 그렇지, 이것은 약간 정성을 들인 것이지."

홈즈는 상자의 바닥에 팔을 집어넣어 아이들 장난감 같은, 밀어서 여닫는 뚜껑이 달려 있는 조그만 나무 상자를 꺼냈다. 그 상자 속에서는 꾸겨진 종이쪽과 고풍스러운 놋쇠 열쇠, 그리고 실뭉치가 달린 나무못과 녹슨 원반형의 쇠붙이 세 개가 나왔다.

"그런데 여보게, 이걸 어떻게 생각하나?" 홈즈는 내 표정을 보고 싱긋 웃으며 물었다.

"별 괴상한 것을 다 보겠네그려."

"조금 괴상하지만, 이것에 얽힌 이야기가 더 괴상하기 때문에 아마 자네도 그 이야기를 들으면 놀랄 걸세."

"이 유물에는 역사가 있단 말이지."

"있다기보다, 즉 이것들은 역사 그 자체라네."

"그게 무슨 뜻이지?"

셜록 홈즈는 그 물건들을 하나하나 끄집어 내어 테이블의 가장자리에 늘어놓았다. 그리고 의자에 자세를 고쳐 앉더니 자못 흐뭇한 눈초리로 바라보았다.

"이것은 머스그레이브 집안의 의식에 대한 에피소드를 추억하기 위해서 남겨 둔 물건이라네."

나는 이 사건에 대해서 그가 몇 번인가 입에 올리는 것을 들은 일이 있었으나 자세하게 들은 적은 없었다.

"그 사건에 대해서 이야기해 주면 고맙겠네." 나는 말했다.

"이대로 어질러 놓고서 말인가." 그는 장난스레 말했다. "결국 자네의 성격도 깔끔한 것은 아니로군 그래. 하지만 자네가 이 사건을 기록에 덧붙여 준다면 고맙겠네. 이 사건은 이 나라의, 아니 어느 나라의 것이라도 그러리라고 생각하지만, 범죄 기록에 있어서 아주 유례없는 것으로 만들고 있는 점이 있다네. 이 괴상야릇한 사건이 포함되어 있지 않았다면, 나의 시시한 업적 어디에도 끼이지 못하는 아쉬운 것에 지나지 않았을 걸.

자네는 글로리아 스콧 호 사건이며 내가 이야기한 바 있는 비운의 노인과의 대화에 대해서 기억하고 있을 테지. 그것으로서 나의 관심은 지금 이처럼 나의 일생의 직업이 되어 있는 탐정 쪽으로 향해졌던 것일세. 지금은 나의 이름이 세상에 널리 알려져 있어 일반 사람들로부터나 경찰로부터나 어려운 사건의 마지막 공소원으로써 인정받고 있지만, 자네가 처음으로 나를 알고 《주홍색 연구》로 후세에 전하여 준 그 무렵만 하더라도 별로 벌이는 신통하지 않았네. 다만 그런대로 일거리는 꽤 많아 그 일을 해결하는 데 처음 동안은 얼마나 괴로웠는지, 또 일이 순조롭게 풀리기까지 얼마나 고생을 견디지 않으면 안 되었는지 자네로선 충분히 모를 거야.

런던에 갓 올라왔을 무렵, 나는 몬타규 거리의 대영박물관 모퉁이를 조금 돌아간 곳에 셋방을 얻어 거기서 일거리를 기다리고 있었네.

너무 남아돌아서 곤란한 한가로운 시간에 어려워서 손도 댈 수 없는 과학 연구 분야에 충당하든가 하면서 말이야. 때때로 사건 의뢰를 받곤 했지만, 그것은 어쩌다 옛날 학우들이 소개해 준 것이었네. 왜냐하면 대학 생활이 끝날 무렵쯤 나에 대한 능력이며 해결 방법 따위가 제법 화제에 올라 있었기 때문이었지. 이렇게 해서 세 번째로 맡은 사건이 머스그레이브 집안의 의식서 문제였네. 애당초 내가 현재의 지위를 향해 첫걸음을 내디뎠던 이 일련의 괴상야릇한 사건은 예상 외로 세상의 관심을 불러일으켰고, 그리고 여기에 중대한 사태가 걸려 있었다는 게 알려졌기 때문이었네.

레지날드 머스그레이브는 나와 한 학교에서 기숙사 생활을 했기 때문에 조금쯤은 아는 사이였네. 그는 대학생들 사이에서는 별로 인기가 없었네. 하지만 그의 교만성은 내가 볼 때 모든 일에 극단적으로 자신감이 없는 천성을 숨기려는 노력 같아 보였어. 겉보기에는 매우 귀족적 타입의 사나이로서, 깡마르고 코가 오똑하며 눈이 크고 어쩐지 울적해 보였지만 매우 점잖았어. 사실 영국에서 손꼽히는 명문으로, 분가되긴 했지만 16세기 무렵 노든 머스그레이브 집안으로부터 갈라져 나와서 서부 서섹스에 정주했지. 서부 서섹스의 헐스톤 관은 아마도 주에서 가장 오래된 건물일 거라고 일컬어졌었네.

태어난 고향의 냄새가 얼마쯤 이 사나이에게 눌러붙어 있었던 모양으로, 나는 그의 창백하면서도 날카로운 얼굴이라든가 머리를 움직이는 버릇 따위를 보면 반드시 잿빛의 아치형의 길이며 세로로 칸막이 된 창문이며 그 밖에 봉건시대의 낡은 유물 같은 것을 연상하지 않을 수 없었어. 때때로 우리들은 무의식중에 이야기에 열중한 일이 있었는데, 그는 몇 번 나의 관찰과 추리의 방법에 날카로운 흥미를 보였던 것을 기억하네.

졸업 후 4년가량 나는 그하고 전혀 만나지 않았는데, 어느 날 그가 몬타규 거리의 내 방을 찾아왔다네. 거의 달라진 데라고는 없고 유행의 첨단을 걷는 청년다운 복장으로——그는 언제나 약간 멋을 부렸었지——옛날과 다름없이 침착하고 예의바른 태도로 말일세.

'그 동안 어떻게 지내셨습니까, 머스그레이브 씨?' 서로 정중히 악수하고 나서 나는 물었어.

'나의 아버지가 돌아가신 일은 들었을 테죠?'라고 그는 묻더군.

'약 2년 전에 돌아가셨지요. 그러고 나서 나는 물론 헐스톤의 영지를 꾸려 나가지 않으면 안 된 데다가, 지구 선출의 의원이기도 해서 꽤 바쁜 생활을 하고 있지요. 그런데 당신은 그 전에 우리들을 곧잘 놀라게 하던 그 힘을 실생활에 활용하고 계시다고요.'

'네, 두뇌로 겨우 밥벌이나 하고 있지요.'

'그 말을 들으니 기쁩니다. 왜냐하면 나는 지금 당신의 조언이 아주 필요하거든요. 헐스톤에서 매우 기묘한 일이 있었어요. 경찰도 그 문제를 해결 못하고 있는데, 정말 너무나 괴상해 이해할 수 없는 일이에요.'

내가 얼마나 열심히 귀를 기울였는지 자네로서는 쉽게 상상할 수 없었을 걸세, 왓슨. 글쎄 오랜 동안 아무 일도 않고서 기다리고 있던 기회가 그제서야 겨우 눈앞에 다가왔으니 어찌 안 그렇겠는가. 마음 밑바닥에서는 다른 사람이 실패하더라도 이번 일은 반드시 성공해 보이겠다, 지금이야말로 자신을 시험할 기회가 온 것이라고 나는 굳게 생각했네.'

'어서 자세한 이야기를 들려주십시오'라고 나는 외쳤다네.

레지날드 머스그레이브는 나와 마주보고 앉아 내가 권한 궐련 담배에 불을 붙이더군.

'아마 알고 계시리라고 생각합니다만,' 그는 말을 시작했어. '나는 아직 독신이지만 헐스톤에서는 상당한 수의 고용인을 두지 않으면 안

되는 형편이에요. 그 저택은 마구잡이로 늘려서 지었기 때문에 유지를 하려면 꽤나 사람 손이 가야만 합니다. 금렵지이기도 해서 꿩 사냥철에는 초대 손님이 많이 오므로 일손이 모자라면 곤란해집니다. 모두 합해서 하녀가 8명에 요리사와 집사가 각각 한 명씩, 그리고 시중꾼 2명에 급사가 또 1명입니다. 물론 정원과 마구간에도 각각 따로 사람을 두고 있습니다.

이러한 고용인 중에서 제일 오래된 사람이 집사 브런턴입니다. 학교 선생으로 젊어서 실직하고 있었을 때 아버지가 고용했는데, 굉장한 정력가인데다 착실한 인물이기도 해서 이윽고 집안에 없어서는 안 될 사람이 되었습니다. 건장한 체격에 이마가 넓은 호남자로서 우리 집에 온 지 20년이나 됩니다만 아직 40은 넘지 않았지요. 사나이답게 얼굴도 잘생기고 뛰어난 재능을 가졌으면서도――그는 여러 나라 말을 하고 거의 어떠한 악기나 다룰 수 있는데――집사라는 직책을 그렇듯 오래도록 감수하고 있었던 것은 이상한 일이기는 하나 아마 마음이 편하고 다른 직업으로 바꿀 만한 기력이 없었기 때문이었겠지요. 아무튼 헐스톤의 집사는 집에 오는 손님은 누구도 잊을 수가 없는 인물이랍니다.

하지만 이 사람에겐 결점이 하나 있었습니다. 여간 아닌 바람둥이가 아니어서 상상이 가시겠지만 태평스러운 시골이니까 그런 친구가 바람피우는 일쯤이야 식은 죽 먹기였겠지요.

아내가 있었을 때에는 아무렇지도 않았습니다만, 홀아비가 되고 나서부터는 말썽이 끊일 사이가 없었습니다. 두서너 달 전에는 이것으로 겨우 자리가 잡히려니 하고 생각했었지요. 그 까닭은 하녀인 레이첼 하우웰즈와 약혼을 했기 때문이었지요. 그런데 글쎄 약혼을 하고 나더니 곧 그녀를 차버리고 이번에는 사냥터 관리 주임의 딸 자네트 트레젤리스와 좋아 지내는 거예요. 레이첼은 아주 좋은 처녀이지만 격하기 쉬운 웨일스 기질이라 가벼운 척추 뇌막염까지 앓고 있었는데 지금은——지금이라기보다도 어제까지는——집의 주위를 쇠약할 대로 쇠약한 그림자 같은 몰골로써 배회하고 있지 뭡니까. 이것이 헐스톤에 있어서의 첫 번째 비극인데, 또 하나의 비극이 생겨 그런 일에 마음을 돌리고 있을 수 없게 되었습니다. 그것은 집사 브런턴의 파면 추방을 서곡으로 하여 일어났습니다.

일의 발단은 이러합니다. 앞에서도 말했듯이 브런턴 집사는 영리한 사나이로서, 그 영리함이 몸의 파멸을 가져다주었던 거예요. 왜냐하면 그런 까닭으로 자기에게는 조금 관계가 없는 일에도 끝없는 호기심을 가지게 되었기 때문이죠. 그리하여 저로서는 우연한 일로 해서 그것을 알게 되기까지는 그가 어디까지 깊이 개입되어 있는지 생각도 못했습니다.

앞서도 말한 것처럼 헐스톤 저택은 아무렇게나 늘려 지은 것입니다. 지난 주일 어느 날 밤——좀더 정확히 말하면 목요일 밤이었습니다만——저녁 식사 뒤에 그만 밀크를 타지 않은 진한 커피를 마셨기 때문에 좀처럼 잠이 오지 않았습니다. 새벽 2시까지 불면과 싸운 끝에 도저히 안 되겠다 싶어 일어나서 소설이라도 읽으려고 촛불을 켰습니다. 그런데 책을 당구실에다 두고 왔기 때문에 가운을 걸치고 가지러 갔었습니다.

당구실로 가려면 계단을 내려가서 서재와 총기실로 통하는 복도의 막다른 곳을 가로지르지 않으면 안 됩니다. 이 복도 쪽을 문득 보니까 서재의 열어젖혀진 문에서 불빛이 새어나오고 있는 게 눈에 띄었으므로, 내가 얼마만큼이나 놀랐겠는지 상상해 주기 바랍니다. 자리에 들기 전에 내가 직접 램프를 끄고 문을 닫아 두었던 겁니다. 우선 도둑이라고 생각한 것도 무리가 아니겠지요. 헐스톤 저택 복도 벽에는 옛날 무기의 기념품이 장식돼 있습니다. 나는 거기에서 전투용 도끼를 하나 집어들고 촛불을 등 뒤에 감추고서 살금살금 복도를 걸어가 열려져 있는 문으로 안을 들여다보았습니다.

서재에 있었던 건 집사인 브런턴이었습니다. 정장을 한 채 안락의자에 앉아서 무릎 위에 지도인 듯싶은 한 장의 종이쪽을 펼쳐놓고서, 이마에 손을 대고 깊이 생각에 잠겨 있었습니다. 나는 놀란 나머지 말도 못하고 어둠 속에서 가만히 그를 지켜보고 있었습니다. 테이블 가장자리의 작은 초가 약한 불빛을 던지고 있었습니다만, 그래도 그가 정장을 하고 있는 것은 알아볼 수 있었습니다.

내가 보고 있으려니까 돌연 의자에서 일어나 옆에 있는 서랍 달린 큰 책상 앞으로 가더니, 열쇠로 열어 서랍 하나를 뽑아냈습니다. 거기서 그는 또 한 장의 종이를 꺼내어 본디 자리로 돌아가더니 테이블 가장자리의 작은 촛불 곁에서 구김살을 펴고 열심히 읽기 시작했습니다.

우리 집에 관한 서류를 이렇듯 유연한 태도로 조사하고 있는 것을 보자, 나는 그만 화가 치밀어 한 걸음 앞으로 나아갔습니다. 브런턴은 얼굴을 들고 내가 문 앞에 서 있는 것을 보았습니다. 그는 벌떡 일어섰습니다만 공포로 얼굴이 흙빛으로 되어서 처음에 조사하고 있던 지도 같은 종이쪽을 재빨리 품 안에 쑤셔 넣는 것이 보였습니다.

'그랬었구나!'라고 나는 말했습니다. '너를 신임하고 있는 터에 이렇게 보답을 할 셈이었느냐. 오늘로 이 집에서 당장 나가 주기 바란다.'

내가 하도 화를 내는 바람에 그는 완전히 짓밟힌 자의 표정으로 고개를 푹 수그리고 한 마디 말도 없이 저의 곁을 살며시 빠져나갔습니다. 아직도 작은 촛도막은 테이블 위에 놓여 있어 그 불빛으로 흘긋 보았더니, 브런턴이 서랍에서 꺼낸 서류가 무엇인지 알았습니다. 놀랍게도 그것은 조금도 중요한 것이 아니고 머스그레이브 집안의 의식서라고 불리는 기묘한 옛 관례인 문답체의 글귀 사본에 지나지 않았습니다. 그것은 우리 가문 특유의 일종의 의식서인데, 대대로 머스그레이브 집안 사람이라면 누구나 성년에 이르면 그 의식을 받아 왔던 것으로서 집안 내부의 일로서밖에 흥미가 없는 것이었습니다. 굳이 따지자면 우리 집의 문장(紋章)과 마찬가지로 고고학자에게는 얼마쯤 중요한 서류일 테지만 실용성은 조금도 없는 물건이었지요.

'나중에 서류에 대한 걸 들려주시는 게 좋겠군요'라고 나는 말했네.

'정말로 필요하다고 생각하신다면야…….' 그는 조금 망설이면서 대답했어. 그런 뒤 내가 브런턴이 놓아두고 간 열쇠로 서랍을 잠그고 방을 나서려고 할 때, 그가 돌아와서 눈앞에 서 있는 것을 보고 나는 깜짝 놀라고 말았습니다.

'머스그레이브님.' 감정으로 억제되어 모기 소리처럼 된 목소리로 그가 외쳤습니다. '저는 파면 분부에 견딜 수가 없습니다. 저는 지금까지 제 지위 이상의 것이라도 욕되게 하지 않을 정도의 긍지를 갖고 살아왔습니다. 파면 추방이 되면, 죽음을 당하는 것과 똑같습니다. 정말로──만일 절망의 구렁텅이에 떨어뜨려지는 일이 있다고 한다면──나리님에게 저의 목숨에 대한 원한이 걸리게 될 것입니다. 이런 일로 해서 저를 내버려 둘 수가 없다고 말씀하시는 거라면, 부디 부탁이니 제가 말씀드리고 나서 한 달 뒤에 나가는 것으로 해주시기 바랍니다. 제 의사로 나간다는 것으로 하고 싶은 거예요. 머스그레이브님, 그거라면 저는 견딜 수 있습니다만, 저를 잘 알고 있는 사람들 눈앞에서 추방당하는 일은 견딜 수가 없습니다.'

'너에게는 그다지 동정을 베풀 필요가 없다, 브런턴,' 나는 대답했습니다. '네가 한 일은 그야말로 부끄러워해야 마땅한 짓이다. 그러나 오랜 세월 근무해 준 바이니만큼 너의 문제를 표면화시키고 싶지는 않다. 하지만 한 달은 너무 길다. 1주일이 지나거든 나가도록 해

라. 나가는 이유는 마음대로 붙여도 좋다.'

'겨우 1주일 입니까?'라고 그는 절망적인 목소리로 외쳤습니다. '2주일…… 하다못해 2주일이라고 말씀해 주십시오.'

'1주일이다'라고 나는 되풀이했습니다. '그것도 아주 관대한 조치를 받은 거라고 생각해 주기 바란다.'

그는 얼굴을 가슴에 떨어뜨리고 난처한 듯이 살며시 가 버렸습니다. 저는 불을 끄고 제방으로 돌아갔습니다.

그로부터 이틀 동안 브런턴은 부지런히 자기 일을 열심히 했습니다. 저는 지난 일은 아무 말도 않고 그가 파면 추방의 문제를 어떤 식으로 숨기는지 호기심을 갖고 지켜보고 있었습니다. 그런데 3일째 아침, 그는 언제나처럼 아침 식사 뒤에 그날의 내 지시를 받기 위해 나타나지를 않았습니다. 식당을 나설 때, 우연히 하녀인 레이첼 하우웰즈와 마주쳤습니다. 앞서도 말했지만 그녀는 갓 병이 나은 참이라서 몹시 얼굴빛이 나빴으므로 일해서는 안 된다고 타일렀습니다.

'누워 있지 않으면 안돼' 하고 나는 말했지요. '좀더 몸이 건강해지거든 그때 일을 하도록 해.'

그녀가 아주 기묘한 표정으로 나를 보았으므로, 나는 그녀의 머리가 어떻게 된 것이 아닐까 생각하기 시작했습니다.

'이제 많이 좋아졌어요, 나리님.' 그녀는 말했습니다.

'의사한테 진찰을 받고 나서 일하도록 해. 지금은 아직 일을 해서는 안돼. 아래층에 내려가거든 브런턴에게 내가 보잔다고 전해라.'

'집사는 가 버렸습니다.'

'가 버렸어! 어디로?'

'아주 가 버렸습니다. 아무도 본 사람이 없어요. 방에도 없습니다. 그래요, 가 버리고 말았어요…… 가 버리고 말았어요!' 그녀는 쉴 새 없이 날카로운 목소리로 지껄이면서 벽에 쓰러질 듯이 기댔으므로, 난 그 갑작스러운 히스테리의 발작에 놀라서 초인종을 눌러 도움을 청했습니다. 그녀는 여전히 울부짖었지만 방으로 옮기었으므로, 저는 브런턴에 대한 것을 조사해 보았습니다. 그가 자취를 감춘 것만은 의심할 여지가 없었습니다. 그의 침대는 잠잔 흔적이 없었습니다. 전날 밤 자기 방에 들어가고 나서부터는 아무도 그의 모습을 본 사람이 없는 겁니다. 그렇긴 하지만 창문에도 현관문에도 아침까지 자물쇠가 채워져 있었던만큼 어떻게 그가 집을 나갔는지 알기란 곤란했습니다. 옷, 회중시계, 돈까지 그대로 방에 남아 있었습니다. 하지만 그가 늘 입고 있던 검은 옷은 없어지고 슬리퍼도 보이지 않았습니다만 장화는 남아 있더군요. 그렇다면 집사 브런턴은 밤중에 어디론가 나가서 지금쯤은 어떻게 되어 있는 것일까요?

물론 집안을 지하실에서부터 지붕 밑 다락방까지 남김없이 찾았지만 실종된 사나이의 모습은 끝내 발견되지 않았습니다. 온 재산을 남긴 채 가 버리다니, 저로서는 도저히 믿어지지 않는 일이었습니다. 대체 그는 어디에 있는 것일까요? 지방 경찰을 불렀습니다만 효과가 없었지요. 그 전날 밤에 비가 내렸으므로 집 둘레 잔디밭이며 샛길을 조사해 보았지만 도무지 흔적이 없었습니다. 일이 이와 같은 상태에 놓여 있는 판국에 또 새로운 사건이 벌어져서 처음의 수수께끼로부터 우리들의 관심을 돌리게 되고 말았습니다.

이틀 동안 레이첼 하우웰즈의 병은 중태에 가까워서 때로는 헛소리를 지르고 히스테리를 일으켰으므로, 간호원을 고용하여 밤에도 잠을 자지 않고 시중들도록 하였습니다. 브런턴이 없어지고 나서 사흘째 되는 날 아침, 간호원은 병자가 푹 잠들어 있는 것을 보고 안락의자에 앉아서 꾸벅꾸벅 졸기 시작했습니다. 새벽녘에 잠을 깨어 보니 침대는 비어 있고 창문은 열려 있었으며 병자의 모습은 그림자도 없어진 것입니다. 나는 곧 이 소식을 받고 일어나 시중꾼 둘과 함께 없어진 여자를 찾으러 나섰습니다. 그녀가 향한 방향은 어렵지가 않았습니다. 그녀의 발자국이 창문에서부터 시작되어 잔디밭을 가로지르고 연못가 쪽으로 이어지는 것을 쉽사리 더듬어 갈 수가 있었기 때문입니다. 발자국은 집 밖으로 나가는 자갈길 바로 옆의 연못가에서 끊어져 있었습니다. 그 근처의 연못 깊이는 2.5피트나 되었는데, 가엾게도 정신이 이상해진 여자의 발자국이 거기서 끊어진 것을 알았을 때 우리들의 심정이 어떠했겠는지 쉽게 상상할 수 있으리라고 생각합니다.

당장 투망을 가져와서 시체 인양에 착수했습니다만 어디에서도 시체는 보이지 않았습니다. 그 대신 뜻하지 않은 것을 건져 냈던 거예요. 린네르 자루인데, 안에는 오래되어 녹슨 변색된 쇠붙이 몇 개와 둔탁한 빛깔의 돌멩이, 그리고 유리 조각이 들어 있었습니다. 이 기묘한 물건만 연못에서 끌어올렸을 뿐, 어제도 가능한 모든 수색과 탐색을 실시했건만 레이첼 하우웰즈의 운명에 관해서도, 리처드 브런턴의 행방에 관해서도 도무지 알 수가 없습니다. 주경찰도 속수무책이라 마지막 희망으로써 제가 이렇게 찾아온 것입니다.'

왓슨, 얼마나 열심히 내가 이 괴상한 사건에 귀를 기울이고, 또 그것들을 연결시켜 전체를 일관하는 공통의 실마리를 찾으려고 노력했는지 자네로선 쉽게 상상이 안될 걸세.

집사가 없어졌다, 하녀도 없어졌다, 하녀는 집사를 사랑하고 있었지만 나중에 이르러선 증오할 이유가 있었다, 그녀는 웨일스 인의 핏줄을 이어받아 불길처럼 정열적이다, 집사가 실종한 직후 몹시 흥분했다, 이상한 물건이 든 자루를 연못 속에 던져 버렸다. 이것들은 모두 고려하지 않으면 안 될 재료이지만, 그것들은 어느 것이나 모두 사건의 핵심에는 닿고 있지를 않았다. 이 일련의 사건의 출발점은 어딘가? 바로 그곳에야말로 이 뒤얽힌 줄거리의 종점이 되는 곳이 아닐까.

'그 문서를 보지 않으면 안되겠군요, 머스그레이브 씨' 하고 나는 말했네. '그 집사는 직업을 잃을 위험을 무릅써 가면서까지 조사할 가치가 있다고 생각했으니까요.'

'우스꽝스럽지요, 우리 집의 의식서라는 것은' 하고 그는 대답했지. '하지만 어쨌든 오래된 것이라는 취할 점이 있으므로 가치는 있다고 봅니다. 보고 싶다면 여기에 문답문의 사본이 있습니다.'

그는 내가 지금 여기에 가지고 있는 종이를 건네주었다네, 왓슨. 이것은 머스그레이브 집안의 사람이면 누구나 성년이 되었을 경우 시험당하지 않으면 안되는 이상한 문답인데. 나는 그 물음과 대답을 원문 그대로 읽어 보겠네.

그건 누구의 것인가?
떠나가신 사람의 것입니다.
그걸 얻는 건 누구인가?
이윽고 찾아올 사람입니다.
몇 월이냐?
처음부터 여섯 번째입니다.
태양은 어디에 있느냐?
떡갈나무 위에.
그림자는 어디에 있느냐?
느릅나무 아래에.
어떻게 재느냐?
북으로 열 걸음, 또 열 걸음. 동으로 다섯 걸음, 또 다섯 걸음. 남으로 두 걸음, 또 두 걸음. 서로 한 걸음, 한 걸음. 그리하여 아래로.

그러기 위해 우린 무엇을 바쳐야 하나?
우리들의 것인 모든 것을.
무엇 때문에 그걸 바치느냐?
신의(信義)를 위해서.

'원문에는 날짜가 없지만 17세기 중엽의 철자로 씌어져 있습니다' 하고 머스그레이브는 말했네. '하지만 이 사건의 수수께끼를 푸는 데는 별로 도움이 되지 않겠지요.'

'적어도,' 하고 나는 말했어. '또 하나의 수수께끼를 제공하는데요. 처음 것보다 훨씬 흥미있는 수수께끼를 말입니다. 이쪽 수수께끼가 풀리면, 그쪽 수수께끼가 풀리게 될지도 모릅니다, 머스그레이브 씨. 실례이지만 제가 보기에는 그 집사는 아주 머리가 좋은 사나이로서, 10대에 걸친 주인들보다도 더 날카로운 통찰력을 가지고 있다고 생각되는군요.'

'저에게는 당신의 말이 아무래도 이해되지 않습니다. 저로서는 이 문서가 진정으로 상대할 가치가 있다고는 생각되지 않으니까요.'

'그런데 제가 볼 때 그야말로 진정한 가치가 있거든요. 브런턴도 비슷한 견해를 가졌으리라고 생각합니다. 그는 머스그레이브 씨에게 들키기 전에도 그것을 본 일이 있을 겁니다.'

'아마 그랬을 테지요. 저의 집에서는 특별히 애써 숨겨 두지도 않았으니까요.'

'제 생각엔, 그는 여차할 경우 단단히 기억해 두려고 마음먹었을 뿐이었겠지요. 이야기에 의하면 무언가 지도 같은 걸 가지고 이 문서와 대조해 보고 있었다는데, 당신의 모습을 보자 주머니에 쑤셔 넣었다고 하셨지요.'

'그렇습니다. 저의 집의 오랜 의식 따위에 그는 대체 무슨 흥미를

느꼈던 것일까요? 그리고 이 우스꽝스러운 문답은 무엇을 의미하고 있는 것일까요?'

'그것을 푸는 것은 그다지 곤란한 일이 아니겠지요?'라고 나는 말했네. '지장이 없으시다면 첫차로 서섹스에 가십시다. 그리하여 현장에서 사건을 좀더 깊이 조사하고 싶습니다.'

그날 오후에 우리 두 사람은 헐스톤에 도착했네. 아마도 자네는 저 유명한 옛날 건물을 사진으로 보거나 책으로 읽었을 터이므로 구질구질하게 설명하지는 않겠네. 그건 L자형 건물로서 긴 날개(퇴)가 새로이 덧붙인 것으로 짧은 것이 옛날부터 있던 퇴인데, 그 옛날 것을 바탕으로 하여 새로 지은 것이지. 그 낡은 건물 한복판에 나직하고 듬직하게 중방돌을 올려놓은 문간 위에는 1607년이라고 연대가 새겨져 있지만, 전문가들 사이에서는 들보나 석조 부분이 그것보다도 훨씬 오랜 것이라는 점에 의견이 일치하고 있네. 이 낡은 쪽 건물 벽은 유별나게 두껍고 창문이 작기 때문에 전세기에 이르러 조상이 아무래도 불편하게 되어 새 물림을 짓기로 하였던 모양이네. 그래서 낡은 쪽은 현재 창고라든가 저장소로써 사용되고 있지. 집을 둘러싸고 있는 훌륭한 늙은 나무들이 무성한 정원이 있고, 사건 의뢰자가 말한 연못은 가로수길의 바로 옆으로 집에서부터 1백 80미터쯤 떨어진 곳에 있더군.

왓슨, 이미 나는 세 개의 수수께끼는 별개의 것이 아니라 단 하나의 수수께끼임을 확신했고, 또 내가 머스그레이브 집안의 의식서를 바르게 판독만 한다면 집사 브런턴과 하녀 하우웰즈 그 두 사람에 관한 비밀을 푸는 단서를 얻을 수 있으리라는 것도 확신하고 있었네. 그래서 나는 온 정력을 거기에 집중했지. 어째서 그 집사는 옛날 의식서에 그토록 정통하려고 애썼던 것일까. 분명히 그는 대대의 지방 호족들이 무심히 보아 넘겨 왔던 것이지만 자기에게 있어서는 개인적인 이익이 기대될 만한 것이 거기에 있을 것이라고 알아차렸기 때문일 것일세. 그렇다면 그것이 무엇이며 또 그의 운명에 어떠한 영향을 주었던 것일까?

나로서는 잘 알 수 있는 일이지만 의식서를 읽어 보면, 그 측정의 실마리가 그 문서의 다른 부분에서 줄곧 말하고 있는 하나의 지점을 가리키고 있는 게 분명했네. 그리하여 그 지점을 알면 옛날 머스그레이브 집안 사람들이 이렇듯 괴상야릇한 방법으로 오래오래 기억에 남겨 두지 않으면 안 된다고 생각한 비밀이 무엇인가 하는 것을 아는 데 있어 방해물은 일체 제거된 셈이지. 우선 첫째로 두 가지의 힌트가 주어지고 있어. 떡갈나무와 느릅나무일세. 떡갈나무에 관해서는 문제가 없었네. 마찻길의 왼쪽, 저택의 정면에 떡갈나무의 가장 어른격이라고나 할 수 있는, 내가 이제까지 본 적도 없는 우람한 나무가 솟아 있었기 때문이지.

'저 나무는 의식서가 씌어졌을 무렵부터 저기에 있었겠군요.' 마차가 그 앞을 지나칠 때 나는 물었네.

'노르만 정복(1066년 노르만디 공 윌리엄이 영국을 정복하여 노르만 왕조를 세움)때부터 있었던 모양이에요'라고 그는 대답했네. '나무 둘레가 7미터나 된답니다.'

이것으로 나의 정점(定點)은 하나가 확보된 셈이었지.

'느릅나무는 어디에 있습니까?' 하고 나는 또 물었네.

'저 편에 아주 오래된 고목이 있었는데, 20년쯤 전에 벼락을 맞아 버렸어요.'

'어디에 있었는지 알 수 있습니까?'

'알고말고요.'

'그밖에 느릅나무는 없군요.'

'노목은 없습니다만 너도밤나무라면 많이 있습니다.'

'느릅나무가 있었던 곳을 보고 싶은데요.'

우리들은 이륜마차를 타고 갔었는데, 사건 의뢰자는 집 안으로 안내를 하지 않고 곧바로 잔디밭에 서 있었던 느릅나무 그루터기 있는 데로 나를 데리고 가 주었네. 그것은 어림잡아 떡갈나무와 집 사이의 중간쯤이었지. 나의 조사는 그럭저럭 순조롭게 진행되고 있는 것 같았어.

'느릅나무의 높이를 아는 건 불가능하겠죠? 라고 나는 다시 물어 보았네.

'높이는 곧 대답할 수 있어요. 19.5미터였습니다.'

'어떻게 알고 계십니까?' 나는 몹시 놀라서 물었지.

'저의 옛날 가정 교사가 삼각법을 연습시킬 때는 언제나 높이를 재도록 했었지요. 그래서 어렸을 적에 집 안에 있는 나무며 건물의 높이를 깡그리 다 재어 보았답니다.'

이것은 생각 밖의 행운이었네. 자료는 내가 당연히 바라던 것보다 빨리 모였지.

'저, 집사가 나무 높이를 물은 일이 혹 없었습니까?'

레지널드 머스그레이브는 놀라서 나의 얼굴을 쳐다보더군. '그러고 보니 생각납니다만, 브런턴은 몇 달 전에 마부하고 좀 말다툼을 했다고 하면서 나무의 높이에 대하여 확실히 물은 적이 있습니다.'

그것은 희한한 정보였었지, 왓슨. 나의 조준이 들어맞고 있는 셈이니까 말이야. 나는 태양을 올려다보았네. 벌써 한낮이었으므로, 1시간 남짓이면 떡갈나무 노목의 바로 꼭대기에 태양이 이를 거라고 나는 계산했지. 그렇게 되면 의식서에 있는 하나의 조건이 채워지는 셈이 되네. 그리고 느릅나무의 그림자란 아마도 그 그림자의 훨씬 앞쪽을 말하는 것이리라고 생각했어. 그렇지 않다면 나무의 줄기를 목표로써 선정되어 있었을 테니까 말일세. 나는 거기서 태양이 떡갈나무의 바로 위에 이르렀을 때 느릅나무 그림자의 끝이 어디에 떨어지는가를 조사하지 않으면 안 되었네."

"그것은 아마도 몹시 곤란했을 테지, 홈즈. 느릅나무는 이미 그곳에 없었으니까."

"뭐, 적어도 브런턴이 할 수 있는 일이라면, 나라고 못할 것은 없다고 생각했다네. 그리고 사실 아무런 곤란도 없었어. 나는 머스그레이브와 함께 그의 서재로 가서, 이 나무 꼬챙이를 내 손으로 깎아 그것에 이 긴 실을 붙들어 매고 1미터마다 매듭을 달았네. 그리고 1.8미터짜리 조립식 낚시대 하나를 가지고 머스그레이브와 함께 느릅나무가 있었던 곳으로 돌아갔네. 태양은 마침 떡갈나무 바로 위에 걸려 있었지. 나는 그 낚시대를 곧장 세우고 그림자의 방향에 표시를 하고서 재어 보았네. 길이는 2.7미터였어.

물론 계산은 이제 간단했지. 1.8미터의 장대로 2.7미터의 그림자가 드리워진다고 하면, 29미터의 나무로서는 96피트의 그림자가 되고, 장대의 그림자를 연장하면 물론 나무의 그림자가 되네. 거리를 재보았더니 대체로 저택의 벽에 가까운 곳이 되더군. 그래서 나는 그 지점에 나무 꼬챙이를 박았지. 그 나무 꼬챙이에서부터 5센티미터도 떨어져 있지 않은 지면에 원추형으로 된 조그맣게 파인 곳을 발견했을 때, 나의 기쁨이 어떠한 것이었는지 왓슨, 자네는 쉽게 상상할 수 있을 걸세. 그것은 브런턴이 측정했을 때 남긴 표지로서 나는 역시 그의 자취를 뒤쫓고 있었던 셈이 되었으니까.

이 출발점에서부터 우선 주머니에서 자석을 꺼내어 방향을 확인한 다음 걸음으로 재기 시작했네. 두 발로 열 걸음씩 나아가자 저택의 벽과 평행하는 곳에 이르더군. 거기서 또 그 지점을 나무 꼬챙이로 표적을 했네. 그리고 주의 깊게 동쪽으로 다섯 걸음, 남쪽으로 두 걸음씩 건자 낡은 쪽 건물의 현관 입구에 이르게 됐어. 여기서 서쪽으로 두 걸음 가자, 그것은 평평한 돌을 깐 통로를 두 걸음 걷는 것이 되는데, 거기가 바로 의식서에 제시되어 있는 장소였던 거야.

그런데 그 때처럼 오싹하는 듯한 실망을 느낀 일은 없었네, 왓슨. 잠시 동안 나의 계산에는 아마도 근본적인 잘못이 있는 것처럼 생각되었다네. 마침 넘어가려는 태양은 통로의 바닥을 남김없이 비추고 있어 거기에 깔린 오래오래 밟아서 닳아빠진 잿빛 돌은 이가 꼭 맞아 분명히 몇 년이나 움직인 일이 없음을 알 수 있었기 때문이었지. 브런턴도 여기에는 손을 대고 있지 않았어. 나는 바닥을 두들겨 보았지만 어디나 같은 소리가 나고 갈라진 틈이나 깨어진 흔적은 전혀 없었어. 다행히도 나의 행동의 의미를 깨닫기 시작하여 그때는 나 못지않게 흥분하고 있었던 머스그레이브가 의식서를 꺼내어 멈칫대던 내 생각을 흔들었다네.

'그리하여 아래로입니다' 하고 그는 외쳤네. '당신은 〈그리하여 아래로〉를 잊고 있군요.'

그것은 아래를 파라는 것이라고 생각하고 있었던 것인데, 이제는 물론 내 생각이 잘못되어 있음을 곧 알았지. '그럼, 이 아래에 지하실이 있단 말이오?' 하고 나는 되받아 외쳤네.

'그렇소. 이 건물과 마찬가지로 오래된 것이죠. 여기서부터 이 문을 통해서 갈 수 있습니다.'

우리들은 돌층계를 돌아서 내려갔네. 머스그레이브는 성냥을 그어 한구석의 통 위에 놓여 있던 네모진 등에 불을 켰지. 곧이어 우리들은 마침내 찾고 있던 장소에 닿았는데, 더구나 최근 이 장소에 온 것은 우리들만이 아니었음이 명백해졌다네.

거기는 장작 광으로 쓰여지고 있었는데, 바닥에 흩어져 있을 장작이 복판을 비우기 위해서 그때는 양쪽에 쌓아올려져 있더군. 그 비어 있는 장소에는 크고 묵직한 한 장의 판석이 있고 중앙에 녹슨 쇠고리가 하나 달려 있는데, 천이 두꺼운 바둑판 무늬의 머플러가 붙들어 매어져 있었어.

'아니 !' 머스그레이브가 외쳤네. '이것은 브런턴의 머플러입니다. 그가 두르고 있는 것을 본 일이 있어요. 맹세해도 좋소. 그 악당놈이 여기서 뭘 하고 있었지 ?'

나의 제의에 따라 경찰관 두 명을 불러 입회시키기로 하였네. 그러고서 나는 머플러를 잡아당겨 돌을 들어올리려고 했지만, 돌은 조금밖에 움직이지 않더군. 경찰관 한사람에게 도와 달래서, 가까스로 돌을 한쪽으로 옮길 수가 있었는데 그 밑에 시커먼 구멍이 입을 딱 벌리고 있더군. 구멍 곁에 무릎을 꿇고 머스그레이브가 네모진 등으로 안을 비추었으므로, 모두들 구멍 안을 들여다보았지.

깊이 2.1미터, 넓이 1.2평방미터쯤인 작은 방이 보였어. 그 한쪽에 놋쇠띠를 두른 튼튼해 보이는 나무 상자가 있고, 뚜껑은 위로부터 돌쩌귀가 달렸고 이상야릇한 구식 열쇠가 열쇠 구멍에 꽂힌 채로 있었지. 상자의 바깥쪽은 먼지가 두텁게 덮여 있고, 습기가 차서 좀이 슬어 있었어. 안쪽에는 버섯 같은 것이 숱하게 있었다네. 몇 개의 원반형의 쇠붙이가──옛날 화폐인 듯 싶었네──상자 밑바닥에 흩어져 있었는데, 그밖에는 아무것도 들어 있지 않았어.

그러나 그때 우리들은 그 낡은 상자 따위를 생각할 겨를이 없었네. 우리의 눈은 그 옆에 웅크리고 있는 것에 못 박혔던 것일세. 그것은 검은 옷을 입은 한 사나이의 모습이었는데, 이마를 상자의 가장자리에 붙이고 두 팔을 상자의 양쪽에 내던지듯이 하고서 웅크리고 있었어. 그러한 자세였기 때문에 얼굴에 피가 모두 모이고, 그 일그러진 거무스름한 색깔인 얼굴은 누구도 식별할 수가 없었네. 나중에 시체를 끌어올려 보았더니 키, 옷차림, 머리통 등으로 보아 그것이 실종된 집사라는 것을 알게 되었지. 죽고 나서 며칠이 되었지만, 몸에는 어째서 무서운 최후를 맞이했는가를 나타내는 벤 상처나 맞은 상처 같은 것은 없었네. 그 시체를 지하실에서 내오고 나서 사건에 처음 손을 대었을 때와 거의 다름없는 불가해한 문제에 역시 직면하고 있음을 알았네.

자백하겠네만 왓슨, 그 시점까지는 이 조사에 나도 낙담하고 있었던 것일세. 의식서에 나타나 있는 장소를 알았을 때는 사건이 해결된 줄로만 생각했었는데, 여기까지 와서도 머스그레이브 집안 사람이 그토록 신중히 숨긴 것이 무엇이었는지 아무리 하여도 도무지 알 수가 없었어. 하기야 브런턴의 실종 수수께끼는 풀렸지만, 바야흐로 어째서 그가 이러한 운명에 빠졌는가, 모습을 감춘 하녀가 이 사건에서 어떤 역할을 맡고 있는가를 확인하지 않으면 안 되었네. 그래서 나는 방 한구석에 있는 통에 걸터앉아 모든 일을 주의 깊게 고쳐 생각했지.

그러한 경우의 내 방법을 알고 있을 테지, 왓슨. 나는 집사의 입장에다 나 자신을 두고서 먼저 그의 영리함을 계산한 다음, 같은 입장에 놓여진다면 나는 어떤 식으로 했을까 하고 상상해 보았다네. 이 경우 브런턴의 영리함은 제1급의 것이었던만큼 일은 간단해서 천문학자가 말하는 그런 개인 오차라는 것을 고려해 넣을 필요는 없었지. 그는 무언가 귀중한 것이 숨겨져 있음을 알고 있었고 결국 그 장소를 찾아냈네. 그 장소를 덮고 있는 돌은 너무나 무거워 도움 없이 남자 혼자서는 움직일 수 없다는 걸 알았네. 그렇다면 다음에는 어떻게 하였을까. 비록 신용할 수 있는 사람이 있었다 해도 외부로부터 조력을 구할 경우 문을 열지 않으면 안되고 남에게서 의심받을 위험도 다분히 있었네. 가능하면 조력자는 저택 안에 있는 사람으로부터 구하는 편이 좋아. 그렇지만 누구에게 부탁한다지? 그 여자는 그에게 마음을 바치고 있었네. 남자라는 것은 여자에게 아무리 심한 짓을 하더라도, 여자로부터 채이는 일은 없다고 자기 만족에 빠져 있는 법일세. 브런턴은 조금쯤 달콤한 말로 속삭이며 레이첼과 화해하려고 애를 썼고, 협력한다는 약속을 얻어 냈겠지. 둘이서 밤중에 지하실로 가서 힘을 합친다면 돌을 들어 오릴 수가 있지——여기까지는 마치 생생하게 보았던 것처럼 그들의 행동의 뒤를 쫓을 수가 있네.

하지만 그들 둘로서는 한쪽이 여자이니만큼 돌을 들어올리는 일이 아마도 엄청난 일이었을 걸세. 아까 건장한 서섹스의 경관과 내가 해보아도 결코 쉽지 않았거든. 그들은 힘을 빌리기 위해 어떻게 했을까? 아마도 내가 그 입장에 있었다면 했을 그런 짓을 했을 거야. 나는 일어나서 바닥에 흩어져 있는 장작들을 주의 깊게 살펴보았네. 그러자 바로 그때 내가 기대하고 있었던 것이 발견되었지. 길이 1미터 가량인 한 개비는 한쪽 끝이 제법 찌부러져 있고, 그 옆에 있는 몇 개비는 상당히 무거운 것으로 찍어 누른 것처럼 납작해져 있더군. 분명히 그들이 돌을 끌어올렸을 때, 이 장작들을 돌 틈새에 끼어 넣었을 걸세. 그리하여 마침내 한 사람이 기어들어갈 만큼 구멍이 커지면 한 개비의 장작으로 돌을 받쳐 주고. 그 때문에 끝쪽이 찌부러지는 건 당연하지. 돌의 무게가 전부 그 장작에 실리고 다른 판석의 가장자리로 밀어붙여질 테니까 말야. 여기까지는 나의 추정이 아직도 잘못돼 있지는 않아.

그런데 이 심야의 드라마를 어떻게 재구성하면 좋을까? 구멍 속에 들어갈 수 있는 것은 한 사람뿐으로서, 그것이 브런턴인 것은 명백하네. 아마도 여자는 위에서 기다리고 있었을 거야. 브런턴은 거기서 상자를 열고 아마도 속의 것을 꺼냈겠지——아마도 라고 말하는 것은 지금은 내용물이 발견되지 않았기 때문이야. 그러고서 무슨 일이 일어났을까?

자기의 마음을 짓밟은——아마 우리들이 상상하는 이상으로 짓밟은——그 사나이가 지금 자기의 손아귀 속에 있음을 보았을 때, 이 정열적인 셀트(celt, 켈트와 같음) 기질인 여자의 영혼 속에서 부지직거리던 복수의 불길이 별안간 치열하게 타올랐던 것은 아닐까. 아니면 우연히 장작이 퉁겨지는 바람에 돌 뚜껑이 닫혀져 그곳이 브런턴의 무덤이 되었던 것은 아닐까. 레이첼에게는 집사의 운명에 관해 잠자코 있었다는 죄밖에 없다고 보아야만 할까. 아니면 그녀가 갑자기 일격을 가해서 버팀목을 차 버려 돌 뚜껑을 덜컥 원위치로 닫히게 하였던 것일까? 어느 쪽이라도 나로서는 그 여자가 보물을 단단히 움켜쥐고 원형의 돌계단을 미친 듯이 뛰어올라갈 때, 뒤에서 그녀를 부르는 희미한 목소리의 비명과 변심한 애인의 숨통을 끊어 버릴 그 돌 뚜껑을 필사적으로 두들기는 소리가 그녀의 귀에 눌어붙어 떨어지지를 않는——그 광경이 역력히 보이는 듯한 느낌이 들었던 것일세.

다음날 아침 레이첼의 얼굴빛이 나쁘고 신경이 쇠약해 있든가 히스테릭하게 웃든가 한 비밀은 여기에 있었던 것일세. 그러나 상자 속에는 무엇이 들어 있었을까? 그녀는 그것을 어떻게 처리했을까? 물론 그것은 아마도 머스그레이브가 연못에서 끌어올린 낡은 쇠붙이라든가 작은 돌이었을 거야. 그녀는 곧 그것을 연못에 던져서 범죄의 증거를 없애려고 꽤했던 것이겠지.

20분 가량 나는 꼼짝도 않고 그 문제를 규명해 보려고 애썼네. 머스그레이브도 몹시 창백한 얼굴로 선 채 네모진 등을 흔들면서 구멍 안을 들여다보고 있었지.

'이것은 찰스 1세(1600~49년. 크롬웰 혁명파에 의해 처형됨) 때의 화폐로군요' 하고 상자에 남아 있던 두세 닢을 내밀면서 그는

말했네. '의식서의 연대 추정이 틀리지 않았습니다.'

'찰스 1세에 관해서는 다른 일도 알 수 있을지도 모릅니다.' 의식서의 최초의 두 질문에 대한 의미를 별안간 어렴풋하니 알 것만 같았으므로, 나는 말했네. '어디 연못에서 끌어올린 자루 속의 물건을 볼까요?'

서재에 올라가자, 그는 내 앞에 그 잡동사니를 늘어놓았네. 그것을 보았을 때, 그가 그다지 그것을 중요시하지 않고 있다는 걸 알았지. 쇠붙이는 거의 시꺼멓고 작은 돌은 광택이 없었으며 색깔도 시원치 않았기 때문일세. 하지만 그 하나를 소매로 문지르고 손바닥을 움푹하게 어둡게 만들자, 그 안에서 번쩍하고 빛나더군. 쇠붙이는 이중 고리 모양을 하고 있었는데 우그러져 원형을 잃고 있었던 거야.

'잊어서는 안 될 일이지만' 하고 나는 말했네. '왕당파는 왕이 죽고 나서도 영국에서 분투를 계속하고, 나중에 망명할 때에 이르러 아주 귀중한 소유물의 대부분을 뒷날 좀더 평화롭게 된 다음에 되찾을 속셈으로 숨겨 두었던 모양입니다.'

'저의 조상인 랄프 머스그레이브 경은 유명한 왕당파로서, 찰스 2세의 망명 시대에는 그 오른팔이었지요' 라고 나의 친구는 말했어.

'아, 그렇습니까!' 나는 소리쳤네. '이것으로서 필요하다고 생각한 마지막 매듭을 얻은 것 같습니다. 당신에게 축하의 말을 해야만 되겠군요. 약간 비극적이긴 하지만 본질적인 가치도 크고 또한 역사적 참고품으로서는 더욱더 가치가 큰 유물의 소유자가 되었으니까요.'

'그렇다면 이것은 무엇입니까?' 그는 놀란 나머지 헐떡이며 물었네.

'이것은 다름 아닌 고대 영국의 왕관입니다.'

'왕관이라구요!'

'틀림없습니다. 의식서의 글귀를 생각해 보시오. 글귀가 어떻게 되어 있지요? 〈그건 누구의 것인가〉 〈떠나가신 사람의 것입니다〉 이것은 찰스 1세 처형 뒤의 일입니다. 그리고 〈그걸 얻는 건 누구인가〉 〈이윽고 찾아올 사람의 것입니다〉라고 되어 있소. 이건 찰스 2세를 가리킵니다. 2세의 출현은 이미 예지되어 있었습니다. 이 찌부러져 볼품사납게 된 왕관이, 일찍이 스튜어트 왕조 대대의 머리를 장식했다는 일은 의심할 여지가 없겠지요.'

'그것이 어째서 연못 속에 있었을까요?'

'아, 그건 약간 시간이 걸리는 질문입니다.' 그렇게 말하고 나는 내가 조립한 추리와 증명의 긴 연결 고리를 대충 설명해 주었네. 이야기가 끝나기 전에 저녁 어스름이 밀려와서 하늘에는 달이 밝게 떠올라 있었지.

'그렇다면 찰스 2세가 돌아왔을 때, 왕관을 손에 넣지 않았던 것은 어째서였을까요?' 유물을 린네르의 자루에 넣으면서 머스그레이브는 물었네.

'아, 그것은 아마 우리들로서는 풀 수 없는 점일 거요. 비밀을 간직하고 있었던 머스그레이브는 그동안에 죽어 버리고, 무언가의 차질로 의미의 설명도 않고서 단서가 될 의식서를 자손에게 남겼던 모양입니다. 그날부터 오늘날까지 자자손손 전해져 왔으며, 마침내 어떤 사나이의 손에 들어갔던 것인데, 사나이는 그 비밀을 꿰뚫어 보기는 했지만 모험을 시도하다가 그만 목숨을 잃고 만 것이지요.'

이것이 머스그레이브 집안의 의식서 이야기일세, 왓슨. 지금도 왕관은 헐스톤에 있네. 하기야 그것을 보유하기까지는 법률적인 말썽이 있어 상당히 돈을 지불해야만 했지. 내 이름을 말하면 아마도 기꺼이 보여 줄 걸세. 레이첼에 관해서는 그 뒤로 아무것도 들은 바 없지만, 어쩌면 영국을 탈출하여 죄의 추억을 품고 바다 멀리 어딘가 먼 나라로 갔을지도 모르겠네."

라이기트의 수수께끼

1887년 봄 내 친구 셜록 홈즈가 지나친 피로에 의한 병에서 아직 충분히 회복되어 있지 않은 무렵의 일이었다. 네델란드 령 수마트라 회사 사건이라든가 모우펠트이스 남작의 대음모 사건의 전모는 너무나도 세상 일반 사람들의 기억에 생생하고 또한 정치·경제 등에 관계가 깊으므로, 이 탐정 이야기집의 재료로서는 부적당하다. 그러나 그것이 간접적으로 복잡하고 괴기한 어떤 사건을 낳는 바람에 나의 친구는 범죄와의 싸움에 바친 그의 생애에서 사용한 많은 무기 가운데 새로운 한 가지의 가치를 세상에 보여 줄 기회를 가졌던 것이다.

노트를 꺼내어 보니까, 뒬롱 호텔에서 홈즈가 병상에 있다는 전보를 리용(프랑스 제3의 도시로 동부 지방에 있음)으로부터 받은 것은 4월 14일이었다고 씌어 있다. 나는 24시간도 지나기 전에 그의 병실로 달려갔는데, 병세가 염려할 만한 것이 아님을 알고 안심했다. 그의 무쇠같이 튼튼한 몸도 두 달 이상이나 되는 조사로 과로하여 완전히 쇠약해져 있었다. 그 두 달이 넘는 동안 하루에 15시간씩 일을 했으며, 그도 분명히 말하고 있었지만 계속해서 닷새 동안이나 수사에

임했던 일도 한두 번이 아니었다고 한다. 그 노고는 빛나는 승리가 되어 열매를 맺었으나, 저 심한 과로에서 생긴 병에는 그것도 아무런 쓸모가 없었다. 온 유럽에 그의 명성이 울려 퍼지고 축전들로 방이 문자 그대로 복사뼈까지 파묻힐 지경이었지만 본인은 어두운 침울 상태에 빠져 있었던 것이다. 세 나라의 경찰이 실패한 사건을 멋지게 해결했고, 유럽 제일의 사기꾼을 온갖 점에서 앞질러 콧대를 납작하게 만들었는데도 그의 신경 쇠약을 고치는 데까지는 이르기 못했다.

3일 뒤 우리들은 베이커 거리로 돌아왔다. 홈즈에게 전지요양이 좋다는 것은 명백해졌고, 나로서도 봄날의 1주일을 시골에서 보내는 건 몹시 마음 이끌리는 일이기도 했다. 아프가니스탄에 있었을 때 나의 치료를 받은 일이 있는 옛친구 헤이터 대령은 사리 주의 라이기트 근방에 저택을 가지고 있어, 한번 와 달라고 몇 번이나 말해 오고 있었다. 최근의 편지에서는 홈즈가 함께 오는 거라면 기꺼이 환대하겠다는 것이었다. 홈즈를 승낙시키는 데는 다소의 줄다리기가 필요했다. 상대방이 독신 생활을 하고 있으므로 자유롭게 지내도 좋다는 걸 알자 그는 나의 계획에 찬성했으며, 리용에서 돌아와 1주일째 되는 날 우리들은 헤이터 대령의 손님이 되었다. 헤이터는 훌륭한 늙은 군인으로서 세상의 일도 잘 알고 있어 내가 생각하고 있었던 대로 홈즈와 이야기가 잘 통한다는 걸 곧 알았다.

도착하던 날 밤, 우리들은 저녁 식사 뒤 대령의 총기실에 앉아 있었다. 홈즈는 소파 위에 누워 있고 헤이터와 나는 조촐한 총기류의 콜렉션을 살펴보고 있었다.

"그건 그렇고," 하고 대령은 갑자기 말했다. "여차할 때에 대비하여 이 권총 중에서 한 자루를 이층으로 가져갈까?"

"여차할 때라니요!" 나는 말했다.

"아, 요즘 이 근처에 소동이 있어서 말이죠. 액튼 노인은 이 주의 세력가 중 한 사람인데, 요전번 그 집에 월요일에 강도가 들었다나요. 피해는 대수롭지 않았지만, 범인은 아직 체포되지 않았소."

"단서는 없습니까?" 홈즈는 치뜬 눈으로 대령을 보면서 말했다.

"지금까지로선 아무것도 없습니다. 조그마한 사건이라고 할까, 시골의 하찮은 범죄의 하나라서, 이번과 같이 국제적인 큰 사건을 다룬 뒤이고 보면 너무나도 보잘것없는 사건일 수밖에 없겠지요, 홈즈 씨."

홈즈는 손을 저어 인사말을 부정했지만, 그 인사말이 아주 싫지 않은 듯 미소를 띠었다.

"무언가 흥미있는 특색이라도 있습니까?"

"없을 겁니다. 도둑들이 서재를 깡그리 뒤졌습니다만, 별로 수확은 없었지요. 서랍을 열고 책꽂이를 뒤지고 온 방 안을 엉망으로 만들어 놓았는데도 없어진 것이라곤 고작해야 포우프 번역의 짝도 맞지 않는 《호머》 한 권, 도금한 촛대 둘, 상아로 만든 문진(文鎭), 떡갈나무로 된 작은 청우계(晴雨計), 그리고 삼실 타래, 그것뿐이랍니다."

"정말 이상한 것들만 훔쳐 갔군요!" 하고 나는 외쳤다.

"그야 뭐, 닥치는 대로 휩쓸어 갔으니까요."

그러자 홈즈가 소파에서 중얼거렸다.

"주의 경찰은 그 점을 가볍게 보아서는 안 되겠지요. 그야말로 분명합니다. 즉……."

그러나 나는 손가락을 들이대며 그에게 경고했다.

"이봐, 자네는 이곳에 정양하러 온 거야, 제발 부탁이니 새로운 사건에 손대려거든 전처럼 신경이 회복되고 나서 하도록 하게."

홈즈는 어깨를 움츠리고 장난기 어린 체념의 시선을 흘끗 대령 쪽으로 보냈으므로 이야기는 더이상 진전되지 않았다.

그런데 나의 의사로서의 주의도 전혀 헛일로 끝나는 운명에 놓이게 되었다. 다음날 아침이 되자, 잠자코 보고만 있을 수 없도록 사건 쪽에서 우리들 사이로 비집고 들어왔으며, 우리들의 시골에서의 정양은 뜻하지 않은 방향으로 전환되었다. 아침 식사를 들고 있으려니까 대령의 집사가 예의범절이고 뭐고 없다는 듯이 뛰어 들어왔다.

"들으셨습니까?" 그는 헐레벌떡하며 말했다. "커닝검 씨 댁입니다!"

"강도냐?" 대령은 커피잔을 허공에 띄우고 외쳤다.

"살인입니다!"

대령은 목에서 헛김 새는 소리를 냈다. "뭐라구! 그래, 누가 살해되었지? 치안 판사인가, 아들인가?"

"아니오, 틀립니다. 마부인 윌리엄입니다. 심장이 관통되어 말도 못하고 죽어 버렸답니다."

"누가 쏘았지?"

"강도입니다. 식기실의 창문으로 들어오는 것을 윌리엄이 보고 주인의 재산을 지키려다 목숨을 잃은 것입니다. 범인은 총알처럼 재빨리 달아나고 말았답니다."

"언제 그랬지?"

"어젯밤 12시에 그랬다는군요."

"아, 그렇다면 곧 가 봐야겠군." 대령은 이렇게 말하고 나서 차분하게 아침식사 자리에 고쳐 앉았다. "일이 번거롭게 되겠는걸." 집사가 가 버리자 대령은 말했다. "이 근방에서 손꼽히는 대지주인데요. 더욱이 그 커닝검 노인은 꽤 좋은 사람이지요. 이 사건으로 어지간히 마음아파하고 있을 겁니다. 마부는 오랫동안 믿을 만한 고용인으로 일해왔으니까요. 액튼네에 침입했던 악당들의 짓인 듯싶군요."

"저 기묘한 물건만 훔친 놈 말입니까?" 홈즈는 신중히 물었다.

"그렇습니다."

"음! 간단하기 이를 데 없는 사건일지도 모르나 언뜻 보기로서는 좀 재미있을 것 같지 않습니까. 시골을 노린 강도 같으면 도둑질의 장소를 바꾸어 갈 것이므로 같은 지방에서 2, 3일도 지나지 않았는데 두 집을 습격하리라고는 생각할 수 없지요. 어젯밤 경계한다고 말씀하셨을 때, 잉글랜드에서도 이 근방은 도둑이 한 사람이든 몇 인조이든 습격 따위는 엄두도 내지 못할 거라고 문득 생각해 보았습니다만, 그러고 보니 저는 아직도 공부가 모자란 모양이군요."

"지방이나 노리는 상습범일 테죠." 대령은 말했다. "그렇다고 하면 액튼네와 커닝검네 도둑질하기에는 안성맞춤인 곳이지요. 이 부근에서는 두드러지게 큰 집이니까 말이에요."

"동시에 부자이기기도 하단 말씀이죠?"

"말하자면 그렇습니다만, 요 몇 년 소송을 일으키고 있으므로 양쪽 주머니 사정이 모두 상당히 궁색할 겁니다. 액튼 노인이 커닝검네 땅의 반에 소유권이 있다고 주장하여 변호사가 전적으로 맡아서 다투고 있으니까요."

"이곳 사람이라면 쉽게 붙잡힐 테죠." 홈즈는 하품을 하면서 말했다. "염려 말게나, 왓슨, 나는 참견하지 않을 테니까."

"포레스터 경감이 오셨습니다." 집사가 문을 열고서 말했다.

기민하고 날카롭게 생긴 청년 경감이 들어왔다. "안녕하십니까. 방해가 되리라고 생각합니다만, 베이커 거리의 홈즈 씨가 와 계시다고 들었기 때문에……."

대령이 홈즈 쪽을 가리키자, 경감은 인사를 했다.

"좀 수고를 해 주십사 하고 찾아왔습니다만, 홈즈 씨."

"운명은 자네에게 불리하군, 왓슨." 홈즈는 웃으면서 말했다. "지금도 그 살인사건을 이야기하고 있었지요. 좀 자세히 이야기해 주시지 않겠습니까?" 그는 언제나와 같은 태도로 의자에 몸을 젓혔으므로, 나는 이제 틀렸다고 생각했다.

"액튼 사건에는 단서가 없었지만, 이번에는 많이 있습니다. 범인은 같은 사람일 게 틀림없습니다. 모습을 본 자도 있어요."

"허!"

"그렇습니다. 그렇지만 윌리엄 카원을 죽이고 나서 사슴처럼 재빨리 달아나고 말았습니다. 커닝검 씨가 침실의 창문에서 범인의 모습을 보았고, 알렉 커닝검 씨도 뒷문에서 보았다는 겁니다. 사건이 일어난 것은 12시 25분 전으로서 커닝검 씨는 막 잠자리에 들었을 때였고, 알렉 씨 쪽은 가운으로 갈아입고 파이프를 입에 물고 있었답니다. 둘 다 마부인 윌리엄이 구원을 청하고 있는 소리를 들었는데, 알렉 씨는 무슨 일일까 하고 아래층으로 뛰어내려 갔다고 합니다. 계단을 다 내려가자 뒷문이 열려 있고 밖에서 두 사나이가 격투를 하고 있더랍니다. 한 쪽이 총을 쏘자 다른 한쪽은 픽 쓰러지고 살인범은 뜰을 가로질러서 생울타리를 뛰어넘어 달아나고 말았답니다. 창문에서 보고 있던 커닝검 씨는 사나이가 큰길로 뛰어가는 걸 목격했습니다만, 그 뒤부터는 모습을 놓치고 말았습니다. 알렉 씨는 멈추어 서서 빈사 상태인 마부를 살리려고 확인하는 틈에 범인은 종적을 감추고 말았던 거지요. 범인은 중간 몸집에 키도 중간쯤으로서, 검은 옷을 입고 있었다는 것 외엔 인상의 단서가 없습니다만, 현재 온 힘을 다하여 조사 중입니다. 이 고장 놈이 아니라면 곧 찾아낼 수 있겠지요."

"그 윌리엄이라는 사람은 거기서 무엇을 하고 있었습니까? 죽기 전에 뭐라고 말했답니까?"

"한 마디도 하지 않았답니다. 그는 파수막에서 어머니와 함께 살고 있었습니다만, 매우 충실한 사람이니만큼 집에 이상이 있나 없나 확인하기 위해 왔던 것이라고 생각합니다. 물론 저 액튼네의 사건이 있은 뒤부터 모두들 몹시 조심을 하고 있었지요. 아마도 강도가 문을 비틀어 열었을 때──자물쇠가 망가져 있으므로──마침 윌리엄이 왔을 게 틀림없습니다."

"윌리엄은 밖에 나가기 전에 어머니한테 뭐라고 말하지는 않았답니까?"

"그의 어머니는 이미 나이가 많은 데다가 귀가 어두워서 아무것도 알아낼 수가 없습니다. 충격으로 반쯤 얼이 빠져 있습니다만, 본디부터 머리가 영리하지 못한 모양입니다. 그러나 아주 중요한 단서가 하나 있습니다. 이것을 보십시오!"

경감은 노트를 찢은 종이쪽을 꺼내어 무릎 위에 펼쳤다.

"이것은 죽은 마부가 엄지손가락과 집게손가락으로 집고 있었던 것입니다. 큰 종이를 잡아 찢었던 모양입니다. 짐작하셨으리라고 믿습니다만 종이에 씌어 있는 시간은 마부가 살해된 시간과 딱 들어맞고 있습니다. 범인이 종이의 나머지 부분을 찢었던 것인지, 윌리엄이 범인으로부터 이 쪽지를 찢어 내었는지 어느 쪽이겠지요. 대체로 만나자는 약속 같습니다만."

홈즈는 종이쪽지를 집어들었다. 그 복사를 여기에 게시해 두겠다.

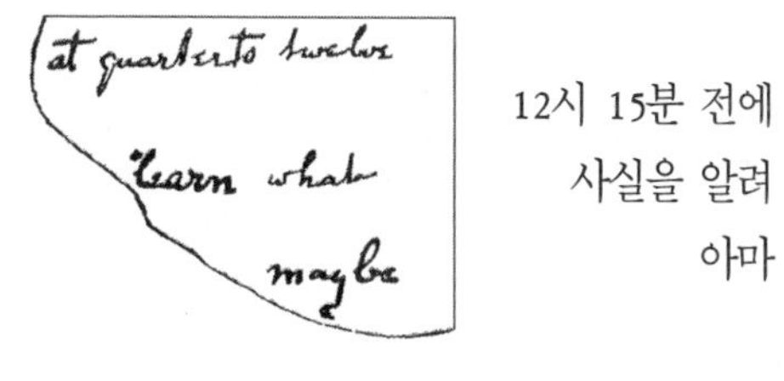

12시 15분 전에
사실을 알려
아마

"그것이 만날 약속이었다고 하면," 경감은 계속했다. "윌리엄 카원은 정직한 사람이라는 평판이었지만, 강도와 짜고 있었다고 생각할 수가 있지요. 그는 거기서 범인과 만나 문을 비집고 열도록 도와주기까지 하고서, 그런 다음 두 사람 사이에 의견 충돌이 생겼을지도 모르니까요."

"이것은 유별나게 재미있는 필적이로군." 예리한 주의력을 집중시켜서 종이를 살피고 있던 홈즈가 말했다. "이것은 생각보다 쉽지 않은데," 그는 두 손으로 머리를 싸안았는데, 경감은 자기의 견해가 런던의 유명한 전문가 홈즈에게 영향을 준 건 같아서 미소지었다.

"당신의 지금 말한 일, 즉 강도와 마부 사이에 양해가 되어 있고, 이 종이쪽은 강도가 마부에게 준 약속의 편지가 아닐까 하는 것은 교묘한 추리로써, 전혀 당치도 않은 일은 아닙니다. 그러나 이 편지의 시작은……."

홈즈는 또다시 두 손으로 머리를 싸안고 잠시 깊은 생각에 잠겨 있었다. 얼굴을 들었을 때 그의 볼은 붉게 물들고 눈은 건강할 때와 마찬가지로 빛나고 있는 걸 보고 나는 놀랐다. 그는 예전과 다름없는 왕성한 기력으로 성큼 일어섰다.

"뭐, 이 정도를 갖고! 이 사건의 세부를 조용히 잠깐 보고 싶군요. 이 사건에는 강하게 내 마음을 끄는 것이 있어. 헤이터 대령, 대단히 실례입니다만 제 친구 왓슨과 당신을 여기에 남겨 두고, 저는 경감님과 함께 조금 생각해 본 일을 확인해 보기 위해 나갔다 오겠습니다. 30분이면 돌아올 겁니다."

1시간 반이나 지나서 경감이 혼자 돌아왔다.

"홈즈 씨는 저편 들판을 이리저리 거닐고 있습니다. 우리 네 사람이 함께 저택에 갈 것을 바라고 계십니다."

"커닝검 씨의 저택으로?"

"네."

"무슨 일인데요?"

경감은 어깨를 움츠렸다. "잘 모르겠습니다. 우리끼리 이야기입니다만, 홈즈 씨는 아직 병이 완쾌되시지 않은 것 같군요. 아주 이상한 행동을 하시면서 몹시 흥분하고 계십니다."

"놀라실 것은 없습니다." 나는 말했다. "광기 속에서도 이치에 닿는 일을 저는 늘 보아 오고 있으니까요."

"이치에 닿는 짓을 하는 사이 정신이 이상해지는 사람도 있지요." 경감은 중얼거렸다. "하지만 아주 열심히 움직이려 하고 계시니까, 대령님, 준비가 되었다면 가시는 게 좋겠지요."

홈즈는 들판을 여기저기 걷고 있었다. 턱을 가슴에 파묻고 두 손을 바지 주머니에 찌른 채였다.

"사건은 점점 더 재미있게 되어 가네, 왓슨. 시골 여행은 큰 성공이었어. 오늘 아침은 아주 기분이 좋네."

"범행 현장에 가셨겠군요." 대령이 물었다.

"갔다 왔습니다. 경감님과 조금 수사를 해보았습니다."

"잘 되어 가던가요?"

"뭐, 흥미있는 일을 몇 가지 발견했습니다. 걸으면서 수사 내용을 이야기해 드리지요. 우선 저 불행한 마부의 시체를 보았습니다. 그는 이야기 그대로 권총으로 살해되었더군요."

"그렇다면 그걸 의심하고 계셨습니까?"

"무슨 일이라도 확인해두는 편이 좋으니까요. 수사는 헛일이 아니지요. 그리고 커닝검 부자를 만나 보았는데, 범인이 달아날 때 뜰의 생울타리를 뛰어넘은 장소를 똑똑히 가르쳐 주었습니다. 그것은 굉장히 흥미있었지요."

"물론 그랬을 테죠."

"다음에 피해자의 어머니를 만나 보았습니다만 아무것도 알아낼 수가 없었습니다. 나이를 먹고 쇠약해 있었으니까요."

"그래, 수사의 결론은 어떻게 내려졌습니까?"

"이 범죄는 어딘지 색다르다는 확신이 생겼습니다. 아마 이제부터 좀더 뚜렷해질 테지만 말입니다. 경감님, 당신도 제 의견과 같다고 생각합니다만, 죽은 사람이 손에 가지고 있던 살해된 시각이 씌어 있는 종이쪽은 아주 중요합니다."

"아마도 단서가 되겠지요, 홈즈 씨."

"확실히 단서가 됩니다. 그 편지를 쓴 것이 누구든지간에, 그 사나이가 윌리엄 카원을 그 시간에 잠자리에서 꾀어냈던 겁니다. 하지만 그 종이쪽의 나머지는 어디에 있을까요."

"그것을 찾아내려고 저는 꼼꼼히 땅바닥을 살펴보았습니다만……." 경감은 말했다.

"그것은 죽은 사람의 손에서 잡아 찢겨졌던 거예요. 어째서 그 종이를 그렇듯 빼앗고 싶었을까요? 유력한 증거가 되기 때문이겠죠. 그럼, 그것을 어떻게 처리되었을까. 종이쪽이 시체의 손에 남아 있다는 걸 조금도 눈치 채지 못하고 주머니 속에 넣어 버린 모양이지요. 그 종이의 나머지가 발견되면, 명백히 수수께끼의 해결에 크게 한 걸음 다가선 것이 되겠지요."

"그것은 그럴 테지만 범인을 잡지 않고 어떻게 범인의 주머니를 뒤져 볼 수가 있겠습니까?"

"하긴, 그것도 생각해 볼 가치가 있군요. 그러나 명백한 점이 또 하나 있습니다. 편지는 윌리엄에게 건네진 것이지만, 쓴 사나이가 그것을 갖다 준 것은 아닙니다. 갖다 줄 정도라면, 물론 용건을 입으로 전할 수도 있었겠지요. 그럼, 누가 편지를 가져다 주었는가, 아니면 우편으로 보냈는가?"

"그것은 조사했습니다." 경감이 말했다. "윌리엄은 어제 오후에 편지를 한 통 받았다고 합니다. 봉투는 자기가 찢어 버렸습니다만."

"그거 참 잘했습니다!" 경감의 등을 토닥거리면서 홈즈가 소리를 높였다. "우편배달부를 만났군요. 그러니까 당신하고 일을 하는 게 기쁘단 말씀이야. 자, 닿았습니다. 이것이 문지기 집입니다. 대령, 이리로 오시면 범행 현장을 안내해 드리지요."

우리들은 살해된 사나이가 살던 아담한 파수막 앞을 지나 떡갈나무 가로수길을 걸어서 문의 중방돌에 마르프라케(프랑스 북부의 지명. 1709년 영국군이 프랑스군을 격파) 전승 기념일이 새겨져 있는 고풍스럽고 훌륭한 앤 여왕식 저택 앞에 섰다. 홈즈와 경감은 앞장서서 저택의 모퉁이를 돌아 옆문 있는 데로 안내해 주었다. 그 문과 큰길 를 따라 심어져 있는 생울타리를 사이에 두고 넓은 정원이 있었다. 부엌문에는 경관이 하나 서 있었다.

"여보게, 문을 열어 주게." 홈즈가 말했다. "저기 저 커닝검 씨의 아드님은 층계에서, 우리가 지금 서 있는 이곳에서 두 사나이가 격투를 벌이고 있는 걸 보았습니다. 아버지 커닝검 씨 쪽은 저 창문——왼쪽에서부터 두 번째——쯤에 있었는데, 범인이 관목 숲 바로 왼쪽으로 달아나는 걸 보았던 것입니다. 그리고 나서 알렉은 밖으로 뛰어나가 부상한 윌리엄 곁에 무릎을 꿇었습니다. 보십시오, 이렇게 땅바닥이 단단해서 발자국은 남아 있지 않습니다만."

그가 이야기하고 있는데, 두 사나이가 저택에서 모습을 나타내더니 뜰의 샛길을 걸어서 이리로 왔다. 하나는 늙은 사람으로서 튼튼한 데다 주름살의 골이 깊고 졸린 듯한 눈을 가졌으며, 또 하나는 씩씩한 청년으로서 밝은 웃음이 가득 찬 표정과 칙칙한 복장은 우리들이 이곳에 온 볼일과 기묘한 대조를 이루고 있었다.

"아직 조사 중입니까?" 그는 홈즈에게 말했다. "당신네 런던 사람들은 결코 헛다리를 짚지 않을 거라고 생각합니다. 그러나 역시 별로 시원시원하지는 못한 것 같군요."

"네, 조금은 틈을 주셔야지요." 홈즈는 기분 좋게 말했다.

"시간이 걸리실 테죠. 글쎄, 단서라고는 도무지 없으니까요."

"하나는 있습니다." 경감이 대답했다. "우리들도 생각하고 있었습니다만, 그것만 발견되면…… 아니, 홈즈 씨, 왜 그러십니까?"

홈즈의 얼굴은 별안간 무서운 표정이 되어 있었다. 눈은 힐끔 치뜨여지고 얼굴이 고통으로 일그러졌다 싶더니 억누른 듯한 신음 소리를 내며 땅바닥에 엎어졌다. 갑작스럽고 심한 발작에 놀라 그를 부엌으로 옮기자, 그는 큼직한 의자에 축 늘어져 한참 동안 깊은 숨을 몰아쉬었다. 이윽고 그는 발작을 일으킨 것을 사과하듯 미안해 하며 다시 일어났다.

"왓슨에게 물어 보시면 아시겠지만, 저는 중병에서 가까스로 일어난 참이라서……" 하고 그는 설명했다. "느닷없이 이 같은 신경 발작이 일어나곤 한답니다."

"저의 이륜마차로 모셔다 드릴까요." 커닝검 씨가 말했다.

"뭐, 어차피 여기까지 왔으니까 한 가지 확인해 두고 싶은 일이 있습니다. 곧 파악할 수가 있을 겁니다."

"뭡니까?"

"가엾은 윌리엄이 댁에 닿은 것은 강도가 집에 들어가기 전이 아니고 들어가고 난 뒤라고 생각되는군요. 문이 비틀려 열려져 있는데도 강도가 안에는 들어가지 않았던 걸로 믿고 계시나 보군요."

"그것은 분명하지 않습니까?" 커닝검 씨는 엄숙하게 말했다. "아들인 알렉도 아직 잠자리에 들어가지 않았으니까요. 누군가가 돌아다니고 있었다면 틀림없이 소리를 들었을 테니까요."

"아드님은 어디에 계셨습니까?"

"저는 화장실에서 담배를 피우고 있었어요."

"창문은 어느 쪽입니까?"

"왼쪽 끝, 아버지의 방 옆입니다."

"물론 램프는 두 분 다 켜 두었을 테죠."

"그렇습니다."

"이 사건에는 아주 이상한 점이 있습니다." 홈즈는 미소지으며 말했다. "강도가, 그것도 풋내기가 아닌 강도가…… 불빛으로 판단하여 집안사람이 아직 둘이나 자지 않고 있음을 알고서도 들어간다는 건 보통이 아닙니다."

"아마 침착한 놈이었겠죠."

"물론 이 사건이 극히 평범한 것이었다면 굳이 당신에게 부탁할 필요도 없었겠지요." 알렉이 말했다. "범인이 윌리엄과 격투하기 전에 집 안에 들어갔다고 하는 생각은 매우 우스꽝스럽군요. 집 안을 뒤적거린 흔적이라도 있습니까, 무언가 도둑맞은 거라도 있습니까?"

"도둑맞은 물건 나름이죠." 홈즈가 말했다. "아무튼 상대는 아주 색다르고 독특한 방식을 가진 듯한 강도라는 것을 잊어선 안 됩니다. 이를테면 액튼네에서 훔친 이상한 물건을 보십시오. 무엇이었습니까? 실 타래와 문진, 그리고 무엇이었죠, 다른 잡동사니는!"

"자, 당신에게 고스란히 맡긴 것이니까." 커닝검 씨가 말했다.

"당신이나 경감님이 하시는 말은 무엇이든지 기꺼이 따르도록 하겠습니다."

"그럼 우선 첫째로," 홈즈가 말했다. "현상금을 걸어 주셨으면 하는데요…… 당신 손으로. 경찰에 부탁하면 금액을 정하는 데 좀 시간이 걸리니까요. 게다가 이런 일은 빠를수록 좋으니까요. 여기 서식을 써 두었으니까 서명을 해주십시오. 50파운드면 충분하리라 생각합니다."

"5백 파운드라도 기꺼이 내겠소." 치안 판사는 홈즈가 내민 종이쪽과 연필을 받으면서 말했다. "하지만 이것은 정확하지가 않군요." 그는 서류에 눈길을 보내며 덧붙였다.

"서둘러 쓴 것이라서……."

"이렇게 씌어 있군요. '그러나 화요일 오전 1시 25분 전에 이르러 범인은……'운운하고 실제는 12시 25분 전이었습니다."

나는 그 잘못을 보고 가슴이 아팠다. 홈즈가 이러한 잘못에 얼마나 신경을 쓰는지 잘 알고 있었기 때문이다. 사실을 정확히 기억하고 있는 게 그의 특색이었지만 최근의 병으로 완전히 약해진 게 틀림없으며, 이 한 가지를 갖고 보더라도 그가 아직 본래의 건강체가 되어 있지 않음을 알 수 있었다. 그는 한순간 부끄러워하는 눈치였다. 경감은 눈썹을 들어 꿈틀거렸고 알렉 커닝검은 웃음을 터뜨렸다. 그러나 노신사는 잘못을 정정하여 홈즈에게 서류를 돌려주었다.

"되도록 빨리 신문에 내 주십시오." 그는 말했다. "멋진 아이디어니까요."

홈즈는 그 종이쪽을 소중히 지갑 속에 넣으면 말했다.

"그런데 모두들 집 안을 조사하여, 저 괴짜 강도가 결국 아무것도 훔치지 않았다는 것을 확인하는 편이 좋겠군요."

집 안에 들어가기 전에 홈즈는 비틀어 연 문을 조사했다. 끌이나 튼튼한 나이프를 찔러넣고 자물쇠를 비틀어서 연 흔적이 뚜렷했다. 나무 부분에는 찔러 댄 자국이 있었다.

"빗장은 사용하지 않으셨군요." 홈즈는 물었다.

"빗장을 지를 필요가 없었기 때문이죠."

"개도 기르지 않는군요."

"아니, 기르고 있습니다만, 정문 쪽에 사슬로 매어 놓았습니다."

"대체로 고용인들은 몇 시에 잡니까?"

"10시쯤입니다."

"그 시각에는 윌리엄도 자겠군요."

"그렇습니다."

"어젯밤에 한해서 일어나 있었다니 이상하지 않습니까? 자, 집 안을 안내해 주시면 고맙겠습니다, 커닝검 씨."

안으로 들어가자 납작돌을 깐 통로가 나타났다. 이것을 옆으로 들어간 곳에 부엌이 있었으며 나무 계단을 곧장 올라가면 2층으로 오르게 되어 있었다. 이 통로를 올라가면 정면 현관에서부터 통하는 좀더 장식이 훌륭한 다른 계단과 마주 보는 층계참이 나온다. 거기서부터 응접실이며 몇 개의 침실――그 중에는 커닝검 씨와 아들의 침실도 있는데――로 갈 수가 있다. 홈즈는 날카롭게 집 안의 구조를 조사하면서 천천히 걸었다. 표정으로 보아 수사에 열중하고 있다는 건 알았지만, 그의 추리가 어느 방향으로 향하고 있는가는 조금도 짐작할 수가 없었다.

"홈즈 씨." 커닝검 씨가 얼마쯤 짜증스럽게 말했다. "이렇게 살펴보는 건 전혀 불필요한데요. 계단 막바지 쪽에 있는 것은 내 방이고 그 맞은쪽이 아들 방입니다. 도둑이 우리에게 들키지 않고 여기까지 올라올 수 있을지 어떨지 그것은 당신의 판단에 맡기지만 말입니다."

"빙빙 돌아다니며, 새로운 냄새라도 더 맡으셔야 할 테지요." 아들은 심술궂어 보이는 미소를 떠올리며 말했다.

"그래도 조금만 더 참아 주셔야겠습니다. 침실 창문으로부터 바깥이 얼마만큼 내다보이는지 알고 싶습니다. 이것은 아드님의 방이군요." 그는 문을 밀어 열었다. "저곳이 비명이 들렸을 때 담배를 피우고 계시던 화장실이군요. 그 창문으로는 어디가 보일까요." 그는 침실을 가로질러 지나가서 문을 밀치고 또 하나의 방을 둘러보았다.

"이제 만족하셨을 테죠." 커닝검 씨가 성급히 말했다.

"정말 고맙습니다. 이걸로 보고 싶은 곳을 모두 본 것 같습니다."

"꼭 필요하다면 내 방으로 가실까요."

"별로 지장이 없으시다면."

판사는 어깨를 움츠리며 자기 방으로 안내했다. 장식품이 검소하고 평범한 방이었다. 창문 쪽으로 걸어가는 사이 홈즈는 뒤떨어져서, 그와 내가 후미가 되고 말았다. 침대의 발치 가까이에 네모진 작은 테이블이 놓여져 있고 오렌지를 담은 접시와 물주전자가 얹혀 있었다. 그 곁을 지날 때, 홈즈가 내 앞에서 넘어지며 일부러 테이블을 쓰러뜨린 데는 나도 어안이 벙벙했다. 유리는 박살이 나서 깨지고 과일이 온 방안에 뒹굴었다.

"실수를 했군, 왓슨." 홈즈는 침착하게 말했다. "양탄자가 엉망이야."

무슨 곡절이 있어 홈즈가 나에게 죄를 뒤집어 씌우고 있다는 걸 알았으므로, 나는 당황하면서도 몸을 굽혀 과일을 주워 올리기 시작했다. 다른 사람들도 거들어서 테이블을 전과 같이 세웠다.

"아니! 어디로 갔지?" 갑자기 경감이 외쳤다.

홈즈가 없어졌던 것이다.

"침착하세요." 젊은 알렉 커닝검이 말했다. "그 사람은 아무래도 머리가 이상하다니까요, 아버지. 저하고 어디로 갔는지 함께 찾아봐요!"

부자는 방에서 뛰어나갔다. 남겨진 경감과 대령과 나는 서로 얼굴만 마주볼 뿐이었다.

"분명히 말해두지만, 저도 알렉 씨와 같은 의견입니다." 경감이 말했다. "아무래도 병 때문인 듯싶지만, 제가 보기에는……."

그때 별안간 "사람 살려! 살인자!"라는 비명 소리가 들려 그의 말은 중단됐다. 그것은 홈즈의 목소리였다. 가슴이 덜컹했다. 나는 방에서 뛰어나가 미친 듯이 층계참으로 올라갔다. 외침 소리는 처음에 들어간 방에서 들려오고 있었는데 차츰 쉬어 빠지고 혀꼬부라지는 비명으로 바뀌어 갔다. 나는 안으로 뛰어들어가 그 안쪽의 화장실로 달려갔다. 커닝검 부자가 셜록 홈즈를 찍어 누르고 있는 것이었다. 아들은 두 손으로 그의 목을 조르고 아버지는 한쪽 손목을 비틀고 있었다. 곧 우리 세 사람은 부자를 떼어놓았다. 그러자 홈즈는 새파랗게 질린 얼굴로 비틀비틀 일어섰지으나 몹시 지쳐 있는 것 같았다.

"이 두 사람을 체포하시오, 경감!" 홈즈는 헐떡이면서 말했다.

"무슨 혐의로요?"

"마부 윌리엄 카원을 살해한 혐의요!"

경감은 놀라 당황하듯이 주위를 둘러보다가 말했다. "그런데, 홈즈 씨, 설마 정말로 그러는 것은 아니실 테죠……."

"흥, 두 사람의 얼굴을 보시오!" 홈즈는 딱 끊듯이 외쳤다.

나는 이때처럼 똑똑히 사람의 얼굴에 죄의 고백이 나타난 것을 본 일은 없다. 아버지쪽은 그 특징 있는 얼굴에 무겁고 음산한 표정을 띠고서 막연히 넋을 잃고 있는 것만 같았다. 한편 아들은 그 특징이었던 원기 왕성하고 씩씩한 면을 완전히 잃고 말아, 검은 눈에는 무서운 맹수의 표독함이 번뜩이고, 잘생긴 얼굴도 일그러져 있었다. 경감은 아무 말도 않고 문안으로 걸어가 호루라기를 불었다. 그것에 응답하여 부하 경관 둘이 달려왔다.

"부득이한 조치입니다, 커닝검 씨. 무언가 엉뚱한 잘못임을 곧 알게 되리라 생각합니다만, 아시다시피…… 앗, 무슨 짓이오? 버렷!" 알렉이 바야흐로 방아쇠를 당기려 하던 연발권총을 경감은 손으로 탁 쳐서 바닥에 굴러 떨어뜨렸다.

"이것을 보관해 두시오." 홈즈가 재빨리 발로 권총을 밟으며 말했다.

"재판할 때 도움이 될 겁니다. 그런데 정말로 필요했던 것은 이것이었오." 그는 구겨진 작은 종이쪽을 눈앞에 들어 보였다.

"종이쪽의 나머지 부분입니까?" 경감이 외쳤다.

"그렇소."

"어디에 있었습니까?"

"틀림없이 있다고 믿고 있던 장소에. 나중에 모든 걸 다 이야기하지요. 대령, 당신은 왓슨과 함께 돌아가 주십시오. 저는 늦어도 1시간 후면 돌아가겠습니다. 경감과 저는 범인들에게 한 마디 해 두지 않으면 안 될 말이 있습니다. 점심 식사까지는 반드시 돌아가겠습니다."

셜록 홈즈는 약속을 어기지 않았다. 1시쯤 대령의 끽연실로 돌아왔기 때문이다. 그는 몸집이 작은 한 중년 신사를 동반하고 왔는데, 그 사람이 처음에 강도한테 습격받은 액튼 씨라는 것을 알게 되었다.

"이 작은 사건을 설명하는데 액튼 씨에게도 입회를 부탁하고 싶었어요. 액튼 씨가 사건 전모에 강한 흥미를 가지시는 것은 당연하니까요. 대령, 저처럼 일을 일으키는 사나이를 집에 초대하여 귀중한 시간을 빼앗긴 것을 후회하고 계시지는 않습니까?"

"아뇨, 아뇨. 그렇기는커녕," 대령은 대답했다. "당신의 수사방법을 연구할 수 있게 된 것을 더할 데 없는 영광으로 알고 있는걸요. 고백합니다만 그 방법은 그야말로 나의 예상을 넘어선 것으로서, 당신의 결론이 어떻게 하여 나왔는지 나로선 전혀 모르겠습니다. 아직 단서 같은 것은 냄새조차 파악하지 못했으니까요."

"설명하면 낙담하실지도 모릅니다만, 친구인 왓슨에게, 또는 지적 흥미를 가진 누구에게나 제 방식을 숨기지 않고 이야기하는 것이 저의 습관이지요. 그러나 우선 아까 화장실에서 형편없는 꼴을 당한 덕분으로 몸이 약간 맥을 못 추게 되었으니, 브랜디를 한 잔 마시고 싶군요, 대령. 요즘 아무래도 체력이 약해져서……."

"그런 신경 발작은 다시는 일어나지 않겠지요."

셜록 홈즈는 쾌활하게 웃었다. "그 점에 대해서는 나중에 때가 되면 말하겠습니다. 제가 그 결론에 도달한 여러 가지 점을 제시하면서 차례를 좇아 사건의 설명을 해 나가기로 하지요. 저의 추리에 분명치 않은 데가 있으면 이야기 도중이라도 물어 주십시오.

탐정의 기술에 있어서는 수많은 사실 중에서 어느 것이 우연의 것이며, 어느 것이 필연의 것인지를 꿰뚫어보는 게 가장 중요합니다. 아니면 정력과 주의력이 낭비될 뿐으로서 집결되는 일이 없는 법입니다. 그런데 이 사건에서는 처음부터 해결의 열쇠가 시체의 손에 쥐어져 있었던 종이쪽에 있다는 것에는 조금도 의문이 없었습니다.

이 종이쪽의 문제를 생각하기 전에 다음의 사실에 주의를 돌려 주셨으면 합니다. 알렉 커닝검의 이야기가 옳고, 범인이 윌리엄 카원을 사살하고 곧 도주했다고 한다면 시체의 손에서 종이를 잡아 찢은 것은 사살한 사나이가 아님이 명백합니다. 그런데 사살한 사나이가 아니라고 하면 아마도 알렉 커닝검이었을 게 틀림없습니다. 노인이 2층에서 내려왔을 때는 이미 고용인이 몇 사람 현장에 와 있었기 때문입니다. 이것은 극히 간단한 점이지만, 경감이 그것을 놓쳐 버린 까닭은 처음부터 주의 유력자쯤 되는 사람이 이 사건에 관계가 있을 리 없다고 추정하고 사건에 착수하였기 때문입니다. 그런데 저의 경우는 절대로 편견을 갖지 않고 사실이 나타내는 바를 충실히 따라가는 것을 습관화하고 있습니다. 그래서 조사를 시작한 첫 단계부터 알렉 커닝검 씨가 연출한 역할에 수상한 느낌을 품고 있었던 것이지요.

그래서 경감이 가져온 종이쪽을 꼼꼼히 조사해 보았습니다. 그것이 매우 진기한 편지라는 것을 금방 알았습니다. 보십시오, 무언가 곡절이 있음직한 점이 눈에 띄지 않습니까?"

"글씨체가 매우 불규칙하군요." 대령이 말했다.

"헤이터 씨, 이것은 두 사람이 번갈아 한 단어씩 썼다고 봐도 절대로 틀림이 없습니다. at라든가 to같은 강한 t자를 주의해 보시고,

quarter나 twelve 같은 약한 t와 비교해 보시면 곧 알 수 있지요. 이 네 단어를 대충 살펴보기만 하여도 learn과 maybe는 강한 글씨를 쓰는 사람의 것이고, what은 약한 글씨인 사람의 것이라는 걸 확신을 갖고서 말할 수 있겠지요."

"정말 그렇군, 일목요연합니다!" 대령이 외쳤다. "대체 무엇 때문에 둘씩이나 덤벼들어 이 따위 흉내를 내며 편지를 썼을까요?"

"그것은 명백히 별로 칭찬할 수 없는 일이었다는 것과, 상대를 믿지 않은 한 사람이 무엇을 하든 서로 똑같은 만큼 그 일에 관련을 갖지 않으면 안 된다고 정했기 때문입니다. 그런데 두 사람 중 at나 to를 쓴 쪽이 주모자이지요."

"어떻게 그걸 알 수 있지요?"

"양쪽의 필적을 비교해 보기만 하여도 알 수 있지요. 하지만 그것보다 뚜렷한 근거가 있지요. 이 종이쪽을 주의해서 살펴보면 강한 필적인 사나이가 먼저 쓰면서 또 한 사나이가 쓸 곳을 한 단어씩 비워 두었다는 결론을 도달하지요. 그런데 비워 놓은 칸이 그다지 충분치 않았기 때문에, 나중에 쓴 사나이가 at와 to의 사이에 quarter의 단어를 집어넣는 데 몹시 애를 먹은 듯하므로, 아무리 보아도 나중에 써넣었다는 게 명백해지는 겁니다. 그러므로 먼저 글씨를 쓴 사나이가 의심할 데 없이 이 사건을 계획한 것이 되지요."

"놀랍군요!" 액튼 씨가 외쳤다.

"그러나 이것으로서는 아직 표면뿐입니다. 이제부터 중요한 점으로 들어갑시다. 아직 잘 모르실 테지만, 필적으로 연령을 추정하는 일이 전문가들 사이에서는 상당히 정확하게 행해지고 있습니다. 정상인 경우, 그 사람이 어느 정도의 나이인지 상당한 자신을 갖고서 알아맞출 수가 있습니다. 정상인 경우라고 말하는 이유는 병이라든가 체력 쇠약일 때는 청년이라도 노인의 징후를 나타내기 때문입니다. 이 사건의 경우에서는 한쪽의 대담하고 힘찬 필적과 다른 한쪽의 t에 가로줄이 있을 듯 말 듯한, 그래도 그럭저럭 알아볼 수 있을 정도의 등허리가 부서진 듯한 글씨체를 비교하면, 한쪽이 청년이고 다른 한쪽이 꼬부랑 늙은이는 아니더라도 상당히 나이 든 사람인 것을 알 수 있습니다."

"정말 놀랍군!" 하고 액튼 씨가 또다시 외쳤다.

"그러나 좀더 정밀하고 흥미로운 점이 있습니다. 두 사람의 필적에는 공통된 데가 있습니다. 혈연 관계가 있는 자의 필적인 것입니다. 그리스어풍인 e자에 그것이 뚜렷하게 나타나 있습니다만, 좀더 자질구레한 데에서 같은 것을 나타내는 점이 많이 있습니다. 이 두 개의 필적 견본 속에 어떤 집안의 버릇이 규명될 수 있다는 건 의심할 여지가 없습니다. 물론 저는 종이쪽지의 조사에 대한 주된 결과만을 들고 있을 뿐입니다. 당신네들보다도 전문가들에게 저는 흥미로운 추리를 달리 스물 세 가지나 시험해 보았습니다. 그것은 모두 이 편지를 쓴 것은 커닝검 부자라는 인상을 강화시켜 주는 것뿐이었습니다.

여기까지 이르자, 다음 단계는 물론 범죄의 하나하나의 수법을 조사하고 그것이 얼마만큼 도움이 되는가를 확인하는 일이었습니다. 그래서 경감과 함께 그 집에 가서 볼 수 있는 건 남김없이 보았습니다. 시체의 상처는 충분한 자신을 갖고서 말할 수 있습니다만, 4야드 이상의 거리에서 연발권총으로 쏜 것이었습니다. 옷에는 화약으로 그을린 데가 없습니다. 그러므로 권총이 발사되었을 때, 두 사나이가 격투를 하고 있었다고 알렉 커닝검이 말한 것은 거짓말이 뻔했습니다. 그리고 범인이 큰길로 달아났다는 장소에 관해 부자의 말이 일치되고 있습니다만, 거기에는 바닥이 축축하고 폭넓은 도랑이 있습니다. 그러나 그 도랑에는 구두 자국 같은 것이 하나도 발견되지 않으므로, 커닝검 부자가 이 점에서도 거짓말을 하고 있을 뿐 아니라 현장에는 낯선 사람이 아무도 없었던 일에 저는 절대로 확신이 있습니다.

다음에, 이 괴상야릇한 범죄의 동기를 생각하지 않을 수 없었습니다. 그러기 위해선 먼저 액튼네에서 일어난 강도 사건의 이유를 알아내고자 애썼습니다. 대령의 이야기로부터 저는 액튼 씨 당신과 커닝검의 두 집 사이에 소송이 벌어지고 있음을 알았습니다. 물론 곧 소송에 중요한 서류를 손에 넣을 셈으로 당신의 서재에 침입했구나 하는 생각이 떠올랐습니다."

"그렇습니다." 액튼 씨는 말했다. "그들의 의도에 관해서는 의심할 여지가 없습니다. 나는 그들의 토지 절반에 대해서 아주 분명한 권리를 주장하고 있었습니다만, 만일 한 장뿐인 서류가——다행히도 변호사네 집 금고에 보관돼 있습니다만——그들의 손에 들어가 있었다면 소송은 그걸로 끝장이 나고 말겠지요."

"이제 아셨겠지요." 홈즈는 미소지으며 말했다. "위험하고 저돌적인 기도였습니다만, 그것은 아마도 아들인 알렉이 앞장을 섰던 것 같습니다. 아무것도 없었으므로 보통 흔해 빠진 강도로 가장하여 의혹의 눈길을 돌리고자 닥치는 대로 아무거나 가져갔던 것입니다. 거기까지는 뚜렷했으나 아직도 애매한 점이 여러 가지 있었습니다. 그 중에서도 제가 바랐던 것은 저 편지의 없어진 부분을 손에 넣는 일이었습니다. 시체의 손에서 잡아찢은 것은 알렉이라는 게 확실하다고 생각되었고, 또 그는 그것을 아마도 가운의 주머니에 찔러넣고 있다는 것도 거의 틀림없다고 생각되었습니다. 거기 말고 어디에 숨길 데가 있겠습니까? 다만 문제는 그것이 아직 거기에 있느냐 하는 것이었습니다. 찾아올 가치가 있었기 때문에, 그러한 작정으로 저택에 가 보았던 겁니다.

기억하고 계실 테지만, 부엌문 앞에서 커닝검 부자를 만났습니다. 물론 그들에게 편지에 관해서 생각나도록 하지 않는 게 가장 중요한 일이었습니다. 눈치채면 곧 없애 버릴 것이 뻔했으니까요. 경감이 편지의 중요함을 말하려고 했을 때, 다행스럽게도 제가 발작을 일으켜서 뒹구는 바람에 아슬아슬하게 화제를 바꿀 수가 있었던 셈입니다."

"과연!" 대령은 웃으면서 외쳤다. "우리들의 걱정은 쓸데없는 군걱정이었군요. 발작은 꾀병이었다고 말씀하시는 거죠?"

"의사의 입장에서 말하더라도 멋들어진 것이었네." 기민성의 새로운 면을 보이고서는 언제나 나를 어리둥절케 만드는 사나이의 얼굴을 나는 기가 막히다는 듯 바라보고 있었다.

"이것은 곧잘 도움이 되는 기술이지요. 발작이 가라앉자 계략을 써서——이것도 꽤나 교묘히 했다고 생각합니다만, 커닝검 노인에게 'twelve'라는 단어를 쓰게 하고 편지의 'twelve'와 비교해 볼 수 있도록 했던 겁니다."

"아, 나는 얼마나 멍청이었을까!" 나는 외쳤다.

"내가 실수를 했으므로, 자네가 동정해 준 것은 알고 있네." 홈즈는 웃으며 말했다. "자네에게 그런 걱정을 끼치게 하여 미안했네. 그리하여 우리들은 2층으로 올라갔던 것이지만, 저는 방에 들어가 문 뒤에 가운이 걸려 있음을 보자 테이블을 뒤엎어 그 장소의 관심을 그리로 몰아 놓고, 살며시 빠져나와 주머니를 뒤져 보았죠. 그러나——예기하고 있었던 일이긴 했지만——주머니의 하나에 들어 있던 편지를 손에 넣었다 싶은 순간 커닝검 부자가 덤벼들었던 것인데, 당신들이 곧 구해 주지 않았다면, 저는 그때 그 자리에서 살해되었겠지요. 덕분에 살해되지는 않았습니다만, 지금껏 세게 죄고 있는 듯한 느낌이 들 만큼 그 젊은 아들은 저의 목을 죄었고, 아버지는 편지를 다시 빼앗으려고 제 손목을 힘껏 비틀었던 것입니다. 그들은 제가 무엇이나 다 알고 있음을 알자, 절대적으로 안전했던 입장에서 별안간 절망의 구렁텅이로 굴러떨어져 결사적이 되고 말았던 것이지요.

나중에 범죄의 동기에 대해서 저는 커닝검 씨와 잠깐 이야기를 해 보았습니다. 그는 아주 점잖았습니다만, 아들 쪽은 대단한 악당으로서 권총이 손에 잡히기만 하면 자기의 머리든 남의 머리든 쏘아 버리고야 말겠다는 태도였습니다. 커닝검 씨는 상황이 불리하다는 것을 알아차리고서 완전히 기가 죽어 모든 걸 자백했습니다. 두 사람이 액튼 씨의 집을 습격하던 날 밤, 윌리엄이 몰래 뒤를 밟아 그들의 비밀을 손에 쥐었기 때문에 폭로한다고 협박하여 돈을 뜯어내려고 했던 모양입니다. 그런데 알렉은 그러한 교섭을 하기에는 불리한 상대였습니다. 이 지방의 '강도 소동'을 이용하면, 가공할 만한 상대를 자못 그럴 듯하게 해치울 수가 있다고 본 것은 그야말로 천재적인 머리였지요. 그래서 윌리엄을 꾀어 내여 사살했습니다. 그리하여 편지를 전부 손에 넣었던 것인데, 좀더 자질구레한 점에 신경을 썼더라면 전혀 혐의를 받지 않았을 테죠."

"그래, 편지는?" 하고 나는 물었다. 홈즈는 우리들 앞에 이어맞춘 편지를 내놓았다.

If you will only come round at quarter to twelve
to the east gate you will learn what
will very much surprise you and maybe
be of the greatest service to you and also
to Annie Morrison. But say nothing to anyone
upon the matter

만약 당신이 혼자서 동쪽 문으로 12시 15분 전에
온다면 깜짝놀랄 만한 사실을 알려
주마. 당신이나 애니 모리슨에게나 아마
굉장히 도움이 되겠지. 그러나 이 사실은
아무에게도 이야기 하지 말것.

"대략 제가 예상하고 있었던 것과 같습니다. 물론 알렉 커닝검과 윌리엄 카원과 애니 모리슨이라는 여자 사이에 어떤 관계가 있었는지 아직 모릅니다. 결과로 봐서 사냥감은 보기좋게 덫에 걸렸던 셈입니다. p라는 자며 g의 빼치는 버릇에 유전의 자취가 보여, 아마 재미있으리라고 생각합니다. 노인의 필적에 i의 점이 없는 것도 커다란 특징이라고 하겠지요. 왓슨, 시골에서의 정양은 대성공이었네. 내일은 아마 원기가 나서 베이커 거리로 돌아갈 수 있겠네."

꼬부라진 사나이

결혼하여 두서너 달 뒤인 어느 여름날 밤이었다. 나는 우리 집 난롯가에 앉아 파이프로 마지막 담배 한 대를 피우면서 소설책을 펼치고——아무튼 하루 종일 녹초가 될 만큼 일을 했으므로 꾸벅꾸벅 졸고 있었다. 아내는 벌써 침실로 올라간 뒤였고 조금 전에 현관의 문단속을 하는 소리가 들린 걸로 봐서 고용인들도 잠자리에 들어가 있었다. 일어나서 파이프의 재를 털고 있으려니까, 갑자기 벨소리가 들렸다.

나는 기둥시계를 보았다. 12시 15분 전이다. 이렇듯 늦은 시간이므로 방문객일 리는 없었다. 환자가 분명하며 어쩌면 밤을 새우게 될지도 모른다. 찌푸린 얼굴이 되어 현관에 나가 문을 열었다. 그런데 놀랍게도 거기 서 있는 것은 셜록 홈즈가 아닌가.

"여어, 왓슨. 아직은 괜찮으리라고 생각했네만." 그는 말했다.

"자네였었군. 아무튼 들어오게."

"깜짝 놀라고 있네그려, 무리도 아니지. 안심하는 것 같기도 하군.

아니, 자네는 여전히 독신 시절과 똑같은 아케디어 담배를 피우고 있나. 옷에 묻은 솜 같은 재를 보니 틀림이 없어. 자네가 군복을 입어 온 사나이라는 것도 금방 알 수 있어. 소맷부리에 손수건을 쑤셔넣는 그 버릇을 고치지 않는 한, 군의관 출신이라는 건 첫눈에 알 수 있네. 오늘 밤 좀 재워 주겠나?"

"좋고말고."

"독신자용 객실이 하나 있다고 했는데 현재로선 남자 손님도 없는 모양이고. 뭐, 모자걸이를 보면 알 수 있지."

"자네가 묵어 준다면 매우 기쁘겠네."

"고맙네. 그럼, 모자걸이를 쓰도록 할까. 딱하게도 자네 집은 최근에 일꾼 따위를 썼었군그래. 그것은 좋지 않은 일의 증거일세. 배수관이 고장 아닌가."

"아냐, 가스관이야."

"그런가. 리놀륨 위에다 불빛이 닿는 곳만 하더라도 구두의 징 자국을 두 개나 남기고 있네. 아냐, 좋아, 식사는 워털루에서 하고 왔네. 담배라면 기꺼이 상대하겠지만."

담배 쌈지를 건네 주자 그는 나의 맞은쪽에 앉아, 잠시 말없이 연기를 내뿜고 있었다. 중대한 용건이 아니면 이런 시각에 찾아올 리가 없다는 걸 잘 알고 있었으므로, 나는 홈즈 쪽에서 문제를 끄집어 낼 때까지 참을성있게 기다렸다.

"자네 요즘 일이 바쁜 모양이로군." 날카로운 시선을 나에게 보내면서 그는 말했다.

"그렇다네. 오늘은 참으로 바빴어." 나는 대답했다. "어리석은 질문인지 모르지만 어떻게 그걸 알았지?"

홈즈는 히죽 웃었다.

"나는 자네의 버릇을 알고 있거든, 왓슨." 홈즈는 말했다. "자네는 왕진을 가는 거리가 가까우면 걷지만, 멀면 삯마차를 타지. 자네 장화를 보니까 오늘 신었던 흔적은 있지만 조금도 더럽혀져 있지 않으니, 그것으로 자네는 요즘 마차를 탈 만큼 바쁜 게 틀림없다는 걸 알았네."

"멋지네!" 나는 감탄의 소리를 내었다.

"아주 초보이지." 그는 말했다. "이것은 한 가지 보기에 지나지 않지만, 추리가가 곁에 있는 사람에게 비범하게 보이는 효과를 줄 수 있는 건, 추리의 바탕이 되는 작은 사항을 곁의 사람이 무심코 보아 넘기기 때문일 경우가 얼마든지 있지. 왓슨, 같은 이야기를 자네가 쓰는 사건 기록의 어떤 것의 효과에 대해서도 말할 수 있지만, 이 효과야말로 문제의 요점 일부를 독자에게는 결코 알리지 않고 자네가 쥐고 있다는 것에 달려 있으니만큼, 바로 겉보기만으로 사람을 홀리는 것과 같지. 그런데 나는 지금 그 독자와 똑같은 입장에 있네. 이렇게 말하는 것은, 무릇 인간의 두뇌를 괴롭힌 가장 괴상한 사건의 하나라고 할 수 있는 것에 부닥쳐 그 맥락을 몇 개인가 잡고 있기는 하지만, 바로 추리를 완성시키기에는 단서가 한두 가지 모자라기 때문이지. 하지만 꼭 손에 넣고야 말겠어, 왓슨. 손에 넣고말고!"

그의 눈은 빛났고 핼쑥해진 볼에 불그레하니 핏기가 올랐다. 극히 짧은 순간 그의 강렬하고 열정적인 천성을 가리운 베일이 걷혀졌으나, 그것은 한순간뿐이었다. 내가 다시 보았을 때 그의 얼굴은 아메리카 인디언과도 비슷한 무표정——이 때문에 많은 사람들로부터 인간이라고 하기보다 오히려 기계처럼 간주되곤 하지만——을 되찾고 있었다.

"사건은 흥미로운 양상을 띠고 있네." 그는 말했다. "뛰어나게 흥미로운 양상이라고 말해도 좋아. 대충 조사했지만 해결의 전망은 섰다고 생각하네. 최후의 단계에 들어가는 데 자네가 도와 주면 큰 도움이 되겠는데."

"기꺼이 도와 주겠네."
"내일 올더쇼트까지 갈 수 있겠나?"
"환자는 잭슨이 맡아 줄 테지."
"그것은 잘되었네. 워털루 11시 10분 발로 갈까 생각하네."
"그렇다면 준비할 시간도 넉넉하군."
"그럼, 자네가 졸립지 않다면 무슨 일인지 이제부터 해야만 할 일에 대해 대강 이야기해 두겠네."
"자네가 오기 전에는 깜박 졸았네만, 지금은 잠이 달아나 버렸어."
"사건의 요점만을 빠뜨리지 않고 되도록 압축시켜 이야기하겠네. 이 사건에 대해서는 자네도 신문기사를 읽었는지도 몰라. 내가 조사하고 있는 것은 올더쇼트의 로얄 마로우즈 연대의 버클레이 대령 살해라고 일컬어지는 사건일세."
"아무것도 들은 바가 없는데."
"하기야 현재로선 그 고장 이외에서는 별로 떠들고 있지 않아. 사건이 일어난 지 이틀밖에 지나지 않았으니까. 간추린다면 이러하네.

로얄 마로우즈 연대라고 하면 자네도 알다시피 영국 육군 가운데 가장 이름이 알려진 아일랜드 연대의 하나이네. 크리미아 전쟁에서도 인도 토민군의 반란에서도 훌륭한 무훈을 세우고 그로부터 일이 있을 적마다 이름을 떨쳐 왔지. 월요일 밤까지는 제임스 버클레이가 연대장이었는데――이 사람은 한낱 졸병부터 올라갔네. 용감한 병사로서 인도 반란 때 보여준 그의 용맹스러움이 인정되어 장교로 발탁되었고, 마침내 한때는 자기가 보병총을 짊어지고 있었던 연대를 지휘하기에 이르렀던 것이지.

버클레이 대령은 중사 시절에 결혼했는데, 아내는 처녀 때 이름이 낸시 뒤보이라고 하며 같은 부대의 전 군기(軍旗) 상사의 딸이었다네. 그러므로 이 젊은 부부가——두 사람은 아직 젊었기 때문에——새로운 환경에 들어갔을 때, 사교계에서 좀 어색한 일이 생겼으리라는 것은 상상하기 어렵지 않네. 그러나 두 사람은 재빨리 환경에 순응해 갔던 모양으로, 버클레이 부인은 남편이 언제나 동료 장교들에게 호감을 산 것과 마찬가지로 연대 숙녀들의 인기를 한몸에 모았지. 게다가 굉장한 미인으로서 결혼하여 30년이나 지난 오늘날에도 아직 남의 눈을 끄는 용모를 갖고 있다는 것도 덧붙여 두겠네.

버클레이 대령의 가정 생활은 내내 행복했던 모양이네. 머피 소령——내가 알 수 있었던 사실은 주로 이 사람이 제공해 준 것이지만——은 그들 부부 사이에 불화 따위가 일어난 일은 한 번도 들은 일이 없다고 단언했네. 대체로 아내보다도 대령의 애정이 깊었다고 머피 소령은 생각하고 있어. 대령은 하루만 아내와 떨어져 있어도 몹시 안절부절못했었다네. 아내 쪽은 애정도 있고 정숙하기도 했지만, 대령만큼 맹렬히 애정을 나타내는 일은 없었던 것 같네. 그러나 어쨌든 연대에서 중년 부부들의 모범이 되어 있었지. 그러기에 두 사람의 관계에서는 비극을 연상시킬 만한 것이 절대로 없었던 걸세.

그런데 버클레이 대령의 성격에는 기묘한 데가 몇 가지 있었던 모양이네. 평소 사나이다운 기품에 명랑한 군인이었으나, 때로는 꽤 난폭하고 집념이 강한 일면을 폭발하기 쉬운 것처럼 보였던 것 같아. 그러나 그의 본성인 이 일면을 아내에게 향한 일은 한 번도 없었지. 그리고 또 머피 소령, 거기에 내가 만나 본 다섯 명의 장교 중 세 사람도 이 일에 강한 인상을 받고 있었는데, 때때로 대령의 얼굴에 알 수 없는 우울의 빛이 나타났다고 하더군. 소령의 말을 빌어서 표현하면, 장교들과 식탁에 앉아 어울려 명랑하게 떠들든가 농담을 주고받든가 하고 있을 때, 문득 눈에 보이지 않는 손으로 털어 없애기라도 한 것처럼 대령의 입술에서 미소가 사라지는 일이 종종 있었다는 거야. 그리고 이 기분에 사로잡히면 며칠이든 계속해서 심한 우울에 잠겨 버렸다는군. 이같은 일과 그리고 조금 미신적인 데가 동료 장교들의 눈에 띄었던 대령 성격의 기묘한 점이었지. 미신적이라고 하는 것은 혼자 서 있는 걸 싫어하는——특히 해가 저물고 나서——것을 말하는 걸세. 뛰어나게 남자다운 성격 속에 이처럼 어린아이 같은 일면이 있다고 하는 것은 여러 가지 해석이나 억측의 대상이 되었네.

로얄 마로우즈 연대 제1대대(즉 옛 제117대대)는 수년 전부터 올더쇼트에 주둔하고 있네. 결혼한 장교들은 영외거주이기 때문에 대령은 요 몇 년 동안 북쪽 병영에서부터 반 마일쯤 떨어진 라신이라 불리는 별장풍의 집에 살고 있었네. 이 집은 뜰로 둘러싸여 세워져 있지만, 서쪽은 찻길에서부터 30야드도 떨어져 있지 않네. 고용인은 마부와 하녀가 두 사람, 그리고 주인 부부를 합쳐 다섯 사람이 라신 거주자의 전부였네. 버클레이 부부는 아이가 없었고 묵어 가는 손님도 좀처럼 없었으니까 말일세.

그런데, 드디어 월요일 밤 9시부터 10시 사이에 라신에서 일어난 사건인데——버클레이 부인은 로마 가톨릭 교회에 소속되어 있었기에, 불필요한 옷가지를 가난한 사람들에게 나눠줄 목적으로, 와트 거리의 교회와 연락하여 발기된 세인트 조지 협회의 설립에 굉장히 힘을 기울이고 있었지. 그날 밤 8시부터 협회 모임이 있었으므로, 부인은 거기에 출석하기 위해 서둘러 저녁 식사를 끝냈네. 집을 나서면서 무언가 아주 사소한 일로 남편에게 말을 건네고 늦지는 않겠다고 다짐하는 것을 마부가 들었다더군. 그리고 그녀는 이웃에 사는 젊은 여자 모리슨 양을 불러 함께 모임에 갔다네. 모임은 40분만에 끝나고, 부인이 이웃집 문 앞에서 모리슨 양과 헤어지고 집에 돌아온 것은 9시 15분이었지.

라신에는 거실로 쓰고 있는 방이 하나 있네. 이것은 도로변에 면해 있고, 유리창으로 된 양쪽으로 열리는 커다란 문으로 잔디밭에 나갈 수 있지. 잔디밭은 안쪽으로 거리가 30야드, 나직한 담 위에 쇠로 된 가로막대가 달려 있고 큰길과 격리되어 있네. 버클레이 부인이 돌아와서 들어간 것은 이 방이네. 이 방은 밤에 사용하는 일이 좀처럼 없으므로 블라인드는 내려져 있지 않았지만, 부인은 손수 불을 켜고 벨을 울려 하녀인 제인 스튜어트에게 차를 가져오라고 했는데, 이것은 전혀 부인의 습관에 없는 일이었다네. 대령은 식당에 있었는데, 아내가 돌아온 것을 소리로 듣고서 그녀가 있는 거실에 나타났네. 홀을 지나 거실에 들어가는 것을 마부가 보았지. 그것이 대령의 살아 있는 모습을 볼 수 있었던 마지막이었네.

분부한 차는 10분 뒤에 가져왔는데, 하녀는 문 앞까지 왔다가 주인 부부가 심하게 말다툼하는 소리를 듣고서 깜짝 놀랐네. 노크를 했지만 대답이 없어 손잡이를 돌려 보았더니 안에서 잠겨 있었지. 그래서 아주 당연한 일이지만 하녀는 급히 되돌아가 부엌 하녀에게 이야기했으므로, 두 여자와 마부는 홀에 가서 아직도 심하게 이어지고 있는 말다툼에 귀를 기울였네. 목소리는 버클레이의 목소리와 부인의 목소리뿐이었다고 하는 것에 대해서 세 사람이 입을 모으고 있네. 버클레이 대령의 목소리는 나직하고 띄엄띄엄한 것이라 한마디도 알아들을 수 없었지만, 이와는 반대로 부인의 목소리는 아주 격렬해서 목소리를 높였을 때에는 똑똑히 들렸지. 부인은 '비겁자!' 라고 줄곧 되풀이했다는 거야. '지금부터 무엇을 할 수 있다는 거예요? 저의 일생을 되돌려 주세요. 이제는 당신과 같은 공기를 마시기조차도 싫어요. 비겁자! 비겁자!' 부인의 이와 같은 말이 띄엄띄엄 들리더니, 갑자기 털커덕 하는 소리와 함께 대령의 무서운 고함에 이어서 비단을 째는 듯한 부인의 비명이 들려 왔네. 무언가 무서운 일이 생긴 게 틀림없다고 생각하여 마부는 문에 돌진하여 부수고 들어가려고 했다네. 그 동안에도 안에서는 비명이 잇달아 울려 나오고 있었네. 하지만 마부는 부수고 들어가지도 못하고 하녀들은 공포로 우왕좌왕할 뿐 아무런 도움도 되지 않았네. 그때 마부는 문득 홀 밖으로 나가 거실의 프랑스식 창문(프랑스식 창문은 한 면 전체가 창문으로 되어 있음)을 향해서 달렸지. 창문이 하나 열려 있어——여름이니까 당연한 일로 생각되는데——그는 어렵지 않게 방 안으로 들어갈 수 있었네. 여주인은 비명을 지르다 말고 정신을 잃고 소파에 쓰러져 있었고, 대령은 팔걸이의자 한쪽에 양팔을 걸치고 난로의 격자 한 귀퉁이 근처인 바닥에 머리를 떨어뜨리고 자기가 흘린 피바다 속에 완전히 숨이 끊어져 쓰러져 있더란 거야.

주인에게 손쓸 도리가 없다는 것을 안 마부는 먼저 문을 열려고 생각했네. 그러나 여기서 뜻하지 않는 기묘한 곤란에 부딪쳤네. 열쇠가 문의 안쪽에 꽂혀 있지 않을 뿐 아니라 온 방 안 어디에도 보이지 않는 것이었네. 그래서 또 프랑스식 창문을 통해 밖으로 나가 경찰관에게 알리고 돌아왔지. 그때 당연히 가장 큰 혐의를 받게 된 부인은 의식을 잃은 채 그녀의 방으로 옮겨졌어. 그리고 대령의 시체를 소파 위에 눕힌 다음 참극의 현장에 대한 세밀한 검증이 실시되었네.

불운한 늙은 장교의 치명상이라고 여겨지는 것은 뒤통수에 길이 2인치 가량인 거칠기 이를 데 없는 상처로서, 둔기에 의한 강타로부터 생긴 것임이 명백했었네. 그리고 그 흉기가 무엇이었나를 추정하는 것도 어렵지는 않았지. 시체 바로 옆에 뼈로 된 손잡이가 달려있는, 기묘한 조각이 새겨진 떡갈나무로 된 단단한 곤봉이 있었네. 대령은 각 방면의 싸움터에서 가지고 돌아온 무기의 수집품을 갖고 있었는데, 이 곤봉도 전승 기념품의 하나일 거라고 경찰에서는 추측하고 있네. 고용인들은 본 일이 없는 몽둥이라고 하지만, 이 집에는 진기한 것이 많이 있기 때문에 그 중에서 몽둥이 하나쯤 보지 못할 수도 있다는 거지. 경찰에서는 이것 말고는 이 방에서 아무것도 중요한 것을 발견치 못했네.

버클레이 부인의 몸에서도 희생자의 몸에서도 방의 어떠한 부분에서도 없어진 열쇠가 발견되지 않는 수수께끼 같은 사실은 별도로 하고서 말일세. 문은 결국 올더쇼트에서 자물쇠공을 불러다 열지 않으면 안 되었다네.

이러한 것이 왓슨, 화요일 아침 내가 머피 소령의 의뢰를 받아 경찰의 수사를 돕기 위해 올더쇼트에 갔을 때의 상황이었네. 이것만으로도 흥미있는 사건이라고 자네는 인정할 테지만, 직접 관찰해 보고서 나는 이 사건이 언뜻 보기보다도 훨씬 기괴함을 알았네.

방을 조사하기 전에 고용인들을 심문했지만, 지금 이야기한 것 같은 사실만 끌어낼 수가 있었을 뿐이었어. 그런데 꼭 한 가지, 하녀인 제인 스튜어트가 다음과 같은 재미있는 사실을 생각해 냈네. 싸움 소리를 엿듣고서, 그녀가 다른 고용인들을 불러왔다는 것은 자네도 기억하고 있을 테지. 처음에 혼자였을 때 주인 부부의 목소리가 매우 낮아 거의 아무것도 알아들을 수가 없었지만, 다만 눈치로 보아 싸움을 하는 줄로 판단한 거라고 그녀는 말하는 것이었네. 다시 추궁했더니 부인이 '데이빗'이라는 이름을 두 번 입에 올렸다는 것을 생각해 냈어. 이것은 갑작스러운 싸움의 원인을 아는 실마리로써 아주 중요한 사실이네. 대령의 이름은 알다시피 제임스이니까.

이 사건에서 경찰에게도 고용인들에게도 아주 깊은 인상을 주고 있는 점이 하나 있네. 그것은 대령의 얼굴이 무섭게 일그러져 있었던 일이야. 그들의 이야기에 의하면, 이보다 도저히 더 무서운 표정은 있을 수 없으리라고 생각되리만큼 불안과 공포로 심하게 경련하고 있었다는 거야. 언뜻 보기만 하고도 까무러친 이가 한둘이 아니었을 만큼 무서운 모습이었다네. 대령은 자기의 운명을 깨닫고 극도의 공포에 사로잡혔을 게 틀림없어. 만일 대령이 자기 아내가 자기에게 죽음의 일격을 가하고자 하는 것을 눈으로 볼 수 있었다면 하는 이야기이지만, 그렇다면 물론 경찰의 추정과 근사하게 들어맞는 것이 되겠지. 상처가 뒷통수에 있다는 것도, 대령은 타격을 피하려고 얼굴을 돌렸을지도 모르니까 이 설명의 근본적인 방해는 되지 않네. 부인은 급성 뇌염을 일으켜 일시적인 발광 상태에 있었으므로, 그녀로부터는 아무것도 알아 내지 못했지.

경찰에서 들은 것이지만, 그날 밤――자네도 기억하겠지만――버클레이 부인과 함께 외출했던 모리슨 양은 부인이 불쾌한 기분으로 돌아간 까닭이 무엇인지 조금도 모른다고 말했다고 하네.

이만큼의 사실을 모으자, 나는 몇 번인가 파이프 담배를 갈아서 피우며 이들 사실 중에서 중요한 것과 곁가지에 지나지 않은 것을 구별하려고 곰곰이 생각했네. 이 사건에서 가장 두드러지고 암시적인 사실은 문 열쇠가 이상하게 없어진 점이라는 것은 의심할 여지가 없네. 더할 수 없이 세밀한 수사가 실시되었건만 방 안에서 열쇠는 발견되지 않았네. 그렇다면 누군가 가져갔을 게 분명하네. 그러나 대령도 대령 부인도 아닌 것만은 명백한 일이야. 그러면 제삼자가 방에 들어왔던 것이 아니면 안 되지. 그리고 이 제삼자는 프랑스식 창문으로 들어올 수밖에 없었네. 방과 잔디밭을 주의깊게 조사하면 이 수수께끼 인물의 흔적이 얼마쯤 발견될지도 모른다고 나는 생각했어. 나의 여러 가지 방법을 자네는 알고 있겠지, 왓슨. 이 조사에 나의 방법을 총동원해서 적용시켰던 것일세. 그 결과 흔적은 발견했지만, 기대하고 있었던 것과 전혀 다른 흔적이 아니었겠나. 한 사나이가 방으로 들어갔네. 도로로부터 와서 잔디밭을 지나 들어갔던 아주 선명한 발자국 다섯 개를 발견할 수 있었네. 하나는 도로 위 낮은 담에 기어올라간 지점에 있고, 두 개는 잔디밭 위에 있었으며, 그리고 아주 희미한 것이 두 개, 들어간 창문 곁의 더럽혀진 널빤지 위에 있었네. 잔디밭을 뛰어서 지나간 모양이야. 발자국은 뒤축 쪽이 얕고 발부리 쪽이 깊었거든. 그러나 나를 놀라게 한 것은 그 사나이가 아니네. 그가 데리고 간 것이야."

"데리고 간 것이라니?"

홈즈는 주머니에서 커다랗고 얇은 종이를 꺼내어 무릎 위에 소중히 펼쳤다.

"이게 뭐라고 생각되나?" 그는 물었다.

종이 위에는 무언가 작은 동물의 발자국이 찍혀 있었다. 뚜렷한 다섯 개의 발가락을 가졌고 발톱이 길며, 발자국 하나의 크기는 디저트용 스푼 정도였다.

"개로군" 하고 나는 말했다.

"개가 커튼을 기어올라간다는 이야기를 들은 일이 있나? 나는 이 동물이 커튼을 기어올라간 자취를 똑똑히 보았네."

"그럼, 원숭이일 테지."

"아냐, 원숭이의 발자국이 아니야."

"그럼, 대체 무엇일까?"

"개도 고양이도 원숭이도 아니네. 우리에게 낯익은 어떤 동물도 아니지. 나는 치수로 계산하여 이 동물을 만들어 내 보았네. 여기에 이 동물이 네 발로 가만히 멈추어 있을 때의 자국이 있어. 이걸로 앞발에서부터 뒷발까지 25인치는 되겠지. 거기에 목과 머리를 덧붙이면, 전체의 길이는 약 2피트가 밑돌지 않는 동물이라는 것이 되네. 단 꼬리가 있으면 좀더 커지겠지만. 그러나 또 하나의 치수를 보게. 이것은 이 동물이 걷고 있는 자국인데, 걸음폭을 알 수 있는 셈이지. 어느 것이고 3인치쯤밖에 안 되네. 이걸로 긴 몸통에 몹시 짧은 발이 달린 짐승이라는 걸 알 수 있겠지. 터럭 하나 남겨주지 않은 매우 인색한 짐승이야. 그러나 대략의 형태는 내가 지금 제시한 것 같은 것이어야만 할 것이고, 그리고 커튼을 기어올라갈 수 있는 육식동물일 것일세."

"어떻게 그것을 알지?"

"커튼을 기어올라갔기 때문일세. 카나리아 새장이 창문에 매달려 있었는데, 이놈의 목적은 새였던 모양이야."

"그럼, 그 동물은 대체 뭐지?"

"응, 이름만 알면 훨씬 해결에 가까워질 텐데. 대체로 족제비나 담비의 족속인 모양인데, 그 종류로서 이렇듯 큰 것은 본 일이 없네."

"하지만 이 동물이 범죄와 무슨 관계가 있을까?"

"그것도 아직 뚜렷하지 않네. 그러나 어쨌든 꽤 여러 가지 점을 알 수 있다는 것은 자네도 인정하겠지. 우선 한 사나이가 도로에 서서 버클레이 부부의 말다툼을 보고 있었던 일을——블라인드는 내려져 있지 않고 불이 켜져 있었기 때문에——알았네. 그러고서 그 사나이는 이상한 동물을 데리고 잔디밭을 뜀박질로 달려 방으로 들어갔던 모양인데, 그 사나이가 대령을 때려눕혔을지도 모르며, 또는 대령이 이 사나이를 보고 공포에 질린 나머지 졸도하여 난로 격자의 모퉁이에 머리를 부딪쳤다는 것도 충분히 생각할 수 있네. 그리고 마지막으로, 침입자가 나가면서 열쇠를 가지고 갔다는 기묘한 사실이 판명되었네."

"자네의 발견은 사건을 더욱 더 불가해한 것으로 만들지 않았을까"라고 나는 말했다.

"바로 맞았네. 나의 발견때문에, 처음에 생각되었던 것보다 훨씬 깊이가 있는 사건이라는 점이 의심할 나위 없게 제시되었던 것일세. 나는 곰곰이 생각을 거듭하여, 이 사건은 다른 방향으로부터 접근해야만 한다는 결론에 도달했지. 그러나 아무래도 왓슨, 내가 너무 시간을 끈 것 같으니 이것은 내일 올더쇼트로 가면서 말하는 게 좋을 것 같네."

"고맙네, 하지만 여기까지 이야기한 이상 중간에서 끊을 것은 없지."

"버클레이 부인이 7시 반에 집을 나섰을 때, 남편과 의가 상하지 않았던 것만은 확실하네. 이미 말했다고 생각되는데, 부인은 결코 호들갑스럽게 애정을 나타내는 사람은 아니었어. 나가면서 남편과 다정스러운 말을 나누고 있던 것을 마부가 들었다네. 그런데 돌아오자마자 남편이 평소에 좀처럼 잘 들어가지 않는 방에 들어갔을 뿐 아니라 흥분된 여성이 흔히 그러하듯이 서둘러 차를 가져오라고 했던 점, 그리고 남편이 나타나자 와락 격렬한 비난을 퍼부었다는 점, 이것 역시 또한 확실한 일일세. 그러고 보면 7시 반부터 9시 사이에 남편에 대한 감정을 일변시킬 만한 어떤 일이 생긴 것이 분명하네. 그런데 모리슨 양은 이 1시간 반 동안 부인과 함께 있었던 것이네. 그러므로 모리슨 양이 아무리 아니라고 잡아떼고 있다 하더라도 절대로 무엇인가 알고 있을 게 틀림없지.

내가 처음으로 생각한 것은 이 젊은 여성과 대령 사이에 무슨 관계가 있어서, 그것을 그녀가 마침내 부인에게 고백했을지도 모른다는 점이었네. 이렇게 생각해 보면 부인이 화가 나서 돌아온 일도,

모리슨 양이 아무 일도 없었다고 주장하고 있는 것도 설명이 되지. 하지만 데이빗이라는 이름이 입에 올랐다는 일도 그렇고, 널리 알려진 것처럼 대령의 부인에 대한 애정으로서 말한다면 지금 말한 가정은 성립되지 않겠지. 그때까지 생긴 일과는 전혀 관계가 없다고 여겨지는 제삼자의 침입에 의한 참사에 대해서는 아무것도 언급하지 않기로 하고서 말일세. 방향을 정하기는 쉬운 일이 아니었지만, 대체로 나는 대령과 모리슨 양 사이에 무언가 있었다는 생각은 버리는 쪽으로 기울어졌고, 그 대신 버클레이 부인을 남편에 대한 증오로 몰아넣은 것이 무엇이냐에 대하여서 이 젊은 여성이 열쇠를 쥐고 있다는 점만은 더욱더 확신이 굳어졌네. 그래서 나는 당연히 취할 길로써 모리슨 양을 찾아가 그녀가 사실을 몇 가지 알고 있다고 확신한다는 걸 설명해 주고서, 사건의 진상이 밝혀지지 않는 한 친한 버클레이 부인이 살인 용의자로 피고석에 서게 될 것이라고 그녀에게 단언했다네.

모리슨 양은 작은 몸집에 가냘픈 아가씨로, 겁이 많은 듯한 눈과 금발의 소유자이지만, 웬걸 통찰력이나 상식에도 부족함이 없었네. 나의 말을 듣자 잠시 잠자코 생각하는 눈치였지만, 이윽고 단호히 결심한 모양으로 놀랄 만한 사실을 이야기하기 시작했네. 자네를 위해서 압축하여 전하기로 하겠네.

'저는 친구에게 이 일에 대해서는 절대 입 밖에 내지 않겠다고 약속했습니다. 약속은 약속이니까요' 하고 그녀는 이야기를 시작했다네. '하지만 그분이 그렇듯 무서운 혐의를 받고 있으면서도 병 때문에 아무런 변명도 하지 못한다니, 제 이야기로 그분을 구할 수 있다면 이 약속을 어겨도 용서되리라고 생각합니다. 월요일 밤에 생긴 일을 정확히 이야기하겠어요.

9시 25분 전쯤, 저희들은 와트 거리의 교회에서 돌아오는 길이었지요. 도중에 허드슨 거리를 지나지 않으면 안 됩니다만, 이곳은 아주 조용한 거리입니다. 왼쪽에 가로등이 하나 있을 뿐인데 이 가로등 근처까지 이르렀을 때 등이 몹시 구부러진 남자가 상자 같은 것을 어깨에 메고 이 쪽으로 오는 것이 보였어요. 불구자인지 머리를 푹 숙이고 무릎을 몹시 구부려 걷고 있었습니다. 남자는 스쳐 지날 때 얼굴을 들어 가로등 불빛 속에서 저희들을 보았는데, 별안간 멈추어서며 무서운 목소리로 외쳤습니다. '아니, 이건 낸시로군!' 버클레이 부인은 송장처럼 얼굴이 새파랗게 질려 그 자리에 쓰러질 것 같았습니다. 다행히 이 무서워 보이는 사람에게 아슬아슬하게 부축되었습니다. 제가 경찰관을 부르려고 했지만, 뜻밖에도 그녀는 그 사람을 향해 정중히 말을 걸지 않겠어요.

'당신은 30년 전에 돌아가신 줄로만 알고 있었어요. 헨리.' 부인의 목소리는 분명 떨리고 있었습니다.

'죽었었지요'라고 그 사람은 말했습니다만, 그 말씨는 오싹할 만큼 무서운 것이었어요. 새까맣고 무시무시한 얼굴에다가 그 두 눈에서 번들거리는 눈빛은 꿈에까지 보일 정도였어요. 머리털도 구레나룻도 흰 것이 섞이고 얼굴은 시든 능금처럼 주름살투성이였습니다.

'모리슨 양, 좀 먼저 가 주시지 않겠어요?' 버클레이 부인은 저에게 이렇게 양해를 구했습니다. '이분과 좀 할 이야기가 있어요. 겁낼 건 아무것도 없어요.' 부인은 활발하게 말을 하려고 애쓰고 있었습니다만, 얼굴은 여전히 새파랗게 질린 데다 입술이 떨려 이 말도 가까스로 했을 정도랍니다.

저는 시킨 대로 먼저 가고 두 사람은 2, 3분쯤 이야기하고 있었습니다. 곧 부인은 눈을 번쩍거리며 나를 따라왔습니다만, 불구의 사나이는 가로등 곁에 서서 굉장히 화가 나 미친 사람처럼 허공에 두 주먹을 움켜잡고 있는 게 보였습니다. 저의 집 앞을 오기까지 부인은 한 마디도 입을 열지 않았습니다. 헤어질 때 제 손을 잡고 방금 전의 일을 남에게 말하지 말아 달라고 부탁했습니다. '내가 예전에 알던 사람인데 몰락하였지요'라고 그녀는 말했습니다. 저는 아무 말도 않겠다고 약속했습니다. 그런 뒤로는 부인과 한 번도 만나지 않았어요. 이걸로 진실을 모두 말씀드린 셈입니다만, 이 일을 경찰에 숨기고 있었던 것은 친한 친구가 그와 같은 처지에 놓여 있는 줄은 몰랐기 때문입니다. 무엇이고 모두 밝혀지면, 그것은 모두 부인을 위한 것이 된다고 믿었어요.'

이것이 모리슨 양의 이야기인데, 이로써 내가 어둠 속에서 광명을 얻은 듯싶었다는 건 자네도 잘 알 수 있을 걸세. 그때까지 맥락이 잡히지 않았던 온갖 일이 이것으로 완전히 질서가 잡혔을 뿐 아니라, 여러 가지 사실 전체의 연쇄가 어렴풋하나마 머리에 떠올라 왔네. 다음 단계는 물론 버클레이 부인을 그렇듯 놀라게 한 사나이를 찾아 내는 일이었지. 아직도 올더쇼트에 살고 있다면 그다지 어려운 일은 아니네. 이 도시에는 군인 이외의 사람은 그리 많지 않은데다가 불구자는 사람의 눈을 끌 테니 말이야. 나는 이 수사에 하루를 꼬박 다 쓰고 밤이 되어서야——즉 오늘 밤의 일이지만, 이 사나이를 찾아 냈네. 사나이의 이름은 헨리 우드라고 하며, 두 여자가 그를 만났던 바로 그 거리에서 하숙을 하고 있었는데 이곳에 온 지 닷새밖에 되지 않았다는 거야. 선거인 등록계원으로 변장하고 가서 하숙집 안주인으로부터 재미있는 이야기를 알아냈네. 우드는 마술을 업으로 삼아 밤이 되면 술집 같은 곳을 돌아다니면서 조금씩 재주를 보이는 거지. 상자 속에 무언가 넣어서 들고 다니고 있지만, 안주인은 본 적이 없는 짐승이라고 하며 몹시 무서워하고 있었네. 안주인의 이야기로서는 그놈을 무언가 마술에 이용하는 모양이라는 거야. 그녀는 또 그가 그렇듯 꼬부라진 몸뚱이로 살아 있을 수 있다는 게 이상하다는 것과 때때로 기묘한 외국어를 사용하는 것, 요 이틀 밤쯤 침실에서 신음하다가 울다가 하는 소리가 들렸다는 것 등도 이야기해 주었네. 집세는 잘 냈지만, 보증금으로 준 돈이 가짜 플로린(영국 에드워드 3세 시대의 3실링 및 6실링 금화) 비슷했다고 했지. 그것을 보여 주었는데 인도의 루피 은화였다네.

이것으로 왓슨, 우리들이 처해 있는 상황도 자네의 도움이 필요한 이유도 완전히 알았을 테지. 이 사나이가 여자들과 헤어지고 나서 그 부인의 뒤를 밟아 가서 창 너머로 부부가 싸우는 것을 보고 뛰어들었다는 것과 그때 상자에 넣어 가지고 다니던 짐승이 빠져나왔다는 일은 그야말로 명백하지. 여기까지는 아무래도 틀림없는 일이야. 그러나 그 방에서 무슨 일이 일어났는지 정확히 이야기할 수 있는 건 이 사나이뿐인 걸세."

"그러므로 그에게 물을 작정이란 말인가."

"그렇지, 단 입회인을 세워야 하네."

"그럼, 내가 입회인이 되는 셈이겠군."

"그렇게 부탁하고 싶네. 그가 진상을 밝혀 주면 그걸로 좋고, 거부한다면 체포 영장을 청구할 수밖에 없겠지."

"그러나 우리들이 간다면 제대로, 거기에 있을까?"

"예방책은 강구하고 있으니까 염려없네. 베이커 거리의 나의 소년대에서 한 사람이 감시하러 나가 있는데, 밤송이처럼 들러붙어 다닐 테니 그자가 어디로 가든지 놓치는 일은 없을 거야. 내일 허드슨 거리에서 꼭 만날 수 있을걸. 그것은 어쨌든 더 이상 자네의 잠을 방해해서는 나야말로 범죄를 저지르는 것이 되지."

우리들이 비극의 현장에 갔던 것은 점심때쯤이었는데, 홈즈의 안내로 이내 허드슨 거리로 향했다. 감정을 표정에 나타내지 않는 일에 뛰어난 홈즈가 줄곧 흥분을 억누르고 있는 것이 나의 눈에도 보였고, 나는 그의 단짝이 되어 수사를 할 때면 으레 맛보는 반쯤은 모험적이고 반쯤은 지적인 쾌감에 가슴을 두근거리고 있었다.

"이곳이 허드슨 거리라네." 검소한 벽돌 건물인 이층집이 늘어선 짧은 거리로 꺾어들어 갔을 때 그는 말했다. "보게, 심프슨이 보고하러 이리로 오고 있네."

"집에 있어요, 홈즈 씨." 조그마한 떠돌이 소년이 뛰어와서 큰 목소리로 말했다.

"좋아, 좋아." 소년의 머리를 쓰다듬어 주며 홈즈는 말했다. "따라오게, 왓슨. 이 집이야." 그가 명함을 꺼내어 중요한 용건으로 왔다는 것을 알리자, 얼마 안 있어 우리는 목적한 사나이와 마주 앉게 되었다. 여름인데도 이 사나이는 불 곁에 웅크리고 있었으며, 작은 방은 마치 화덕과 같았다.

사나이는 완전히 몸을 꼬부려 웅크리고 의자에 앉아 있어 그 모습은 글과 말로 다할 수 없는 불구의 인상을 주는 것이었다. 우리들에게로 향해진 그 얼굴은 여위고 거무죽죽하기는 했지만, 한때는 사람의 눈에 띄는 잘생긴 얼굴이었음이 분명했다. 황달인 듯싶은 노란 눈으로 어딘가 수상쩍다는 듯 우리들을 바라보더니 말도 않고 일어서지도 않고 손짓으로 두 개의 의자를 가리켰다.

"인도에서 돌아오신 헨리 우드 씨이시지요?" 홈즈는 다정하게 말을 걸었다. "버클레이 대령의 죽음에 대한 사소한 사건의 일로 찾아왔습니다."

"제가 무언가 알고 있다는 말씀이십니까?"

"그것이 확인하고 싶은 점이지요. 진상이 밝혀지지 않는 한, 오랜 친구이신 버클레이 부인이 살인 용의자로 재판에 회부될 것이 틀림없다는 것을 당신도 잘 아실 거라고 생각합니다만."

사나이는 움찔하며 몸을 떨었다.

"누구신지는 모르지만," 그는 목소리에 힘을 주며 말했다. "어떻게 그런 일을 아셨습니까? 지금 한 말을 정말이라고 맹세하시겠습니까?"

"정말도 거짓말도 없소. 부인이 의식을 되찾기를 기다려서 체포하기로 되어 있으니까요."

"네? 당신도 경찰에 계신 분이로군요?"

"아닙니다."

"그럼, 무엇하러 왔습니까?"

"정의를 옹호하는 것은 만인의 의무이니까요."

"맹세코 말하지만, 그녀는 결백합니다."

"그럼, 당신이 범인입니까?"

"아니, 나도 아니오."

"그럼, 제임스 버클레이 대령은 누가 죽였습니까?"

"공명정대한 섭리에 따라 죽은 것입니다. 하나 단단히 들어 주셔야 할 것은, 만일 내가 그자의 머리를 박살냈다 하더라도——사실 나는 그렇게 해주고 싶은 심정으로 있었습니다만——그가 나한테서 받아야 할 응보로서는 그것 가지고도 모자란다는 점입니다. 양심의 가책이 그자를 때려눕혔던 것이 아니었다면, 그놈을 죽이는 죄는 내가 떠맡았을지도 모릅니다. 진상을 말하라는 것이겠지요. 좋습니다, 이야기 못할 것도 없지요. 나로서는 부끄러워할 점이 하나도 없으니까.

사실은 이렇습니다. 보시다시피 지금이야 등이 낙타같이 휘고 갈비뼈도 완전히 꼬부라지고 말았지만, 헨리 우드 하사라고 하면 제117보병 대대 제일가는 멋쟁이로 통했었던 시절도 있었지요. 그 무렵 부대는 인도에 주둔 중으로서, 고장의 이름은 바티라고 해 둡시다. 얼마 전 죽은 버클레이는 같은 중대의 중사였는데, 연대에서 가장 인기 있었던 아가씨는——사실 그만큼 아름다운 아가씨는 이 세상에 나타난 일이 없을 겁니다——낸시 뒤보이라는 군기 상사의 딸이었습니다. 두 사나이가 이 아가씨에게 연정을 품었지만, 그녀는 한 사람만을 사랑했습니다. 불 앞에 움츠리고 있는 이 가엾은 모습을 보고서는 웃고 마시겠지만, 그녀가 나를 사랑한 것은 나의 잘생긴 얼굴 때문이었습니다.

그녀의 마음은 내가 사로잡고 있었지만, 아버지는 버클레이와 결혼시키기로 결정해 버렸습니다. 나는 무모하고 경솔한 젊은이였지만, 버클레이는 교육도 받았고 이미 장교로 승진이 약속돼 있었습니다. 그러나 낸시가 나를 사랑하는 마음에는 변함이 없었으므로 머잖아 그녀를 내 것으로 만들겠거니 생각하고 있던 참인데, 토민군의 반란이 일어나 온 나라가 쑥대밭이 되고 말았던 것입니다.

우리 연대는 포병 1개 중대의 절반, 시크병 1개 중대, 그리고 많은 비전투원과 부녀자와 함께 바티에 갇히고 말았습니다. 1만 명의 반란군이 우리들을 포위하고 쥐덫 속의 쥐를 노리는 테리어(영구원산의 사냥개)처럼 날뛰고 있었던 거예요. 2주일 만에 물이 떨어지고, 그 무렵 오지를 향해 진군하고 있었던 닐 장군의 종대와 연락이 되느냐 어떠냐가 문제로 등장했습니다. 많은 부녀자들과 함께 포위를 뚫고 탈출하는 일은 도저히 가망이 없으므로——이것이 유일한 수단인 겁니다——나는 탈출하여 닐 장군에게 급함을 알리는 임무를 자청해서 지원했습니다. 지원이 받아들여지자 나는 누구보다도 그곳 지리에 밝다고 하는 버클레이 중사한테 의논을 하러 갔는데, 그는 내가 반란군의 전열을 돌파하기 위해 취해야만 할 길을 가르쳐 주었던 것입니다. 그날 밤 10시에 나는 출발했습니다. 1천

명이나 되는 목숨을 구하는 일이 사명이었건만, 그날 밤 성벽을 미끄러져 내려갔을 때 내 가슴에는 단 한 사람의 목숨에 대한 생각밖에 없었습니다.

나는 물이 말라붙은 수로를 따라갔습니다. 이 길이라면 적들의 보초의 눈을 피할 수가 있었을 것 같았습니다. 그런데 기어서 수로의 모퉁이를 돈 순간 어둠 속에 웅크리고 나를 기다리고 있던 6명의 보초들 한가운데로 뛰어들고 말았습니다. 아차 하는 사이 나는 얻어맞고 기절을 했고 손과 발이 묶였습니다. 그러나 머리를 얻어맞는 일 같은 건 마음의 타격에 비하면 아무것도 아니었습니다. 뚜렷이 잘 알아들을 수는 없었지만 적병들의 대화에 귀를 기울이고 있던 나는 나의 전우, 나에게 길을 가르쳐 준 정작 그 사나이가 토착민을 시켜 나를 적의 손안에 팔아 넘겼다는 사실을 알게 된 겁니다.

그러니 더 이상 이야기할 필요는 없을 겁니다. 제임스 버클레이가 얼마나 비열한 짓을 한 사나이였는지 아셨겠지요. 바티는 이튿날 닐 장군의 손으로 포위가 풀렸습니다만, 나는 퇴각하는 반란군들에게 끌려가 오랜 세월 동안 백인의 얼굴 하나 볼 수 없는 그런 꼴을 당했던 겁니다. 나는 고문을 당하는 바람에 탈주를 꾀했다가 붙잡혀서 또다시 고문을 당했습니다. 얼마나 심한 것이었는지, 이 몰골을 보시면 아시겠지요. 반란군 중 어떤 자가 네팔로 달아날 때 나를 데리고 갔습니다.

그뒤 다질링(인도 동북부 히말라야 산맥 남쪽 기슭의 피서지)을 거쳐 오지로 가는 도중 그곳의 산악 민족이 나를 데리고 가는 반란군들을 죽였으며, 나는 얼마 동안 산악 민족의 노예가 되어 있다가 도망쳤던 것입니다. 하지만 남으로 갈 수가 없었으므로 북으로 가는 수밖에 없어 아프간 인의 나라로 들어갔습니다. 거기서 다년간 방랑 생활을 보낸 끝에 가까스로 펀잡에 돌아와 토착민들 사이에 섞여 전에 배워 익힌 기술로 간신히 연명을 하고 있었습니다.

비참한 불구자인 내가 영국에 돌아간들, 혹은 옛날의 전우들 앞에 모습을 나타낸들 도대체 무슨 소용이 있겠어요. 복수의 마음은 있었습니다만, 그것조차 나를 움직이게 하지는 못했습니다. 낸시와 옛날의 동료들 눈에 지팡이를 의지삼아서 침팬지처럼 기며 걷는 이 병신 몸을 보이기보다는, 헨리 우드는 꼿꼿한 허리를 가진 채 죽어 버렸다고 믿게 하고 싶었던 거지요. 모두 내가 죽은 것을 조금도 의심하지 않았고, 나로서도 영원히 그렇게 생각하도록 하고 싶었습니다. 버클레이가 낸시와 결혼한 일도 연대 안에서 자꾸 승진해 올라간 일도 들었습니다만, 버클레이 앞에 나타날 생각은 들지 않았습니다.

그러나 인간은 나이를 먹게 되면 고향이 그리워지는 법인가 봅니다. 오랫동안 나는 잉글랜드의 빛나는 푸른 들판이며 생울타리를 꿈에 그려 보곤 했습니다. 그러다가 마침내 죽기 전에 한 번 그것을 보리라고 결심했던 것이지요. 바다를 건너오는 데 필요한 돈을 모아 가지고 군인이 있는 고장으로——군인이라면 기질도 알고 다루는 법도 터득하고 있으므로 생활을 꾸려 나갈 만한 것은 벌 수 있으리라 생각하고서——찾아왔던 것입니다."

"정말 흥미로운 이야기입니다." 셜록 홈즈는 말했다. "당신이 버클레이 부인과 마주치고, 서로 상대를 알아보았다는 일은 들었습니다. 그런 뒤 당신은 부인의 뒤를 밟아 집까지 갔고 창 너머로 부부 사이의 다툼을 본 셈인데, 그때 부인이 당신에 대한 남편의 행동을 격렬하게 책망했겠군요. 당신은 끓어오르는 감정에 북받쳐 잔디밭을 달려 두 사람 사이에 뛰어들었습니다……."

"바로 그대로였습니다만, 나를 보더니 그는 세상에서도 무서운 형상이 되어 뒤로 벌렁 자빠지며 난로 격자에 머리를 부딪쳤습니다. 그러나 쓰러지기 전에 이미 그 사나이는 죽어 있었습니다. 이 난로 위에 새겨져 있는 성경 구절처럼 뚜렷하게 그의 얼굴에서 죽음을 읽을 수가 있었습니다. 나의 모습을 본 것만으로도 죄많은 그의 심장은 총알이라도 지나간 듯 했던 겁니다."

"그리고?"

"그리고서 낸시가 까무러쳤으므로 나는 문을 열고 구원을 청할 작정으로 그녀의 손에서 열쇠를 집어들었습니다. 하지만 그러는 사이 문은 그대로 버려 두고 달아나는 편이 좋다고 깨달았던 것입니다. 나에게 혐의가 씌워질 것 같은 상황이었고, 관련이 있게 되면 어차피 나의 비밀이 드러나고 마니까요. 나는 당황해서 열쇠를 주머니에 찔러넣은 채 커튼에 뛰어올라가 있던 테디를 붙잡으려다가 지팡이를 떨어뜨리고 말았습니다. 테디란 녀석을 빠져나온 상자에 잡아넣고 그대로 달아났던 겁니다."

"테디라니, 무엇입니까?" 홈즈가 물었다.

사나이는 몸을 굽혀 구석에 놓아 두었던 우리 같은 것의 앞뚜껑을 끌어올렸다. 그러자 느닷없이 붉은 기가 도는 아름다운 갈색 동물이 뛰어나왔는데, 그 몸뚱이는 가늘고 날씬하였으며 담비와 같은 발, 길쭉한 코, 어떤 동물에서도 본 일이 없는 희한한 빨간 눈을 가지고 있었다.

"몽구스다!" 나는 외쳤다.

"그렇습니다. 그렇게 부르는 사람도 있고 이크뉴몽이라고 부르는 사람도 있죠." 사나이가 말했다. "나는 뱀잡이 족제비라고 부르고 있습니다만, 테디는 번개처럼 날래서 코브라를 잡습니다. 코브라는 이빨 뽑은 것을 한 마리 가지고 있습니다만, 테디는 매일 밤 술집에서 그놈을 붙잡아 손님의 비위를 맞추고 있는 셈이지요. 아직도 무언가 중요한 점이 있습니까?"

"참, 버클레이 부인의 입장이 난처하게 된다면 다시 수고를 끼치게 될지도 모릅니다."

"그런 일이 있다면 물론 자청해서 출두하겠습니다."

"그렇지만 그런 일이 없다면, 아무리 나쁘다한들 죽은 사람의 추문까지 들추어 낼 필요는 없겠지요. 대령은 악한 짓 때문에 30년을 두고 양심의 가책을 받아 왔다는 점, 그것을 알았다는 만족만은 적어도 당신 것이 된 셈입니다. 아니, 한길 저편 쪽을 머피 소령이 지나가는 모양입니다. 그럼, 안녕히 계십시오, 우드 씨. 어제 이후로 무슨 일이 일어났는지 어떤지 물어 보고 싶으니까요."

우리들은 소령이 모퉁이를 돌기 전에 따라잡았다.

"오, 홈즈 씨." 소령은 말했다. "이 소동은 결국 아무것도 아닌 것이 되었습니다."

"그렇다면, 어떻다는 겁니까?"

"검시가 지금 끝난 참입니다. 의사가 보더니 사인은 명백히 뇌졸중이라고 결론내렸습니다. 요컨대 전혀 단순한 사건이었어요."

"하하하, 겉보기만 요란했었군요." 홈즈는 미소를 지으며 말했다. "자, 가세, 왓슨. 이제 올더쇼트에서는 우리들의 볼일이 없어진 것 같아."

"한 가지 모르는 일이 있네." 역으로 걸어가면서 나는 물었다. "남편의 이름은 제임스이고 그자의 이름은 헨리인데 어째서 데이빗이라는 이름이 나왔을까?"

"왓슨, 만일 내가 자네가 즐겨 묘사하는 그런 이상적인 추리가였다면, 그 한 마디로 모든 걸 알고 있어야만 했을 것이야. 그것은 비난의 말이었어."

"비난의 말?"

"그렇네. 자네도 알고 있다시피 데이빗은 여러 번 잘못을 저질렀는데, 그 중 한 번은 제임스 버클레이 중사와 똑같은 짓을 하였다네. 우리야와 바테시바의 이야기*[1]를 기억하고 있을 테지? 나의 성경지식은 약간 곰팡이가 슬었지만, 이 이야기는 사무엘 상인가 하인가에 나와 있을 거야."

*1 구약성서 사무엘 하 (제11장~12장) 이스라엘의 다윗왕은 우리야의 처 밧세바의 아름다움에 현혹되어 그녀를 간음하고 남편은 위험한 전쟁터로 내보냈다.

입원 환자

친구 셜록 홈즈의 지력(智力)의 특성 몇 가지를 보여주기 위해 써 왔던 별로 맥락이 없는 숱한 추억담에 대충 눈을 달려 보았더니, 온갖 점에서 이 목적에 알맞은 보기를 골라내는 일이 얼마나 곤란했었던가 하는 것에 생각이 미치지 않을 수 없다. 즉 홈즈가 분석적 추리의 남다른 재주를 보이든가 독특한 수사 방식의 진가를 발휘하든가 한 사건이라도, 사건 그 자체가 시시하거나 평범하거나 하여 독자들 앞에 들고 나올 만한 가치가 없다고 생각되는 그런 경우가 적지 않는 것이다.

또 한편, 극히 진기하고 극적인 성격을 가진 사건의 수사에 관계하면서도 그 해결에서 그가 담당한 역할이 전기작가인 내가 바랄 만큼 두드러지지 않았다고 하는 예도 많다. 《주홍색 연구》라고 이름붙여서 내가 기록에 남긴 자그마한 사건과 《글로리아 스코트 호》 실종에 관한 사건이, 그가 맡았던 사건의 자취를 이야기하는 자를 영원히 괴롭히는 실라와 카리브디스(이탈리아 본토와 시칠리아 섬 사이의 메시나 해협을 험난케 만드는 그리스 신화의 두 괴물('앞문의 호랑이, 뒷문의 늑대'라는 식으로도 씀)의 좋은 보기라고 할 수 있으리라. 이제부터 쓰고자 하는 사건 등에서도 홈즈가 해낸 역할은 그다지 컸다고는 할 수 없을지 모른다. 그러나 사건 전체가 몹시 색달라 아무래도 이 시리즈에서 빼 버릴 생각이 들지 않는 것이다.

비오는 지루한 10월의 어느 날이었다. "몹시 나쁜 날씨로군, 왓슨." 홈즈가 말했다. "저녁때가 되니 산들바람이 불기 시작한 모양이야. 어떤가, 거리를 산책하지 않겠나."

나는 작은 거실에 틀어박혀 넌더리를 내고 있던 참이라 기꺼이 응했다. 3시간 가량 프리트 거리에서 스틀랜드 거리에 걸쳐서 펼쳐지는 변화해 마지않는 인생의 만화경을 바라보며 건들건들 돌아다녔다. 사소한 곳에 눈길이 미치는 날카로운 관찰과 섬세하고 교묘한 추리의 힘에서 나오는 홈즈의 독특한 이야기를 듣고 있노라면 나는 싫증나는 줄을 몰랐다.

베이커 거리에 돌아온 것은 10시 조금 지나서였다. 문간에 사륜마차가 멎어 있었다.

"음! 의사의 마차야. 전과(全科) 개업의인 듯싶군." 홈즈는 말했다. "개업한 지는 얼마 되지 않지만 번창하고 있나보군. 의논하러 온 걸 거야. 마침 알맞게 돌아왔네!"

나는 홈즈의 방식에는 어지간히 익숙해져 있었으므로 그 추리의 순서를 곧 알았다. 마차 안의 램프 아래 걸린 버드나무 바구니에 들어 있는 의료기구의 종류며 상태로부터 이와 같이 재빠른 추정을 내렸던 것이다. 2층의 창문에 불이 켜져 있는 것을 보면, 이 늦은 방문이 우리들을 만나기 위해서라는 것도 알 수 있었다. 이런 시간에 무슨 용건으로 의사가 찾아왔을까 하고 조금 호기심을 갖고서, 나는 홈즈의 뒤를 따라 우리들의 방으로 들어갔다.

들어갔더니 갈색 구레나룻을 기른 창백하고 갸름한 얼굴의 사나이가 난롯가의 의자에서 일어섰다. 나이는 서른 남짓일 테지만 초췌한 표정, 건강하지 못한 얼굴빛은 정력을 빨아내고 청춘을 빼앗아 버린 정도의 생활을 말해 주고 있었다. 초조해 하고 수줍어하는 태도는 신경질적인 신사라는 느낌을 주었고, 일어날 때 맨틀피스에 올려놓은 희고 가느다란 손은 의사라고 하기보다는 예술가의 손이었다. 차분하고 수수한 복장인데, 검은 프록코트에 거무스름한 바지, 넥타이만이 조금 색깔이 있는 조화를 이루고 있었다.

"잘 오셨습니다, 닥터." 홈즈는 기쁜 듯이 서둘러 말했다. "2, 3분 기다리시게 한 것만으로 끝난 것이 무엇보다도 다행입니다."

"저의 마부와 이야기를 하셨군요."

"아니오, 그걸 가르쳐 준 것은 그 옆 테이블의 촛불입니다. 자, 앉으십시오."

"저는 퍼시 트레벨리안이라는 의사인데," 하고 방문자는 말했다.

"브르크 거리 403번지에 살고 있습니다."

"그러면 원인 불명의 신경 장해에 관해 논문을 쓰신 분이겠군요?" 내가 물었다.

그는 자기의 저술이 알려져 있다는 기쁨으로 창백한 볼에 갑자기 핏기가 올랐다.

"그 논문에 대해선 도무지 들은 바가 없으므로 매장되어 버린 것으로만 생각하고 있었습니다." 그는 말했다. "출판사 쪽에서도 아주 안 팔린다고 하므로 낙담하고 있었지요. 그러면 당신도 역시 의학 계통에 종사하고 계십니까?"

"퇴역한 외과 군의입니다."

"저는 죽 신경과를 제가 전공으로 삼고 있습니다. 물론 할 수 있는 일부터 해나가지 않으면 안 됩니다만. 그러나 이런 일을 말씀드리고 있을 때가 아니오. 홈즈 씨, 당신의 시간이 귀중하다는 건 잘 알고 있습니다. 실은 브르크 거리에 있는 제 집에 최근 굉장히 이상한 일이 연달아 일어나서, 오늘 밤은 마침내 한시라도 빨리 의논을 해서 도움을 청하지 않으면 안 될 판국에까지 이르고 말았습니다."

셜록 홈즈는 의자에 앉아 파이프에 불을 붙였다. "의논에도 응하고 도움도 드리지요." 그리고 덧붙였다. "어서 난처하신 사정을 자세히 들려 주십시오."

"개중에는 너무나 시시한 일이라서……" 하고 트레벨리안 씨는 말했다. "말씀드리기조차 부끄러운 것도 있습니다. 그러나 일의 경과가 참으로 불가해할 뿐 아니라 최근엔 또 굉장히 복잡하게 되었으므로, 모든 걸 말씀드리고 본질적인 것과 그렇지 않은 일의 판별을 맡기고자 합니다.

먼저 학생 시절의 일부터 이야기해야 하겠군요. 저는 런던 대학 출신입니다만, 학생시절에 교수들로부터 매우 장래를 촉망받고 있었다고 말씀드려도 결코 건방진 자랑을 하고 있는 게 아니라는 걸 알아주시리라고 믿습니다. 졸업 후에도 킹즈 칼리지의 병원에서 말단의 일부터 해 가며 연구를 계속하여, 다행히도 강직성 경련의 병리 연구로 상당히 주목을 받기고 했죠. 그러다가 마침내는 지금 이분께서 말씀하신 신경 장해에 관한 논문으로 브루스 핀커턴 상(賞)과 메달을 받기도 했습니다. 모두들 그 당시 전도가 양양한 것으로 알고 있었다고 해도 결코 과장은 아닐 것입니다.

다만 자금이 부족하다는 커다란 장해가 있었습니다. 쉽사리 헤아려 주시리라고 생각합니다만, 전문의로서 성공하려면 캐번디시 광장 근처인 12, 3번지 거리의 어딘가에서 개업하지 않으면 안 되고, 그러자면 또 막대한 액수의 집세며 시설비가 듭니다. 이 최초의 지출에 덧붙여 몇 년은 먹고 살 만한 생활비와 초라하지 않은 마차와 말도 갖고 있지 않으면 안 됩니다. 이런 일은 도저히 불가능한 것이었기 때문에 저의 목표로서는 10년 동안에 단지 간판을 내걸 정도의 저축이나 할 수 있도록 하고 싶다는 게 고작이었습니다. 그런데 갑자기 뜻하지 않은 일이 생기어 새로운 전망을 갖게 되었던 것입니다.

브레신턴이라는 이름의 전혀 모르는 신사의 방문을 받고 나서부터지요. 그는 어느 날 아침 저의 방을 찾아와서 느닷없이 용건을 꺼냈습니다.

'당신은 저 빼어난 업적을 올리고 최근엔 훌륭한 상을 탄 퍼시 트레벨리안 선생이시죠?' 저는 '그렇습니다' 하고 목례를 했습니다.

'솔직하게 대답해 주십시오.' 그는 말을 이었습니다. '그러는 편이 이득이 될 겝니다. 당신은 성공하기에 족한 좋은 두뇌를 갖고 계신데, 얼렁뚱땅하는 재간도 갖고 계십니까?'

너무나도 무례한 질문에 저는 그만 웃고 말았습니다.

'남만큼은 있다고 생각합니다만,' 하고 저는 말했습니다.

'무언가 나쁜 버릇은 없습니까. 술을 좋아하시지는 않을 테죠.'

'천만에요.' 저는 큰 목소리로 말했습니다.

'좋습니다. 그걸로 좋다고 하고――꼭 물어 둬야 하겠기에 그러는 겁니다. 그건 그렇고, 이 정도 자격이 있으신데 왜 개업을 않고 계십니까?'

저는 어깨를 움츠렸습니다.

'오,' 그는 그 독특하고 수선스러운 태도로 말했습니다. '흔히 있는 이야기지. 머리는 가득, 주머니는 빈털터리, 바로 그것이겠죠. 브르크 거리에서 개업을 시켜 드리면 어떻게 하시겠소.'

저는 깜짝 놀라서 상대편을 말끄러미 쳐다보았습니다.

'아니 아니, 그것은 당신을 위해서가 아니라 나를 위해서요.' 그는 외쳤습니다. '무엇이든 털어놓고 말할까 하는데, 그것으로 당신이 좋다면 나로서도 매우 형편이 좋다 이 말씀이지요. 실은 투자하고 싶은 돈이 몇천 파운드 있는데 말이오, 그것을 당신에게 쏟아넣으려는 것이지요.'

'어째서이지요?' 저는 마음이 들떠서 물었습니다.

'뭐, 다른 투자와 마찬가지요, 다른 것보다 안전하기도 하고…….'

'그래, 제가 할 일은?'

'아무튼 들어 보십시오. 내가 집을 빌리고, 설비를 하고, 종업원을 고용하는 등 경영을 일체 맡아합니다. 당신은 진찰실의 의자에 앉아 있기만 하면 됩니다. 용돈 같은 것도 모두 드리겠습니다. 그리고 수입의 4분의 3을 나에게 주고 나머지 4분의 1을 당신이 갖는 것이오.'

이와 같은 것이 홈즈 씨, 브레신턴이라는 사나이가 가져온 이야기입니다. 그리고 나서 흥정이며 거래의 경과는 지루하실 것이므로 생략합니다. 어쨌든 성모 수태고지 축일(Lady Day, 3월 25일, 천사 가브리엘이 성령에 의한 예수의 잉태를 성모 마리아에게 알려 준 기념일) 날, 저는 지금의 집으로 이사 와서 대략 그가 말한 대로의 조건으로 개업했습니다.

브레신턴도 입원 환자로 한집에 살게 되었습니다. 심장이 나쁜 모양으로 줄곧 의사의 시중이 필요하다는 것이었습니다. 2층의 제일 좋은 방을 두 개 차지하고 자기의 거실과 침실을 만들었습니다. 기묘한 버릇이 있는 사나이로서 남과 함께 있기를 즐기지 않았고 좀처럼 외출도 하지 않았습니다. 생활은 불규칙하지만 한 가지 점만은 참으로 규칙적이었죠. 매일 밤 정해진 시간에 진찰실에 나타나서 장부를 조사하고 그날의 수입 중에서 1기니 당 5실링 3펜스만 남기고 나머지는 자기 방의 금고에 집어넣는 것이었습니다.

그가 자신의 투자를 한 번도 후회하는 일이 없었던 것은 확실하다고 생각합니다. 처음부터 성공이었습니다. 두서넛 좋은 환자가 단골이 되었으며 대학 병원 시절에 평판을 얻고 있었으므로 저는 곧 유명해져, 요 한두 해 사이에 그를 완전히 부자로 만들어 주었습니다.

이와 같은 것이 홈즈 씨, 저의 경력과 그리고 브레신턴 씨와의 관계입니다. 나머지는 오늘 밤 찾아뵙게 된 용건입니다.

2, 3주일 전이었습니다만, 브레신턴 씨가 어딘지 모르게 몹시 이성을 잃은 태도로 저의 방에 들어왔습니다. 같은 웨스트엔드에 강도가 들었다고 하며 필요 이상으로 흥분해서, 하루라도 빨리 창문과 문에 좀더 튼튼한 빗장을 달아야만 한다는 것이었습니다. 그로부터 일주일가량 이상하게 안절부절못하는 태도로, 창문을 통해서 쉴새없이 밖을 기웃거리며 그때까지 저녁 식사 전에 가벼운 산책을 나가던 것도 그만두고 말았습니다. 그 상태로 보아 무슨 일인가를——혹은 누군가를 몹시 겁내고 있는 거라고 생각했습니다만, 그것을 물으면 싫어하는 얼굴빛이 되므로 내버려 두는 수밖에 없었습니다. 날이 지남에 따라 차츰 공포도 가셨는지, 본래의 습관으로 되돌아갔습니다. 그러던 차에 새로이 사건이 생긴 것이 계기가 되어 가엾을 만큼 의기소침해지고 말아서, 지금도 그대로인 것입니다.

새로운 사건이란 이렇습니다. 이틀 전에 저는 이제부터 읽어 드릴 편지를 받았습니다. 날짜도 이름도 없습니다.

'영국에 머무르고 있는 러시아 인의 한 귀족이 퍼시 트레벨리안 선생에게 진찰을 받고자 합니다. 수년 동안 강직성 경련의 발작에 시달리고 있는데, 트레벨리안 선생이 이 방면의 권위자라고 들었습니다. 내일 밤 6시 15분쯤 찾아뵙고자 하오니 시간을 내주시어 집에 계셔 주시기 바라겠습니다.'

강직성 경련의 연구로서 가장 어려운 점은 환자가 적다는 것이므로, 이 편지에 굉장히 흥미를 느꼈습니다. 그러므로 지정한 시간에 종업원이 환자를 안내하여 왔을 때, 제가 진찰실에서 기다리고 있었던 것은 짐작하신 대로입니다.

상당히 나이 든 사람인데 비쩍 마르고 고지식해 보이는 흔해 빠진 풍채로서——러시아 귀족 같은 느낌은 전혀 없었습니다. 그것보다도 동행인 남자 쪽에 강한 인상을 받았습니다. 키가 큰 청년입니다만, 눈이 번쩍 뜨일 만한 용모로서 가무잡잡하고 야무지게 생긴 얼굴, 헤라클레스 그대로인 좋은 체격을 가졌습니다. 들어올 때 노인을 부축하고 있었습니다만, 앉을 때도 겉보기와는 딴판으로 다정스러운 태도로 도와 주는 것이었습니다.

'선생님, 마음대로 들어와서 죄송합니다.' 그는 조금 서투른 영어로 말했습니다. '이분은 저의 아버지입니다만, 아버지의 건강은 제게 더할 데 없이 소중한 것입니다.'

저는 이 효성스러운 마음에 감동했습니다. '그러면 진찰하는 동안 옆에 계시겠다는 거로군요.' 저는 말했습니다.

'당치도 않으신 말씀!' 그는 오싹하는 몸짓으로 외쳤습니다. '입으로 말할 수 없을 만큼 고통스러운 일이지요. 아버지의 무서운 발작을 보기라도 한다면 저는 그대로 죽고 말 겁니다. 저의 신경은 남다르게 민감하답니다. 아버지를 진찰하시는 동안 대합실에 있게 해주십시오.'

물론 저는 동의를 했고, 청년은 물러갔습니다. 그래서 저는 환자에게 병세를 묻고 일일이 남김없이 적었습니다. 아무래도 별로 머리가 좋은 편은 아닌 모양으로서, 대답도 어쩌다가는 애매해지곤 했습니다만 이것은 영어를 잘 모르는 탓이라고 생각했습니다. 그런데 질문하면서 펜을 달리고 있는 사이, 돌연 대답을 하지 않으므로 얼굴을 들어 보았더니, 놀랍게도 의자 위에 막대기를 삼킨 것처럼 뻣뻣해져서 도무지 무표정하게 굳어진 얼굴로 저를 쳐다보고 있는 게 아니겠어요. 다시금 괴기한 병의 손아귀에 잡혔던 것입니다.

제가 맨 처음 느낀 감정은 지금 말씀드렸던 것처럼 동정과 공포였습니다. 그러다가 그 다음에는 직업적인 만족으로 바뀌었던 모양입니다. 맥박과 체온을 기록하고 근육의 경직 상태를 살피고 반사작용을 검사했습니다. 어느 것이나 눈에 띄게 다른 데는 없었고 지난날의 경험과 잘 들어맞았습니다. 이와 같은 경우 초산(硝酸) 알루미늄의 흡입으로 좋은 효과를 올리고 있으므로, 이번에도 그 효력을 실험하는 절호의 기회라고 생각했습니다. 약병을 아래층 실험실에 놓아 두었기 때문에 환자를 의자에 남겨 두고 가지러 뛰어내려갔습니다. 찾아 내는 데 조금 시간이 걸려서——글쎄, 5분쯤 걸렸을까요——한참만에 돌아왔습니다. 그런데 놀랍게도 방이 텅 비어 있고 환자가 없어져 있지 않겠습니까!

물론 곧 대합실로 뛰어갔습니다. 아들도 사라지고 없었습니다. 현관의 문은 닫아 놓기는 했지만, 빗장을 걸지는 않았습니다. 종업원은 갓 채용한데다가 그리 똑똑한 편이 아닙니다. 제가 벨을 울리면 그제야 뛰어올라와서 환자를 배웅하곤 하는 것이었습니다. 아무 소리도 들리지 않았다고 하므로, 정말이지 수수께끼 같은 사건이 되어 버렸습니다. 잠시 지나서 브레신턴 씨가 산책에서 돌아왔습니다만, 이 일에 대해선 아무것도 이야기하지 않았습니다. 왜냐하면 솔직히 말해서 저는 최근 되도록 대화를 피하려 하고 있었으니까요.

그런데 이 러시아 인 부자와 두 번 다시 만나리라고는 생각도 해보지 않았으므로, 오늘밤 똑같은 시간에 어젯밤과 똑같은 모습으로 두 사람이 진찰실에 들어왔을 때, 저의 놀라움이 어떤 것이었는지는 상상하시기 어렵지 않으시겠지요.

'어제는 갑자기 돌아가 버려서 뭐라고 사과 말씀을 드려야 할지 모르겠습니다' 하고 환자는 말했습니다.

'정말로 깜짝 놀랐지요.' 저는 말했습니다.

'네, 실은,' 그는 말했습니다. '언제나 발작이 끝난 뒤는 머리가 멍해져서 그때까지의 일을 도무지 모르게 된답니다. 정신이 나서 보니까 어쩐지 낯선 방에 있다는 생각이 들어서 당신이 계시지 않는 동안 꿈결 같은 심정으로 밖으로 뛰쳐나가고 말았습니다.'

'저도,' 하고 아들이 말했습니다. '아버지가 대합실 앞을 지나가시는 것을 보고 진찰이 끝난 거라고 생각했습니다. 집에 돌아가서야 겨우 사정을 알았던 겁니다.'

'아닙니다.' 저는 웃으며 말했습니다. '좀 어리둥절했을 뿐 별로 피해가 있었던 건 아닙니다. 그럼, 당신은 대합실에 가 계시고 진찰을 계속합시다. 어제는 도중에서 중단하고 말았으니까요.'

그리하여 30분 가량 노신사의 병상을 본인과 함께 검토하고 처방을 써주고 나서 아들의 부축을 받으며 돌아가는 것을 배웅했습니다.

말씀드렸던 대로 브레신턴 씨는 언제나 이 시각에 산책하기로 하고 있습니다. 얼마 지나지 않아 돌아와서 2층으로 올라갔습니다. 그런데 느닷없이 달려내려오는 소리가 들리더니 미친 사람처럼 당황하여 진찰실로 뛰어들어왔습니다.

'내 방에 들어간 게 누구요?' 그는 외쳤습니다.

'아무도 없습니다.' 저는 말했습니다.

'거짓말 마오.' 그는 고함을 질렀습니다. '와 보시오.'

공포에 제 정신이 아닌 눈치였으므로 저는 이런 말투를 너그럽게 보아 주었습니다. 뒤따라서 올라가자, 그는 엷은 색깔의 깔개에 나 있는 몇 개인가의 발자국을 손가락질해 보였습니다.

'이것이 내 발자국이란 말인가요?' 저는 큰 목소리로 말했습니다.

확실히, 아무리 보아도 브레신턴의 발자국으로서는 큰 편이고 또 분명히 금방 난 자국이었습니다. 오늘 오후는 아시다시피 비가 억수같이 쏟아져서 환자 말고 손님은 없었습니다. 그렇다면 대합실에서 기다리고 있던 사나이가 무슨 이유에서인지 모르지만, 제가 환자를 진찰하고 있는 동안에 입원 환자의 방으로 올라갔을 게 분명합니다. 아무것도 만지거나 가져가지는 않았지만 어쨌든 발자국이 나 있으므로 사람이 들어갔던 일만은 확실합니다.

누구라도 이런 일이 있으면 차분히 있을 수 없을 것이 틀림없습니다만, 그렇긴 하더라도 브레신턴 씨의 당황하는 모습이란 보통 예사로운 것이 아니었습니다. 팔걸이의자에 앉아 정말로 울음을 터뜨리는 바람에 조리있는 이야기를 꺼낼 수도 없었지요. 이곳을 찾아오게 된 것도 그가 말했기 때문입니다. 저는 그가 말한 만큼 중대한 일이라고는 생각지 않고 있습니다만, 어쨌든 무척 기묘한 사건이므로 곧 동의를 했던 것입니다. 제 마차로 와 주실 수 없겠습니까? 이 이상한 사건의 설명이 되리라고는 생각지 않습니다만 그 사람의 마음을 가라앉힐 수는 있을 테니까요."

셜록 홈즈는 이 긴 이야기를 열심히 듣고 있었는데, 그 태도로 보아 몹시 흥미를 느끼고 있다는 것을 알았다. 얼굴은 태연한 그대로이지만, 눈꺼풀은 더욱 더 무겁게 눈 위에 늘어뜨려지고, 의사의 이야기가 재미있는 데에 이를 적마다 파이프에서 한결 짙은 연기가 뭉게뭉게 피어오르는 것이었다.

손님이 이야기를 끝내자 말도 않고 성큼 일어서서는 모자를 집어 나에게 건네고, 자기 것을 움켜잡더니 트레벨리안의 뒤를 따라 나갔다. 15분 가량 가서 브르크 거리의 의사 집 앞에서 내렸는데, 예상했던 대로 웨스트 엔드의 개업의라면 머리에 떠오름직한 어두운 빛깔의 정면이 평평한 집이었다. 조그마한 종업원이 문을 열어 주어, 우리들은 곧 고급 양탄자를 깐 계단을 올라가기 시작했다.

그런데 기묘한 방해가 있어, 우리는 우뚝 서 버리고 말았다. 계단 위의 불이 갑자기 꺼지더니 어둠 속에서 떨리면서도 카랑카랑한 목소리가 들려 왔던 것이다.

"여기 권총이 있다" 하고 목소리는 외쳤다. "한 발이라도 가까이 오면 쏠 테다."

"무슨 난폭한 짓입니까, 브레신턴 씨." 트레벨리안이 외쳤다.

"아, 선생이었구려." 적이 안심한 듯한 목소리가 되었다. "하지만 같이 오신 분들은 틀림없이 수상한 사람이 아닐 테죠?"

어둠 속에서부터 지그시 살피고 있는 낌새가 느껴졌다.

"좋아, 알았습니다." 겨우 목소리는 말했다. "올라오십시오. 저의 경계에 기분을 상하지는 말아 주십시오."

이렇게 말하며 계단의 가스등을 켜고 우리들의 눈앞에 이상한 풍모의 사나이가 모습을 나타냈는데, 그 거동은 목소리 못지않게 신경의 혼란스러움을 말해 주고 있었다. 몹시 뚱뚱했지만 전에는 좀더 뚱뚱했던 모양으로, 얼굴 군데군데 그레이하운드 개의 볼때기 모양 군살이 늘어져 있다. 불건강한 얼굴빛에 숱이 적은 갈색 머리털이 감정의 심한 동요 때문에 곤두서 있는 게 보였다. 손에 권총을 들고 있었으나 우리들이 가까이 가자 주머니에 집어넣었다.

"안녕하시오, 홈즈 씨." 그는 말했다. "일부러 와 주셔서 정말 고맙습니다. 지금의 저만큼 조언을 필요로 하는 사람은 없을 겁니다. 트레벨리안 선생으로부터 제 방에 침입한 괘씸한 녀석에 대해서는 들으셨을 테죠."

"확실히 들었습니다." 홈즈는 말했다. "브레신턴 씨, 그 두 사나이란 어떤 자입니까? 어째서 당신을 괴롭히려고 하는 것일까요?"

"그점이라니까요." 입원 환자는 침착하지 못한 태도로 말했다. "말할 것도 없이 도무지 모르는 일이란 말입니다. 저에게 물어 보았자 소용이 없어요, 홈즈 씨."

"모르신다는 뜻입니까."

"좀 들어와 주십시오. 잠깐 들어와 주셨으면 합니다."

앞장서서 침실로 안내했는데, 거기는 넓은 방으로서 편안하게 꾸며져 있었다.

"저것을 보아 주십시오." 그는 침대 끝 가까이에 장치한 검고 큰 금고를 손가락질하며 말했다. "저는 절대로 부자가 못됩니다. 홈즈 씨——투자만 해도 지금까지 한 번밖에 한 일이 없다는 것은 트레벨리안 선생이 알고 계신 대로입니다. 그러나 저는 은행이라는 걸 믿지 않습니다. 은행 따위는 절대로 믿지 않지요. 우리끼리 이야기입니다만, 제가 가지고 있는 것은 모두 저 금고에 들어 있기 때문에, 누구인지도 모르는 놈이 이 방에 침입했다고 하면 그야말로 어떤 심정이 되는지 짐작이 가시겠지요."

홈즈는 의심스럽다는 듯이 브레신턴을 응시하며 고개를 저었다.

"저를 속이려고 하신다면 이 이야기에는 응할 수가 없겠는데요."

"그렇지만 모든 걸 말했다고 생각하는데요."

홈즈는 자못 넌더리가 난다는 태도로 홱 돌아섰다. "안녕히 주무십시오, 트레벨리안 선생."

"그럼, 아무것도 조언해 주시지 않는 겁니까?" 브레신턴이 당황한 목소리로 외쳤다.

"사실대로 이야기하시라고만 말씀드리겠습니다."

1분 후에는 우리들은 어느새 집을 향해 걷고 있었다. 옥스퍼드 거리를 지나 할레 거리의 중간쯤에 오기까지 홈즈는 한 마디도 입을 열지 않았다.

"이처럼 바보스럽게 헛걸음을 시켜 미안하네, 왓슨." 홈즈는 입을 열었다. "밑바닥을 캐면 재미있는 사건이긴 하지만."

"나로서는 도무지 모르겠어." 나는 정직하게 말했다.

"알겠나, 무언가 곡절이 있어 이 브레신턴이라는 놈을 노리고 있는 사나이가 둘——더 있을지도 모르지만, 적어도 두 사람이 있는 건 명백하네. 처음에도 그 다음에도 젊은 사나이가 브레신턴의 방에 들어갔고, 그 사이 단짝이 교묘한 책략으로 의사를 붙잡아 놓고 있었다는 것도 틀림이 없을 거야."

"그럼, 강직성 경련이란 것은?"

"꾀병일세, 왓슨. 전문가인 트레벨리안에게 이런 말을 해주고 싶은 마음은 들지 않지만 말이야. 아주 어렵지 않게 흉내낼 수 있는 병이지. 나도 직접 해본 일이 있어."

"그래?"

"순전한 우연으로, 브레신턴은 두 번 모두 집에 없었네. 진찰을 받는 것으로서 이상한 시간을 택한 것은, 대합실에 다른 환자가 있으면 곤란하기 때문이 틀림없어. 그런데 우연히 이 시간이 브레신턴이 건강을 위해서 산책을 하는 시간과 겹치고 말았던 셈인데, 녀석들은 그의 일과를 잘 몰랐던 모양이야. 말할 나위도 없이 단순한 도둑질이 목적이었다면 뒤적거린 자취가 무언지 남아 있을 거야. 그리고 사람이 자기 몸의 위험에 겁내고 있을 때에는 눈을 보면 아네. 설마 이 사나이가 이와 같이 가공할 만한 두 명의 적이 나타난 일에 관해 자신이 그 까닭을 모르고 있다고는 생각할 수 없어. 그러므로 그는 그 두 명이 누구인지 알고 있고, 이유가 있어 그것을 숨기고 있다고 생각되네. 내일이 되면 좀더 털어놓을 마음이 될지도 모르지."

"하지만 다른 방향으로 생각할 수는 없을까." 나는 말해 보았다.

"엉뚱한 것임에는 틀림없지만, 성립되지 않을 것도 없다고 생각되네. 강직성 경련의 환자인 러시아 인과 그 아들은 전부 트레벨리안이 꾸며 낸 이야기이고, 그 자신 목적이 있어 브레신턴의 방에 들어간 것이라고 한다면?"

내가 이렇게 말한 희한한 새 전개를 듣고서, 홈즈가 유쾌한 듯이 히죽거리는 게 가스등의 불빛으로 보였다.

"여보게." 그는 말했다. "그것은 내가 처음에 생각한 설명의 하나인데, 트레벨리안의 이야기가 거짓말이 아님은 곧 알았네. 예의 젊은 사나이가 계단의 양탄자 위에 발자국을 남기고 있으므로, 방 안에 남긴 쪽을 보여 달랠 필요는 전혀 없어지고 말았던 것일세. 이 사나이의 구두는 브레신턴의 것처럼 발부리가 뾰족하지 않고 네모진 것이었으며, 의사의 구두보다 1인치 3분의 2은 크네. 그렇다면 그가 실재 인물이라는 것은 자네도 인정하겠지. 하지만 이제 이 문제는 내일로 미루세. 아침이 되어 브르크 거리로부터 아무런 연락도 해 오지 않는다면 그야말로 이상하다고 해야 할 걸세."

셜록 홈즈의 예언은 꼭 들어맞았으며 그것도 극적인 적중이었다. 이튿날 아침 7시 반, 아침 햇빛이 겨우 퍼지기 시작했을 무렵 가운 차림의 홈즈가 나의 침대 곁에 서 있었다.

"왓슨, 마차가 기다리고 있네" 하고 그는 말했다.

"아니, 어떻게 된 건가?"

"브르크 거리 사건 말일세."

"무언가 새로운 소식이 있었나?"

"비극적인 소식인데, 애매하거든." 블라인드를 올리면서 그는 말했다. "이것을 보게나——수첩을 한 장 찢어 '부탁합니다, 곧 와 주십시오. P T'라고 연필로 휘갈겨 썼네. 트레벨리안 선생은 간신히 이것만 썼던 걸세. 자, 어서 가세, 급한 호출이니까."

15분 후에 의사의 집에 닿았다. 트레벨리안은 얼굴에 공포를 떠올리고 뛰어나왔다.

"일이 정말 복잡하게 되고 말았습니다!" 그는 양쪽 관자놀이에 손을 대고 외쳤다.

"어찌 된 일입니까?"

"브레신턴이 자살을 했습니다!"

홈즈는 휙 휘파람을 불었다.

"밤 사이 목을 매고 말았지요."

우리들은 안에 들어갔다. 의사는 앞장서서 대합실인 듯싶은 방으로 안내했다.

"제가 무엇을 하고 있는지 도무지 영문을 모르게 되었습니다." 그는 말했다. "경찰관이 벌써 2층에 와 있습니다. 참으로 무서운 일입니다."

"언제 발견했지요?"

"그는 매일 아침 일찍 차를 가져오게 하는 습관이 있습니다. 7시쯤 종업원이 들어갔더니 방 복판에 매달려 있더랍니다. 언제나 무거운 램프가 걸려 있던 갈고리에 밧줄을 붙들어매고 어제 보여 준 그 금고 위에서 뛰어내렸던 거지요."

홈즈는 잠깐 생각에 잠겼다.

"지장이 없다면," 하고 그는 입을 열었다. "2층에 올라가서 사건을 조사해 보고 싶군요." 우리는 계단을 올라갔고 의사도 뒤따라왔다.

침실문을 열고 한 걸음 들어가자 무서운 광경이 기다리고 있었다. 이 브레신턴이라는 사나이에게서 받는 물컹한 느낌에 관해서는 이미 말했다고 생각된다. 갈고랑이에 매달려 있는 걸 보자 그 느낌은 더욱 더 강해져서, 그것이 인간이라고는 여겨지지 않을 정도였다. 목은 영락없이 털을 잡아뜯긴 닭처럼 축 늘어졌고, 그것에 비하여 몸뚱이 쪽은 더욱 더 뒤룩뒤룩하니 꼴불견으로 보였다. 긴 잠옷을 입고 있을 뿐인데 그 아래로부터 부어오른 두 발목과 보기 흉한 다리가 경직되어 쑥 내밀고 있다. 그 옆에 동작이 날쌔 보이는 경감이 서서 무언가 수첩에 적고 있었다.

"아, 홈즈 씨입니까." 나의 친구가 들어가자 경감은 말을 걸었다. "잘 와 주셨습니다."

"좋은 아침이로군요, 라너 씨." 홈즈는 그의 인사에 대꾸했다. "방해가 되지는 않겠죠. 일이 이렇게 된 것에 관해 여러 가지 경위를 들었습니까?"

"네, 조금은 들었습니다."

"무언가 생각이 정리되었습니까?"

"제가 본 바로서는, 이 사람은 공포로 정신이 이상해졌던 것 같아요. 보시다시피 분명히 침대에서 잤던 모양입니다. 그 흔적이 뚜렷이 남아 있죠. 알고 계시다시피 자살은 아침 5시쯤이 제일 많습니다. 이 사람이 목을 맨 것도 대략 그 무렵이겠지요. 꽤 꼼꼼히 준비를 하고서 감행했던 것 같습니다."

"근육의 경직 상태로 보아 죽은 지 3시간쯤이라고 생각됩니다." 나는 말했다.

"방 안에서 무언가 발견한 점은?" 홈즈가 물었다.

"세면대 위에 드라이버와 나사못이 몇 개 있었습니다. 그리고 밤새도록 담배를 몹시 피웠던 모양이오. 여기 담배 꽁초를 난로에서 네 개나 주워 놓았습니다."

"으음!" 홈즈는 말했다. "시가 파이프는 발견되었나요?"

"아뇨, 보이지 않는데요."

"그럼, 시가 케이스는?"

"윗도리의 주머니에 있더군요."

홈즈는 케이스를 열고 한 개비만 들어 있던 시가를 코에 가져갔다.

"음, 이것은 하바나로군. 하지만 꽁초는 네덜란드 인이 동인도의 식민지로부터 가져오는 색다른 종류야. 아시다시피 보통 보리짚으로 감겨져 있고, 다른 종류와 비교하여 길이에 비해서 가느다랗게 되어 있죠." 홈즈는 네 개의 꽁초를 주워 올려 주머니의 확대경을 꺼내어 조사했다.

"두 개비는 파이프로 피운 것인데, 다른 두 개비는 직접 피웠군요." 그는 말했다. "두 개비는 그다지 잘 들지 않은 나이프로 잘랐지만, 다른 두 개비는 튼튼한 이빨로 끝을 깨물어 끊었지요. 이것은 자살이 아니오, 라너 씨. 굉장히 용의주도하게 계획되고 극히 냉혹하게 행해진 살인입니다."

"설마!" 경감은 외쳤다.

"왜요?"

"사람을 죽여서 천장에다 매달다니, 그런 서투른 짓을 누가 할까요?"

"이제부터 그걸 조사해 보아야 하는 겁니다."

"어떻게 들어왔을까요?"

"현관으로."

"아침에 보았을 때에는 빗장이 걸려 있었습니다."

"그렇다면 범인들이 나간 뒤에 잠갔던 겁니다."

"어떻게 압니까?"

"그들의 발자국을 보았던 거지요. 잠깐 기다려 주시오. 이 점에 관해 좀더 자세한 것을 설명할 수 있다고 생각합니다."

홈즈는 문 있는 데로 가서 자물쇠를 돌리며 늘 그러듯 면밀한 방식으로 조사했다. 다음에는 방 안에 꽂혀 있던 열쇠를 뽑아서 이것도 조사했다. 침대며 양탄자며 의자며 맨틀피스, 시체, 밧줄을 차례로 조사하고 나서 그제야 이것으로 충분하다고 말하고는, 나와 라너 경감의 도움을 빌어 밧줄을 끊고 가엾은 시체를 내린 다음 정중히 눕히고서 시트를 씌웠다.

"이 밧줄은 어떻게 된 것일까?" 홈즈는 물었다.

"여기서 끊어 낸 거지요." 트레벨리안 의사는 이렇게 말하며 침대 밑에서 큼직한 밧줄 다발을 끌어냈다. "병적으로 화재를 겁내서 말입니다. 만일 계단에 불이 났을 때는 창문으로 피신할 수 있도록 언제나 이것을 곁에 두고 있었습니다."

"그걸로 범인도 수고를 던 셈이군." 홈즈는 생각에 잠기면서 말했다. "사실은 명백하니까 그 이유도 오후까지는 반드시 알려 드릴 수 있을 것입니다. 맨틀피스 위에 있는 브레신턴의 사진은 조사에 도움이 될 것 같으므로 가져갑니다."

"하지만 아직 아무것도 말씀해 주지 않으셨잖습니까?"

의사가 외쳤다.

"아, 사건의 경과에 관해서는 아무 의심할 점이 없습니다." 홈즈는 말했다. "세 명이 관계하고 있습니다. 젊은이와 노인과 또 하나입니다만, 이 세 번째의 사나이가 누구인지는 단서가 없습니다. 처음의 두 명은 말할 나위도 없이 러시아의 백작 부자로 둔갑한 녀석들로서, 인상이 완전히 밝혀져 있는 셈이죠. 집 안에 공모자가 있어, 끌어들였던 겁니다. 경감님, 종업원을 체포하시는 게 좋을 것입니다. 아마도 최근에 고용하셨겠죠, 의사 선생님."

"그 녀석이 보이지를 않는군요." 트레벨리안은 말했다. "하녀와 요리사가 아까부터 찾아다니고 있습니다."

홈즈는 어깨를 움츠렸다.

"그는 이 1막극에서 상당히 중요한 역을 맡았어요." 그는 말했다. "세 사람은 살금살금 계단을 올라갔습니다. 나이 많은 사나이가 선두, 젊은이가 두 번째, 끄트머리에 이 미지의 사나이가——."

"이봐, 홈즈." 나는 무의식중에 참견을 했다.

"아냐, 발자국이 포개진 상태로 봐서 의심할 여지가 없어. 나는 어젯밤 어느 것이 누구의 발자국인지 조사해 두었으니까 말이야. 그래서 그들은 브레신턴 씨의 방까지 올라왔었는데 문에는 쇠가 채워져 있었네. 그러나 철사를 사용하여 교묘히 자물쇠를 돌렸던 거야. 확대경으로 보지 않더라도 열쇠 구멍 안의 돌기에 긁힌 자국이 있으므로 어디를 강하게 밀어붙였는지 알 수 있을 게야.

방에 들어가 맨 먼저 취한 행동은 브레신턴 씨에게 재갈을 물리는 일이었어. 잠들어 있었을지도 모르고 공포로 몸이 마비되어 목소리마저 나오지 않았을지도 모르지. 이 방의 벽은 두텁기 때문에 그가 한 마디 외칠 틈이 있었다 하더라도 밖에는 들리지 않았으리라고 생각되네.

브레신턴을 달아나지 못하게 하고 나서 무언가 의논을 시작했던 모양이야. 아마도 그의 처형을 정하는 재판 같은 것이었겠지. 의논이 꽤 오래 걸렸다고 볼 수 있는 것은, 그때 이 시가를 피웠을 터이므로 알 수 있지. 나이 먹은 사나이는 등의자에 앉아 있었고, 파이프를 사용했어. 청년은 맞은쪽에 앉아 장롱에 비벼 대어 재를 떨어냈지. 세 번째 사나이는 여기저기 걸어다니고 있었네. 브레신턴은 침대에 일어나 앉아 있었다고 생각되지만, 이것은 확실치가 않아.

드디어 의논 결과, 브레신턴을 천장에서부터 매달기로 했네. 미리부터 그렇게 정해 놓았기 때문에 어떤 도르래인지 모르지만, 어쨌든 교수대로 쓸 만한 것을 가져 왔었을 거야. 이 드라이버와 나사못은 도르래를 달기 위한 것이었네. 그런데 갈고랑이가 있는 걸 보고서 그 수고를 생략했을 것은 말할 나위도 없지. 작업을 끝내자 서둘러 달아났고, 그런 뒤 공모자가 빗장을 걸었던 걸세."

홈즈가 간밤의 사건을 그려 내 보이는 걸 우리들은 깊은 흥미를 느끼면서 귀를 기울였지만, 아무튼 사소한 증거로부터 끌어내오는 이야기이므로 일일이 눈앞에 증거를 제시당하면서도 좀처럼 추리의 순서를 따라가지를 못했다. 경감은 종업원의 신원을 조사하기 위해 즉각 나갔으며, 홈즈와 나는 아침 식사를 하러 베이커 거리로 돌아갔다.

"3시에는 돌아오겠네." 식사가 끝나자 홈즈는 말했다. "경감도 의사도 그 시간에는 이리로 오겠지만, 그때까지 모두 조사하여 분명치 않은 점이 하나도 남지 않도록 할 작정일세."

두 사람은 약속 시간에 왔지만, 홈즈는 4시 15분 전에 겨우 모습을 나타냈다. 그러나 들어올 때의 표정으로 보아서, 모든 일이 잘 되었음을 알 수 있었다.

"무언가 아셨습니까, 경감님?"

"종업원 녀석을 붙잡았지요."

"그거 참 잘 하셨소. 나는 어른들을 붙잡았습니다."

"붙잡았다고요!" 우리 세 사람은 한꺼번에 외쳤다.

"아, 적어도 신원만은 파악했습니다. 이 자칭 브레신턴은 생각했던 대로 경시청에 잘 알려져 있는 사나이였고, 그를 습격한 놈들도 마찬가지입니다. 세 명의 이름은 비돌, 헤이워드, 모파트라고 하지요."

"워싱턴 은행 갱이다!" 하고 경감은 외쳤다.

"그렇습니다." 홈즈는 말했다.

"그럼, 브레신턴이란 사튼이 아닙니까?"

"맞습니다." 홈즈는 말했다.

"아, 그걸로 모든 게 뚜렷해졌습니다." 경감은 말했다.

그러나 트레벨리안과 나는 무슨 일인지 몰라서 얼굴을 마주보았다.

"워싱턴 은행의 대사건은 기억하고 계시겠지요." 홈즈가 말했다. "다섯 명의 사나이가 관계되어 있었죠. 지금의 네 명과 다섯 번째인 카트라이트라는 사나이와. 수위였던 토빈이 사살되고 강도들은

7천 파운드를 빼앗아 달아났습니다. 1875년의 일입니다. 5명 모두 체포되었지만 결정적인 증거가 나타나지 않았습니다. 이 브레신턴인지 사튼인지 하는 녀석이——일당 중에서 가장 나쁜 놈이었는데——배신하고 밀고했던 거예요. 그 증거로 카트라이트는 교수형이 되고 다른 4명에겐 저마다 5년형이 언도되었습니다. 얼마 전, 형기보다 몇 년인가 빨리 출옥했으므로 배신자를 찾아내어 옛날 동료에게 복수를 하려고 마음먹었던 겁니다. 두 번 그를 습격했는데 실패하고, 세 번째 가서 이렇듯 성공한 셈입니다. 아직도 무언가 설명이 필요한 곳이 있습니까, 트레벨리안 선생?"

"모든 걸 잘 알았습니다." 의사는 말했다. "그가 몹시 당황해 하던 날이 있었습니다만, 신문으로 세 사람의 석방을 알았던 날이었군요."

"그렇습니다. 강도니 뭐니 하며 연신 말했던 것은 연막에 지나지 않았던 것이지요."

"하지만 어째서 당신에게 이야기해 버리지 않았을까요."

"그것은 말이죠, 옛날 동료의 끈질긴 집념을 알고 있었기 때문에 될 수 있는 한 누구에게도 신원을 밝히지 않으려 하였던 겁니다. 부끄러운 비밀이기도 해서 좀처럼 고백할 마음이 나지 않았겠지요. 그러나 이 같은 비열한 인간도 영국 법률의 방패 아래 살고 있었던 것에는 변함이 없습니다. 이 방패가 보호할 수 없을 만한 일이 생기더라도 아직 정의의 칼은 여기에 건재하므로 복수를 내린다는 것을 당신도 이제 보셨겠지요."

이상이 브르크 거리의 의사와 그 입원 환자에게 얽힌 기묘한 사건이다. 그날 밤 이래 세 명의 살인범에 관해서는 아무것도 경찰에 알려진 것이 없고, 런던 경시청에서는 수년 전 포르투갈 연안, 오포르토의 북방 몇 리그(영·미국에서는 1리그가 약 3마일) 지점에서 행방불명이 되어 한 사람도 생존자가 없는 불운한 기선 노라 크레이너 호의 승객 중에 섞여 있었으리라고 추정하고 있다. 종업원에 대한 재판은 증거 불충분으로 파기되었고, 당시 '브르크 거리 사건'이라고 불린 이 사건은 오늘날까지 공개적으로 자세히 취급되는 일이 없었던 것이다.

그리스어 통역

셜록 홈즈와 나는 꽤 오랫동안 친하게 지내는 사이였지만 그는 친척에 대해서 일체 입에 올리지 않았다. 어렸을 적의 생활에 관해서도 거의 이야기를 하지 않았다. 그가 그와 같은 일을 이야기하지 않는 탓으로 내가 그에게서 받는 인상은 아무래도 비정한 사나이라고 강하게 느꼈으며, 마침내는 예사로운 사람과는 동떨어진 존재, 지적으로 탁월한 것과 똑같을 정도로 인정이 결여되고 심장이 없는 두뇌뿐인 사나이라고 생각하는 일조차 있었다.

여자를 싫어하고 새로운 친구를 만드는 것을 즐기지 않는 점이 벌써 그가 정에 움직이지 않는 성격임에 틀림이 없었지만, 친척에 대해서 일체 숨기고 말하지 않는다는 건 더욱 특징적이었다. 나는 그가 살아 있는 친척이 전혀 없는 고아일 거라고 생각하고 있었기 때문에, 어느 날 그가 형에 대해서 이야기하기 시작했을 때 정말로 놀라고 말았다.

어느 여름날 저녁때, 차를 마시고 난 뒤 골프 클럽 일로부터 황도(黃道)의 경사도 변화에 이르는 밑도 끝도 없고 껑충 뛰는 식인 종잡을 수조차 없는 잡담을 하고 있는 사이, 화제가 마침내 격세 유전과 유전적 소질에까지 미쳤다. 어떤 개인의 특수한 재능이라고 하는 것이, 어느 정도까지 젊을 적의 훈련에 의하는가 하는 게 논점이었다.

"자네의 경우로 말하면" 하고 나는 말했다. "지금까지 자네가 이야기해 준 바로 볼 때, 자네의 관찰력이나 독특한 추리력은 분명히 자네 자신의 방법적인 훈련에 의한 것일 테지."

"어느 정도까지는 그렇네." 그는 생각에 잠기면서 대답했다. "내 조상은 대대로 시골의 대지주인데, 모두 그 계층에 알맞은 비슷비슷한 생활을 해 왔던 모양이야. 하지만 역시 나의 그 재능은 혈통에서부터 오고 있는 걸세. 아마 할머니로부터 이어받은 모양인데, 이 할머니는 베르네라는 프랑스 화가의 누이동생 뻘이 되지. 예술가의 혈통은 매우 색다른 인간을 낳게 하는 법일세."

"하지만 어떻게 자네의 재능이 유전에 의한 것인 줄 아나?"

"왜냐하면 내 형제인 마이크로프트만 해도 이 재능을 나보다 더 많이 가지고 있거든."

이것은 정말이지 금시초문이었다. 이같이 특이한 능력을 가진 사나이가 영국에 또 한 사람 있다고 하는데, 경찰도 세상도 지금까지 모르고 있었다니 어찌 된 셈일까? 나는 질문을 던져, 그가 겸손하여 형 쪽이 자기보다 뛰어나다고 말하는 게 아닐까 넌지시 떠보았다. 홈즈는 나의 암시를 일소에 붙였다.

"왓슨." 그는 말했다. "나는 겸손을 미덕의 하나로 치는 사람들에게는 동의할 수 없네. 논리가는 모든 사물을 있는 그대로 정확히 보지 않으면 안 되지. 자기를 실제보다 낮게 평가하는 것은 자기의 능력을 과장하는 것과 같을 만큼 진실에서 벗어난 일일세. 그러므로 내가 마이크로프트가 나보다 뛰어난 관찰력을 갖고 있다고 말했다면, 정확히 문자 그대로인 진실을 말하고 있는 거라고 해석해 주면 좋은 걸세."

"자네 동생인가?"

"일곱 살 위인 형이라네."

"이름이 알려져 있지 않은 건 어째서인가?"

"동료 사이에서는 잘 알려져 있다네."

"그렇다면, 어느 방면에서?"

"그렇지, 이를테면 디오게네스 클럽 등에서이지."

그런 이름의 클럽은 들은 일이 없다——미심쩍다는 빛이 나의 얼굴에 나타났으리라. 셜록 홈즈는 시계를 끄집어 내며 말했다.

"디오게네스 클럽은 런던에서 가장 색다른 클럽이고, 마이크로프트는 세상에도 색다른 인간 중의 하나일세. 매일 5시 15분 전부터 8시 20분 전까지는 반드시 클럽에 있지. 지금 6시니까 아름다운 밤이기도 하니, 자네가 산책이라도 나갈 생각이 있다면 신기한 클럽과 진기한 사나이를 소개해 주고 싶네."

5분 후 우리들은 거리로 나가 리젠트 광장 쪽으로 걷고 있었다.

"자네가 이상히 생각하고 있는 것은," 하고 나의 친구는 말했다. "왜 마이크로프트가 자기의 능력을 탐정 사업에 쓰지 않느냐 하는 것일 테지. 하지만 그에겐 그런 힘이 없다네."

"하지만 자네는 말했지 않은가……."

"관찰력이나 추리에 대해선 나보다 뛰어나다고 말했지. 탐정술이라는 것이 안락의자에 앉아 추리나 하고 있으면 될 뿐이라면 형은 고금에 그 유례를 찾아볼 수 없는 대탐정이 되었을 걸세. 하지만 그에게는 야심도 없거니와 정력도 없어. 자기가 풀어낸 일을 일부러 실증하려고 마음먹지도 않거니와, 수고를 들여가며 자기가 옳다는 걸 증명할 정도라면 잘못된 거라고 여기게끔 해 두는 편이 낫다고 생각하는 성질이지. 나는 몇 번이나 문제를 갖고 가서 해답을 얻어

오곤 했지만, 영락없이 들어맞았다는 걸 나중에 가서 반드시 알 수 있었네. 그런데 사건이 재판관이나 배심원의 손에 넘기기 전에 조사해 두지 않으면 안 될 실제적인 요점을 애써 종합하는 일이 절대로 불가능한 사나이지."

"그럼, 직업으로 삼고 있는 게 아니겠군."

"물론이지. 나로서는 생활의 수단이지만 형에게는 호사가의 도락에 지나지 않아. 형은 숫자에 대해 남다른 재능이 있어서, 정부의 어떤 성(省)에서 회계 장부의 검사를 맡고 있네. 펠 메일 거리에 살고 있는데 매일 아침 모퉁이를 돌아 화이트 홀 거리로 걸어서 갔다가, 매일 밤 모퉁이를 꺾어서 돌아오지. 일년내내 이 밖의 운동은 하지 않고 남의 집에 가는 일도 없어. 예외는 디오게네스 클럽, 이것은 형네 집의 맞은편에 있다네."

"아무래도 들어 본 기억이 없는 이름이야."

"그야 그럴 걸세. 자네도 알다시피 런던에는 내성적이라든가 인간혐오라든가 하는 이유로 남들 앞에 나서기를 싫어하는 이들이 꽤나 있지. 그렇다고 안락한 의자나 신간 잡지류가 아주 싫은 것은 아니거든. 디오게네스 클럽은 이와 같은 사람들의 편의를 위해서 창립된 것인데, 지금에 와서는 런던에서도 가장 사교성이 없고 무뚝뚝한 사나이들이 모여 있다네.

회원들은 조금이라도 다른 회원에게 관심을 갖는 것이 허락되지 않는다네. 내객실 이외에서는 어떠한 사정이 있더라도 대화가 금지되어 있으며, 세 번 위반을 거듭하여 그것이 위원회에 알려지면 이야기한 사나이는 제명 처분이라네. 형도 창립자의 하나이지만, 내가 가서 본 느낌으로서는 아주 마음이 편해지는 분위기였다네."

이야기를 하고 있는 사이 펠 메일 거리로 들어섰는데, 이 거리를 센트 제임스 궁 쪽에서부터 쭉 걸어갔다. 셜록 홈즈는 칼턴 클럽 조금 못 미처 어떤 문 앞에서 걸음을 멈추고, 말을 해선 안 된다고 나에게 주의를 주고서는 앞장서서 현관으로 들어갔다. 유리창 너머로 넓고 호화로운 방이 힐끔 보였는데 거기에는 꽤 많은 사람들이 저마다 자기의 조그마한 은신처에 틀어박힌 모습으로 신문 같은 것을 읽고 있었다. 홈즈는 펄 메일 거리에 면한 작은 방으로 나를 안내하자마자 이윽고 첫눈에 그의 형제임을 알 수 있는 인물을 데리고 돌아왔다.

마이크로프트 홈즈는 셜록보다 훨씬 몸집이 크고 뚱뚱했다. 몸이 뚱뚱해서 얼굴도 컸지만 어딘가 날카로운 표정——이것은 셜록의 얼굴의 두드러진 특징이다——을 간직하고 있었다. 기묘하게 밝고 엷은 잿빛 눈은 언제나 방심한 듯하나 사색적인 눈초리를 하고 있는 모양으로, 이것은 셜록이 온 힘을 기울이고 있을 때만 볼 수 있는 것이다.

"처음 뵙겠습니다." 그는 물개의 지느러미처럼 볼이 넓고 납작한 손을 내밀었다. "당신이 기록을 담당하시고 나서부터 곳곳에서 셜록의 소문을 듣지요. 그런데 셜록, 지난 주일엔 마나 하우스 사건 문제로 의논하러 올 거라고 기다리고 있었어. 너에게는 좀 무리가 아닐까 생각하고서 말이야."

"아니, 해결했어요."

나의 친구는 싱긋 웃으며 말했다.

"역시 아담스였었지?"

"네, 아담스였어요."

"처음부터 알고 있었지." 두 사람은 활 모양으로 내민 창문에 나란히 걸터앉았다. "적어도 인간을 연구하려 하는 자에겐 여기가 적격인 장소이지." 마이크로프트가 말했다. "전형적인 희한한 인물이 지나가는군. 저기 이쪽으로 걸어오고 있는 두 사나이를 보게나."

"당구의 점수 계산자와 또 하나로군요."

"맞았어. 또 한 사람은 뭐라고 생각하나?"

그 두 사나이는 창문 맞은쪽에서 발걸음을 멈추었다. 내가 보는 바로서는 한쪽 사나이의 조끼 주머니 위에 묻어 있는 초크 자국만이 게임 계산에 관계가 있는 유일한 표시였다. 또 하나는 몸집이 작고 살결이 검은 사나이로서 모자를 뒤로 젖혀 쓰고 보퉁이를 몇 개 옆구리에 끼고 있었다. 셜록이 말했다.

"군인 출신으로 보이는데요."

마이크로프트는 말했다.

"최근에 제대했어."

"인도 근무였었어요."

"하사관이지."

"병과는 포병 같군요." 셜록이 말했다.

"홀아비야."

"하지만 아이가 하나 있어요."

"하나가 아니야. 이봐, 하나가 아니야."

"아니," 나는 웃기 시작했다. "대체 어떻게 된 영문이지요?"

"뭐," 하고 홈즈가 받아서 대답했다. "그것은 쉽사리 알 수 있지. 저 뽐내는 태도며 얼굴 표정이며 햇볕에 그을린 것을 보면 확실히 군인인데 졸병은 아니고, 인도에서 돌아온 지 얼마 되지 않는 군인이라는 것 말일세."

마이크로프트가 설명했다.

"제대하여 얼마 되지 않은 증거로서 아직도 관급품인 장화를 신고 있거든."

"기병과 같은 걸음걸이는 아니지만, 모자를 옆으로 삐딱하게 쓰고 있었던 모양으로 이마의 한쪽 색깔이 희지. 저 체중으로 볼 때 공병은 아니야. 포병대에 있었을 거야."

"게다가 정식 상복을 하고 있으니 물론 아주 가까운 사람을 최근에 잃었네. 몸소 장보기를 하고 있는 것은 죽은 사람이 아내인 듯싶기도 하고, 아이들의 물건을 사 가지고 있지 않나. 방울 장난감을 갖고 있는 걸로 보면 하나는 아직도 젖먹이일세그려. 아내는 산후 증으로 죽은 모양이야. 그림책을 한 권 안고 있으니까 아이가 하나 더 있다고 생각되는군."

내 친구가 형은 자기보다 날카로운 재능을 갖고 있다고 말한 의미가 점점 이해되었다. 그는 나에게 눈짓을 하며 히죽 웃었다. 마이크로프트는 자라 등딱지로 된 상자에서 코담배를 한줌 집어 냄새를 맡고는 윗옷에 흘린 가루를 큼직하고 빨간 비단 손수건으로 털어 내며 말했다.

"그런데 셜록, 네가 달려들 것 같은 사건이 있어. 아주 기묘한 사건인데 내게 감정을 부탁하는거야. 나는 극히 철저하지 못한 방식으로밖에 추궁할 수밖에 없지만, 그래도 아주 재미있는 추리의 재료는 많이 있지. 자, 이야기를 들어 볼 생각이 있다면……."

"형님, 꼭 들려 줘요."

마이크로프트는 수첩을 한 장 찢어서 무언지 쓰더니 벨을 울려 종업원에게 내주었다.

"메라스라는 사람에게 와 달라고 심부름을 보낸 거야. 이 사람은 내 방 한 층 위에 세 들어 살고 있는데, 어쩌다 알게 된 것이 인연을 맺어 나한테 걱정거리를 의논하고 있다네. 혈통은 그리스 사람 같은데 어학에 매우 뛰어난 사람이야. 재판소 통역을 하든가 노덤빌랜드 아베뉴 근방의 큰 호텔에 숙박하는 동방인 부자들의 가이드 노릇을 하여 생계를 꾸려 나가고 있지. 그 남다른 체험담을 본인의 입으로 직접 이야기해 달라고 부탁한 거야."

잠시 있다가 키가 작고 뚱뚱한 사나이가 좌석에 참가했다. 올리브색 얼굴과 새까만 머리털이 남국 태생이라는 걸 말해 주고 있었지만, 말은 교양있는 영국인의 그것과 다름이 없었다. 열의를 나타내며 셜록 홈즈와 악수를 나누고 이 전문가가 그의 이야기를 듣고 싶어하고 있다는 걸 알자 그 검은 눈이 기쁨으로 빛났다.

"경찰이 저를 믿어 주리라고는 생각지 않아요……그것은," 그는 슬픈 듯한 목소리로 말했다. "이런 것은 결코 들은 적이 없기 때문에 있을 수 없는 일이라고 그들은 생각하는 거지요. 하지만 얼굴에 반창고를 붙인 그 딱한 사나이가 어떻게 되었는지 그것을 알기까지는 제 마음이 편치 않을 겁니다."

셜록 홈즈가 말했다.

"진지하게 듣고 있습니다."

"지금은 수요일 밤이지요." 메라스 씨는 계속했다. "그래요, 그러니까 월요일 밤——엊그제입니다——일이 생겼던 것은. 이분께서 들으셨으리라고 생각합니다만, 저는 통역을 하고 있는 사람입니다. 어떤 말이라도, 아니 거의 어떤 말이라도 통역하지만 태생은 그리스인이고 이름도 그리스 이름으로서, 주로 그리스어 관계의 통역을 하고 있습니다. 오래 전부터 런던 제일의 그리스어 통역관으로 인정받고 있으며, 호텔 계통에선 제 이름이 꽤 알려져 있습니다.

때때로 드물지도 않은 일입니다만, 말썽거리가 생긴 외국인이나 늦게 도착하여 저의 통역을 요구하는 여행자 등의 의뢰로 엉뚱한 시각에 호출되는 일이 있습니다. 그러므로 월요일 밤 라티머 씨라는, 유행 옷차림을 한 젊은 사람이 저의 집에 나타나 영업용 마차를 문간에 기다리게 하고 있다면서 동행을 요구했을 때도 별로 놀라지는 않았습니다.

그리스인 친구가 장사차 찾아왔는데, 그는 자기네 나라 말밖에 하지 못하므로 아무래도 통역이 필요하다는 이야기였죠. 집은 켄싱턴이라는 조금 먼 곳이라고 하긴 했었습니다만, 한길에 나가자 급히 나를 영업 마차에 밀어넣으면서 몹시 서두르고 있는 것 같았습니다.

지금 영업용 전세 마차라고 말했습니다만, 저는 곧 제가 탄 것이 자가용 마차가 아닐까 하는 의심을 일으켰습니다. 아무리 보아도 런던의 망신거리라고나 할 영업용 사륜마차보다 푹신푹신했고 마구도 닳기는 했으나 고급품이었습니다. 라티머 씨는 저하고 마주보고 앉았는데, 마차는 체링 크로스를 빠져 샤프츠베리 아베뉴를 달려갔습니다. 옥스퍼드 거리로 나선 곳에서, 켄싱턴으로 가는데 이렇게 가면 길을 돌게 되지 않느냐고 용기를 내어 물어 보았습니다만, 그러자마자 상대방이 이상한 행동으로 나오는 바람에 제 말은 가로막히고 말았습니다.

그는 먼저 주머니에서 납을 끓여 부은 짧고 무시무시한 곤봉을 꺼내더니 그 무게와 강함을 시험해 보듯 앞뒤로 몇 번 휘두르는 거예요. 그리고서 아무 말도 않고 그것을 옆의 좌석에 놓았습니다. 그리하여 이번에는 양쪽 유리창을 끌어올렸습니다만, 놀랍게도 밖이 보이지 않도록 완전히 종이가 발라져 있었지요.

'눈가림 같은 것을 하여 미안합니다, 메라스 씨' 하고 그는 말했습니다. '실은 당신에게 행선지를 알리고 싶지가 않아서요. 당신이 길을 아시게 되어 뒤에 또 오시든가 하면 곤란하니까요.'

짐작하실 테지만, 이런 말을 듣고 나는 정말이지 소스라치게 놀라고 말았습니다. 상대편은 힘이 세어 보이고 어깨가 떡 벌어진 젊은 사나이로서, 만일 무기가 없었다 하더라도 저 같은 게 격투하여 이길 가망은 만의 하나도 없었습니다. 저는 떠듬거리면서 말했습니다.

'아주 묘한 짓을 하시는군요, 라티머 씨. 이것이 순전한 불법 행위라는 것쯤은 아실 텐데요.'

'좀 고약한 행동일지도 모르겠군요, 확실히.'

그는 또 말했습니다.

'하지만 그만한 보상은 해 드리지요. 그러나 메라스 씨, 경고해 두겠습니다만 오늘 밤 어느 때라도 구원을 청하든가 저에게 불리한 짓을 꾀하든가 하시면, 그냥은 끝나지 않습니다. 당신이 있는 장소는 아무도 모를 것이고, 이 마차 안이든 저의 집 안이든 제 손아귀 속에 있는 데는 변함이 없다는 걸 잊지 마십시오.'

말은 잔잔했습니다만, 왠지 신경을 건드리는 듯한 표현법이라 아주 기분 나쁜 것이었지요. 이런 이상한 수법으로 저를 납치해 가는 이유는 대체 무엇일까, 하고 수상쩍어 하면서도 잠자코 앉아 있었습니다. 아무튼 저항하여도 헛일임은 뻔했고, 무슨 일이 생길 것인지 기다려 보는 수밖에 없었습니다.

어디로 향하고 있는지 도무지 짐작도 하지 못한 채 2시간 가까이 마차를 타고 있었습니다. 때로는 수레바퀴가 달그락거리는 소리로 돌이 깔린 길이라는 걸 알았고, 또 때로는 소리를 내지 않고 매끄럽게 달리므로 아스팔트 길이라고 알 수 있었습니다. 이 소리의 변화 말고는 대체 어디를 달리고 있는지 어렴풋하게나마 짐작할 방도가 전혀 없었습니다.

창문에 바른 종이는 광선을 통과시키지 않았고 앞면의 유리창에는 파란 커튼이 쳐져 있습니다. 펠 메일을 나선 것은 7시 15분 지나서였습니다만, 마차가 겨우 멎었을 때의 제 시계는 9시 10분 전을 가리키고 있었습니다.

동행한 사나이가 유리창을 열자 위에 램프가 켜진 나직한 아치형의 문이 흘끗 보였습니다. 재촉을 받고 마차에서 내리자 문이 쓱 열렸는데 들어가는 입구의 양쪽에 잔디밭과 나무들이 있었던 게 희미하니 인상에 남아 있을 뿐, 곧이어 집 안으로 들어갔었지요. 이것이 주택

가였는지 교외였는지, 거기에 대해서는 뭐라고 확실한 것을 말씀드릴 수가 없군요.

안에 들어가자 색깔 있는 등피의 가스등이 켜져 있었습니다. 불빛이 하도 가늘게 비치고 있어서 현관 홀이 꽤 넓고 그림이 몇 폭 걸려 있었던 것 말고는 아무것도 모릅니다. 그 희미한 불빛으로 문을 열어 준 것은 몸집이 작고 험상궂은 얼굴에 허리가 굽은 중년 남자라는 걸 알아볼 수 있었습니다. 이쪽을 돌아봤을 때 불빛이 번쩍 반사했으므로 안경을 쓰고 있다는 걸 알았습니다.

'이분이 메라스 씨냐, 하롤드?'

그 사나이가 말했습니다.

'그렇습니다.'

'잘했다, 잘했어! 그리고 메라스 씨, 나쁘게는 생각하지 말아 주십시오. 어쨌든 당신없이는 어쩔 수가 없어서 말이죠. 제대로 해주시기만 하면 나쁘게는 않겠어요. 그러나 쓸데없는 짓을 하면, 어떤 일이 일어나도 모릅니다.'

조급하고 신경질적인 말투로, 사이사이 킬킬거리는 웃음이 끼어들었는데, 왠지 다른 한 사람 쪽보다 좀더 무서운 느낌을 주는 것이었어요. 저는 물었습니다.

'무엇을 하라는 말씀이시죠?'

'그리스의 신사가 찾아왔기 때문에 두서너 가지 질문을 하고 이쪽에 대답을 들려 주면 되는 거여요. 다만 이쪽이 말하지 않은 것을 지껄이거나 하는 날에는'——여기서 또 킬킬 신경질적인 웃음을 끼워 넣으며——'태어난 것을 뉘우치게 될 거요.'

이렇게 말하고서 사나이는 문을 열고 굉장히 호화롭게 장식된 방으로 저를 데리고 들어갔습니다. 하지만 거기도 등불이라고는 불빛을 줄인 램프가 하나 있을 뿐이었습니다. 확실한 것은 양탄자에 발이 파묻히는 정도로 봐서도 그 방의 훌륭함을 알 수 있었습니다.
비로드로 싼 의자, 희고 높은 대리석 맨틀피스, 그리고 그 곁에 일본산 갑옷과 투구 같은 것이 한 쌍 놓여져 있는 게 눈에 들어왔습니다. 램프의 바로 아래에 의자가 있고, 나이 먹은 사나이가 거기에 앉으라고 몸짓으로 저에게 신호했습니다. 젊은 쪽은 모습을 감추었습니다만, 갑자기 다른 문으로 헐렁한 가운 같은 것을 걸친 신사를 데리고 돌아왔습니다.
신사는 천천히 우리들한테로 다가왔는데, 흐릿한 불빛의 원 둘레 속에 들어와 얼마쯤 똑똑히 보이게끔 되었을 때, 저는 그 모습을 보고서 오싹 몸서리를 치고 말았습니다. 송장처럼 창백하고 무섭게 여위어 정신력으로 겨우 체력을 지탱하고 있는 듯했으며 두 눈은 툭 튀어나와 번들번들 번쩍이는 거였어요.
하지만 이와 같은 육체적인 쇠약의 징조 이상으로 저를 오싹하게 만든 것은 그 얼굴에 열십자로 반창고가 붙여져 있는 그 괴기함, 그 중에서도 한 장 큰 것이 입 위에 붙여져 있는 것이었지요.
'하롤드, 석판을 가져왔나' 하고 이 이상한 신사가 의자에 앉았다고 하기보다도 쓰러지듯이 주저앉았을 때 나이 먹은 사나이가 소리쳤습니다. '손은 늦추어 주었을 테지. 그럼 석필을 주어라. 메라스 씨, 당신이 질문을 하고 이 자가 대답을 쓰는 겁니다. 우선 처음에 서류에 서명할 마음이 되었는지 어떤지 물어 보시오.'
사나이의 두 눈은 불길처럼 번쩍였습니다. 그는 그리스어로 석판에 썼습니다.
'단연코, 안 된다!'
저는 폭군의 명령처럼 묻습니다.
'어떤 조건이라도 말이냐?'
'내 눈앞에서 그녀가, 내가 알고 있는 그리스인 신부(神父)에 의해

결혼하는 것을 똑똑히 보지 않는 한.'

나이 먹은 사나이는 독살스러운 태도로 킬킬 웃었습니다.

'그럼, 네가 어떻게 되는지 알고 있을 테지.'

'내 일 같은 건 아무래도 좋다'

이와 같은 것이 반은 말로, 반은 필담으로 행해진 우리들의 기묘한 대화의 물음과 답의 실례입니다. 저는 몇 번이나 고집을 꺾고 서명할 생각은 없느냐고 묻지 않으면 안 되었습니다. 그리고 그때마다 똑같이 화내는 대꾸를 들었을 뿐입니다. 하지만 그러는 사이 묘안이 떠올랐습니다. 하나의 질문마다 제 자신의 짧은 말을 덧붙이기 시작했던 거지요——처음엔 탈이 없는 말로 두 사나이가 눈치채는지 어떤지 확인해 보았습니다만, 그들이 아무런 반응을 나타내지 않았으므로 좀 더 위험한 모험에 들어갔습니다. 우리들의 대화는 대충 이런 식이었습니다.

'그렇게 고집부리면 신상에 좋지 않다. 당신은 누굽니까?'

'내 걱정을 말라. 런던에 처음 온 자입니다.'

'너의 파멸은 자업자득이 될 거요. 언제부터 여기에 있었지요?'

'그래도 좋다. 3주일 전부터.'

'재산은 절대 네 것이 되지 않는다. 어떤 변을 당하고 있습니까?'

'악당은 손에 넘길 줄 아느냐. 식사를 주지 않습니다.'

'서명만 하면 자유의 몸으로 만들어 주겠다. 여기는 어떠한 집입니까?'

'절대로 서명 않는다. 모릅니다.'

'그녀를 위해서도 좋지 않을걸. 당신의 이름은?'

'그녀가 그렇게 말하는 것을 들려 주었으면 한다, 클라티디스.'

'서명하면 그녀와 만나게 해주겠다. 어디서 오셨습니까?'

'그럼, 만나지 않으면 그만이다. 아테네로부터.'

5분만 더 있었다면, 홈즈 씨. 이 사건 전체를 놈들의 코 앞에서 탐지할 수가 있었을 겝니다. 그야말로 한 번만 더 물으면 모든 것이 뚜렷해졌을지 모릅니다만, 마침 그때 문이 열리고 한 여자가 방에 들어왔던 거예요. 똑똑히 보지 않았기 때문에 단지 알 수 있었던 것은 검은 머리에 키가 크고 우아한 부인인데, 흰 가운 같은 것을 입고 있었다는 것뿐이었습니다.

'하롤드!' 그녀는 시원찮은 영어로 말했습니다. '전 이제 거기에 있을 수 없게 되었어요. 2층에 혼자서, 아주 쓸쓸하기 때문에——아니 어머, 폴 아니세요!'

이 마지막 말은 그리스어였습니다만, 그것과 동시에 그리스 사람인 사나이는 필사적인 노력으로 입의 반창고를 떼어 내면서 '소피! 소피!'라고 외치며 여자에게로 뛰어들었습니다. 두 사람의 포옹은 더할 수 없이 한순간의 일로서 젊은 쪽의 사나이가 여자를 붙잡아서 방 밖으로 끌어냈고, 한편 나이 먹은 사나이는 초췌할 대로 초췌한 희생자를 어렵지 않게 잡아떼어 다른 문으로 끌어내고 말았습니다. 잠깐 동안 저는 방에 혼자 있게 되었으므로 지금 있는 곳은 어떠한 집일까, 어쩌면 단서가 잡힐지도 모른다는 막연한 생각을 일으키며 살며시 일어섰습니다. 하지만 아무런 행동도 시작하지 않아서 다행이었습니다——얼굴을 들고 보니까 나이 먹은 사나이가 문 앞에 서서 저를 뚫어지게 쳐다보고 있지 않겠습니까.

'수고했소, 메라스 씨' 하고 그는 말했습니다. '보다시피 당신에게 수고를 끼친 일은 매우 은밀한 것이오. 당신의 손을 빌어야 할 것도 아니었지만, 내 친구로서 그리스어를 잘하는 자가 이 담판을 시작했는데 그가 별안간 동방으로 돌아가지 않으면 안 되게 되어서 말이오. 대신 도움이 될 만한 사람이 아무래도 필요하게 되었던 것인데, 다행히도 당신이라는 능숙한 사람을 발견한 것이오.'

그리고 그는 내 곁으로 걸어오면서 말하는 거였어요. '여기에 5만 파운드 있는데, 이것으로 요금은 충분할 테지요. 다만 거듭거듭 말해 두지만' 하고 그는 저의 가슴을 가볍게 토닥거리고 킬킬 웃으면서 덧붙였습니다. '이 일을 누군가에게——알겠지요, 단 한 사람에게라도 말이오——지껄이기만 한다면, 그렇지! 어떤 일이 생길지 모르오.'

이 형편없는 사나이에게서 받은 징그럽고 몸서리나는 느낌은 뭐라 말할 수 없습니다. 그때 램프의 불빛이 그를 비추고 있었으므로 전보다 잘 보였습니다. 얼굴 생김은 궁색한 낯짝으로 혈색이 나쁘고, 듬성듬성 난 뾰족한 턱수염은 실처럼 가늘고 푸석푸석했습니다. 말할 때에는 얼굴을 내밀 듯 하고 마치 무도병(舞蹈病) 환자처럼 입술과 눈꺼풀을 쉴새없이 경련시키고 있었지요. 그 기묘하게 띄엄띄엄 킬킬거리는 웃음도 무언가 신경성 병의 징후가 틀림없다고 여겨졌습니다. 하지만 이 얼굴의 무시무시함은 그 눈——강철 같은 잿빛으로 차갑게 번쩍이며, 사악하고 인정사정없는 냉혹성을 밑바닥에 간직한 그 눈에서부터 오는 것이었습니다.

'당신이 이 일을 누설하면 우리는 금방 알게 되오' 하고 그는 말했습니다. '정보망이 있으니까. 자, 마차가 기다리고 있소. 우리 패거리가 도중까지 바래다 줄 거요.'

저는 재촉을 받고 홀을 지나 마차에 올라탔는데 그 사이에 나무들과 뜰을 흘끗 보았습니다. 라티머 씨가 곧 뒤따라 와서 아무 말도 않고 마주보며 자리를 잡았습니다. 우리는 말없이, 또다시 언제 끝날지도 모를 길을 창문을 꼭꼭 닫은 채 달렸는데, 한밤중이 조금 지나서야 마차는 겨우 멎었습니다.

'여기서 내리시오, 메라스 씨.' 동행한 사나이는 말했습니다. '댁에서 너무 먼 곳이라 죄송하지만, 달리 방도가 없어서 말이오. 마차의 뒤를 밟아 봤자 당신의 재난이 될 뿐입니다.'

그는 이렇게 말하면서 마차의 문을 열었고, 제가 뛰어내렸다 싶자 벌써 마부가 말에 채찍질을 하여 마차는 덜커덩거리며 멀어져 갔습니다. 저는 놀란 채 주위를 둘러보았습니다. 제가 서 있었던 곳은 히드가 있는 공유지 같은 곳으로서 거뭇거뭇한 금작화 덤불로 얼룩져 있었습니다. 멀리 집들이 있고 군데군데 2층의 창문에 불이 켜져 있었습니다. 반대쪽에 빨간 철도 신호등이 보였습니다.

저를 태워다 준 마차는 벌써 보이지 않았습니다. 주위를 둘러보며 제가 있는 곳이 대체 어디일까 생각하고 있는데 누군가 어둠 속을 걸어오는 게 보였습니다. 가까이 온 것을 보고 철도 화물 운반인이라는 것을 알았습니다. 저는 물었습니다.

'여기가 어디지요?'

그는 말했습니다.

'원즈워드 공유지입니다.'

'런던 행 기차가 있을까요?'

'1마일쯤 걸어가면 환승역인 클라팜 역이 나옵니다.' 그는 말했습니다. '빅토리아 역으로 가는 막차를 잡을 수가 있을 겁니다.'

"이걸로 저의 모험은 끝입니다, 홈즈 씨. 간 곳도 이야기를 한 상대도 모르고, 지금 이야기한 일 말고는 아무것도 모릅니다. 다만 나쁜 일이 벌어지고 있는 것만은 확실하므로, 될 수 만 있다면 그 불행한 사나이를 구해 주고 싶은 것이죠. 이튿날 아침 마이크로프트 홈즈 씨에게 죄다 말씀드리고, 또 경찰에도 신고해 두었습니다."

이 괴상야릇한 이야기를 듣고 나서 잠시 동안 아무도 입을 열지 않았다. 이윽고 셜록 홈즈는 형을 쳐다봤다. 홈즈는 물었다.

"무언가 대책을 강구하셨습니까?"

마이크로프트는 옆테이블 위에 있던 〈데일리 뉴스〉지를 집어들었다.

"'폴 크라티디스 씨, 아테네로부터 온 그리스 신사, 이 사람의 소재에 관하여 정보 제공해 주시는 분에게는 사례금 증정. 그리스 부인, 호칭 소피에 관해 통보해 주시는 분에게도 역시 사례금을 드림. x2473.' 이와 같은 것을 온갖 신문에 내었지. 응답은 없어."

"그리스 공사관은 어떻습니까?"

"문의해 보았지만 아무것도 모른대."

"그럼, 아테네의 경찰 국장에게도 전보를 쳐 봤나요?"

"홈즈 가문의 활동력은 셜록이 독차지하고 있지요?" 마이크로프트는 내 쪽을 향하며 말했다. "그럼, 꼭 이 사건을 맡아 주게. 그리고 무언가 좋은 결과가 나왔다면 알려 주기 바라네."

"좋고말고요." 나의 친구는 의자에서 엉덩이를 들며 대답했다. "알려 드리지요, 그리고 메라스 씨에게도. 그런데 메라스 씨, 제가 당신이었다면 충분히 경계할 일입니다——말할 것도 없이 이 광고로, 당신이 배신한 것이 당연히 그들에게도 알려졌을 테니까요."

함께 돌아오는 길에, 홈즈는 전신국에 들러 전보를 몇 통 쳤다. 그는 말했다.

"이봐, 왓슨. 오늘 밤의 산책은 결코 헛일이 아니었을 테지. 내가 취급한 가장 재미있는 사건의 몇 개는 이렇듯 마이크로프트에게서 소개되었다네. 지금 듣고 온 문제 같은 것도 생각할 수 있는 설명은 하나밖에 없지만, 그래도 꽤나 두드러진 특성을 갖추고 있네."

"해결될 가망은 있나?"

"글쎄, 이 정도 일을 알고 있으니까 나머지 일이 발견되지 않는다면, 그것이야말로 기묘하다고 할 수밖에 없겠지. 자네도 지금 들은 여러 가지 사실을 설명할 만한 이론을 무언가 조립하고 있다고 생각되는데."

"응, 막연하나마."

"자네 생각은 어떤 건가?"

"내 생각으로서는, 그 그리스 아가씨가 분명히 하롤드 라티머라는 젊은 영국인에게 유괴돼 온 것일세."

"어디서 유괴되어 왔나?"

"아마, 아테네로부터일 테지."

셜록 홈즈는 고개를 저었다. "이 젊은 사나이는 그리스어를 한 마디도 하지 못하네. 여자 쪽은 영어로 잘 말할 수 있었어. 따라서 그녀는 영국에 온 지 얼마쯤 되지만, 사나이는 그리스에 간 일이 없다는 것이 되네."

"과연, 그녀는 영국 관광을 와 있었던 사람이라고 하세——그것을 이 하롤드가 함께 사랑의 도피를 하자고 꾀었던 것이야."

"그 편이 사실에 가깝겠지."

"그리고 그녀의 오빠——가 틀림없다고 생각되는데——가 그리스으로부터 간섭하러 찾아온 거야. 그는 조심성없게도 저 젊은 사나이와 나이 먹은 한패의 손아귀 속에 뛰어든 것일세. 두 사람은 그를 붙잡아 두고 아가씨의 재산——오빠가 그 관리인일 테지만——을 그들에게 양도하는 서류를 강제로 서명시키려고 하네. 그것을 그가 거부하는 거지. 이 이야기를 결판내기 위해 통역이 필요하게 되고 메라스 씨를 데려갔던 것인데, 그전에 누군가 한 사람을 쓰고 있었네. 여자는 오빠의 도착을 알지 못하고 있었던 것으로서, 더할 나위 없이 우연한 일로 그것을 알게 되었지."

"멋지네, 왓슨." 홈즈는 소리를 질렀다. "아마 진상은 그 같은 것일 게야. 아무튼 유력한 수단은 전부 가지고 있는 셈이니까, 나머지는 그들이 돌연 폭력에 호소하지나 않을까 하는 걱정뿐이네. 저쪽이 시간만 준다면 이쪽의 완전한 승리이지."

"하지만 놈들의 집을 어떻게 알아내지?"

"그거야 우리들의 추리가 옳다고 한다면, 그리고 아가씨의 이름이 소피 클라티디스라고 한다면——또는 그렇다고 하면——그녀의 자취를 더듬기란 곤란이 없을 거야. 오빠는 말할 것도 없이 런던에 온 지 얼마 안 되니까, 우리는 주로 아가씨 쪽에 희망을 걸 수밖에 없어. 이 하롤드가 아가씨하고 그와 같은 사이가 되고 나서 얼마쯤 시간이——어쨌든 몇 주일인가——지나고 있음은 분명하이. 오빠가 그리스에서 이것을 듣고 찾아올 만한 시간이 있었기 때문이니까 말야. 두 사람이 그동안 한 군데에 있었다고 한다면, 마이크로프트가 낸 광고에 무언가 반응이 있을 게 틀림없어."

지껄이는 사이 우리들은 베이커 거리의 집에 돌아왔는데, 앞장서서 계단을 올라간 홈즈는 우리의 방문을 열자 움찔했다. 나도 어깨 너머로 들여다보고 마찬가지로 놀라고 말았다. 그의 형 마이크로프트가 팔걸이의자에 앉아 담배를 피우고 있었던 것이다.

"들어와라, 셜록! 들어오십시오, 왓슨 씨." 그는 우리의 놀란 얼굴에 웃음을 보내며 조용히 말했다. "나에게 이렇듯 활동력이 있을 줄은 몰랐을 테지, 어때, 셜록? 그런데 이상하게도 이 사건이 마음에 걸려서 말이야."

"어떻게 여기에 왔지요?"

"마차로 자네들을 앞지른 거야."

"무언가 새로운 일이라도 생겼습니까?"

"광고에 회답이 하나 왔네."

"오오!"

"자네들이 돌아가고서 바로 뒤였지."

"그래, 어떤 뜻의 회답입니까?"

마이크로프트 홈즈는 종이를 한 장 꺼냈다.

"이것인데." 그는 말했다. "크림색 로얄 판 종이에 몸이 약한 중년 사나이가 J펜을 사용하여 쓴 거야. 내용은 이렇네."

오늘 날짜 신문 광고를 보고 알려 드립니다만, 찾고 계신 젊은 여성을 잘 알고 있습니다. 제가 있는 곳까지 와 주시면 그녀의 애처로운 신상에 관해 자세히 말씀드리겠습니다. 그녀는 지금 베크남 구역 마톨즈 댁에 살고 있습니다.

그럼 이만.

J 다운 포트"

마이크로프트 홈즈는 덧붙였다. "로이어 블릭스턴에서 부쳤군. 어때, 셜록. 이제 잠깐 마차를 달려 자세한 내용을 들으러 가지 않겠나?"

"하지만 마이크로프트, 이 경우 누이동생의 이야기보다 오빠의 생명 쪽이 중요합니다. 경시청에 가서 글레그슨 경감을 불러내어 곧장 베크남으로 달려가야만 하리라고 생각합니다. 아무튼 사람이 하나 살해되려 하고 있어 일분일초가 생사에 관계되니까요."

"가는 길에 메라스 씨를 태워 가지고 가는 편이 좋겠네." 내가 참견했다. "통역이 필요할지도 모르니까."

"그렇군!" 셜록 홈즈는 말했다. "하인더러 사륜마차를 부르도록 하게, 곧 출발하세." 그는 그렇게 말하면서 책상 서랍을 열었는데, 나는 그가 주머니에 권총을 집어넣는 것을 보았다. "응" 그는 나의 시선에 대답하여 말했다. "이야기의 내용으로서는, 상대가 꽤나 위험한 자들인 것 같으니 말일세."

펠 메일 거리의 메라스 씨네 집에 갔을 무렵에는 거의 어두워져 있었다. 방금 한 신사가 데리러 와서 메라스 씨는 나갔다고 했다. 마이크로프트 홈즈가 물었다.

"어디인지 아시오?"

"모르겠는데요." 문을 열어 준 여자가 대답했다. "그 신사와 함께 마차로 외출하신 것은 알고 있습니다만."

"그 신사는 이름을 말했소?"

"아니오."

"키가 크고 잘생긴 남자로서 머리가 검고 젊은 사람이 아니었소?"

"아뇨, 틀려요. 키가 작고 안경을 썼는데, 얼굴이 말랐지만 아주 유쾌해 보이는 분으로서 이야기를 하는 동안 쭉 웃고 계셨습니다."

"자, 서두르자!" 셜록 홈즈는 황급히 외쳤다. "이것은 엄청난 일이 되겠는걸." 경시청으로 가는 길에 그는 말했다. "놈들은 또 메라스를 붙들어 갔어. 메라스는 배짱이 없는 사나이고, 놈들은 요전번의 경험으로 그 점을 잘 알고 있네. 그 악당이 눈앞에 나타나자 그만 떨고 만 거야. 놈들은 물론 통역시킬 작정으로 있네. 하지만 볼일이 끝나면 배신자라는 이유로 처벌할지도 모르지."

우리들은 기차로 가면 마차하고 동시에, 혹은 앞질러서 베크남 구역에 닿을지도 모른다는 예상했다. 그러나 경시청에 가서 글레그슨 경감을 끌어내고 예의 집으로 들어가기 위한 법률상의 수속을 끝내는데 1시간 이상 걸리고 말았다. 런던 브리지 역에 닿은 것은 10시 15분 전으로, 우리 네 사람이 베크남 역의 플랫폼에 내려섰을 때에는 10시 반이 지나고 있었다. 마차를 반 마일 달려 마톨즈 댁에 닿았다——크고 컴컴한 집이 도로에서부터 쏙 들어간 곳에 정원을 둘러싸고 서 있었다. 여기서 마차를 돌려보내고 현관 포치까지의 길을 한 덩어리가 되어 나아갔다. 경감이 말했다.

"창문은 모두 캄캄하군요. 아무도 없는 모양이오."

홈즈가 말했다.

"새는 달아나 버리고 빈 둥우리뿐이로군."

"그것은 어째서입니까?"

"무거운 짐을 실은 마차가 약 1시간쯤 전에 나갔소."

경감은 웃었다.

"문등의 불빛으로 바퀴자국은 보았지만, 짐이라는 것은 어떤 이유에서입니까?"

"같은 바퀴자국이 반대 방향으로도 나 있는 것을 보셨을 테죠. 그런데 밖으로 나간 쪽 자국이 훨씬 깊어요——그래서 마차에는 상당한 무게의 짐이 실려 있었다고 틀림없이 말할 수 있을 거예요."

"이것은 아무래도 당신이 한 수 더 위인걸." 경감은 어깨를 옴츠리면서 말했다. "이 문을 뚫고서 지나가는 것은 쉽지가 않을 것 같소. 하지만 어쨌든 누군가의 귀에 들릴지 안 들릴지 해봅시다."

그는 노커(현관문에 달린 문 두드리는 쇠)를 소리 높게 두드리고 벨의 끈도 당겨 보았지만, 아무 응답도 없었다. 어느 틈엔가 모습을 감추고 있던 홈즈가 이윽고 돌아왔다. 그는 말했다.

"창문이 하나 열려 있소."

"홈즈 씨, 당신이 경찰과 한편이고 적이 아니어서 천만다행이요." 홈즈가 교묘히 걸쇠를 따놓고 돌아온 것을 간파하고서 경감이 말했다. "아무튼 상황이 상황이니만큼 안내를 기다릴 것 없이 들어가도 좋은 걸로 합시다."

우리들은 차례차례, 명백히 메라스 씨가 끌려들어간 곳이라고 짐작되는 넓은 방으로 들어갔다. 경감이 가져온 칸델라에 불을 붙이자 그 불빛으로 메라스 씨의 이야기에 나왔던 두 개의 문, 커튼, 램프, 일본산 갑옷과 투구가 보였다. 테이블 위에는 유리컵이 둘, 빈 브랜디 병, 그리고 먹다 남은 음식이 있었다. 홈즈가 별안간 말했다.

"저건 뭐지?"

우리들은 모두 동작을 멈추고 귀를 기울였다. 나직하고 신음하는 듯한 목소리가 머리 위 어딘가로부터 들려 오고 있다. 홈즈는 문을 향해 돌진했으며, 홀로 나갔다. 기분 나쁜 소리는 위층에서부터 들리는 것이었다. 홈즈는 계단을 뛰어올라갔다. 경감과 나는 곧 뒤를 따랐으며, 마이크로프트는 뚱뚱한 몸이 허락하는 한의 속도로 따라왔다.

3층에는 문 세 개가 나란히 있었는데, 낮게 중얼거리듯이 둔한 목소리가 되었다가 날카로운 비명이 되었다가 하는 불길한 목소리는 한가운데 문에서 나오고 있었다. 문은 쇠가 채워져 있었지만 밖에 열쇠가 꽂혀 있었다. 홈즈는 그것을 홱 열고 뛰어들었다가, 곧 목구멍을 누르면서 뛰어나왔다.

"숯불이다!" 그는 외쳤다. "잠시 버려 두게. 곧 흩어질 테니까."

들여다보았더니, 방 안의 불빛은 중앙에 놓여진 놋쇠 화로에서 깜박깜박하며 새나오는 흐릿하고 파란 불길에서 나오는 것이었다. 그것이 바닥 위에 기괴한 납빛의 원을 그렸다. 그 밖에 어스름 속 벽을 등지고 웅크린 두 사람의 몽롱한 그림자가 보였다. 열어젖혀진 문으로부터 무섭게 불쾌한 독기가 흘러나와 숨이 막히고 기침이 나왔다. 홈즈는 계단 꼭대기까지 뛰어올라가 신선한 공기를 들이마신 뒤 방 안으로 돌진하여 창문을 열어젖히고 놋쇠 화로를 뜰로 내던졌다.

"곧 들어갈 수 있게 될 거야." 홈즈는 뛰어나오더니 숨을 헐떡거리며 말했다. "양초가 없을까? 하기야 저 공기 속에서는 성냥불도 켜지 못하겠지. 형님, 문간에서 등불을 비추어 주세요, 곧 저 가스에 중독된 두 사람을 데리고 나올 테니. 자!"

우리들은 가스에 중독된 두 사나이를 향하여 뛰어들어가서 그들을 계단 꼭대기 있는 데로 끌어냈다. 둘 다 입술이 파랗게 되어 까무러쳐 있었고 얼굴은 부어올라 충혈되었으며 두 눈이 튀어나왔다. 그 얼굴이 아무튼 심하게 일그러져 있었으므로 그 중의 하나가 두서너 시간 전 디오게네스 클럽에서 우리들과 헤어진 그리스어 통역관이라는 것을 검은 턱수염과 뒤룩뒤룩한 몸집 덕분으로 겨우 알아볼 수 있을 정도였다.

손과 발은 단단히 묶여 있고 한쪽 눈 위에는 심하게 얻어맞은 상처가 있었다. 마찬가지로 묶여 있는 또 한 사람 쪽은 극도로 쇠약해 보이는 키 큰 사나이로 얼굴에는 몇 장의 반창고가 그로테스크하게 붙여져 있었다. 이 사나이는 바닥에 눕혀지자 신음 소리도 내지 않았다. 언뜻 보아 적어도 이 사나이에게는 이미 구조의 손길이 늦었다는 것을 알았다.

그러나 메라스 씨 쪽은 아직도 살아 있어 암모니아와 브렌디의 간호로 1시간 남짓 지나는 사이에 눈을 떴다. 나는 모든 길이 만나는 저 어두운 골짜기에서부터 이 손으로 그를 다시 돌아오게 했다는 데 만족감을 느꼈다.

그의 이야기는 간단하게 우리들의 추리의 올바름을 뒷받침해 주는 것이었다. 예의 방문자는 메라스의 방에 들어가자마자 소매 속에서 납이 든 몽둥이를 꺼내들고 곧 목숨이 없어질 거라고 으름장을 놓으며 또다시 유괴하고 말았던 것이다. 정말이지 저 킬킬 웃는 악당은 불행한 통역인을 최면술에 걸었다고 해도 좋을 정도로서, 메라스는 그 사나이를 이야기할 때 손의 떨림이 멎지를 않았고 볼이 새파랬었다. 그는 곧 베크남 구역으로 끌려가서 두 번째 담판의 통역 노릇을 했던 것이다——이 담판은 첫 번째보다도 더욱 극적이었으며, 두 영국인은 그들의 수인(囚人)에게 요구에 응하지 않으면 당장 목숨을 빼앗겠다고 협박했다.

그러나 결국 그리스인이 어떠한 협박에도 굴복하지 않음을 알고서 그를 또다시 감금실에 때려 넣고, 이번에는 메라스를 향해 신문 광고를 증거로 배신을 족친 끝에 곤봉의 일격으로 까무러치게 하여, 그로부터 메라스는 우리들이 자기 몸 위에서 들여다보고 있는 걸 깨닫기까지 아무것도 모르고 있었던 것이다.

이것이 그리스 통역인에게 일어난 기묘한 사건인데, 아직 설명되지 않은 일이 얼마쯤 남아 있다. 광고에 회답해 온 신사에게 연락을 취해서 알 수가 있었던 것이지만, 저 딱한 젊은 여성은 그리스의 부유한 가문 출신으로서 영국 친구들을 방문차 와 있었던 것이었다. 그런데 그녀는 체재중 하롤드 라티머라는 남자와 알게 되었는데, 라티머는 그녀를 구슬러 삶아서 마침내는 함께 사랑의 도피행각을 할 것을 승낙시켰다. 친구들은 일의 경과에 놀랐지만, 아테네의 오빠한테 알렸을 뿐으로서 손을 떼고 말았다.

오빠는 영국에 도착하자 무모하게도 라티머와 그 패거리——윌슨 켐프라고 하며 모름지기 최악질의 전력을 가진 사나이——의 손아귀 속에 빠져들고 말았다. 두 사람은 그가 영어를 할 줄 모르고 자기들의 손아귀 속에서 전혀 무력하다는 것을 알자, 감금하여 잔학한 짓을 다했고 식사마저 주지 않으며 그 자신의 재산과 누이동생을 포기한다는 서류에 서명시키려고 했다. 여자에게는 알리지 않고 집 안에 감금해 두었던 것이며, 얼굴의 반창고는 만일 누이동생이 오빠를 흘끗 보는 일이 있더라도 쉽사리 알아볼 수 없게 하기 위해서였다.

그러나 여인의 육감은, 통역인이 처음 찾아왔을 때 보았던 것과 같이 첫눈에 이 거짓 꾸밈을 간파하고 말았다. 하지만 가엾게도 그녀 역시 갇혀 있는 몸이었다. 왜냐하면 이 집에는 마부 노릇을 하고 있는 사나이와 그 아내 외에는 아무도 없었고, 이들 또한 둘 다 악당들의 앞잡이였던 것이다. 비밀이 탄로나고 유리한 수인이 생각대로 되지 않음을 알자, 두 악한은 여자를 데리고 이 가구가 딸린 셋집에서부터 불과 몇 시간 전에 예고만 했을 뿐으로서 종적을 감추었던 것인데, 우선 집을 떠나면서 말을 듣지 않았던 사나이와 밀고한 사나이에게 복수를 하여 해치운 것으로 알고 있었다.

몇 달 뒤 부다페스트로부터 뜻하지 않은 신문 스크랩이 우리들한테 보내져 왔다. 그것에 의하면 한 여자를 데리고 여행 중인 영국인 둘이 비참한 최후를 마쳤다고 한다. 둘 다 칼에 찔려서 죽은 모양인데, 헝가리 경찰에서는 싸움 끝에 서로 치명상을 입힌 것이라고 보고 있다. 하지만 홈즈는 다른 생각을 하고 있는 모양이다——그는 지금이라도 저 그리스 아가씨를 찾아내기만 하면, 그녀 자신과 오빠에게 가해진 악독한 짓이 어떻게 복수되었는지 들을 수가 있으리라고 믿고 있었다.

해군 조약 사건

내가 결혼한 바로 뒤에 맞이한 7월에는 흥미있는 사건이 셋이나 일어났다. 나는 그동안 셜록 홈즈와 더불어 행동하고 그의 방법을 연구할 기회가 풍부히 주어졌으므로 새로운 추억을 간직할 달이 되었다. 이 세 가지 사건은《두 번째 얼룩》《해군 조약 사건》《지친 선장의 사건》이라는 제목으로 나의 메모에 기록돼 있다. 제1의 것은 중대한 이해 문제에 대한 것이고 또한 영국의 수많은 주요한 가문에 관련되는 사건이므로, 몇 년이 지나지 않으면 공표할 수 없으리라.

그러나 무릇 홈즈가 관계한 사건 중에서 이것만큼 그의 분석적 방법의 참된 가치를 명백히 하고, 함께 활동한 사람들에게 강한 인상을 준 사건은 없다. 그가 파리 경찰의 듀뷔그 씨 및 단찌히의 이름 높은 탐정 후리츠 폰 발트바움 씨——이 두 사람도 애를 썼지만, 그 노력은 결국 곁가지적인 문제에 집중되고 있었던 것이었다——와 회견하여 사건 진상을 설명했을 때의 충실한 기록을 나는 지금도 가지고 있다.

그러나 새로운 세기라도 되지 않고는, 이 이야기를 마음놓고 할 수는 없을 것이다. 그리고 나의 리스트에 올라 있는 《두 번째 얼룩》 사건이 또한 한때는 국가의 중대사가 될 뻔했었던 사건이었고, 몇 가지 점으로 말해서 참으로 독특한 성격의 것이다.

학교 시절 나는 퍼시 펠프스라는 소년과 친했었다. 나이는 비슷한 또래였는데 나보다 2년이나 윗학급이었다. 굉장히 공부를 잘하는 소년으로서 학교에서 주는 상은 번번이 독차지하였고 마침내는 장학금을 얻어서 위업의 마지막을 장식했으며, 케임브리지에서 빛나는 학업을 계속하게 되었다. 그는 또한 가문이 아주 좋았고, 우리들은 서로가 모두 어렸을 적부터 그의 외삼촌이 보수당의 대정치가 홀더스트 경이라는 걸 알고 있었다.

그러나 이 훌륭한 인척 관계도 학교에서는 별로 도움이 되지 않았다. 그렇기는커녕, 우리들은 운동장에서 그를 쫓아다니며 크리켓의 막대기로 정강이를 후려치고서는 통쾌하게 여기곤 했었다. 그러나 사회에 나간다고 하면, 이야기는 전혀 달라진다. 그는 자기의 재능과 이용할 수 있는 세력 덕분으로 외무성에 상당한 지위를 얻었다는 얘기를 들었다——그뿐으로 그에 대해서는 잊어 버리고 있었던 참인데, 다음과 같은 편지가 와서 그의 존재를 생각나게 해주었던 것이다.

워킹 브라이아브레이 저택에서.

왓슨——자네가 3학년일 때 5학년 반에 있었던 '올챙이' 펠프스를 기억하고 있으리라 믿네. 또 외삼촌의 힘으로 외무성의 상당한 관직에 앉게 된 일 역시 듣고 있을지도 모르네. 그 책임과 명예로운 지위에 있었던 나에게 갑작스레 무서운 불상사가 덮쳐 와서 나의 앞길은 엉망이 되려 하고 있다네.

이 가공할 만한 사건에 관해 세세하게 쓰는 일은 불필요하다고 생각하네. 만일 자네가 나의 부탁을 들어 주었을 때에는 자세히 이야기하게 될 것이므로. 나는 9주일에 걸친 뇌염으로부터 막 회복된 뒤라서 아직도 몹시 쇠약해 있네. 자네의 친구 홈즈 씨를 나 있는 곳까지 함께 모시고 와 줄 수 없을는지. 그 계통에서는 할 수 있는 수단을 다 강구했다고 말하고 있네만, 나로서는 이 사건에 대해 그분의 생각을 듣고 싶은 것일세. 아무쪼록 홈즈 씨를 모시고 와 주기를, 그것도 되도록 빨리. 이 무서운 불안 속에서 살고 있노라니 1분이 1시간으로 느껴진다네. 좀더 빨리 홈즈 씨에게 조언을 부탁드리지 않았던 것은 그분의 수완을 채 인식 못한 때문이 아니라 사건의 타격에 정신이 뒤숭숭했던 탓이라고 제발 잘 말씀드려 주게. 지금은 말짱하네——또 나빠지면 안 되기 때문에 너무 자신을 가져서는 안 된다고 생각하고 있네만. 아직도 몸은 몹시 쇠약해 있으므로 보다시피 말로 하고 적도록 시킨 것일세. 아무쪼록 모시고 오도록 힘써 주기를 부탁하네.

옛날 함께 배운 벗 퍼시 펠프스

이 편지를 읽자 무언가 가슴에 뭉클한 것을 느꼈다. 홈즈를 데리고 와 달라며 되풀이하는 부탁에는 무언지 동정을 자아내게 하는 것이 있었다. 나는 몹시 마음이 움직여져 그 일이 비록 어렵다 할지라도 어떻게든지 있는 힘을 다하지 않으면 안 되겠다고 생각했다. 말할 나위도 없이 홈즈는 더할 수 없이 일을 좋아하며 의뢰인이 받아들이기만 하면 언제라도 원조의 손을 뻗치는 사나이라는 걸 나는 잘 알고 있었다. 홈즈에게 사정을 알리는 것을 한시라도 지체해서는 안 된다는 데 아내가 동의해 주었으므로, 나는 아침 식사를 끝낸 지 1시간도 되기 전에 베이커 거리의 옛 보금자리를 방문했다.

홈즈는 가운 차림으로 사이드 테이블에서 무언지 화학 실험에 열중

하고 있었다. 끝이 꼬부라진 커다란 레토르트가 분젠버너(가열 장치)의 연보랏빛 불길 위에서 심하게 끓고 여기서 증류된 액체가 2리터 눈금이 새겨진 병 속에 똑똑 떨어지고 있었다. 내가 들어 온 것을 거들떠보지도 않았으므로, 중요한 실험일 테지 생각하고 팔걸이의자에 앉아 기다리기로 했다. 그는 이 액관을 여기저기 병에 꽂아 약물을 두서너 방울씩 모으고 있었는데, 마지막으로 용액이 든 시험관을 테이블 위에 가져왔다. 오른손에 리트머스 시험지를 한 장 들고 있었다.

"자네는 대단히 중요한 때 찾아왔네, 왓슨." 홈즈는 말했다. "이 종이가 이대로 파래지면 그걸로 만사 오케이. 빨갛게 변색되었다 하면 하나의 인간 생명에 관계되네." 그는 리트머스 종이를 시험관에 담그었고 그것은 곧 엷고 흐릿한 홍색으로 바뀌었다. "흠, 그러리라 생각했어!" 그는 외쳤다. "이제 곧 용건을 듣겠네, 왓슨. 담배는 그 페르시아 슬리퍼 속에 있어." 책상을 대하고서 전보를 몇 통 재빨리 쓰고는 하인을 불러 건네주었다. 그리고 나의 맞은쪽 의자에 털썩 앉아 무릎을 들어올려 길다랗고 마른 정강이에 두 손을 깍지 끼었다.

"아주 흔해 빠진 조그만 살인 사건이라네." 그는 말했다. "자네는 좀더 굵직한 것을 가져왔을 테지. 자네는 정말 범죄의 바다제비니까 말일세(바다제비가 나타나는 곳에 폭풍우가 닥친다고 한다). 어떤 사건인가?"

편지를 내주자 그는 더없이 꼼꼼하게 읽었다.

"이것만으로서는 잘 모르겠는데, 안 그런가?"

편지를 되돌려주면서 그는 말했다.

"거의 아무것도."

"하지만 필적이 재미있군."

"본인의 필적이 아니라네."

"알아, 여자 것이야."

"아냐, 남자 것이야." 나는 외쳤다.

"틀렸어, 여자 것이라네. 더구나 보기 드문 성격의 여자지. 조사를 시작함에 있어 의뢰인의 신변에 좋든 나쁘든 예사롭지 않은 성격의 인간이 있다는 걸 알기만 해도 고맙지 않은가. 어쩐지 이 사건에 구미가 당기는걸. 자네만 좋다면 곧 워킹에 찾아가 이런 지경에 빠진 외교관과 편지를 받아 쓴 부인을 만나 보세."

우리들은 운좋게 워털루 역에서 떠나는 아침 열차에 댈 수가 있었다. 그리고 1시간도 지나기 전에 워킹의 떡갈나무숲이며 황무지를 걷고 있었다. 브라이아브레이 저택은 넓은 터를 가진 커다란 외딴 채로서 역에서 2, 3분 걸리는 곳에 있었다. 명함을 내놓자 우아하게 장식된 객실로 안내되었는데, 잠시 있으려니까 약간 살이 찐 사나이가 나타나서 매우 상냥하게 우리들을 맞이했다. 30세보다는 40세에 가까운 나이 또래이지만 볼이 붉고 눈매도 쾌활한 것이 복스러운 개구쟁이 소년과 같은 모습이 남아 있었다.

"정말 잘 오셨습니다." 반갑게 악수를 나누며 그는 말했다. "퍼시는 아침부터 줄곧 당신들을 뵙고 싶어하고 있지요. 가엾게도 지푸라기라도 잡고 싶은 심정이랍니다. 그의 부모가 저더러 대신 뵙도록 하라는 말이 있었습니다. 이번 일은 입에 올리기조차 괴로운 모양이에요."

"아직 자세한 일은 듣고 있지 않습니다만," 하고 홈즈가 말했다.

"보아하니 당신은 이 댁 분이 아니시군요."

상대는 놀란 것 같았으나 흘끗 눈길을 떨고 웃었다.

"제 명함의 JB라는 글씨를 알아보셨군요" 하고 그는 말했다. "처음에는 무슨 도술이라도 쓰신 줄 알았습니다. 저는 조셉 해리슨이라고 합니다만, 누이동생인 애니가 퍼시하고 결혼하기로 되어 있기 때문에 이제부터 적어도 근친은 되는 셈입니다. 누이동생은 퍼시의 방에 있습니다——요 두 달 동안 그야말로 곁을 떠나지 않고 간호해오고 있지요. 자, 곧 그의 방으로 가도록 합시다. 목을 늘이고 기다리고 있으니까요."

우리들이 안내된 방은 객실과 같은 층에 있었다. 반은 거실, 반은 침실로 꾸며져 있고 구석구석에는 꽃이 예쁘게 장식되어 있었다. 얼굴빛이 나쁜 여윈 청년이 활짝 열려 있는 창가에 놓인 소파에 누워 있었고, 창문으로는 뜰에 가득찬 풀내음와 상쾌한 공기가 흘러들어오고 있었다. 청년 곁에 한 여인이 앉아 있었는데, 우리들이 들어가자 일어섰다. 그녀는 물었다.

"전 저리로 가 있을까요, 퍼시?"

청년은 그 손을 붙들고 만류했다. "오, 오랜만일세, 왓슨." 매우 진정이 담긴 말투였다. "코밑수염을 기르고 있어서 좀처럼 자네라고는 알아보지 못하겠네그려——내쪽도 조금은 알아보기가 어렵겠지. 이쪽이 유명한 셜록 홈즈 씨이겠군?"

나는 짤막하게 홈즈를 소개하고 함께 앉았다. 통통한 청년은 이미 없었지만, 누이동생은 병자에게 손을 맡긴 채 남아 있었다. 그녀는 굉장한 미인으로서 키가 조금 작았고 살이 쪘다 싶어지만 올리브색의 얼굴빛이 아름답고, 이탈리아풍의 검고 큰 눈을 가졌으며, 검은 머리가 탐스러웠다. 그녀의 윤기있는 선명한 살결에 비해서 병자의 창백한 얼굴은 한층 여위어 보이게 하는 것이었다.

"오래 시간을 끌게 하고 싶지는 않기 때문에," 그는 소파 위에 몸을 일으키며 말했다. "이제 서두는 그만하고 곧 본론으로 들어갑지요. 홈즈 씨, 저는 성공의 길을 걷는 행복한 인간이었습니다. 그런데 막상 결혼하려는 때에 저의 앞날에 무서운 불운이 갑자기 닥쳐왔습니다.

왓슨으로부터 들으셨으리라고 생각합니다만 저는 외무성에 있으며, 외삼촌 되는 홀더스트 경의 주선으로 재빨리 책임있는 지위로 승진했습니다. 외삼촌이 현 내각의 외무대신이 되고 나서부터 책임있는 직무가 몇 개 주어졌습니다만, 어느 것이나 훌륭히 해내었으므로 외삼촌은 저의 재주와 수완에 큰 신뢰를 두게끔 되었지요.

10주일쯤 전——정확히 말하면 5월 23일의 일인데 외삼촌은 관청 개인 사무실로 저를 불러 이제까지의 일솜씨를 칭찬하고 난 다음, 또 하나 중요한 임무를 맡아 달라고 말했습니다.

'이것이' 하고 그는 서랍에서 회색 두루마리를 꺼내며 말했습니다. '이탈리아와의 비밀 조약 원본인데, 유감스럽게도 이것에 대한 소문이 벌써 신문에 나고 말았어. 아주 중요한 것이므로 이 이상 외부에 누설되는 일이 있어서는 안 되는 거야. 프랑스나 러시아 대사관은 이 문서의 내용을 알기 위해서라면 막대한 돈을 내놓을 게야. 내 책상으로부터 내놓을 성질의 것은 아니지만, 꼭 사본을 만들어야 할 필요가 생겼어. 너도 사무실에 개인용 책상을 가지고 있을 테지?'

'네, 가지고 있습니다.'

'그럼, 이 문서를 가지고 가서 책상에 넣고 쇠를 채워 두어라. 그리고 모두들 직원들이 퇴근해서 돌아간 뒤 누구에게도 보일 염려 없이 천천히 베끼도록. 모두 베끼고 나거든 원본과 사본을 다같이 서랍에 넣고 쇠를 채워 두었다가, 내일 아침 나에게 직접 제출해 주기 바란다.'

저는 서류를 받아 가지고……."

"잠깐 기다려 주십시오." 홈즈가 말했다. "그 이야기를 하는 동안 당신들은 두 사람뿐이었습니까?"

"네, 둘뿐이었습니다."

"큰 방이었겠지요."

"30피트 사방은 됩니다."
"그 복판에서?"
"네, 복판쯤이었습니다."
"그리고 낮은 목소리로?"
"외삼촌의 목소리는 언제나 아주 나직하지요. 저는 거의 말을 하지 않았습니다."
"고맙습니다." 눈을 감고 홈즈는 말했다. "그럼, 다음을……."
"저는 외삼촌의 지시대로 다른 관리들이 돌아가기를 기다렸습니다. 저와 같이 있는 찰스 골로라는 친구가 잔업을 하고 있었으므로, 저는 그를 남겨 두고서 잠깐 식사를 하러 나갔습니다. 제가 돌아왔을 때 그는 이미 없었습니다. 저는 일을 서두르고 있었습니다. 왜냐하면 저 조셉, 당신들이 방금 만나신 해리슨이 런던에 와 있어서 11시 기차로 워킹에 돌아갈 예정이었으므로, 되도록이면 그 기차를 타고 싶었던 것입니다.

그런데 그 조약에 눈길을 달려 보았더니 과연 중요한 것으로서, 외삼촌의 말이 결코 과장이 아니었음을 곧 알았습니다. 자세한 것은 말씀드리지 않겠습니다만, 어쨌든 3국 동맹(독일·오스트리아·이탈리아간의 동맹. 1882~1915)에 대한 대영제국의 입장을 명백히 나타내는 것이었고, 또한 만일 지중해에서 프랑스 해군이 이탈리아 해군에 대해 완전한 우세에 섰을 경우 우리나라가 취하게 될 정책을 예고하는 것이었습니다. 취급되고 있는 사항은 순수한 해군 문제에 국한되어 있습니다. 마지막으로는 조약을 체결한 고관들의 서명이 있었습니다. 저는 대충 훑어보고 나서 베끼는 작업에 들어갔습니다.

26개 조항으로 된 긴 문서로서 프랑스어로 씌어 있었습니다. 되도록 서둘렀습니다만, 9시가 되었는데도 아직 9개 조항밖에 베끼지를 못해 도저히 마음먹은 기차를 탈 수 있을 것 같지 않았습니다. 식사한 것과 꼬박 하루 종일 근무한 피로 때문에 졸립기도 하고 해서 머리가 멍해져 왔습니다.

사환 한 사람이 계단 밑에 있는 작은 방에서 당직을 하고 있어서, 남아서 일하는 관리가 명령하면 알코올램프로 커피를 끓여주기로 되어 있습니다. 그래서 저는 벨을 울려 사환을 불렀습니다.

뜻밖에도 벨에 응하여 나타난 것은 여자였습니다——몸집이 크고 천한 얼굴 생김의 나이 먹은 여자로서 에이프런을 두르고 있었습니다. 사환의 아내로서 잡역부 노릇을 하고 있다고 하므로, 어쨌든 커피를 시켰습니다.

그러고서 2개 조항을 베꼈던 것입니다만, 점점 더 눈이 감겨져 왔으므로 발이라도 좀 펴려고 일어나서 방 안을 걸어다녔습니다. 아직도 커피가 오지 않으므로, 어째서 이렇게 더딜까, 하고 이상한 느낌이 들었습니다. 보고 와야겠다고 마음먹고 문을 열고서 계단 쪽으로 복도를 걸어갔습니다.

제가 일을 하고 있던 방에서부터 곧장 어둠침침한 등불이 켜진 복도가 있고, 그것이 유일한 출입구로 되어 있습니다. 그것이 꼬부라진 계단에 이어지고 다 내려간 곳에 사환의 방이 있는 것입니다. 계단 중간에 작은 층계참이 있고 여기에 또 하나의 통로가 직각으로 나 있습니다. 이 제2의 통로는 조금 가면 작은 계단이 되고 고용인용의 뒷문으로 나갑니다만, 이것은 찰스 거리 쪽에서 오는 관리들의 지름길이기도 합니다. 이것이 그 약도입니다."

"고맙습니다. 이야기는 잘 알 수 있습니다." 셜록 홈즈는 말했다.

"여기가 가장 중요한 곳이므로 부디 유의해 주시기 바랍니다. 제가 계단을 내려가 복도에 이르러 보니까 사환은 방에서 세상 모르게 잠들어 있고, 알코올램프에 올려놓은 주전자가 부글부글 끓으며 물

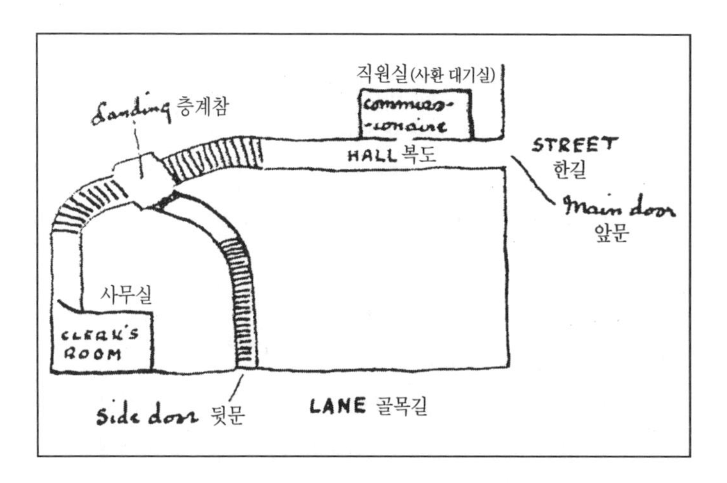

이 바닥에 넘치고 있지 않겠습니까. 손을 뻗쳐 아직도 잠들어 있는 사환을 흔들어 깨우려고 하는 찰나, 그의 머리 위 벨이 요란한 소리를 내며 울렸고 사환은 깜짝 놀라서 잠이 깨었습니다.

'펠프스 씨!'

그는 당황하는 태도로 저를 보면서 말했습니다.

'커피가 준비되었는지 어떤지 보러 왔소.'

'주전자를 올려놓은 채 잠이 들어 버려서.'

그는 제 얼굴을 보고 아직도 울리고 있는 벨을 올려다보았습니다만, 그 얼굴에는 한층 강한 놀라움의 빛이 나타났습니다.

'당신이 여기 계시는데 누가 벨을 울렸을까요?'

그는 물었습니다.

'벨이라구!' 저는 말했습니다. '대체 무슨 벨이지?'

'당신이 일을 하고 계셨던 방의 벨 말입니다.'

저는 차가운 손으로 심장을 꼭 잡힌 듯한 느낌이 들었습니다. 그러고 보니 중요한 문서가 책상 위에 놓여져 있는 그 방에 누군가 있는 것입니다. 저는 미친 사람처럼 계단을 뛰어올라가 복도를 달렸습니다. 복도에는 아무도 없었습니다. 홈즈 씨, 방안에도 아무도 없었습니다. 모두 제가 나왔을 때 그대로인데, 다만 저에게 맡겨진 그 문서만이 놓아 두었던 책상 위에서 사라져 버린 것입니다. 사본은 있었습니다만 원본은 어디에도 없었습니다."

홈즈는 단정히 고쳐앉아 두 손을 비벼 대었다. 이 문제가 완전히 마음에 들었던 모양이다.

"그래, 그러고 나서 어떻게 하셨습니까?"

그는 작은 목소리로 말했다.

"저는 그 순간 도둑은 뒷문으로해서 계단을 올라왔을 게 틀림없다고 느꼈습니다. 다른 통로부터 왔다면, 물론 저하고 마주쳤을 겁니다."

"방에 쭉 숨어 있었다든가, 어둠침침하다고 말씀하신 복도에 숨어 있었으리라는 일은 없다고 확신하셨다는 말씀이죠."

"절대로 있을 수 없는 일입니다. 방에도 복도에도 쥐라고 한들 숨어 있을 수가 없습니다. 으슥한 곳이란 전혀 없으니까요."

"고맙습니다. 부디 계속해 주십시오."

"사환은 나의 새파란 얼굴빛으로 무언가 무서운 일이 있구나 눈치채고서 2층까지 따라왔습니다. 그래서 우리들은 복도를 달려 찰스 거리로 나가는 가파른 계단을 뛰어내려갔습니다. 뒷문은 닫혀 있었습니다만 쇠는 채워져 있지 않았습니다. 그것을 밀어젖히고 뛰어나갔습니다. 마치 그때 근처 교회의 종이 세 번 울린 것을 똑똑히 기억하고 있습니다. 10시 15분 전이었습니다."

"그것은 매우 중요한 일입니다."

홈즈는 셔츠의 커프스를 열고 무언가를 적어 넣었다.

"캄캄한 밤이었는데 따뜻한 비가 후드득거리고 있었습니다. 찰스 거리에는 사람 그림자 하나 없었습니다만, 저쪽 화이트 홀 거리는 언제나처럼 번화했습니다. 우리들이 모자도 쓰지 않은 채 거리를 달려가자, 맞은쪽 길모퉁이에 경관 한 사람이 서 있는 게 보였습니다.

'도난 사고예요!' 저는 숨을 헐떡이면서 말했습니다. '매우 귀중한 서류를 외무성에서 도둑맞았어요. 누군가 여기를 지나가지 않았습니까?'

'15분이나 여기 서 있습니다만,' 경관은 말했습니다. '그동안 꼭 한 사람 지나갔을 뿐입니다. 키가 크고 나이 든 여자인데 페이들리 직 숄을 두르고 있었지요.'

'아, 저의 집사람입니다.' 사환이 외쳤습니다. '그 밖에 아무도 안 지나갔습니까?'

'아무도.'

'그럼, 도둑은 저쪽으로 갔을 게 틀림없습니다.'

사환은 큰 목소리로 말하고 저의 소매를 끌어당기는 거였어요.

그러나 저는 납득이 가지 않았고, 더군다나 저를 끌고 가려는 사환이 아무래도 수상하게 생각되었습니다.

'그 여자는 어느 쪽으로 갔습니까?'

저는 큰 목소리로 물었습니다.

'모릅니다. 지나가는 것은 보았습니다만, 특별히 주의해서 살펴보지는 않았으니까요. 서두르고는 있었던 것 같습니다.'

'얼마쯤 전입니까?'

'그러니까 그리 오래 되지는 않았지만…….'

'5분 이내입니까?'

'그렇습니다. 채 5분도 지나지 않았습니다.'

'시간을 낭비할 뿐이에요. 한시라도 지체할 수 없는데' 하고 사환은 재촉했습니다.

'제 말을 믿어 주십시오……우리 집사람은 아무런 관계가 없습니다. 그것보다는 반대쪽으로 가 보십시다. 싫으시다면 저 혼자 가보겠습니다.'

그렇게 말하고 사환은 반대 방향으로 뛰어갔습니다.

저도 곧 쫓아가서 소매를 붙잡았습니다.

'자네는 어디에 살고 있는가?' 하고 물었습니다.

'블릭스튼 아이비 골목 16번지입니다.' 그는 대답했습니다. '하지만 엉뚱하게 생각하시면 안 됩니다, 펠프스 씨. 저쪽 한길로 나가보십시다. 무언가 알아낼 수 있을지도 모르니까요.'

사환의 의견을 좇더라도 특별히 손해나는 것은 아닙니다. 경관도 합세하여 우리들은 서둘러서 쫓아갔습니다만, 숱한 사람들이 붐비고 있는데다가 더군다나 비오는 밤이라 많은 사람들이 한결같이 어서 집으로 돌아가려고 바쁘게 걷고 있을 뿐이었습니다. 누가 지나갔는지 바라보고 있다가 가르쳐 줄 만한 한가로운 산책자는 없었습니다.

할 수 없이 우리들은 관청으로 돌아와 계단이며 복도를 찾았습니다만, 헛일이었습니다. 사무실 앞 복도에는 크림 빛깔의 리놀륨이 깔려 있어서 발자국이 나 있으면 곧 알 수 있었지요. 그러나 열심히 조사해 보았습니다만 발자국 같은 것은 발견되지 않았습니다."

"그날 밤은 비가 쭉 내리고 있었습니까?"

"7시쯤부터 계속 내렸습니다."

"그렇다면 9시쯤 방에 들어온 여자가 흙 묻은 구두 자국을 남기지 않았다는 건 어떻게 된 까닭일까요."

"그 점이 말씀드리고 싶은 대목입니다. 저도 그때 그것을 깨달았습니다. 잡역부들은 사환실에서 신을 벗고 헝겊 슬리퍼를 신는 게 습관이거든요."

"잘 알았습니다. 그래서 비오는 밤인데도 발자국이 남지 않았던 셈이겠군요. 이러한 사건의 연쇄는 확실히 굉장한 흥미가 있습니다. 그리고 어떻게 하셨습니까?"

"방 안도 조사했습니다. 따로 비밀문 같은 것이 있을 까닭은 없고 창문은 지면에서부터 30피트나 됩니다. 그 창문은 둘 다 안에서 잠겨 있었습니다. 양탄자가 깔려 있어 바닥에 비밀문이 있을 턱도 없고 천정은 보통 흰 칠입니다. 서류를 훔친 놈이 문으로부터 들어온 게 틀림없다는 건 목숨을 걸어도 좋습니다."

"벽난로는 어떻습니까?"

"벽난로는 없습니다. 대신 스토브가 있습니다. 벨의 끈은 제 책상 바로 오른쪽, 위에 있는 철사에 매달려 있습니다. 벨을 울린 놈은 곧장 책상 앞으로 다가와서 울렸을 게 분명합니다. 대체 도둑은 무엇 때문에 벨을 울렸을까요. 이 점이 아무리 생각해도 모르는 수수께끼입니다."

"확실히 그 점이 이상하군요. 그래, 다음의 조치는? 침입자가 무언가 흔적을 남기고 있지 않은가 조사하셨을 테죠. 담배 꽁초라든가 장갑 한 짝이라든가 머리핀이라든가 그러한 것을……."

"그런 것은 아무것도 없었습니다."

"냄새 같은 것도?"

"글쎄요, 거기까지는 생각이 미치지 못했습니다."

"음, 이러한 조사에는 담배 냄새 같은 것이 매우 도움이 되거든요."

"저 자신 담배를 피우지 않기 때문에 만일 그 냄새가 났다면 깨달았으리라고 생각합니다. 어쨌든 단서가 될 만한 것은 전혀 없었습니다. 명백한 사실은 단 한 가지, 사환의 아내가——탕기 부인이라고 합니다만——서둘러 나갔다는 것뿐입니다. 사환에게 물어도 언제나 집에 돌아가는 시간이라는 말밖에 하지 않습니다. 경관과 저는 그 여자가 서류를 가지고 있다고 가정하고서 그것을 처분하기 전에 체포하는 게 최상의 방법이라는 데 의견이 일치했습니다.

그럭저럭하는 사이 사건의 소식이 경시청에 들어가고 형사인 포브스 씨라는 사람이 달려와서 수사에 모든 노력을 기울였습니다. 저희들은 영업마차를 빌어타고 30분 남짓 걸려 사환의 집에 닿았습니다. 문을 연 것은 젊은 여자로 탕기 부인의 큰딸이었습니다. 어머니는 아직 돌아와 있지 않았으므로 우리들은 현관 방에 안내되어 돌아오기를 기다렸습니다.

10분쯤 되어 문을 노크하는 소리가 들리고, 여기서 저희들은——저의 잘못입니다만——중대한 실책을 저지르고 말았습니다. 우리들이 직접 문을 열었으면 좋았을 것을 딸을 내보냈던 겁니다. '어머니, 남자분 둘이 집에 와서 어머니를 만나고 싶다며 기다리고 있어요' 하고 딸이 말하는 소리가 들리고, 그러고 나서 곧 쿵쿵 복도를 뛰어가는 발소리가 났습니다. 포브스는 문을 밀어젖히고, 우리들 두 사람은 뒷방, 즉 부엌으로 뛰어들어갔는데 여자는 먼저 와 있었습니다. 여자는 시비조로 노려보았습니다만 문득 저를 보더니 완전히 놀란 듯한 표정이 얼굴에 떠올랐습니다.

'어머, 관청의 펠프스 님이 아니셔요?' 라고 그녀는 외쳤습니다.

'이봐요, 우리들이 누군 줄 알고 달아났지?' 형사가 물었습니다.

'돈 받으러 온 사람이라고 생각했죠.' 여자는 말하더군요. '상인과 말썽이 있었기 때문이에요.'

'그런 소리를 해도 통하지 않아.' 형사는 대답했습니다. '당신이 외무성에서 중요한 서류를 훔쳐냈을 게 틀림없어……그리고 그것을 감추기 위해 이리로 뛰어왔겠지. 신원을 조사할 테니까 경시청까지 따라와!'

여자가 항변을 해도 반항을 해도 헛일이었습니다. 영업용 마차가 불려 오자 세 사람은 그걸 타고서 그 집을 물러나왔습니다. 그전에 부엌을, 특히 우리들이 뛰어들기까지 서류를 처분하지는 않았을까 하고 아궁이를 조사했습니다. 그러나 재도 종이쪽도 없었습니다. 경시청에 닿자 곧 여자는 여자 검사관의 손에 넘겨졌습니다. 저는 어떻게 될 것인가 안절부절못하면서 검사관의 보고를 기다렸습니다. 그러나 서류는 발견되지 않았습니다.

그때 비로소 자신이 놓여진 입장의 무서움이 몸을 죄어 왔습니다. 그때까지는 줄곧 뛰어다니고 있었던 덕분으로 머리의 활동이 멎어 있었던 거예요. 금방이라도 원본을 되찾으리라고 확신하고 있었으므로, 그렇게 되지 않았을 경우 어떻게 되는가 하는 것은 생각할 마음도 나지 않았습니다. 그런데 이제 해야 할 일도 없어지고 말아 자신의 입장을 실감할 틈이 생겼던 것입니다. 난처하고 두려운 입장이 된 것입니다!

왓슨은 알고 있습니다만, 저는 학창시절 신경질적이고 다감한 학생이었습니다. 그것이 저의 성질인 거지요. 저는 외삼촌의 일과 그 동료 대신들의 일을 생각하고 외삼촌에게, 내 자신에게, 저와 관계있는 모든 사람에게 끼친 불명예를 생각했습니다. 제가 이렇게 된 것은 불가항력의 우발 사고에 의한 것이라고 해서 그것이 무슨 소용이 있겠어요? 일이 외교상의 이해에 관계되는 경우, 우발 사고라 하여 조금도 용서될 여지는 없는 것입니다.

저는 파멸입니다——면목이 없는 절망적인 파멸입니다. 그러고서 어떻게 했는지 전혀 모릅니다. 큰 소동을 벌인 듯한 느낌이 듭니다. 관리들 몇 사람이 저를 둘러싸고 위로해 주려고 했던 것을 희미하게 기억하고 있습니다. 그중 하나가 워털루 역까지 차로 배웅해 주고 워킹 행 기차에 태워 주었습니다. 이 근처에 사는 페리어 박사가 마침 그 기차에 타고 계시지 않았다면 그 관리가 쭉 따라와 주었을 거라고 생각합니다. 페리어 선생은 아주 친절히 돌봐주셨는데, 참으로 고마운 일이었습니다만——저는 역에서 발작을 일으키고 집에 도착했을 무렵에는 그야말로 손도 댈 수 없는 미치광이가 되어 날뛰고 있었습니다.

집안 사람들이 페리어 선생의 벨소리에 잠이 깨고 저의 그 같은 광경을 보았을 때의 소동을 상상해 주십시오. 이 애니와 어머니는 완전히 비탄에 잠기고 말았습니다. 페리어 선생은 역에서 형사로부터 얼마쯤 이야기를 듣고 계셨으므로 사건의 대강을 설명했습니다만, 그것으로 어떻게 되는 것은 아닙니다. 제가 병석에 오래 누우리라는 건 누구의 눈에도 명백했기 때문에 조셉은 이 기분좋은 침실에서 쫓겨나고, 그 자리가 저의 병실이 되었습니다. 그리고 이렇게 홈즈 씨, 9주일 이상이나 의식불명으로 뇌염 때문에 헛소리를 해 가며 꼬박 누워 있었습니다. 이 애니가 없었다면, 그리고 의사 선생의 치료가 없었다면 이렇듯 당신에게 이야기할 수도 없었겠지요.

낮에는 애니가 옆에 있어 주었고 밤에는 고용한 간호사가 시중을 들어 주었습니다——미치광이 같은 발작이 일어나면 사실 무슨 일을 저지를지 몰랐던 거예요. 의식은 서서히 회복되어 왔습니다만, '기억이 완전히 회복된 것은 바로 요 3일 가량의 일입니다. 기억 같은 건 회복하지 말았으면 좋았을 텐데' 하고 생각하는 일도 있었습니다만, 맨 먼저 제가 한 일은 사건 담당인 포브스 씨에게 전보를 치는 일이었습니다. 그는 여기까지 와 주었고 온갖 방법을 다 써주었지만 아무런 단서도 발견되지 않는다는 것이었습니다. 사환 부부를 온갖 각도에서 조사해 보았지만, 사건에 광명을 줄 만한 것은 나오지 않았죠.

그래서 경찰의 혐의는 골로라는 젊은 사나이——앞서 말씀드린, 그날 밤 관청에 남아 있었던 사나이입니다——에게 두어졌습니다. 남아 있었다는 것, 이름이 프랑스 계통이라는 것, 혐의의 근거라고 해야 이 두 가지 점뿐입니다. 그러나 사실로 보아, 제가 일을 시작한 것은 그가 돌아간 뒤였고 그의 집안은 위그너(16, 7세기 프랑스의 신교도. 박해 때문에 네덜란드와 영국으로 많이 망명했음)의 혈통일 뿐으로, 감정이나 전통에 있어서는 당신이나 저와 조금도 다름없는 영국 사람인 것입니다. 어쨌든 그는 전혀 관계가 없다는 것이 판명되고 수사는 벽에 부닥치고 말았습니다.

홈즈 씨, 그야말로 마지막 구원의 밧줄로써 당신에게 매달리는 것입니다. 당신이 힘이 되어 주시지 않는다면 저의 명예도 지위도 영원히 상실되고 마는 겁니다."

병자가 긴 이야기에 지쳐 소파 위에 힘없이 쓰러지자, 간호하는 해리슨 양이 무언가 정신나는 약을 한 컵 먹였다. 홈즈는 머리를 젖히고서 눈을 감은 채 잠자코 앉아 있었다——모르는 사람에게는 무관심한 태도로 보일 테지만, 이거야말로 가장 강력히 정신을 집중시키고 있는 표적이라는 것을 나는 알고 있었다.

"이야기는 매우 명확했기 때문에," 겨우 홈즈가 입을 열었다. "물어 볼 일은 거의 없습니다. 하지만 단 한 가지 매우 중대한 질문이 있습니다. 이 특별한 일을 하는 것에 관해 누군가에게 말씀하셨습니까?"

"아니오, 아무에게도."

"이를테면 이 해리슨 양에게도."

"물론입니다. 명령을 받고 나서 일에 착수하기까지, 그 동안 워킹에는 돌아오지 않았으니까요."

"그 사이 공교롭게도 집안의 누군가 찾아오신 일도?"

"없습니다."

"가족들 중에 관청 안의 구조 같은 것을 알고 계신 분이 있습니까?"

"그것은 모두들 알고 있습니다. 안내하여 구경시킨 일이 있으니까요."

"그렇다 하더라도 물론 조약에 관해 누구에게도 이야기하시지 않았다면, 이와 같은 질문은 엉뚱한 것이겠군요."

"전혀 말하지 않았습니다."

"사환에 관해 무언가 알고 계신 일은?"

"네, 전에 군인이었다는 것 말고는."

"어느 연대입니까?"

"아, 그것은 들었습니다. 근위 콜드스트림 연대입니다."

"고맙습니다. 자세한 것은 포브스로부터 들을 수 있으리라고 생각합니다. 경찰이라는 사람들은 그것을 언제나 제대로 활용할 수 있는 것도 아닌데 자료를 모으는 일은 참으로 능숙하니까요. 장미꽃이 참 아름답군요!"

그는 소파 옆을 빠져나가 열어젖혀진 창가로 가서, 진홍과 초록이 뒤섞인 아름다운 뜰을 내다보며 흰 겹장미 줄기를 손에 잡았다. 이것은 그의 성격의 새로운 일면이었다. 왜냐하면 그가 자연의 사물에 강한 관심을 나타내는 것을 나는 그때까지 본 일이 없었기 때문이다.

"무릇 이 세상에서 종교에 있어서만큼 추리가 필요한 일은 없습니다." 창 덧문에 등을 기대며 그는 말했다. "추론가는 종교를 정밀과학과 마찬가지로 조립할 수가 있는 것입니다. 신의 은총의 더할 데 없는 증거는 꽃 속에서 발견된다고 저는 생각합니다. 다른 모든 것, 우리들의 힘이라든가 욕망이라든가 식물이라든가 생존을 위해 우선 첫째로 필요한 것입니다. 그런데 이 장미는 좀 색다르지요. 그 향기며 색깔은 생명의 장식으로서 그 요건이 아닙니다. 다만 은총만이 여분의 것을 주기 때문에, 우리들은 꽃에서부터 많은 희망을 끌어낼 수가 있다고 거듭 말하고 싶군요."

퍼시 펠프스와 해리슨 양은 홈즈가 이 기괴한 증명을 해치우는 것을 놀라서 보고 있었으나, 그 얼굴에는 실망의 빛이 역력하게 떠올랐다. 홈즈는 겹장미를 손가락 사이에 낀 채 몽상에 잠기고 말았다. 그것이 몇 분도 계속되기 전에 해리슨 양이 불쑥 입을 열었다.

"홈즈 씨, 이 사건의 수수께끼를 풀 가망이 있나요?"

그녀는 조금쯤 쌀쌀맞은 말투로 물었다.

"아, 사건 말입니까!" 움찔하며 현실의 문제로 되돌아와, 그는 대답했다. "에, 이것이 굉장히 난해하고 복잡한 사건이라는 것은 부정하는 쪽이 이상하겠지요. 어쨌든 이제부터 조사를 시작하여 무언가 알게 되는 일이 있으면 알려 드릴 작정입니다."

"단서는 있나요?"

"이야기하신 가운데 일곱 가지쯤 있었습니다만, 잘 음미한 다음이 아니면 그 가치에 관해서 뭐라고 말씀드릴 수 없습니다."

"누구를 의심하고 계시나요?"

"내 자신……."

"뭐라고요?"

"너무나 빨리 결론에 도달한 일을 말입니다."

"그럼, 런던에 돌아가셔서 결론을 확신하시면 될 거예요."

"지당하신 말씀입니다, 해리슨 양." 홈즈는 일어서면서 말했다. "왓슨, 그것이 제일 좋을 것 같네. 엉뚱한 희망에 가슴을 부풀리게 해서는 안 됩니다, 펠프스 씨. 사건은 매우 복잡한 것이니까."

"다음에 뵙게 될 때까지 또 열에 쓰러질지도 모릅니다."

외교관은 비통한 목소리로 말했다.

"뭐, 내일 또 같은 기차로 올 겁니다……아무래도 별로 시원한 보고는 드릴 수 없을 것 같습니다만."

"약속해 주셔서 정말로 고맙습니다." 의뢰인은 말했다. "무엇인가 해주고 계시다는 것을 아는 것만으로도 살 것만 같습니다. 그런데 홀더스트 경으로부터 편지가 와 있습니다만."

"허, 뭐라고 씌어 있던가요?"

"냉담합니다만, 가혹하지는 않습니다. 제가 중태이니까 그리 엄격하게 말할 수도 없었으리라고 생각합니다. 문제는 심히 중대하다고 반복하고서, 제 건강이 회복되어서 알맞게 이 불상사의 보상을 하지 않는 한 장래의 일로 뒤를 돌보아 줄 수는 없다고――이것은 물론 면직을 의미하는 것입니다만――덧붙이고 있습니다."

"그래요, 그것은 도리에 맞는 동정적인 편지로군요." 홈즈는 말했다. "자, 왓슨, 하루치 일거리가 듬뿍 런던에서 기다리고 있네."

조셉 해리슨 씨가 마차로 역까지 배웅해 주었고 우리들은 이윽고 포츠머드(영국 잉글랜드 남부의 항구 도시)선의 기차 안에 있었다. 홈즈는 깊은 사색에 잠기고 말았으며, 차를 갈아타는 클라파암 역을 지날 무렵이 되어서야 겨우 입을 열었다.

"이런 식으로 집들을 굽어볼 수 있는 고가선(高架線)으로 런던에 들어간다는 건 참으로 즐겁지 않은가."

아무튼 지저분한 조망이라 농담인 줄 생각하고 있으려니까, 그는 곧 설명하기 시작했다.

"슬레이트 지붕들 위에 여기저기 덩어리져서 솟아 있는 큰 건물은 마치 납빛 바다에 뜬 벽돌 섬 같군."

"공립 초등학교라네."

"등대일세, 여보게! 미래를 비추는 광명이야. 하나하나가 몇백이라는 반들반들한 작은 씨앗을 간직한 깍지이지――저 속에서 보다

현명하고 보다 나은 미래의 영국이 튀어나온다네. 그런데 펠프스라는 사나이 말인데, 술은 마시지 않을 테지?"

"아마 그럴 거야."

"나도 그렇게 생각해. 그러나 온갖 가능성을 고려할 필요가 있지. 가엾게도 그 사나이는 실제로 엄청난 곤경에 빠져 있는데 우리의 손으로 구해 내 줄 수 있을지 어떨지 이것이 문제라네. 해리슨 양에 대해서는 어떻게 생각하나?"

"강한 성격의 아가씨야."

"응, 하지만 내가 잘못 본 것이 아니라면 선량한 사람이지. 그 남매는 북부 노덤벌랜드 가까운 철공장 주인의 둘뿐인 자녀지. 펠프스가 이번 겨울에 여행했을 때 약혼이 성립되어 그녀는 펠프스의 가족과 대면하기 위해 오빠와 함께 온 걸세. 그러던 차 이 대사건이 생겼으므로 누이동생은 애인의 간호 때문에 남게 되었고, 오빠 쪽도 꽤나 지내기가 평안하므로 눌러앉아 있었지. 좀전에는 우리들만으로 약간의 조사를 한 셈이지. 하지만 오늘은 꼬박 하루가 수사의 날일세."

"내 본업은……."

나는 계속 말하려 했다.

"허허, 자네의 환자 쪽이 나의 사건보다 재미있다고 생각된다면……."

홈즈는 조금 짓궂게 말했다.

"아냐, 지금은 1년 중에서 가장 경기가 나쁜 때라서 하루나 이틀은 아무래도 좋다고 말하려던 참이야."

"그거 잘 되었네." 기분이 좋아진 홈즈는 말했다. "그럼, 함께 조사하세. 우선 시작으로 포브스와 만나는 거야. 필요한 사항을 전부 이야기해 줄 것이므로 어디서부터 손을 대야 좋을지, 방침이 서리라고 생각돼."

"아까 무언가 단서가 있다고 말했잖은가."

"응, 몇 개 있지만 좀더 잘 조사하고 나서가 아니면 그 가치에 대해서 말할 수가 없네. 규명하기가 가장 곤란한 범죄는 목적이 없는 범죄지. 그런데 이것은 목적이 없는 게 아니야. 이걸로 이익을 얻는 자는 누구일까? 프랑스 대사, 러시아 대사, 그 어느 쪽인가에 서류를 팔고자 하는 인간, 그리고 홀더스트 경이라는 자가 있어."

"홀더스트 경이라고!"

"응, 정치가로서 그와 같은 문서가 우연히 사라지고 나면, 오히려 형편이 좋은 입장에 놓여지는 일도 있다고 생각될 수 있으니까 말이야."

"홀더스트 경과 같이 명예로운 경력의 정치가에게 그런 일은 생각할 수 없어."

"아냐, 이것도 있을 수 있는 일이니까 무시할 수는 없네. 오늘 각하와 만나서 뭐라고 하는지 이야기를 들어 보세. 그런데 나는 벌써 수사에 착수한 거야."

"뭐라구?"

"응, 워킹 역에서 온 런던의 석간 신문에 전보를 쳐 두었네. 이 광고가 어느 석간에고 나올 걸세."

홈즈는 수첩을 한 장 찢어 내어 나에게 건네주었다. 거기에는 연필로 다음과 같이 휘갈겨 씌어져 있었다.

상금 10파운드——5월 23일 밤 10시 15분, 찰스 거리 외무성 현관 앞 또는 부근에서 손님을 내려 준 마차의 번호. 베이커 거리 221B에 알려 주시기 바람.

"도둑은 마차로 왔다고 생각하나?"

"그렇지 않았다 하더라도 해될 것은 없지. 하지만 방에도 복도에도 숨을 장소가 없다는 펠프스의 말이 옳다면, 도둑들은 역시 밖에서 온 자가 아니면 안 되네. 그 비오는 날 밤 밖에서 들어와 리놀륨 바닥에 아무런 자취도 남기지 않았다면——지나간 뒤 몇 분도 안 되어 조사한 것이므로——마차로 왔다고 생각하는 게 더없이 자연스럽지 않은가. 마차라고 생각해도 거의 틀림은 없네."

"과연, 그럴듯싶군."

"이것이 내가 말하는 단서의 하나네. 여기서부터 무언가 알게 될지도 모르지. 다음으로 말할 것도 없지만 벨 문제가 있네. 이것이 이 사건의 가장 특징적인 걸일세. 왜 벨을 울렸나. 도둑이 속임수로써 울렸을까, 아니면 누군지 그 도둑과 함께 있었던 자가 범죄를 방해하기 위해 울렸던 것일까, 또는 한낱 우연일까? 아니면 또……."

홈즈는 또다시 입을 다물고 지그시 생각에 잠기고 말았지만, 그의 어떠한 기분이나 다 알고 있는 나는 무언가 새로운 가능성이 그 앞에 나타나기 시작했음을 느낄 수 있었다.

종착역에 닿은 것은 3시 20분이었다. 구내 식당에서 점심을 들고 경시청으로 서둘러 갔다. 홈즈로부터 전보가 와 있었으므로 포브스는 우리들을 잔뜩 기다리고 있었다. 작은 몸집에 교활해 보이는 사나이로서 날카롭고 아무리 보아도 무뚝뚝한 표정을 하고 있었다. 우리들에 대한 태도는 실로 냉랭한 것으로서, 특히 용건을 듣고 나서부터는 더욱 심했다.

"당신의 수법에 대해서는 전부터 듣고 있습니다, 홈즈 씨." 포브스는 신랄한 어조로 말했다. "당신이란 사람은 경찰이 제공할 수 있는 정보를 전부 이용하고, 그것으로 사건을 해결하여 우리들의 체면을 말씀 아니게 만들더군요."

"그렇기는커녕," 하고 홈즈는 말했다. "최근에 취급한 53건의 사건 중 내 이름이 나온 것은 네 번뿐이고 나머지 49건은 모두 경찰의 공이 되었지요. 모르는 당신을 탓하지는 않겠소. 당신은 젊고 경험이 없으니까요. 그러나 이 새로운 직무에서 성공하고 싶다면 나를 적으로 돌리지 말고 함께 일을 해야 할 거요."

"무언가 힌트를 가르쳐 주신다면 매우 고맙겠습니다만." 형사는 태도를 고치고서 말했다. "지금까지로선 이 사건에서 공을 세울 만한 일은 하나도 하지 않았습니다."

"어떤 방법을 썼습니까?"

"사환인 탕기에게는 미행을 딸려 두었습니다. 그는 근위 부대를 그만둘 때에 훌륭한 인물 증명서를 받은데다가, 그의 불리한 점을 증명할 자료는 전혀 발견되지 않았습니다. 하지만 여편네 쪽은 감때가 사납지요. 의외로 좀더 무엇인가 알고 있으리라고 짐작은 하고 있습니다."

"미행을 딸렸다고요?"

"여자 경관을 붙이고 있습니다. 탕기의 아내는 술고래여서 얼근히 취했을 때 두 번쯤 접근해 보았지만, 아무것도 알아낼 수가 없었다고 합니다."

"그 집에는 빚쟁이가 드나들고 있는 모양이던데."

"네, 하지만 돈은 깨끗이 지불됐습니다."

"그 돈이 어디서 나왔을까요?"

"그 점 수상한 것은 없습니다. 남편의 연금 수령날이 되었던 겁니다. 저축 같은 것이 있다고는 전혀 생각되지 않습니다만."

"펠프스 씨가 커피를 부탁하려고 벨을 울렸을 때, 올라간 일에 대해 그 여자는 뭐라고 답변하고 있습니까?"

"남편이 몹시 지쳐 있으므로 쉬도록 해주고 싶었다는 거예요."

"하긴 조금 뒤에 남편이 의자 위에서 자고 있었던 것과 이야기가 맞는군. 여자의 성격이 문제가 될 뿐 달리 수상한 점은 없는 셈이군. 그날 밤 왜 여자가 서둘러서 돌아갔는지 물어 보았습니까? 서두르고 있는 것은 경관의 눈에도 띄었던 모양인데."

"여느 때보다 늦었으므로 빨리 돌아가고 싶었다고 합니다."

"당신과 펠프스 씨가 적어도 20분은 늦게 출발했는데, 그녀보다 먼저 집에 도착했다는 점을 지적해 보았습니까?"

"합승과 영업마차의 차이일 거라고 말하고 있습니다."

"집에 돌아오자마자 뒤쪽 부엌으로 뛰어든 이유를 제대로 설명하던가요?"

"빚쟁이에게 지불할 돈이 거기에 있었다고 말했습니다."

"어쨌든 무엇이고간에 그런대로 대답은 갖고 있군. 돌아오는 길에 누군가 만나지 않았나, 누군가 찰스 거리를 서성이는 것을 보지 않았느냐고 물어 보았습니까?"

"경관 말고는 아무도 보지 못했다고 합니다."

"과연 꽤나 철저하게 심문한 셈이군요. 그 밖에는 어떠한 것을?"

"사무관인 골로에게 요 9주일 동안 내내 미행을 붙였습니다만, 아무런 소득이 없습니다. 이 사나이에게 불리한 증거란 없는 셈입니다."

"그 밖에 또 무언가?"

"아뇨, 그 밖에는 단서가 전혀 없습니다. 어떠한 종류의 증거도."

"그 벨이 울린 일에 대해 무언가 설명이 되었습니까?"

"정직히 말해서 그것에는 두 손 들었습니다. 누군지는 모르지만 그런 식으로 일부러 경보를 울리다니, 배짱이 두둑한 놈입니다."

"그렇죠, 기묘한 짓을 한 거요. 여러 가지로 가르쳐 주어서 정말로 고맙습니다. 범인을 넘길 수 있게 되면 꼭 알리겠습니다. 자, 가세, 왓슨."

"이번에는 어디로 가나?"

방을 나오면서 나는 물었다.

"현 내각의 일원이며 미래의 총리대신인 홀더스트 경에게 면회를 신청하는 것일세."

다행히도 홀더스트 경은 아직 다우닝 거리의 대신실에 있었다(영국 외무성은 북쪽이 다우닝 거리에, 남쪽이 찰스 거리에 면함). 홈즈가 명함을 건네자, 우리들은 곧 안내되었다. 대신은 그 독특한 고풍스러운 정중한 태도로 우리들을 맞이했고 벽난로 양쪽에 놓인 호화스러운 안락의자를 권했다. 우리 둘 사이의 깔개 위에 선 경은 키가 늘씬하게 컸으며 윤곽이 뚜렷하고 사려가 깊어 보이는 생김새로서, 곱슬곱슬한 머리에는 벌써 희끗희끗한 것이 섞여 있고, 참으로 고상한 귀족이라는 저 흔해 빠진 것이 아닌 타입을 대표하는 사람이라고 느껴지는 것이었다.

"홈즈 씨, 이름은 잘 알고 있습니다. 물론 찾아오신 용건을 모른다고는 말 않겠습니다. 이 관청에서 생긴 사건으로 당신의 관심을 끌 만한 것이라고는 한 가지밖에 없으니까요. 누구에게 부탁받고 조사하시는 겁니까?"

그는 미소를 지으며 말했다.

"퍼시 펠프스 씨의 의뢰입니다."

홈즈는 대답했다.

"아, 조카가 가엾게 되었지요. 친척이니만큼 두둔해 주는 일이 도리어 어렵다는 것은 당신도 잘 알고 계시겠죠. 이 사건이 그의 앞날에 더없이 불리한 효과를 미치리라는 것은 피할 수 없을 겁니다."

"그러나 문서가 발견된다면?"

"아, 그렇다면 물론 이야기가 달라집니다."

"각하, 묻고 싶은 일이 두서너 가지 있습니다만 괜찮을까요?"

"알고 있는 한 무엇이든 기꺼이 대답하리라."

"문서를 베끼라고 명령하신 것은 이 방이었습니까?"

"그렇습니다."

"그럼, 누가 엿들을 염려는 거의 없겠군요."

"말할 나위도 없지요."

"사본을 만들기 위해 조약 문서를 내주실 의향을 누구에겐가 말씀하셨습니까?"

"아니오, 결코."

"확실하시겠지요?"

"물론입니다."

"그렇다면 각하도 누설하지 않고 펠프스 씨도 그러했으므로 그 밖에는 아무도 이 일을 모르는 셈으로서, 도둑이 그 방에 들어갔었던 것은 그야말로 우연이라는 것이 됩니다. 그것을 보고 웬 떡이냐고 훔쳐간 것입니다."

대신은 미소를 지으며, "그렇게 되면 이미 저의 전문은 아니로군요" 하고 말했다.

홈즈는 잠깐 생각해 잠겼다. "또 한 가지 함께 검토할 중요한 점이 있습니다."

그는 말했다. "각하께서는 조약의 내용이 알려졌을 경우 심상치 않은 사태가 생길 수 있다고 우려하고 계셨겠지요."

표정이 풍부한 대신의 얼굴에 어두운 그림자가 드리워졌다.

"실로 심상치 않은 사태가 생깁니다."

"벌써 그것이 생기고 있습니까?"

"아직은 아닙니다."

"만일 이 조약이, 이를테면 프랑스나 러시아의 외무성 손에 들어갔다면, 그 일에 대해 무언가 정보가 들어온다고 생각하십니까?"

"들어오리라고 생각합니다." 홀더스트 경은 씁쓰레한 얼굴을 하고 말했다.

"그렇다면 그로부터 10주일이 경과되었으면서도 각하에게 아무런 정보도 없는 걸로 보아 조약은 무언가의 이유로 아직 상대방에게 넘어가 있지 않다고 생각하는 일도 부당하지는 않겠군요."

홀더스트 경은 어깨를 움츠렸다.

"그러나 홈즈 씨, 도둑은 액자에 넣어서 걸어 두기 위해 그것을 훔쳤다고는 생각되지 않는데요."

"아마 값이 오르기를 기다리고 있겠지요."

"좀더 기다린다고 하면 전혀 무가치한 것이 됩니다. 2, 3개월 후에는 공개하기로 되어 있으니까요."

"그것은 아주 중요한 점입니다." 홈즈는 말했다. "물론 도둑이 갑작스러운 병으로 쓰러졌다는 가정도 가능합니다만……."

"이를테면 뇌염 따위로……."

대신은 홈즈에게 흘끗 시선을 던지면서 말했다.

"그러한 의미로서 말씀드린 것은 아닙니다." 홈즈는 동요하는 빛도 없이 대답했다. "그럼, 각하, 귀중한 시간을 너무 많이 방해하였으므로 이만 물러갈까 합니다."

"범인이 누구든 수사의 성공을 빌어 마지않겠습니다."

경은 대답하고, 문이 있는 데서 가볍게 목례를 하며 우리를 배웅했다.

"훌륭한 인물이야." 화이트 홀 거리로 나서자 홈즈는 말했다. "그러나 자기의 지위를 지키는 데 결사적이지. 전혀 부자가 아닌데다 이것저것 나가는 돈이 많겠지. 자네도 물론 눈치챘을 테지만 창을 간

구두를 신고 있었어. 그런데 왔슨. 이걸로 이제 자네는 본업으로 돌아가게. 나도 그 마차를 찾는 광고에 회답이라도 오지 않는 한, 오늘은 이제 할 일이 없네. 하지만 내일은 오늘 아침과 똑같은 기차로 워킹에 함께 가 주면 대단히 고맙겠네."

이래서 이튿날 아침 그와 만나 워킹으로 갔다. 광고에 회답이 없었고, 그 밖의 새로운 단서도 나타나지 않았다고 그는 말했다. 홈즈라는 사나이는 그렇다고 결심하면 아메리카 인디언처럼 얼굴 근육 하나 움직이지 않는 무표정이 되어 버리므로, 사건의 현상에 만족하고 있는지 어떤지 표정으로 판단하기는 어려웠다. 이때의 그의 화제는 베르티욘의 개인 감별법이었다고 생각되지만, 이 프랑스의 석학에 대해서 입에 침이 마르도록 칭찬하고 있었다.

우리들의 의뢰인은 아직도 애인의 헌신적인 간호를 받고 있었는데, 전날보다 훨씬 나은 것처럼 보였다. 우리들이 들어갔을 때도 소파에서 쉽게 몸을 일으켜 인사를 했다. 그는 열심히 물었다.

"무언가 알아 냈습니까?"

"제 보고는 역시 시원스러운 것이 못 됩니다. 포브스와 외삼촌 되시는 분을 만나 한두 가지 무언가 나올 만한 수사의 선상에 손을 대어 보았습니다만."

"그럼, 단념하고 계시지는 않았군요."

"물론이죠."

"기뻐요, 그렇게 말씀해 주시니!" 해리슨 양이 외쳤다. "용기와 인내를 갖고서 나아가면 진실은 반드시 알려지고 말 거예요."

"당신보다도 제 쪽에서 더 이야기하고 싶은 것이 많습니다."

소파 위에 고쳐 앉으면서 펠프스가 말했다.

"무엇인가 있으리라고 기대하고 있었습니다."

"실은 어젯밤 또 한 사건이 있었는데, 이것은 아무래도 중대한 의미가 있을 듯싶습니다." 이야기하면서 그의 표정은 진지해졌고 눈에는 공포 비슷한 빛이 나타났다. "알아봐 주시겠습니까"라고 그는 말했다. "저는 저도 모르는 사이에 무언가 무서운 음모 속에 휩쓸리고 있는 게 아닐까, 명예뿐 아니라 생명까지도 위협받고 있는 게 아닐까 생각되기 시작한 겁니다."

"호오!" 하고 홈즈가 큰소리를 내었다.

"도무지 믿어지지가 않습니다……이 세상에 적 같은 건 가진 기억이 없으니까요. 하지만 어젯밤의 경험으로 말한다면 달리 생각할 방도가 없습니다."

"어서 말씀해 주십시오."

"먼저 어젯밤에 비로소 간호원 없이 잠잤다는 것을 말씀드리겠습니다. 상당히 좋아졌으므로 혼자서라도 염려없다고 생각했던 거지요. 하지만 비상등만은 켜 둔 채 끄지 않았습니다. 그런데 새벽 2시쯤이었을까, 자는 둥 마는 둥하고 있을 때 갑자기 희미한 소리에 잠이 깨었습니다. 쥐가 널빤지라도 긁고 있는 듯한 소리였기 때문에, 잠시 동안은 그러려니 생각하고 귀를 기울이고 있었습니다.

그런데 소리는 점점 커지더니 이윽고 창문 언저리에서 별안간 '딸깍' 하고 날카로운 금속성의 소리가 나지 않겠어요. 저는 깜짝 놀라서 일어나 앉았습니다. 무슨 소리인지 이제 의심할 여지가 없었습니다. 최초의 희미한 소리는 창틀 틈으로 무언가 도구를 비집어 넣은 소리였고, 나중의 것은 걸쇠가 벗겨지는 소리였던 것입니다.

그리고 10분쯤, 제가 그 소리에 잠을 깨었는지 어떤지 살피고 있는 모양으로 소리는 끊기고 말았습니다. 그리고 살며시 창문을 밀어올리는 삐걱거리는 소리가 희미하게 들렸습니다. 이렇게 되자 더 이상 참을 수가 없었습니다. 신경이 날카로와져 있을 때이기도 하여 침대에서 일어나 창의 덧문을 열어젖혔습니다. 한 사나이가 창가에 웅크리고 있었습니다. 그리고 날 듯이 달아나 버렸으므로 어떠한 사나이인지 잘 보이지 않았습니다. 외투 같은 것으로 몸을 싸고 그걸로 얼굴이 아래쪽 반을 가리고 있었습니다. 다만 한 가지, 흉기를 손에 가지고 있었다는 것, 이것만은 확실합니다. 긴 나이프 같은 것이었습니다. 달아나려고 뒤돌아보았을 때, 번쩍 번뜩인 것이 똑똑히 보였습니다."

"매우 흥미있는 이야기입니다." 홈즈는 말했다. "그래, 그리고 나서 어떻게 하셨습니까?"

"건강한 몸이었다면 열린 창문으로 뛰어나가 쫓아갈 참이었습니다. 그러나 아무튼 이런 상태이므로 벨을 울려 집안 사람들을 깨웠습니다. 벨을 부엌에서 울리는데 고용인들은 모두 2층에서 자고 있기 때문에 조금 시간이 걸립니다. 그래서 고함을 질렀더니 조셉이 내려와서 모두를 깨워 주었습니다.

조셉과 마부는 창문 밖 화단에서 발자국을 발견했습니다만, 아무튼 요즘 가뭄이 계속되던 터라 잔디밭까지 가자 발자국은 알아볼 수 없게 되었다고 합니다. 그러나 도로의 나무 울타리에 한 군데, 누군지 넘으려다가 가로대의 위쪽을 부러뜨린 자국이 있었다고 합니다. 우선 당신 의견을 듣고 나서 해야겠다고 생각했기 때문에 가까운 경찰에는 아직 아무것도 알리지 않았습니다."

의뢰인의 이 이야기는 셜록 홈즈에게 여간 아닌 효과를 미쳤던 모양이다. 의자에서 일어나 흥분을 억누르지 못한 채 방 안을 걸어다녔다.

"불운은 하나만이 찾아오는 게 아닌 법인가 보지요." 펠프스는 미소를 지으며 말했지만, 이 사건에 상당히 충격을 받은 모양이었다.

"불운에 대해서는 잘 알겠습니다." 홈즈는 말했다. "저와 함께 집 둘레를 걸으실 수 없겠습니까?"

"네, 햇볕을 조금 쬐고 싶군. 조셉도 와 주겠지요."

"저도 가겠어요."

해리슨 양이 말했다.

"유감입니다만," 홈즈는 머리를 저으며 말했다. "당신은 그 자리에 그대로 앉아 있어 주십시오."

그녀는 불만스러운 눈치로 앉았다. 그러나 오빠가 끼어 우리들 네 사람은 함께 나섰다. 잔디밭을 돌아 펠프스의 창문 밖으로 갔다. 이야기 그대로 화단에는 발자국이 있었지만, 아주 희미한 것이었다. 홈즈는 그 위에 잠깐 쭈그리고 앉았으나 곧 허리를 펴고 어깨를 으쓱했다.

"이것으로 보아선 쓸모가 없겠군요." 그는 말했다. "집을 한 바퀴 돌고 도둑이 어째서 특별히 이 방을 선택했는지 보기로 합시다. 응접실이나 식당의 큰 창문 쪽이 좀더 도둑의 마음을 끌었을 거라고 생각됩니다만."

"그 편이 도로에서도 잘 보이는데 말입니다."

조셉 해리슨이 말했다.

"아, 물론 그렇지요. 여기에 도둑이 눈독을 들일 만한 문이 있는데 무슨 문입니까?"

"상인용의 뒷문입니다. 물론 밤에는 쇠를 채웁니다."

"이전에도 이런 소동이 있었습니까?"

"없었습니다."

펠프스가 말했다.

"댁에는 금은 식기라든가 도둑이 노릴 만한 것은 없습니까?"

"값나가는 것이란 없습니다."

홈즈는 주머니에 두 손을 찔러넣고 평소에는 볼 수 없는 무관심한 태도로 집 둘레를 건들건들 거닐었다.

"그런데," 하고 조셉 해리슨을 향해 말했다. "도둑이 울타리를 기어오른 자국을 발견했다면서요. 좀 보여 주시지 않겠습니까?"

그는 가로대 위쪽이 하나 부러뜨러져 있는 장소로 안내했다. 조그마한 나무 부러진 조각이 매달려 있었다. 홈즈는 그것을 잡아떼어서 꼼꼼히 살폈다.

"이것은 어젯밤에 부러진 것일까요? 꺾인 자리가 오래된 것처럼 보이지 않습니까?"

"네, 그렇군요."

"저쪽으로 뛰어내린 흔적도 없습니다. 아니, 여기서는 얻을 것도 없을 듯싶습니다. 침실로 돌아가서 의논해 봅시다."

퍼시 펠프스는 장래의 처남 팔뚝에 매달려서 천천히 걸어갔다. 홈즈가 종종걸음으로 잔디밭을 가로질렀으므로 우리들은 뒤의 두 사람보다 훨씬 빠르게 열어젖혀진 침실 창가에 섰다.

"해리슨 양." 홈즈는 몹시 진지한 태도로 그녀에게 말했다. "하루 종일 거기에 꼼짝 말고 있어 주십시오. 어떠한 일이 있더라도 거기에서 움직여서는 안 됩니다. 이것은 더없이 중대한 일입니다."

"좋아요, 홈즈 씨. 굳이 말씀하시는 거라면."

그녀는 깜짝 놀라면서 대답했다.

"주무시러 가실 때는 밖에서 이 방에다 쇠를 채우고 그 열쇠를 가지고 있어 주십시오. 약속해 주시기 부탁합니다."

"하지만, 퍼시는?"

"저희들과 런던으로 갑니다."

"그럼, 저는 남아 있어야 하나요?"

"그 사람을 위해서입니다. 그의 도움이 되는 것입니다. 자, 빨리! 약속해 주십시오."

그녀가 승낙의 표시로 고개를 끄덕였을 때, 마침 두 사람이 왔다.

"애니, 어째서 거기 그렇게 시무룩해서 서 있니?" 오빠가 말을 걸었다. "양지쪽으로 나오지 않겠니?"

"아니, 괜찮아요, 조셉. 조금 골치가 아픈데 이 방은 시원해서 아주 기분이 좋은걸요, 뭐."

"그래, 다음은 무엇을 하시겠습니까, 홈즈 씨?"

펠프스가 물었다.

"네, 이 작은 사건에 정신을 빼앗겨서 정작 중요한 수사를 잊어서는 안 됩니다. 런던에 함께 가 주신다면 크게 도움이 되겠습니다만."

"지금 당장 말입니까?"

"네, 형편이 허용하는 한 빨리. 앞으로 1시간이면 어떻겠습니까?"

"웬만큼 원기도 났고, 정말로 도움이 되는 거라면."

"그러시다면, 매우……."

"오늘 밤은 거기서 자게 되겠군요."

"그렇게 부탁드리려던 참이었습니다."

"그러면 어젯밤의 손님이 오늘 밤 또 찾아오더라도 봉은 이미 없는 셈이겠군요. 저희들은 모두 당신의 지시대로 하겠으니, 홈즈 씨, 사양 말고 의향을 말씀해 주십시오. 그래, 조셉도 저의 시중을 위해 와주는 편이 좋겠지요."

"아닙니다. 아시다시피 왓슨 씨는 의사이기 때문에 당신의 병을 돌봐 드릴 겁니다. 지장이 없으시다면 여기서 점심 식사를 들고, 그리고 나서 셋이 런던으로 가십시다."

모든 일은 홈즈의 지시대로 진행되어, 해리슨 양도 핑계를 만들어서 침실을 떠나지 않았다. 어떠한 목적으로 친구가 이 같은 책략을 꾸미는 것인지, 이 아가씨를 펠프스로부터 떼어놓으려는 것이 아니라면 나로서는 짐작도 할 수 없었다. 그 펠프스는 건강도 회복되어 가고, 이제부터 활동을 시작하게 된다는 생각에 완전히 명랑해져서 식당에서 우리들과 점심 식사를 함께 했다. 그런데 홈즈는 그 위에 또 우리들을 깜짝 놀라게 하는 것이었다. 그것은 정거장까지 함께 와서 두 사람을 차 안에 오르게 한 뒤, 자기는 워킹을 떠날 생각이 없다고 시치미를 뗀 얼굴로 말하는 게 아닌가.

"여기를 떠나기 전에 밝혀 두고 싶은 일이, 사소한 점으로 두서너 가지 있기 때문이오. 그러는 데는 펠프스 씨, 당신이 없는 게 상당히 도움이 되지요. 왓슨, 런던에 닿거든 마차로 이 분을 베이커 거리에 모시고 가서 내가 갈 때까지 함께 있어 주게나. 다행히 옛날 학우이므로 할 이야기도 많을 걸세. 펠프스 씨는 오늘 밤 예비 침실을 사용하시면 될 거야. 나는 아침 8시에 워털루 도착의 기차가 있으니까 아침 식사에 대어 갈 수 있으리라고 생각되네."

"그럼, 런던에서의 수사는 어떻게 됩니까?"

펠프스는 낙담하여서 말했다.

"그것은 내일이라도 할 수 있습니다. 그것보다 지금 여기에 좀더 긴급한 일이 있는 겁니다."

"브라이아브레이의 사람들에게 내일 밤에는 돌아갈 작정이라고 전해 주십시오."

기차가 플랫폼을 떠나기 시작하자 펠프스는 외쳤다.

"브라이아브레이에 갈 일은 없으리라고 생각되는데요."

홈즈는 대답하고, 역을 떠나가는 우리들의 기차를 향해 유쾌한 듯이 손을 흔드는 것이었다.

도중 펠프스와 나는 방금 있었던 일에 대해 이야기를 주고받았지만, 둘 다 홈즈의 행동에 대해 납득이 가는 이유를 생각해낼 수가 없었다.

"어젯밤 밤도둑——그것이 밤도둑이라 가정하고서 말이지만——에 관해 무언가 단서를 찾아내려는 것일 테지. 나로서는 그것이 여느 도둑이라고는 생각되지 않지만."

"그럼, 뭐라고 생각하나?"

"자네는 신경과민 탓으로 돌릴지도 모르지만, 나는 정말로 내 주위에 중대한 정치적 음모가 꾸며지고 있고 무언지 모를 이유로써 목숨을 위협받고 있다고 믿네. 허풍스럽고 우스꽝스러운 말로 들릴 테지만, 사실을 생각해 봐 주게나. 무엇 때문에 단순한 도둑이 아무것도 훔칠 만한 것이 있을 것 같지도 않은 침실의 창문으로 들어오려고 하겠는가. 그것도 긴 나이프 따위를 갖고서."

"가옥 침입 강도의 지렛대가 아니었다고 하는 건가?"

"응, 확실히 나이프였어. 칼날이 번쩍 하는 것을 똑똑히 보았으니까."

"하지만 대체 무슨 원한으로 그렇듯 자네를 노리는 것일까?"

"그거야, 그것이 문제라니까."

"그래서 홈즈도 같은 의견이라면, 그의 행동의 설명이 되는 셈이겠군……자네의 추정이 옳다 하고서 말일세. 어젯밤 자네를 습격한 사나이를 홈즈가 붙잡는다면, 그걸로서 이미 해군 조약을 훔친 놈이 판명된 거나 다름없지. 훔친 놈과 자네를 노린 놈, 이렇게 적이 두 사람 있다고 생각하는 것은 바보스러운 짓이니까."

"하지만 홈즈 씨는 브라이아브레이에는 가지 않는다고 말했잖은가."

"홈즈하고는 꽤 오랜 교제하지만 그가 확실한 이유없이 행동하는 그런 일은 한 번도 없었다네"라고 나는 말했고, 화제는 다른 일로 옮겨졌다.

그러나 나에게 있어서는 넌더리나는 하루였다. 펠프스는 긴 병 끝이라 아직도 쇠약해 있어 계속되는 재난으로 짜증을 잘 내는데다가 성질도 꽤 까다로와져 있었다. 아프가니스탄의 이야기, 인도의 이야기, 혹은 사회문제 등 여러 가지 화제를 꺼내어 그의 마음을 돌리고자 해보았으나 소용 없었다. 금방 또 분실한 조약 이야기를 되돌리어 홈즈는 무엇을 하고 있을까, 홀더스트 경은 어떤 대책을 강구하고 있을까, 내일 아침은 어떠한 보고를 들을 수 있을까 하며, 줄곧 조바심을 내거나 억측을 하는 것이었다. 밤이 이슥해짐에 따라 그의 흥분은 애처로울 정도가 되었다.

"자네는 홈즈를 절대로 신뢰하고 있는가"라고 또 물었다.

"희한한 솜씨를 몇 번이고 보았으니까."

"그러나 이번처럼 까닭도 모를 문제를 해결한 일은 없었을 테지."

"아냐, 이것보다 훨씬 단서가 없는 문제도 해결했지."

"하지만 이것만큼 큰 이해 관계가 얽힌 것은 아니었을걸."

"그것은 뭐라고 말할 수 없지만, 더없이 긴요한 문제로서 유럽을 지배하는 세 개의 왕실을 위하여 활동한 일이 있었다네."

"왓슨, 어쨌든 자네는 홈즈를 잘 알고 있는 셈이네. 나로서는 수수께끼와 같은 인물로서 어떻게 생각해야 좋을지 도무지 모르겠군. 그는 이 사건에 희망을 갖고 있는 것일까? 성공의 가망이 있는 것일까?"

"아무 말도 하지 않았잖나."

"그것이 나쁜 징조야."

"그런데 만일 단서가 잘 잡히지 않으면 잡히지 않는다고 분명히 말하지. 입을 다물고서 아무 말도 않는 것은, 궤도에 오르기는 했지만 아직 그것이 바른 방향인지 어떤지 완전하게는 자신을 갖지 못하고 있을 때야. 그런데 펠프스, 우리들이 아무리 조바심을 낸들 사건 해결의 도움이 되지는 않을 테니 어떤가, 이제 자네는 잠을

자 두기로 하는 것이. 내일은 무엇이 닥쳐올지 모르지만, 기분을 새로이 하고서 맞이하지 않겠나?"

나는 가까스로 친구를 충고에 따르도록 하기는 했지만, 아무튼 그 흥분 상태로는 도저히 잠잘 수 없으리라는 것을 알고 있었다. 사실 그의 기분이 감염되어 거의 밤중까지 나도 몸을 이리저리 뒤척이면서 이 이상한 사건에 생각을 달리고 수없는 추론을 세워 보았지만, 한 가지 또 한 가지 더욱더 있을 것 같지도 않은 억측이 될 뿐이었다.

왜 홈즈는 워킹에 남았을까. 왜 해리슨 양에게 종일 병실에 있어 달라고 부탁했을까. 왜 그렇듯 용의주도하게 근처에 남는 것을 브라이아브레이의 사람들에게 알리지 않으려고 했던 것일까. 나는 머리를 연신 쥐어짜며, 이 같은 사실들에서 만족시킬 만한 설명을 찾아내려고 노력하는 사이 잠들어 버렸다.

잠을 깨어 보니 7시였다. 곧 펠프스의 방에 가 보았더니 밤새도록 잠을 이루지 못해 수척한 얼굴을 하고 있었다. 그의 최초의 질문은 홈즈가 지금 돌아와 있는가 하는 것이었다.

"약속한 시간에 돌아올 거야." 나는 말했다. "그것보다 빠르지도 늦지도 않지."

나의 말은 틀림이 없었고, 8시 좀 지나서 한 대의 영업마차가 위세 있게 현관으로 들이닥치더니 안에서 홈즈가 내렸다. 우리 두 사람은 창문으로 보고 있었는데, 왼손에 붕대를 감고서 창백하고 무서운 얼굴을 하고 있었다. 집에 들어왔으나, 2층에 올라오기까지 좀 시간이 걸렸다.

"당하고 온 사람의 표정이잖아."

펠프스가 말했다.

나도 반대할 수는 없었다.

"결국," 하고 나는 말했다. "사건의 단서는 런던에 있다는 의미인 것 같아."

펠프스는 신음 소리를 냈다.

"무슨 일인지는 모르지만," 하고 그는 말했다. "나는 홈즈 씨의 귀가에 지나치게 기대를 걸고 있었던 것 같아. 그러나저러나 어제는 그 같은 붕대를 하고 있지 않았잖나. 대체 어떻게 된 것일까?"

"많이 다쳤나, 홈즈?" 방에 들어온 친구에게 나는 물었다.

"뭐, 별것 아니야. 조금 실수를 해서 말이야." 아침 인사라는 표시로 고개를 끄덕이면서 홈즈는 말했다. "펠프스 씨, 당신의 이 사건은 제가 지금까지 손댄 것 중에서도 몇 안 되는 난제였습니다."

"감당할 수 없다고 말씀하시는 게 아닌가 은근히 걱정하고 있었습니다."

"참으로 굉장한 경험이었습니다."

"그 붕대로 모험의 정도를 알겠네" 하고 내가 말했다. "무슨 일이 있었는지 어서 말해 주게나."

"아침 식사나 하고 나서 하세, 왓슨. 오늘 아침은 사리 주(잉글랜드 남부의 주)의 신선한 공기를 30마일이나 마시고 왔으니까 말일세. 마차의 광고에 회답은 와 있지 않았을 테지. 아니, 괜찮아. 언제나 그리 잘 되어 가는 셈은 아니니까."

식탁 준비가 되어 있으므로 내가 벨을 울리려고 하였을 때, 허드슨 부인이 홍차와 커피를 가지고 들어왔다. 잠시 뒤 그녀가 식기를 늘어놓았으므로 우리들은 테이블에 앉았는데, 홈즈는 걸신 들린 듯이 먹었고, 나는 호기심에 사로잡혔으며, 펠프스는 더할 데 없이 음울하고 시무룩했다.

"허드슨 부인도 꽤 재치가 있거든." 홈즈는 닭고기 카레의 뚜껑을 열면서 말했다. "요리의 종류는 국한돼 있지만 아침 식사의 취향에 있어서는 스코틀랜드 여자에 지지 않아. 자네 쪽은 뭔가, 왓슨?"

"햄에그로 하지."

나는 대답했다.

"그거 참 좋겠는걸. 당신은 뭘로 하시겠습니까, 펠프스 씨? 닭고기 카레입니까, 달걀입니까, 아니면 자신이 택하겠습니까?"

"고맙습니다만 아무것도 먹고 싶지 않습니다."

펠프스는 말했다.

"아니! 그 접시의 것만이라도 어떻습니까?"

"고맙습니다. 하지만 정말 먹고 싶지 않아요."

"그렇다면," 하고 홈즈는 장난꾸러기 같은 눈으로 말했다. "제가 차지해도 상관없겠군요."

펠프스는 뚜껑을 열었는데, 그 순간 아니! 하고 외치고서 눈앞의 접시 색깔 못지않게 새파란 얼굴로 지그시 쏘아보고 있었다. 접시 한가운데에 조그맣게 돌돌 말린 청회색 종이대롱이 들어 있었던 것이다. 펠프스는 그것을 움켜쥐고 뚫어져라고 바라보고 있었으나 이윽고 가슴에 꼭 끌어안더니 기쁜 나머지 괴상한 소리를 지르면서 미친 듯이 방안을 춤추며 다녔다. 그리고 자기의 감동에 지치고 말아 후줄근해지면서 팔걸이의자에 주저앉았는데, 우리들은 까무러치면 큰일이다 싶어 브랜디를 먹이는 등 법석을 떨어야만 했다.

"자, 자아!" 홈즈는 어깨를 가볍게 토닥거려 마음을 가라앉혀 주며 말했다. "아닌 밤중에 홍두깨 식으로 내밀어서 정말 죄송합니다. 왓슨은 잘 알고 있습니다만, 나는 언제나 약간 연극을 하지 않을 수가 없었어요."

펠프스는 그 손을 잡고 입맞추었다.

"당신에게 신의 은총이 있기를!" 하고 외쳤다. "당신은 저의 명예를 구해 주셨습니다."

"아니, 나의 명예도 위태로울 뻔했지요." 홈즈는 말했다. "당신도 직무상 실수를 하는 것은 싫으실 테지만, 나 역시 수사에 실패하는 것은 정말로 싫으니까요."

펠프스는 귀중한 서류를 윗도리 주머니 깊숙이 집어넣었다.

"더이상 식사 방해를 하고 싶지는 않습니다만, 이것을 어디서 어떻게 되찾으셨는지 듣고 싶어 견딜 수가 없습니다."

셜록 홈즈는 커피를 마시고 나서 햄에그를 먹었다. 그리고 일어나 파이프에 불을 붙이고 자기의 의자에 자리잡았다.

"먼저 내가 무엇을 했는지, 다음으로 무엇 때문에 그렇게 하기로 했는지에 관해 이야기하지요" 하고 그는 말했다. "역에서 헤어지고 나서 사리 주의 아름다운 경치 속을 참으로 기분좋게 걸어서, 리플레이라는 작고 깨끗한 마을에 닿았지요. 그곳 주막에서 차를 마시고 그리고 물통에 마실 것을 담은 다음 샌드위치 한 뭉치를 주머니에 넣고서 길 떠날 준비를 갖추었습니다. 저녁때가 되기를 기다려 워킹으로 향했는데, 해가 떨어지자 바로 브라이아브레이의 외곽을 지나는 큰길까지 이르렀던 겁니다.

그리고 사람 왕래가 끊어질 때까지 기다려——하기야 시간에 관계없이 사람은 별로 지나지 않는 것 같았지만——울타리를 넘어 저택 안으로 들어갔습니다."

"아직 문이 열려 있었을 텐데요."

펠프스가 별안간 끼어들었다.

"네, 하지만 나는 이런 일에 특히 취미가 있어서요. 떡갈나무가 세 그루 나 있는 곳을 골라 그 나무 뒤에 숨어 울타리를 넘었기 때문에, 집안 사람들에게 들킬 염려는 없었습니다. 그리고 뜰의 관목 덤불 속에 웅크리고, 그 덤불의 하나에서 또 하나로 기다시피 나아가——이 바지 무릎의 보기 흉한 꼴이 증거입니다——가까스로 당신의 침실 바로 맞은쪽인 석남화 덤불에 이르렀습니다. 거기에 웅크리고서 사건의 전개를 기다렸던 거지요.

창에 덧문이 닫혀져 있지 않으므로 해리슨 양이 테이블 곁에서 책을 읽고 있는 게 보였습니다. 10시 15분이 되자 그녀는 책을 덮고 덧문을 닫은 뒤 자러 갔습니다. 문을 닫는 소리가 들렸으며 자물쇠를 채우는 것도 확실히 알았습니다."

"자물쇠라니오?"

펠프스가 또 놀란 목소리로 내었다.

"그렇습니다, 자러 갈 때 밖으로 쇠를 채우고 열쇠를 가지고 가도록 부탁해 두었거든요. 해리슨 양은 내 지시를 하나하나 정확히 실행해 주었습니다. 그녀의 협력이 없었다면 당신의 윗옷 주머니 속으로 서류가 돌아오지 않았을지도 모릅니다. 아무튼 그녀는 사라지고 등불은 꺼졌으며 저는 혼자 석남화 덤불에 몸을 숨기고 있게 되었습니다.

좋은 밤이었으나 역시 불침번은 하고 싶지 않더군요. 물론 사냥꾼이 수로 옆에 숨어서 큰 사냥감을 기다릴 때 맛보는 것 같은 일종의 흥분은 있었습니다. 그러나 지루하기는 역시 지루했지……왓슨, 《얼룩끈》이라는 시시한 사건을 조사했을 때 저 으스스한 방 안에서 둘이서 기다렸었지 않았나. 말하자면 그것 못지 않은 지루함이었지. 워킹의 교회 시계가 15분마다 쳤으나 여러 번 시계가 멎은 게 아닐까 생각했을 정도였습니다. 하지만 마침내 새벽 2시쯤 살며시 걸쇠를 벗기는 소리가 들리더니 이어 열쇠를 돌리는 소리가 났습니다. 곧 고용인용 문이 열리고 조셉 해리슨 씨가 달빛 속으로 걸어오는 것이 보였습니다."

"조셉이!"

펠프스가 외쳤다.

"모자는 쓰고 있지 않았지만 검은 외투를 어깨에 걸치고 여차할 때는 언제라도 얼굴을 가릴 수 있도록 하고 있었습니다. 벽의 그늘을 따라 살금살금 걸어서 창문까지 이르더니, 날이 긴 나이프를 창틀에 끼워넣어 걸쇠를 벗겼습니다. 그리고는 창문을 열고 덧문 틈에 나이프를 넣어 가로대를 밀어올리더니 이것을 홱 열었습니다.

내가 있는 장소로부터는 방 안의 광경, 그의 일거수일투족이 손에 잡힐 듯이 보였습니다. 그는 맨틀피스 위에 있는 두 자루의 양초에 불을 붙이더니, 문 옆의 양탄자 구석을 들췄습니다. 곧이어 웅크리고 네모진 널빤지——어디고 연관공이 가스관의 이음새를 손질할 수 있도록 만든 것 말입니다——를 떼어 냈습니다. 이 널빤지는 부엌 밑으로 가는 파이프가 갈라지는 T자형 이음새의 뚜껑이 되어 있는 셈입니다. 이 비밀 장소로부터 작은 종이대롱을 꺼내더니 뚜껑을 닫고 양탄자를 먼저대로 하고 촛불을 불어 끈 뒤, 창문 밖에서 기다리고 있는 나의 팔 안으로 곧장 뛰어들어왔던 것입니다.

그런데 생각했던 것보다 질이 나쁜 사람이더군요, 이 조셉 선생은. 나이프를 휘둘러 가며 덤벼드는 바람에 두 번쯤 때려눕히느라고 나도 손가락 관절을 다쳐 가면서 간신히 찍어눌렀으니까요. 격투가 끝나고 나서도 겨우 보이는 한쪽 눈으로 '죽여 버릴 테다' 하고 무서운 태도를 보였지만, 그래도 도리는 깨달아 주어 서류를 내놓았던 것입니다. 서류를 받았기에 본인은 놓아 주었으나, 오늘 아침 포브스에게 전보를 쳐서 일의 자초지종을 자세히 알려 주었습니다. 재빨리 붙잡으면 제법이라고 할 수 있겠지요. 하지만 내가 생각하기로는——가 보았더니 텅 빈 껍질이라는 식이 되겠지만, 아무튼 그 편이 정부로서도 형편상 편리할 것입니다. 홀더스트 경에게도 퍼시 펠프스 씨에게도 사건이 경찰 문제가 되지 않는 편이 좋을 테니까요."

"이럴 수가!" 의뢰인은 헐떡이듯이 말했다. "죽도록 고민한 그 긴 10주일 동안 도둑맞은 서류가 내내 내 방에 있었다니!"

"사실이 그러했지요."

"더구나 조셉이! 조셉이 악당이고 도둑이라니!"

"네, 조셉은 겉보기와는 달리 교활하고 위험한 인물입니다. 오늘 아침 본인에게서 들은 이야기로 짐작컨대 증권 따위에 손을 대어 몹시 손해를 보았기 때문에, 이익이 되는 일이라면 무엇이든지 할 마음이 들었던 거지요. 철저하게 이기적인 사나이라 좋은 때를 만났다 싶어 누이동생의 행복도 당신의 명예도 전혀 돌보지 않았던 겁니다."

퍼시 펠프스는 의자 속에서 축 늘어졌다. "머리가 빙빙 휘둘리는군" 하고 그는 말했다. "이야기를 듣고서 정신이 아뜩해졌습니다."

"당신 사건의 주된 난점은," 홈즈는 교훈을 하는 듯한 태도로 말했다. "증거가 지나치게 많았다는 것입니다. 그래서 정작 요긴한 것이 아무 관계도 없는 것의 그늘에 가려 숨겨지고 말았지요. 주어진 많은 사실 속에서 본질적이라고 생각되는 것을 뽑아내고 그것을 올바르게 이어 맞추어 사건의 놀랄 만한 사슬을 재구성하는 일이 필요했습니다. 그날 밤 당신은 조셉과 함께 돌아갈 예정이었다고 들었을 때부터 나는 이미 그를 의심하기 시작한 셈이었습니다. 왜냐하면 그는 외무성의 내부 구조를 알고 있거니와 돌아가는 길에 당신을 부르려고 들를 수 있다는 것도 충분히 생각할 수 있으니까요. 조셉이 아니고는 물건을 감출 사람이 있을 수 없는 그 침실에――당신이 의사의 부축을 받으며 돌아왔으므로 조셉이 그 방에서 쫓겨난 셈이 되는 이야기였으므로――누군가 침입하고자 꾀했다고 들었을 때, 나의 혐의는 확신으로 바뀌었고 특히 간호인이 없게 된 첫날밤에 이 계획이 감행되었다는 것은 침입자가 집안 사정에 밝은 사람이라는 것을 증명하고 있었습니다."

"나는 얼마나 장님이었을까!"

"이 사건의 내용은 내 결론에 의하면 다음과 같지요. 조셉 해리슨은 찰스 거리의 문으로 관청에 들어가, 내부 구조를 알고 있기 때문에 곧장 당신 방으로 갔으나 그때는 당신이 나간 직후였었지요. 아무도 없으므로 곧 벨을 울렸는데, 그 순간 책상 위의 서류가 눈에 띄었습니다. 언뜻 보아 막대한 가치가 있는 국가의 문서가 '우연의 손길'에 의해 눈앞에 놓여 있다는 걸 알고 곧장 그것을 주머니에 넣고서 그곳을 빠져나갔습니다. 기억하고 계신 대로 잠에 취한 사환이 벨소리로 당신에게 주의를 환기시키기까지 2, 3분 지나고 있었으며, 이것이 도둑에게 달아나는 데 필요한 시간을 주었던 셈입니다.

그러고 나서 곧 다음 기차로 워킹에 돌아가 '전리품'을 조사해 보았더니 사실 막대한 가치의 것임을 알았으므로, 더없이 안전하다고 생각되는 장소에 숨겨 두고 하루 이틀 있다가 다시 꺼내어 프랑스 대사관이든 어디든 비싼 값으로 살 만한 곳에 가져가리라고 생각한 것입니다. 거기에 갑자기 당신이 돌아왔지요. 한순간의 지체도 없이 그는 방에서 쫓겨나고, 그러고 나서부터는 언제나 그 방에 최소한 두 사람이 있어 보물을 꺼낼 틈이 없었습니다. 조셉으로서는 애가 탔을 게 분명합니다. 그러나 마침내 기회는 왔다고 생각했지요. 몰래 숨어들어가려고 했지만, 당신이 깊이 잠들어 있지 않기 때문에 실패하고 말았습니다. 그날 밤 당신은 언제나의 약을 마시지 않았던 것을 기억하고 계실 테지요."

"기억합니다."

"약은 잘 듣도록 해 놓았을 거라고 생각되며, 그걸 먹고 당신이 깊이 잠들었으리라고 마음을 턱 놓고 있었겠지요. 물론 염려없다고 여겨지면 몇 번이라도 하리라는 것은 명백합니다. 그러자 당신이 방을 비웠으므로, 기다리던 찬스가 왔던 것입니다. 그래서 해리슨 양에게 하루 종일 그 방에 있어 달라고 해서 선수를 치지 못하도록 했던 겁니다. 그리고 이제 방해는 없어졌다고 알게 만들어 놓고서 아까 말씀드렸던 식으로 내가 그물을 치고 있었던 셈입니다.

십중팔구 서류가 그 방에 있다는 것은 벌써 알고 있었습니다만, 마룻바닥이나 벽의 널빤지를 전부 뜯어내든가 하여 찾아낼 생각은 없었습니다. 그래서 본인에게 숨긴 장소에서 꺼내도록 하여 크게 수고를 덜었던 겁니다. 무언가 또 이야기할 것이 있습니까?"

"처음에는 어째서 창문으로 들어가려고 했을까?" 하고 내가 물었다. "문으로도 들어갈 수가 있었을 텐데."

"문에 닿기까지 일곱 개의 침실 앞을 지나지 않으면 안 되네. 한편 잔디 위로 뛰어내리는 것은 어렵지 않지. 그 밖에 또 있나?"

"살의를 품고 있었다고는 생각하지 않으실 테죠" 하고 펠프스가 물었다. "나이프는 한낱 도구에 지나지 않았겠지요?"

"아마 그럴는지도 모릅니다." 홈즈는 어깨를 옴츠리면서 대답했다. "다만 조셉 해리슨 씨가 어떠한 일이라도 저지를 수 있는 사람이라는 것만은 확신을 가지고 말씀드릴 수가 있습니다."

마지막 사건

셜록 홈즈의 이름을 높게 만들어 준 저 독특한 재능을 기록하는 마지막 문장을 쓰고자, 나는 슬픈 심정으로 펜을 든다. 앞뒤도 맞지 않는, 내가 생각해도 서투른 펜을 휘둘러 가며 나는 《주홍색의 연구》 때에 그와 우연히 알게 된 이후 그가 《해군 조약 사건》에 관계한 때에 이르기까지——그 사건이 홈즈 덕분에 심각한 국제 문제로까지 번지지 않고 끝난 일은 의심할 것도 없지만——그와 행동을 함께 하여 얻은 진기한 경험을 얼마간이나마 전하는 데 애써 왔다.

나는 거기까지 쓰고 나서 붓을 꺾어 버리고, 나의 인생에 2년이 지난 지금도 거의 메워지지 않고 있는 공백을 만든 그 사건에 대해서는 아무것도 말하지 않을 작정이었던 것이다. 그렇지만 최근 제임스 몰리아티 대령이 죽은 동생을 변호하는 그와 같은 공개장을 쓴 이상 나도 펜을 잡지 않을 수가 없으며, 있는 그대로의 사실이 정확히 공표되지 않고 있다는 것은 도저히 용납될 수 없는 일이다.

사건의 완전한 진상을 아는 이는 나뿐이므로, 진상을 숨겨 두는 일이 아무런 쓸모도 없는 시기가 찾아온 것을 만족하게 생각한다. 내가 아는 한 지금까지 이것이 공개적으로 씌어진 일은 세 번밖에 없다. 1891년 5월 6일의 〈쥬르나르 드 주네브〉지와 5월 7일 영국의 각 신문에 실린 로이터 지급의 기사, 최후의 것이 앞서 말한 몰리아티 대령의 공개장이다. 이 가운데 처음의 두 가지는 극히 간단한 기사였고, 최후의 것은 이제부터 명백히 보여 드리겠지만 사실의 완전한 왜곡이었다. 몰리아티 교수와 셜록 홈즈 사이에 생긴 일의 진상을, 처음으로 세상에 알리는 것은 나의 의무이다.

먼저 말해 두지만, 내가 결혼하고 병원을 연 뒤에는 홈즈와 나 사이의 극히 친밀한 관계도 조금 형태가 다른 것이 되었다. 그는 여전히 조사의 단짝이 필요하게 되면 이따금 나를 찾아오기는 했지만, 그 기회도 차츰 드물어져서 1890년이 되자 조금이라도 내가 기록한 사건은 셋밖에 없다.

이 해의 겨울부터 1891년의 봄에 걸쳐, 그가 프랑스 정부의 의뢰로 극히 중요한 일을 하고 있다는 것은 신문을 보아 알고 있었고, 그에게서도 나르봉뉘와 님에서 부친 편지가 와서 그의 프랑스 체재는 길어지리라고 추측되었다. 그러므로 4월 24일 저녁 무렵, 그가 나의 진찰실에 모습을 나타냈을 때에는 조금 놀랐다. 보니까 평소보다도 얼굴빛이 나쁘고 여윈 것도 두드러지게 눈에 띄었다.

"음, 몸을 조금 사정없이 지나치게 썼던 모양이야." 그는 나의 말에 대해서가 아니라 표정에 대답하여 말했다. "요즘 약간 곤란한 일이 있다네. 덧문을 닫아도 괜찮겠나?"

방 안의 불빛이라고 해야 내가 책을 읽고 있던 테이블의 램프뿐이었다. 홈즈는 몸을 옆으로 돌리고 벽을 따라 돌아가서 덧문을 꼭 닫고 엄중히 빗장을 질렀다.

"무언가 무서운 것이라도 있나 보군?" 나는 물었다.

"응, 있어."

"뭔가."

"공기총일세."

"아니, 여보게, 대체 무슨 소리인가?"

"왓슨, 자네는 나를 잘 알고 있으니까 내가 조금도 신경이 과민한 사람이 아니라는 것쯤은 알고 있을 테지. 하지만 위험이 몸에 닥치고 있는데도 그것을 돌아보지 않는다고 하면, 이것은 용기가 아니라 우둔일세. 성냥불 좀 켜 주지 않겠나?"

그는 담배가 신경을 가라앉혀 주는 것이 고맙다는 듯한 얼굴로 담배 연기를 빨아들였다.

"너무 이렇게 늦게 찾아와서 미안하네" 하고 그는 말했다. "게다가 한술 더 떠서 잠시 후 또 뒤뜰의 담을 넘어서 돌아가겠다는 몰상식한 부탁까지 해야 할 판이네."

"그런데 대체 어떻게 된 거야?" 나는 물었다.

그는 한 손을 내밀어 보였는데, 손가락의 마디가 두 군데나 찢어져 피가 흐르고 있는 게 램프의 불빛으로 보였다.

"보게나, 예사로운 일이 아닐세." 그는 미소를 띠며 말했다. "사내대장부가 손등이 까져서 왔다고 하면 보통 일이 아니지. 부인은 집에 계신가?"

"친정에 가고 없네."

"허, 자네 혼자란 말이지."

"그렇다네."

"그렇다면 이야기하기가 쉬워졌는데, 1주일쯤 함께 대륙에 가지 않겠나?"

"대륙의 어디인데?"

"어디라고 할 것도 없지. 나로서는 어디라도 마찬가지야."

이 이야기에는 무언지 기이한 데가 있었다. 홈즈는 목적없이 쉬는 그런 사나이가 아닐 뿐더러 창백하고 여윈 얼굴은 그의 신경이 극히 긴장되어 있음을 말해 주고 있었다. 그는 나의 눈에서 미심쩍어하는 빛을 읽자 양손의 손가락을 깍지 끼고 두 팔꿈치를 무릎에 짚고서 사정을 설명하기 시작했다.

"몰리아티 교수의 이름을 들은 일이 없을 테지." 그는 말했다.

"없는데."

"바로 거기에 이 사건의 골자가 있고 경이가 있네!" 그는 목소리를 높였다. "온 런던에서 자기 멋대로 세력을 떨치는 이 사나이의 이름은 아무도 들은 일이 없어. 그 점이 범죄사상 최고봉에 위치할 수 있는 까닭일세. 왓슨, 진심으로 말하지만 만일 이 사나이를 쓰러뜨리고 사회를 그 손으로부터 해방시킬 수만 있다면 나는 나의 경력도 최고점에 이르렀다고 느낄 것이고, 은퇴하여 좀더 평온무사한 생활로 돌아가자는 생각도 들게 될 걸세. 솔직한 이야기지만, 이번에 스칸디나비아의 왕실과 프랑스 공화국을 위해 몇 개인가 사건을 취급한 덕분에 내 성미에 맞는 평온한 생활을 보내며 화학 연구에 몰두할 수 있는 신분이 되었던 걸세. 하지만 왓슨, 몰리아티 교수 같은 인간이 런던 거리를 멋대로 활보하고 있다고 생각하니 가만히 있을 수가 없네. 도저히 평안히 지켜보고만 있을 수가 없단 말일세."

"대체 그 사나이가 어떤 짓을 했나?"

"예사롭지 않은 경력을 가진 사나이야. 명문 태생으로 훌륭한 교육을 받은 데다가 놀란 만한 수학의 능력을 가지고 있지. 21살 때 이항 정리(二項定理)에 관한 논문을 썼는데 이것이 온 유럽에 알려졌다네. 그것으로 영국의 어떤 조그만 대학의 수학 교수 자리를 획득했는데, 그 앞날은 어디서 보거나 참으로 양양한 것이었지. 그런데 이 사나이에게는 세상에도 드문 악마적인 성질의 유전이 있었던 거야. 그 핏속에 흐르는 범죄자적 성향은 남다른 지력(知力)에 의해서 바로잡히게 되기는커녕 더욱 더 조장되어 더할 데 없이 위험한 것이 되고 말았네. 대학가에서는 그를 둘러싸고 연신 좋지 않은 소문이 나돌고 마침내는 교수직을 사임하지 않을 수 없게 되어, 런던에 나와서 군대 관계의 교사가 되었지. 여기까지는 세상에도 알려지고 있는 일이지만, 이제부터 이야기하는 건 내가 스스로 알아낸 것일세.

왓슨, 자네도 알고 있다시피 나만큼 런던의 지능 범죄 세계의 사정에 통하고 있는 이는 없네. 수년 전부터 나는 줄곧 범죄자의 배후에 어떤 힘이——언제나 법 앞을 가로막고 범인에게 보호의 손길을 뻗치는 뿌리깊은 조직적인 힘이 있다는 걸 깨닫고 있었네. 몇 번인지 모르게 위조, 강도, 살인 등 온갖 종류의 사건에서 이 힘의 존재를 느꼈고, 내가 관계하지 않았던 미궁에 빠진 많은 사건에 이 힘이 작용되고 있음을 추론한 일이 있네. 요 몇년 동안 나는 이 힘을 덮고 있는 베일을 뚫어 보려 노력해 왔던 것인데, 마침내 때가 와서 실마리를 찾아내고 그 실을 더듬어 가는 사이 숱한 기괴한 미로를 거친 끝에 이 유명한 전직 수학교수 몰리아티에 다다르게 되었다네.

그는 범죄의 나폴레옹이라네, 왓슨. 이 대도시의 나쁜 짓의 반, 미궁에 빠진 사건 거의 전부의 조직자였다네. 천재이고 철학자이고 이론적 사색가이지. 최고급 두뇌의 소유자라네. 거미집 복판에 있는 거미처럼 꼼짝 않고 있지만, 이 거미집에는 방사상의 줄이 천 가닥이나 있어 어느 한 가닥이 떨려도 그에게는 바로 느껴지는 거야. 스스로는 거의 아무것도 않하고 계획을 세울 뿐이야. 그러나 앞잡이가 수없이 있고 아주 훌륭히 조직되어 있네. 무언가 나쁜 일을 하고자 했을 때——이를테면 서류를 훔치겠다든가, 집을 하나 털겠다든가, 인간 하나를 해치우든가 할 때, 이야기를 교수에게 전하면 일은 금방 꾸며지고 실행에 옮겨지는 거야. 앞잡이가 붙잡히는 일도 있을 테지. 그런 때는 보석을 위해 또는 변호를 위해 돈이 나온다네. 하지만 앞잡이를 움직이는 원흉은 절대로 잡히지 않고 혐의조차 받지 않는단 말이야. 이것이 내가 알아낸 조직인데 왓슨, 이것을 폭로시켜 산산조각으로 만들고자 생각하고 나는 온 정력을 기울였던 것이네.

그러나 교수는 아주 교묘히 만들어낸 방위 수단을 둘러치고 있었기 때문에 아무리 해보아도 그를 법정에서 유죄로 만들 만큼의 증거는 얻어질 것 같지 않았네, 왓슨. 나의 역량은 자네도 아는 바이지만, 그런 나도 석 달 후에는 마침내 나와 동등한 두뇌를 가진 상대와 만나게 됐구나 하고, 인정하지 않을 수 없었네. 상대편의 재주에 감탄한 나머지 그 나쁜 짓에 대한 혐오감을 잊을 정도였어. 그러나 그도 드디어 실수를 했네. 극히 작은 실수였지만, 내가 이렇듯 가까이 엿보며 접근하고 있었던 때이니만큼 그로서는 도저히 용납할 수 없는 실수였지. 마침내 호기가 찾아왔네. 이 점부터 출발하여 그의 둘레에 그물을 치기 시작했고 바야흐로 그물을 훑게 되어 있다네. 3일 후에는, 즉 이번 월요일에는 기회가 무르익어 교수는 일당의 주된 녀석들과 함께 경찰의 손에 떨어지게끔 되어 있지. 그리고 금세기 최대의 형사 재판이 시작되어 40여 건이상이나 되는 미궁 사건이 해결되고 전원 교수형이 되는 거야. 그러나 여기서 조금이라도 조급한 행동을 취하면, 그들은 마지막 순간이라도 스르르 빠져 달아나 버릴지도 모르는 일이라네.

그런데 몰리아티 교수에게 알려지지 않고서 일을 할 수가 있었다면 만사 형편이 좋았을 거야. 하지만 그는 너무나도 교활하고 지혜가 넘친 자야. 그물을 치기 위해 취한 조치를 그는 하나하나 꿰뚫어보고 있더군. 그리하여 몇 번이나 달아나려고 했었는데, 그때마다 나는 앞질러 버렸지. 여보게, 만일 이 침묵의 싸움을 상세히 기록할 수가 있다면, 탐정사상 미증유의 빛나는 불꽃 튀기는 승부의 이야기가 되리라고 생각하네. 이번만큼 스스로의 힘을 발휘한 일도 없거니와 이번만큼 적에게 몰린 적도 없었어. 깊이 베어들어오는 것을 극히 조금만 깊이 되베어 주는 것이야. 오늘 아침에 마지막 짜임이 갖추어져서 이제 일의 완성에 앞으로 3일간이 필요할 뿐으로 되었네. 내가 방에 앉아 이 사건을 여러 모로 생각하고 있었을 때, 갑자기 문이 열리고 눈앞에 몰리아티 교수가 서 있지 않겠는가.

나는 신경이 어지간히 무딘 편인데, 왓슨, 그제까지 줄곧 생각해 온 그 인물이 정작 문간에 서 있는 것을 보고서 움찔했다는 걸 고백하지 않으면 안 되겠군. 생김새는 잘 알고 있었네. 키가 무지무지 크고 마른 사나이로, 흰 이마가 둥글게 내밀어 있고 양쪽 눈은 움푹 들어가 있다네. 수염을 깨끗이 밀고 있는데 얼굴빛이 창백하고 괴로운 도를 닦는 도사다운 데가 있으며, 어딘지 교수다운 풍모를 남기고 있는 게 느껴지더군. 오랜 연구 생활 탓으로 등은 구부정한 것이 얼굴은 앞으로 튀어나와 있으며 몸은 언제나 파충류를 연상시키는 기묘한 모습으로 천천히 좌우로 흔들리고 있었지. 가늘게 뜬 눈에 넘치는 호기심을 담고 지그시 나를 쏘아보고 있었네.

'생각했던 것보다 두뇌의 발달이 모자라는 사람이군요.' 그는 마침내 입을 열었네. '가운의 주머니 속에서 장전한 권총을 만지작거린다는 건 위험한 습관이지요.'

사실 그가 들어온 순간, 내 몸이 극도의 위험에 놓여 있다는 것을 깨달았던 것이라네. 그에게 달아날 길이 있다고 한다면, 그것은 나를 침묵케 하는 일이니까. 순간적으로 서랍의 권총을 주머니에 집어넣고 옷 속에서 겨냥을 하고 있었던 거야. 상대에게 지적되어, 나는 권총을 꺼내어 격철을 당겨놓은 채 테이블에 놓았네. 그는 여전히 싱글벙글하면서 눈을 깜박이고 있었으나, 그 눈에는 권총을 숨겨 두기를 정말 잘했다고 여겨지게 하는 것이 있었지.

'어쩐지 나라는 사람을 잘 모르시는 모양이군요' 라고 그는 말했어.

'천만에.' 나는 대답했네. '잘 알고 있기 때문에 이러는 거지요, 아무튼 앉으십시오. 이야기가 있다면 5분쯤은 시간을 내도 좋소.'

'무엇을 말하려 왔는지 잘 알고 있을 텐데요' 하고 그는 말하더군.

'그럼, 이쪽의 대답도 잘 알고 있겠지요.' 나도 대답해 주었지.

'어디까지나 맞서 보겠다는 거로군.'

'물론.'

그가 손을 성큼 주머니에 넣었으므로 나는 테이블의 권총을 잡았다네. 그러나 그가 꺼낸 것은 날짜를 써넣은 수첩이었어.

'당신은 1월 4일에 나를 방해했소' 하고 그는 말했지. '23일에도 방해를 했소. 2월 중순에는 심하게 애를 먹였지. 3월말에는 계획을 깡그리 망쳐 놓았어. 그리고 4월말인 현재, 나는 당신의 집요한 추적 덕분에 자유를 잃는 위험이 결정적인 것으로 되어 오고 있소. 참을 수 없는 사태가 되려 하고 있단 말이오.'

'무언가 요구 조건이라도 있습니까?' 나는 물었네.

'손을 떼시오, 홈즈 씨.' 그는 얼굴을 흔들며 말했어. '떼지 않으면 안 된다는 것은 알고 있을 테지.'

'월요일 이후라면,' 나는 대답했지.

'쳇, 쳇!' 하고 그는 말했네. '당신 정도의 머리를 가진 사람이라면, 이 일의 결과는 하나밖에 있을 수 없음을 알고 있을 게 아닌가. 당신은 절대로 손을 뗄 필요가 있어. 당신이 이런 식으로 일을 추진시킨 덕분으로, 우리들에게 남은 길은 하나밖에 없게 되었소. 당신이 이 사건과 맞서는 광경을 보고 있는 것은 꽤나 지적인 즐거움이 된 듯한 셈인데, 솔직히 말해서 부득이 비상 수단에 호소하는 일이라도 된다면 나로서는 괴로우니까 말이오. 웃고 있지만 이건 숨김없는 감정이란 말이오.'

'위험도 나에게는 일의 하나죠'라고 나는 말했네.

'이것은 위험 같은 게 아니오'라고 그는 말했지. '피할 수 없는 파멸이오. 당신이 방해하고 있는 것은 나라는 한낱 개인이 아니라 어떤 강력한 조직인데, 이 조직이 얼마만큼 큰 것인지 당신의 지혜를 갖고서도 충분히 이해를 하지 못한 모양이로군. 손을 떼시오, 홈즈 씨. 아니면 짓밟히고 말 것이오.'

'그만,' 일어서면서 나는 말했네. '이야기가 하도 재미있어 다른 곳에 중요한 볼일이 기다리고 있는 것을 잊었습니다.'

그도 일어서서 슬픈 듯이 고개를 흔들며 잠자고 나를 응시했네.

'아니, 좋소.' 이윽고 입을 열더군. '아무튼 유감스러운 일이지만 나도 가능한 일은 모두 한 셈이오. 당신의 속셈은 하나부터 열까지 알고 있소. 월요일까지 당신은 아무것도 하지 못할 거요. 이것은 당신과 나의 결투였었소, 홈즈 씨. 당신은 나를 피고석에 세울 작정으로 있어. 말해 두지만, 나는 절대로 피고석에는 서지 않아. 당신은 나를 멸망시킬 속셈으로 있소. 말해 두지만, 나는 절대로 지지 않을 거요. 나를 파멸시킬 재주가 있다면 잘 알아 두시오, 나도 당신을 멸망시키고 말 테니까.'

'여러 가지로 칭찬의 말 고맙습니다, 몰리아티 씨' 하고 나는 말했네. '나도 한 마디 대답해 둡니다만, 만일 당신을 피고석에 세우는 일이 실현된다면, 공공의 이익을 위해 나는 기꺼이 멸망해도 좋습니다.'

'그 후자는 약속하지만, 전자에 대해서는 모르오.' 그는 이렇게 소리치더니 굽은 등을 홱 돌리고 깜박이는 눈으로 둘레를 훑어보면서 방을 나갔네.

이것이 몰리아티 교수와의 기묘한 만남이었네. 사실을 말하면, 나는 그러고 나서 굉장히 불쾌한 기분이 들더군. 잔잔하고 명쾌한 말솜씨가 예사 건달과는 달리, 말에 진실이 깃들어 있는 것이었어. 물론 자네는 '왜 경찰에다 그에 대한 수배를 부탁하지 않는가' 할 테지. 그렇게 하지 않은 이유는 습격해 오는 것이 그가 아니라 부하가 틀림없다고 확신하고 있기 때문이야. 확실히 그렇다고 할 훌륭한 증거가 있네."

"벌써 습격을 받았나?"

"왓슨, 몰리아티 교수는 조금이라도 일손을 늦추는 그런 사나이가 아니야. 점심때쯤 볼일이 있어 옥스퍼드 거리를 걷고 있었네. 벤딩크 거리로부터 웰베크 거리의 교차점으로 가는 모퉁이를 돌려고 하자, 말 두 필이 끄는 짐마차가 맹렬한 기세로 쌩 하고 모퉁이를 돌면서 번갯불처럼 달려들지 않겠는가. 나는 보도에 뛰어올라가 그야말로 아슬아슬하게 살았네. 짐마차는 마릴본 샛길로 빠져나와 순식간에 사라지고 말았어. 그러고부터는 보도를 걷기로 했는데 글쎄 비아 거리를 걷고 있으려니 어느 집 지붕에서 벽돌이 떨어져 내 발 앞에서 박살이 나지 않겠나. 나는 경관을 불러 그 근처를 조사하도록 했네. 그러나 수리할 준비 때문인지 뭔가로 지붕에 슬레이트며 벽돌이 쌓여 있던 게 바람으로 무너져 하나 떨어졌으리라는 것이야. 물론 그런 일이 아닌 줄은 알고 있지만 증거가 없잖나. 그것이 끝나자 거리의 마차를 잡아타고 펠 메일 거리의 형한테 가서 하루를 지내고 왔네. 그리고서 여기로 왔는데 오다가 몽둥이를 가진 난폭한 놈에게 습격을 당했어. 이놈을 때려눕히고 경찰에 넘겨 주었네. 그놈의 앞이빨에 보다시피 손가락 마디가 까졌지만 말이야. 이 놈과, 지금쯤은 아마 10마일이나 떨어진 곳에서 흑판을 대하고 문제를 풀며 세상을 피하고 있는 수학 교수 사이에 무언가 관계가 있다는 건 절대로 알아낼 수가 없으리라고 단언할 수 있지. 이걸로 알았을 테지, 왓슨. 이 방에 들어오자마자 덧문을 닫은 까닭도, 현관문이 아니라 좀더 눈에 띄지 않는 곳으로 나가도 괜찮겠느냐고 부탁하지 않으면 안 되었던 이유도 말일세."

홈즈의 용기에는 언제나 감탄을 금하지 못했지만, 지금 이 공포의 하루를 구성한 일련의 사건을 하나하나 생각해 내어 이야기하면서도 태연히 앉아 있는 것을 보자 새삼스레 그 느낌이 새로워지는 것이었다.

"오늘 밤은 여기서 묵고 갈 테지." 나는 말했다.

"아냐, 사양하겠네. 나는 위험한 손님이니까. 준비는 고스란히 되어 있으니 만사 잘 될 거야. 법정에는 꼭 나가지 않으면 안 되지만, 체포에 관한 한 내가 나서지 않아도 될 수 있도록 만사가 진행되고 있지. 그러므로 경찰이 손을 댈 때까지의 2, 3일 동안 내가 종적을 감추고 있는 게 상책이야. 그래서 자네가 함께 대륙에 함께 가 준다면 매우 기쁘겠는데……."

"환자도 별로 없고," 하고 나는 말했다. "집을 비울 때는 옆집에 부탁할 만한 사람이 있으니, 기꺼이 가겠네."

"내일 아침이라도 떠날 수 있겠나?"

"필요하다면."

"응, 꼭 필요하이. 그럼, 자네에게 지시를 해 두지, 왓슨. 온 유럽에서 가장 약삭빠른 악당과 가장 강력한 범죄 조직을 둘이서 상대하려는 것이므로 부디 말한 대로 해야만 하네. 그럼, 알겠나. 가져가는 짐은 전부 믿을 수 있는 심부름꾼에게 부탁하여 이름을 알리지 않고 오늘 밤 안으로 빅토리아 역에 운반해 두게. 아침이 되거든 거리의 마차를 부르러 보내는데, 먼저 온 마차와 두 번째의 것은 그냥 보내도록 하는 거야. 그 다음 마차에 올라타거든 라우저 아케이드의 스틀랜드 거리까지 가는 것인데, 행선지는 종이에 쓰되 버리지 말도록 이르고서 마부한테 주게. 마차삯을 준비해 두었다가 마차가 멎자마자 아케이드를 빠져나가되, 반대쪽으로 나가는 시간이 9시 15분이 되도록 하게. 그러면 조그마한 사륜 상자마차가 보도에 바짝 붙어서 기다리고 있을 텐데 옷깃에 빨간 테를 두른 투박하고 검은 외투를 입은 마부가 타고 있을 걸세. 이것을 타면 대륙 연락 급행에 시간이 맞도록 빅토리아 역에 닿을 걸세."

"자네하고는 어디서 만나나?"

"정거장에서야. 앞에서 두 번째 찻간인 1등 차를 전세내 두겠네."

"그럼, 그 차에서 만나는 거란 말이지?"

"그렇다네."

그날 밤은 자고 가라고 권했지만, 홈즈는 막무가내였다. 잠을 자다 가는 이 집에서 번거로운 일이 생길지도 모른다는 것을 염려하고 굳이 돌아갔을 게 분명하다. 내일의 계획에 관해 두서너 마디 서둘러 덧붙이더니, 일어나서 나와 함께 뜰로 나가 모티머 거리로 나갈 수 있는 담을 넘고는 휘파람을 불어 마차를 불러 세우더니 그것을 타고 돌아가는 소리가 들렸다.

이튿날 아침 나는 홈즈의 지시를 충실히 따랐다. 아침 식사 뒤 그물을 치고 기다리고 있는 마차일지도 모르는 것은 피하도록 하여 거리의 마차를 불러 타고 곧 라우저 아케이드로 가서 그곳을 한껏 속도를 내어 빠져나갔다. 그러자 사륜 상자마차에 검은 외투로 몸을 싼 몸집이 큰 마부가 타고 있었는데, 내가 올라타자 곧 말에 채찍질을 하여 빅토리아 역으로 질주했다. 내가 내리자, 마부는 내가 어디로 가는지 보려고도 하지 않은 채 차를 돌려 쏜살같이 가 버렸다.

여기까지는 모든 일이 잘 되었다. 짐이 기다리고 있었고, 홈즈가 말한 찻간을 찾아내는것도 '대절'이라는 표가 달려 있는 것은 하나뿐이었기 때문에 극히 쉬웠다. 그래서 홈즈가 나타나지 않는 일만이 걱정스러웠다. 역의 시계를 보니까 발차 시각까지 앞으로 7분밖에 없었다. 여행자나 전송나온 사람들이 여기저기 몰려 있어 찾아보았으나, 그의 민첩한 모습은 보이지 않았다. 그림자도 형체도 없는 것이다.

늙은 이탈리아 인 목사가 서투른 영어로 짐을 파리까지 수화물로 부치고 싶다는 의미의 말을 짐 운반인에게 이해시키려 애쓰고 있었으므로, 이것에 끼어들어 3, 4분을 보내고 말았다. 그리고 다시 한차례 둘러보고 찻간에 돌아와 보니까 운반인이 대절이라는 표찰도 보지 않고 태웠던 모양으로 아까의 이탈리아 영감이 나의 여행 길동무나 된 듯싶게 앉아 있는 게 아닌가.

나의 이탈리아 어로 말하면 그의 영어보다 또한 자신이 없었으므로 좌석이 다릅니다, 하고 설명해 본들 통하지도 않을 듯하기에 단념하고서 어깨를 움찔하고는 조마조마하면서 홈즈의 모습을 찾아 창 밖을 보고 있었다. 문득 그가 나타나지 않는 것은 밤 사이 습격당한 것이 아닐까 생각되자, 무서움으로 소름이 끼쳤다. 이미 문은 모두 닫혔고 기적이 울렸다, 이때——"이봐, 왓슨" 하는 목소리가 들렸다.

"아침 인사도 하지 않긴가, 자네는."

나는 소스라치게 놀라서 돌아다보았다. 늙은 목사가 이쪽으로 얼굴을 향하고 있었다. 순간적으로 주름살이 펴지고, 늘어져 있던 코가 오뚝해졌다. 내밀고 있던 아랫입술이 들어가며 입은 오물거리던 것을 중단했다. 흐릿한 눈은 생기를 되찾았고 굽었던 허리가 꼿꼿해졌다. 그러나 다음 순간 모든 윤곽이 다시 무너지고, 나타날 때와 같은 속도로 홈즈가 사라졌다.

"아니, 이건 정말!" 나는 목소리를 높였다. "놀라게 하는군!"

"아직도 조심해야 돼" 하고 그는 속삭였다. "놈들은 바로 눈앞까지 따라와 있을 게 틀림없어. 아, 몰리아티 본인이다!"

홈즈가 말을 하고 있을 때 기차는 벌써 움직이기 시작하고 있었다. 흘끗 뒤를 돌아보았더니 키가 큰 사나이가 맹렬한 기세로 군중을 헤치면서 기차에게 멈춰서라고 하는 듯이 손을 내젓고 있었다. 하지만 이미 때는 늦었다. 기차는 차츰 속도를 빨리하며 순식간에 역을 벗어났다.

"무척 조심했지만 아슬아슬했어." 홈즈는 웃으며 말했다. 일어서서 변장한 검은 목사 옷과 모자를 벗어 손가방에 넣었다.

"왓슨, 조간을 보았나?"

"아니."

"그럼, 베이커 거리의 일을 모르겠군?"

"베이커 거리라니?"

"어젯밤 놈들이 그 방에 불을 질렀다네, 별 피해는 없었지만."

"뭐라구, 괘씸하지 않은가!"

"몽둥이를 휘두른 사나이가 체포되고 나서 나의 행방을 완전히 모르게 되었던 모양이야. 그렇지가 않다면 내가 그곳에 돌아갔다고 생각할 까닭이 없지. 그러나 그들도 용의주도하게 자네를 망보고 있었던 모양으로, 그래서 몰리아티가 빅토리아 역까지 온 것이야. 올 때는 빈틈없이 해 두었을 테지."

"자네가 말한 대로 했네."

"사륜마차는 있었나?"

"응, 기다리고 있었네."

"마부가 낯익지 않던가?"

"아니."

"나의 형님 마이크로푸트라네. 이런 경우는 돈으로 움직이는 인간에겐 맡기지 않는 편이 좋으니까 말야. 그런데 이제부터 몰리아티의 일을 어떻게 할 것인지 계책을 세우지 않으면 안 되네."
"이 기차는 급행이고 배는 연락이 되어 있으니 이제 그들을 따돌린 거나 다름없지 않을까?"
"왓슨, 그자가 지혜에 있어서는 나와 동등하게 보아야 한다고 말했는데, 그 뜻을 정말로 알지 못하고 있군. 내가 쫓고 있다면 이 정도로 따돌림을 당할 자라곤 자네도 생각하지 않겠지. 자네는 어째서 그자를 그렇게 얕보나?"
"그럼, 어떻게 나올까?"
"내가 하려는 것과 똑같지."
"자네라면 어떻게 하지?"
"특별 열차를 세내는 거야."
"하지만 제 시간에 댈 수 없잖아."
"천만에. 이 기차는 캔터베리(잉글랜드 켄트 주의 도시)에서 정차하네. 게다가 배의 출발이 언제나 15분은 늦는다네. 그 틈을 노려서 따라잡는 거야."
"흠, 마치 우리들이 범인 같군. 몰리아티 교수가 나타났을 때 체포하도록 부탁하면 어떤가?"
"그러면 석 달의 작업이 도로아미타불이 되지. 큰 고기는 잡혀도 작은 것은 그물에서 사방팔방으로 흩어지고 마니까 말야. 월요일에는 일망타진될 예정이네. 어쨌든 체포는 안 돼."
"그럼, 어떻게 하지?"
"캔터베리에서 내리세."
"내려서는?"
"그리고 시골길을 지나 뉴헤이븐으로 나가 거기서부터 디에프로 건너가는 걸세. 몰리아티는 다시 한 번 나라면 했을 것과 똑같은 일을 할 거야. 먼저 파리로 가서 우리들의 짐을 점찍고 정거장에서 이틀 동안 감시하고 있는 거네. 그동안 우리는 양탄자 천으로 된 트렁크를 두 개 사서 필요한 물품은 그때그때 조달하여서 룩셈부르크, 바젤(스위스 북쪽 경계 라인 강의 북쪽 지점에 있는 도시)로 돌아 천천히 스위스로 가는 거야."

나는 여행에 익숙하므로 짐을 없애더라도 별로 불편을 느끼는 일은 없었지만, 솔직히 말해서 뭐라 말할 수도 없는 파렴치한 행위투성이 경력을 가진 고약한 사나이를 앞에 두고 도망쳐 다니지 않으면 안 된다고 생각하니 괘씸한 느낌이 들었다. 그러나 홈즈 쪽이 나보다 사태를 잘 꿰뚫어보고 있는 건 명백했다. 그래서 캔터베리에서 기차를 내렸지만, 뉴헤이븐 행의 기차가 떠나기까지 1시간이나 기다려야 된다고 했다.

나의 옷가지를 싣고서 점점 멀어져 가는 수화물차를 아직도 원망스럽다는 듯 바라보고 있으려니까, 홈즈가 소매를 끌며 선로 저 편을 손가락질했다.

"보게, 벌써 왔네." 그는 말했다.

멀리 켄트의 숲 속에서 희미한 연기가 한 줄기 솟았다. 1분 후에는 한 량의 객차를 끈 기관차가 역 못 미처 커브를 달려오는 게 보였다. 급히 짐 무더기 뒤에 몸을 숨기자, 기차는 우리들 얼굴에 열기를 뿜어 대며 어마어마한 소리를 내면서 통과했다.

"타고 있었네." 포인트 위에서 덜컹거리는 객차를 응시하며 홈즈는 말했다. "아무래도 선생의 지혜 역시 한계가 있는 모양이지. 내가 생각한 대로의 것을 생각해 내고 그것에 따라 행동했다면 그야말로 큰 성공이었을 텐데."

"여기서 따라잡았다고 하면 어떤 짓을 했을까?"

"나를 죽이려고 덤벼들었을 것은 의심할 여지가 없어. 하기야 이쪽도 가만히 있지는 않겠지만 말일세. 그런데 우선 당장의 문제는 여기서 이른 점심 식사를 끝내느냐, 뉴헤이븐의 식당까지 허기를 참고 가느냐 하는 것이네."

그날 밤 우리는 브뤼셀까지 가서 거기서 이틀을 보낸 뒤 사흘째 되는 날 스트라스부르(프랑스의 동북쪽에 있는 상공업 도시)까지 갔다. 월요일 아침 홈즈는 런던 경시청에 전보를 쳤는데, 저녁때 호텔에 돌아와 보니까 회답이 와 있었다. 홈즈는 봉함을 뜯고서 훑어보더니, 심한 저주의 말과 더불어 난로에 던져 버렸다.

"미리 알았어야만 했었어!" 그는 신음했다. "놈은 달아났네."

"몰리아티가!"

"일당을 남김없이 붙잡고 몰리아티만 놓쳤다나 봐. 교묘하게 따돌렸던 모양이야. 물론 내가 없었으니 그하고 맞상대할 수 있는 자가 아무도 없었던 셈이지. 그러나 승리를 손에 쥐어 주고 왔다고 생각했는데 말일세. 왓슨, 자네는 영국으로 돌아가는 편이 좋을 거야."

"어째서?"

"내가 드디어 위험한 동반자가 되니까 말일세. 그 사나이는 일거리가 없어지고 만 셈이야. 그 성격이 내가 판단한 대로의 사나이라면 온 정력을 기울여서 나에게 복수를 꾀할 것이 틀림없네. 그 잠깐 동안 만났을 때도 그렇게 말하고 있었지만, 협박이 아니라고 생각해. 자네는 자네 직업으로 돌아가라고 권하지 않을 수가 없네."

다년간의 벗이었고 다년간 붙어다니며 그의 활약상을 기록해온 나에게 있어서는 이것은 좀처럼 받아들이기 어려운 권유였다. 우리들은 스트라스부르의 식당에서 30분 가량 이 문제를 토론했지만, 그날 밤 또다시 여행길에 올라 원기있게 제네바로 향했다.

1주일 동안 론의 계곡(스위스 및 남프랑스의 강. 알프스 산중의 빙하에서부터 시작됨)을 거슬러 올라가 유쾌하게 헤매고 다녔으며, 그리고 로이크에서 옆으로 꺾여 아직도 눈이 깊은 게미 고개를 넘었고 인터라켄을 거쳐 마이륀겐으로 갔다. 봄의 아름다운 푸르름을 눈 아래, 겨울의 처녀설을 머리 위에 둔 즐거운 나그네 길이었다. 그러나 홈즈가 자기를 기다리고 있을 그림자를 한 시도 잊지 않고 있음은 나로서도 잘 알았다. 알프스의 소박한 마을에 있건, 마을을 멀리 떨어진 산의 고개에 있건, 그가 재빨리 둘레에 시선을 던지고 마주치는 얼굴이란 얼굴을 파고들 듯이 바라보는 모습을 보면, 어디를 걷든 개처럼 뒤따라 오는 위험에서부터 해방되지는 않으리라고 굳게 믿고 있음이 느껴지는 것이었다.

이러한 일도 있었다. 게미 고개를 넘어 쓸쓸한 다우벤 호수의 기슭을 걷고 있을 때의 일이었는데, 오른쪽 능선에서 커다란 바위가 떼굴떼굴 구르며 떨어져 와 소리를 내며 뒤편의 호수 속으로 굴러들어갔다. 눈 깜짝할 사이 홈즈는 능선으로 뛰어올라가 우뚝 솟은 정상에서 휘둘러보았다. 이 근방에서는 봄이 되면 곧잘 돌이 떨어져 온다고 안내인이 아무리 설명해도 납득하지 않았다. 아무 말도 않고, 기대하고 있었던 일이 눈앞에서 벌어지는 것을 보고 있는 사람 같은 태도로 나에게 미소지어 보이는 것이었다.

그러나 이렇듯 방심 않고 신경을 쓰고 있으면서도 기운을 잃는 일은 결코 없었다. 그렇기는커녕 그렇듯 기운에 넘쳐 있는 것을 본 적이 없을 정도다. 몇 번이고 사회가 몰리아티 교수의 손에서 해방되는 것이 확실하기만 하다면, 기꺼이 자기의 경력에 종지부를 찍으리라는 데로 이야기를 가져가는 것이었다.

"왓슨, 나의 지금까지의 생애는 전혀 무익하지는 않았다고 말해도 좋으리라고 생각하네." 그는 말했다. "나의 기록이 오늘 밤에 덮여 버리게 된다 할지라도 나는 그것을 평안한 마음으로 바라볼 수가 있을 거야. 런던의 공기는 내 덕택에 깨끗해지고 있네. 1천 건이 넘는 사건을 다루어 왔지만, 한 번도 내 능력을 나쁜 쪽에 사용한 기억은 없어. 요즘 나는 우리들 사회의 인공적인 상태가 가져다 주는 피상적인 문제보다도 자연이 제공하는 문제를 규명하고 싶다고 생각하게 되었네. 유럽에서 가장 위험하고 해로운 저 범죄자를 붙잡든가 소멸시키든가 하여 내 경력이 유종의 미를 장식하는 날, 왓슨, 자네의 메모도 종말을 고하게 될걸세."

나로서는 이제 이야기할 일도 얼마 남지 않았지만 짤막하게, 그러나 정확하게 쓰자, 마음내키지 않는 이야기이긴 하지만 빠짐없이 말하는 게 의무라고 생각하기 때문이다.

마이륀겐의 작은 마을에 도착하여 그 무렵 피터 쉬타일러가 경영하고 있던 '영국관'에 숙박한 것은 5월 3일의 일이었다. 주인은 눈치가 빠른 사나이로서, 런던의 글루오브더 호텔에서 3년 동안 종업원 노릇을 한 일이 있어 유창한 영어를 말했다. 이 사나이의 권유로, 4일 오후 산을 넘어가 로젠라우이의 마을에 숙박할 셈으로 떠났다. 다만 도중에서 조금 길을 돌아 반 마일 가량 위쪽에 있는 라이헨바흐의 폭포를 꼭 빠뜨리지 말고 보고 가라는 신신당부였었다.

거기는 참으로 무서운 곳이었다. 눈이 녹아 양이 많아진 격류가 무지무지한 심연으로 쏟아지고 밑에서부터는 물보라가 화재가 났을 때의 연기처럼 솟아올라왔다. 강물이 뛰어들어가는 계곡은 번들거리는 검은 바위로 둘러싸인 거대한 균열이었고, 바닥 쪽은 좁아져서 거품이 일고 들끓고 넘치며 톱니 같은 가장자리 너머로 강물을 되받아 넘기는 무섭게 깊은 폭포수의 못이 되어 있었다. 거대한 초록빛 물기둥은 굉음을 울리면서 끊임없이 떨어지고 자욱하게 날아 흩어지는 물방울의 아른거리는 커튼은 쌩쌩 울리면서 솟아올라와, 보는 이를 이 쉴새없는 선회와 부르짖음으로 어지럽게 했다. 우리들은 벼랑 끝 가까이에 서서 아득한 아래쪽의 검은 바위에 부딪쳐 부서지는 물의 광채에 눈길을 보냈으며 물방울과 더불어 심연에서 울려 오는 인간의 목소리와도 같은 성난 울부짖음에 귀를 기울였다.

폭포의 전경을 볼 수 있도록 작은 길이 나 있었지만, 폭포를 반쯤 돌다가 갑자기 막다른 곳이 되어 관광객은 온 길을 되돌아가지 않으면 안 되었다. 우리들이 발걸음을 돌렸을 때, 손에 편지를 든 스위스인 젊은이가 달려오는 게 보였다. 방금 떠나온 여관의 마크가 찍혀 있었는데, 주인이 나에게 보낸 편지였다. 우리들이 떠나고 나서 곧 결핵으로 빈사 지경에 이른 영국 부인이 도착했다는 것이었다. 다포스 마을에서 겨울을 지내고 르췌른에 있는 친구한테 가는 도중 갑자기 각혈을 했다, 아무리 보아도 몇 시간의 목숨이긴 할 테지만, 영국인 의사의 진찰을 받으면 크나큰 위안이 될 것이므로 만일 돌아오실 수 있다면, 운운하고 씌어 있는 것이었다. 쉬타일러 노인은 추신으로써 그녀가 스위스 인 의사는 절대로 싫다고 말하고 있어서 자기로서도 엄청난 책임을 걸머진 듯이 느끼지 않을 수가 없으므로, 승낙해 주신다면 자신에게 얼마나 도움이 될지 모른다고 덧붙였다.

이것은 모르는 척할 수 없는 탄원이었다. 외국에서 죽어 가고 있는 같은 나라 사람의 부탁을 거절할 수는 없다. 그러나 홈즈를 놔두고 가는 일이 마음에 걸렸다. 하지만 결국 내가 마이륀겐에 돌아가 있는 동안, 심부름 온 스위스 젊은이가 안내자 겸 동반자로서 남아 있기로 이야기가 정해졌다. 폭포수 있는 데에 좀더 있다가 천천히 산을 넘어 로젠라우이에 갈 테니, 그곳에서 밤에 만나도록 하자고 홈즈는 말했다. 내가 그곳을 떠날 때 홈즈는 팔짱을 끼고서 바위에 등을 기대고 지그시 사납게 흘러내리는 물줄기를 굽어보고 있었다. 이것이 내가 이 세상에서 마지막으로 홈즈를 본 순간이었다.

나는 언덕길을 다 내려온 곳에서 뒤돌아보았다. 거기에서 폭포는 보이지 않았지만, 산허리를 굽이굽이 감돌며 폭포에 이르는 길이 보였다. 이 길을 한 사나이가 무지무지하게 빠른 속도로 걸어가고 있었던 일을 기억하고 있다. 그 검은 모습은 배후의 짙은 녹음 속에 뚜렷하니 돋보였다. 얼마나 정력적일까 하고 생각하면서 이 사나이에게 관심을 두었던 것인데, 나도 길을 서두르는 사이 이 일은 잊어 버렸다.

마이륀겐에 닿기까지 1시간 남짓 걸렸다고 생각된다. 쉬타일러 노인은 여관의 현관에 서 있었다.

"저어," 급한 걸음으로 다가가면서 나는 말했다. "병세는 안정되어 있겠지요."

놀라움의 빛이 그의 얼굴에 달리고 그 눈썹이 꿈틀하고 움직인 것을 본 찰나, 나의 심장은 납덩어리처럼 굳어지게 되었다.

"이것은 당신이 쓴 게 아니오?" 나는 주머니에서 편지를 꺼내며 말했다. "호텔에 병자인 영국 부인이 있다고 하지 않았소?"

"안 계시는데요." 그는 외쳤다. "하지만 여관 마크가 찍혀 있군요! 아, 그렇군! 그 키 큰 영국분이 쓴 것이에요. 선생님들이 떠나시고 나서 곧 도착하셨지요. 뭐라더라……."

그러나 나는 여관 주인의 설명을 기다리고 있지 않았다. 걱정스럽고 두근거리는 가슴을 안고 마을의 거리를 달리기 시작하여 방금 내려온 산길을 향하고 있었다. 산을 내려올 때는 1시간 걸렸었다. 하지만 라이헨바하의 폭포로 돌아가기까지, 온 힘을 다했으나 2시간이 더 걸리고 말았다. 헤어질 때 바위에는 홈즈의 등산 지팡이가 세워진 채였었다. 그러나 그의 모습은 어디에도 보이지 않고, 소리쳐 보아도 대답이 없었다. 나의 목소리가 둘레의 절벽에 부딪쳐 메아리가 되어 되돌아올 뿐이었다.

눈앞의 등산 지팡이가 나를 와들와들 떨게 하고 죽을 것만 같은 심정으로 만들었다. 로젠라우이에는 가지 않았던 것이다. 한쪽은 절벽, 한쪽은 깎아지른 계곡인 이 3피트의 작은 길에 남아 있다가 적에게 잡히고 말았던 것이다. 젊은 스위스 인도 보이지 않았다. 아마도 몰리아티에게 돈을 받고서, 두 사람을 놔 두고 가 버렸으리라. 그리고 그 뒤 무슨 일이 일어났을까? 그때 일어난 일을 누가 말해 줄까?

갑자기 일어난 사태의 무서움에 거의 정신을 잃은 나는 마음을 진정시키려고 잠시 선 채로 있었다. 그리고 홈즈의 방법을 생각해 내고 이 비극의 자취를 더듬는 노력을 시작했다. 슬프게도 그것은 아주 쉬운 일이었다. 우리들은 서서 이야기를 하고 있어, 길의 막다른 곳까지는 가지 않았을 뿐더러 등산 지팡이가 있던 장소의 표적이 되어 있었던 것이다. 쉴새없이 뿜어내는 물보라 덕분에 거무스름한 흙은 언제나 축축해서 새가 내려앉아도 발자국이 남을 게 분명하다. 막다른 곳 언저리에 두 가닥의 발자국이 뚜렷하게 나 있고 둘 다 앞쪽을 향하고 있었다.

되돌아온 자국은 없었다. 막다른 곳은 몇 야드 못미친 곳에서 흙은 짓밟혀 수렁처럼 되고, 벼랑가에 난 찔레와 양치류가 뜯기고 흙투성이가 되어 있었다. 나는 배를 깔고 엎드려 뿜어올라오는 물보라를 받아 가며 밑을 내려다봤다. 마을에 내려갔을 무렵부터 날은 어두워지기 시작하고 있어서 지금은 이미 젖은 검은 바위가 여기저기서 번쩍이는 것과 아득한 아래쪽 못 속에 폭포수가 부서지는 희끄무레한 빛깔이 보일 뿐이었다. 나는 소리쳐 보았다. 하지만 귀에 돌아오는 것은 여전히 인간의 절규와도 비슷한 폭포 소리뿐이었다.

그러나 나는 가까스로 내 친구의 마지막 인사만은 받을 수 있는 운명이었던 것이다. 그의 등산 지팡이가 길에 내민 바위에 기대어 세워져 있었다는 것은 앞에서도 말했다. 이 바위 위에 무언지 번쩍이는 것이 눈에 띄었으므로 손을 뻗쳐 보았더니, 그것은 그가 언제나 가지고 있던 은으로 된 궐련 케이스였다. 손에 집어들다 그 밑에 놓아 두었던 네모난 종이쪽지가 너펄너펄 땅바닥에 떨어졌다. 펼쳐 보았더니 수첩을 찢어서 3페이지쯤 쓴 나에게 보내는 편지였다. 자못 홈즈답게 수신자도 정확히 씌어져 있고, 마치 서재에서 쓴 것처럼 글씨체도 또박또박한 것이 읽기에 쉬웠다.

왓슨, 나는 몰리아티 씨의 호의로 이 몇 줄의 편지를 쓰는 것인데, 그는 우리 사이에 가로놓인 문제에 관해 마지막 논의를 하기 위해 나의 일이 끝나기를 기다려 주고 있네. 방금 그가 영국 경찰의 손을 빠져나오고, 우리들의 행동에 관해 정보를 얻어 온 방법을 대충 가르쳐 준 참이었었네. 그의 능력이, 내가 높이 평가하고 있었던 대로의 것이라는 게 확인되었지. 그의 존재가 불러일으키는 이 이상의 해독으로부터 사회를 해방시킬 수가 있다고 생각하니 그 대상으로써 친구들, 특히 왓슨 자네에게 마음의 고통을 주게 될 것이 염려스러우면서도 만족을 느끼네.

그러나 이미 말했던 것처럼 나의 생애는 어찌 되었든 전환의 시기에 도달하고 있었던 것이고, 종지부를 찍는 데 있어 이보다 더 나의 기분에 맞는 방법은 있을 수 없네. 사실 모든 걸 털어놓는다면 나는 마이륀겐에서 온 편지가 속임수라는 것을 똑똑히 알고 있었고, 일이 이렇게 되리라는 확신 아래 자네가 되돌아가는 일에 동의한 것이었네. 파터슨 경감에게 일당의 유죄 결정에 필요한 서류는 '몰리아티'라고 겉봉에 쓴 파란 봉투에 넣어, 분류 선반의 M항에 있다고 전해 주게. 재산은 영국을 떠나기 전에 모두 정리하여 마이프로푸트 형님에게 넘겨 주고 왔네. 부디 부인에게 나의 안부를…….

자네의 진실한 벗

남은 일을 이야기하는 데는 극히 약간으로서 족하다. 전문가의 조사에 의거하건대 두 사람은 싸우고 있는 사이에——이러한 장소에서는 당연한 일이라고 할 수밖에 없지만——서로 맞붙잡은 채 뒹굴어 떨어졌다는 것은 의심할 여지가 없다. 유체를 회수할 희망은 완전히 사라졌다. 소용돌이치며 포말이 날리는 그 위태로운 폭포 아래에서 이 시대의 가장 위험한 범죄자와 제일가는 법의 전사가 나란히 누워 있는 것이다.

스위스 인 젊은이는 끝내 발견되지 않았지만, 몰리아티가 부리고 있던 수많은 부하 중의 하나였었던 것은 틀림없다. 일당에 관해서 말하면, 홈즈가 쌓아올린 증거가 그들의 조직을 남김없이 백일하에 드러나게 만들었고, 죽은 그의 손이 그의 머리 위에 철퇴를 내리친 경과는 사람들의 기억에도 새로우리라.

가공할 만한 괴수에 관해서는 재판 중 언급되는 일이 거의 없었는데, 이 문장에서 내가 그의 경력을 분명히 밝히지 않을 수 없었던 것은 어째서냐 하면, 그것은 그를 옹호하려고 하는 지각없는 인간들이 존재하여 그들이, 내가 내 평생에 알게 된 가장 선량하고 가장 현명한 인간이라고 영원히 간주할 인물에게 공격을 가함으로써, 그——다시 말해서 몰리아티의 이름을 결백한 것으로서 후세에 남기고자 노력하기 때문인 것이다.

인생을 즐겁게 해준 아더 코난 도일경

아더 코난 도일은 작가로서, 사회인으로서 눈부신 활동을 계속하면서도 항상 좋은 가정인이었다. 그에게 있어서는 오히려 가정이야말로 활력의 원천이었다고 할 수 있으리라. 그와 같은 생활 태도는 이미 어렸을 적부터 그의 내부에 심어져 있었다.

도일의 가문은 유서 깊은 집안으로서, 그 기원은 아일랜드의 유명한 족장에까지 거슬러 올라간다. 또 모계 역시 무예의 이름이 높은 집안으로서 워털루의 싸움에 군단장으로 참가한 사람이며, 멀리는 사자왕 리처드(1157~1199)가 이끄는 십자군을 따라 대륙에서 싸운 사람도 있다.

그의 할아버지 존 도일은 저명한 시사만화가로서, 그 아들들 역시 모두 그림에 재능이 뛰어났다. 특히 둘째 아들인 헨리는 더블린의 국립 미술관 관장이었고, 셋째 아들인 리처드는 풍자 잡지 〈펀치〉의 표지화 화가로 널리 알려져 있었다. 아더의 아버지인 막내아들 찰스에게도 미술에 대한 천부적인 재능이 있었지만 그 재능은 끝내 빛을 보지 못하고 말았다. 그의 그림은 환상과 괴기에 넘치고 한 시대 전인 종교적 시인·화가 윌리엄 블레이크의 작품에 필적하는 것이 있다고까지 일컬어졌지만, 다분히 은둔적인 성격인데다가 몸이 약했으므로 에든버러 시의 토목국 직원으로 평범하게 살았고 비교적 일찍 세상을 떠났다.

한편 찰스의 아내인 엘리는 꿋꿋한 성품의 여인으로서 가문에 대한 강한 자부심과 장남인 아더의 출세에 큰 희망을 걸고 항상 교육에 신경을 썼다. 그러므로 아더는 당연히 이 어머니에게서 영향을 받은 바 컸으며, 특히 그의 일생을 지배했다고도 할 수 있는 기사도 정신은 무인의 피를 이어받은 어머니의 감화에 힘입었다고 생각된다. 그는 어머니를 깊이 사랑했고, 소년 시절부터 곧잘 "제가 어른이 되기까지 기다려 줘요, 어머니. 그러면 비로드 드레스를 입고 금테안경을 쓰고 한가롭게 난로가에 앉아 계시도록 해 드릴 테니"라고 말했다고 한다. 이 약속이 마침내 지켜졌음은 말할 필요도 없다.

도일의 어머니에 대한 사랑은 마지막까지 변함이 없었으나, 그가 성인이 되어 독립하게 되자 성미가 괄괄한 어머니와의 사이에 의견의 차이로 충돌이 잦았다. 그러나 기사도 정신으로 무장한 도일은 결국 어머니의 입장을 이해하고 그 뜻에 순종하였다. 이를테면 직업의 선택에 있어서도 그의 용기나 모험심으로 본다면 군인이 되는 편이 훨씬 바람직했지만, 어머니를 슬픔에 빠뜨리기가 싫어 위험을 무릅쓰고 마음에 없는 개업 의사의 길을 택했다. 그가 문필로 나아가는 데 있어서도 어머니는 꼭 찬성하진 않았던 모양이지만, 그가 그 방면에서 꾸준히 실적으로 올림으로써 묵인되었다.

도일에겐 1902년, 그때까지의 국가 사회에 대한 적극적 공헌이 인정되어 기사 작위가 주어졌지만, 이때 그와 어머니와의 사이의 대립은 가장 심각한 상태였다. 그의 신념에 의하면, 국가 사회를 위해 일하는 것은 실로 순수한 애국적 동기로부터 출발하고 있는 것이며, 어떤 보답을 받게 되면 그 순수한 동기가 더럽혀지고 만다는 것이었다. 어머니로서도 아들의 그와 같은 생각에 이해가 없었던 것은 아니었지만, 아마도 사랑하는 아들에게 이 명예를 받게 하여 집안에 더 한층 영광을 보태고 싶은 여성 특유의 욕망이 있었으리라. 몇 번인가 편지에 의해 옥신각신이 되풀이된 다음, 마침내 어머니가 아들을 찾아왔다. "기사 작위를 거절하는 일은 국왕을 모욕하는 행위라고 생각되지 않느냐"고 하는 게 어머니가 던진 단 한 마디의 말이었다. 좋은 의미에서의 애국자인 도일은 이 치명적인 지적에 견디지 못하여 끝내 어머니의 뜻을 따르고 말았다.

도일은 에든버러 대학의 의학부를 나와 의사 자격을 얻자 오랫동안 병석에 누워 있는 아버지를 대신하여 사실상의 가장으로서의 무거운 책임을 걸머지지 않으면 안 되었다. 유력한 백부들로부터 원조의 제의도 있었지만, 그는 그들이 신봉하는 가톨릭 교회의 형식에 치우친 신앙에 회의를 품고 있었으므로 젊은 결벽성으로 그 제의를 거절하고 혼자 힘으로 생활을 꾸려 갈 결심을 세웠다.

해안의 휴양지 사우드시에서 병원을 개업하고 동생 인즈를 불러서 뒷바라지를 시키며 몇 해 동안 생활을 위해 고투했지만 신통치 않았고, 다만 그 동안에 환자로 입원했다가 결국은 죽고 만 한 소년의 누이 루이즈 호킨즈와 알게 되어 그녀와 결혼했다.

루이즈는 착한 여성이었고, 도일은 가난하지만 좋은 남편이었으므로 결혼 생활은 평화로웠다. 두 사람 사이에는 딸 메리와 아들 킹즐리가 태어났다.

몇 해 뒤 도일이 일련의 '홈즈'물에 의해 일약 명성과 부를 얻자 집안의 행복은 아쉬운 것이 없게 되었지만, 그런 지 얼마 안 되어 루이즈가 결핵에 걸렸다.

도일은 아내를 스위스로 전지 요양을 보냈고 자기도 그곳으로 따라

가기 위해 홈즈물의 잡지 연재를 끊어 버렸다. 홈즈의 '마지막 사건'은 이리하여 태어난 것이다.

다시 몇 년이 지나는 동안 도일의 사생활에 하나의 큰 사건이 일어났다. 그것은 지인 레키라는 젊고 총명한 여성을 만나 깊이 사랑하는 사이가 되어 버린 것이었다. 그녀는 뛰어나게 아름다웠을 뿐 아니라 음악에 대한 재능도 풍부했다. 이 두 사람이 어떻게 만나게 되었는지 알려져 있지 않지만 당시 도일은 38살, 지인은 24살이었다. 도일이 아내 루이즈에게 품고 있던 애정이란 동정에 가까운 것이었는지, 지인에 대한 그의 애정은 불길처럼 열렬했다.

오늘날의 상식으로 한다면 감정이 끌리는 대로 좇아도 무방하다고 생각할지 모르지만 19세기 말의 영국에서는 그와 같은 행위는 용서되지 않았을 뿐만 아니라, 하물며 기사도 정신의 소유자인 도일이 병든 아내를 버리는 일 따위는 꿈에도 생각할 수 없었다. 그로 인하여 도일은 10년 가까운 동안 크나큰 정신적 고통을 받아야 했다.

1906년 아내 루이즈가 죽었다. 도일은 강한 충격을 받고 슬픔에 잠겼지만, 한편으로는 기나긴 마음의 시련으로부터 해방되어 한숨 돌리는 계기가 되었을지도 모른다. 어쨌든 아내의 사망 후 1년쯤 뒤에 그는 지인과 결혼했다. 지인과의 생활은 행복에 넘친 것이었다. 그는 서섹스 주의 클라우바라 교외에 넓고 큰 저택을 지었다. 지인과의 사이에 세 명의 자녀도 태어났다.

그러나 도일의 일상생활은 늘 바빠서 여전히 집필과 공적 활동이 계속되었다. 그리고 도일 부인으로서의 지인의 협력도 높이 평가될 만한 것이었다. 특히 만년의 도일이 심령론의 연구에 몰두하고 나아가 그 홍보 선전을 위해 세계 곳곳을 여행하게 되었을 때도 지인은 언제나 그림자처럼 남편의 곁에 있었다.

도일의 심령론 홍보 활동은 10년 가까이 계속되었지만 강인한 그도 마침내는 과로를 견디지 못하여 쓰러지고 말았다. 그는 서섹스의 자택에서 사랑하는 아내와 자식들에게 둘러싸여 숨을 거두었다.

인생을 즐겁게 해준 아더 코난 도일경에게 감사를 드린다.